Ulla Scheler

Acht
Wölfe

Das Buch
Es ist das perfekte Abenteuer ... bis sie um ihr Leben kämpfen. Der Wood-Buffalo-Nationalpark in Alberta, Kanada: weite Wälder, breite Flüsse, unberührte Wildnis. Das Zuhause von Bisonherden, den größten Kranichen der Welt – und für drei Wochen auch von einer Gruppe junger Stadtmenschen. Unterwegs wird ihnen beigebracht, wie sie Feuer machen, Bären entkommen und Essbares finden können.
Niemand von ihnen erwartet, dass sie dieses Wissen jemals nutzen müssen. Dann passiert etwas Schockierendes, und von einem Tag auf den anderen sind die acht ohne Ausrüstung auf sich allein gestellt. Auf einmal wird alles um sie herum zur tödlichen Gefahr. Das Wasser. Die Tiere. Die Landschaft. Und ihr Wanderführer Nick.

Die Autorin
Ulla Scheler wurde 1994 in Coburg geboren. Sie studierte Psychologie und Informatik in München und Karlsruhe. Ihr Debütroman »Es ist gefährlich, bei Sturm zu schwimmen« war ein großer von Leser*innen und Presse gefeierter Erfolg. Ulla Scheler wurde damit außerdem für den Deutschen Jugendliteraturpreis nominiert. »Acht Wölfe« ist ihr erster All-Age-Roman.

Ulla Scheler

Acht Wölfe

Roman

HEYNE‹

Der Verlag behält sich die Verwertung der urheberrechtlich geschützten Inhalte dieses Werkes für Zwecke des Text- und Data-Minings nach § 44 b UrhG ausdrücklich vor. Jegliche unbefugte Nutzung ist hiermit ausgeschlossen.

Penguin Random House Verlagsgruppe FSC® N001967

3. Auflage
© 2023 by Ulla Scheler
© 2023 dieser Ausgabe by Wilhelm Heyne Verlag, München,
in der Penguin Random House Verlagsgruppe GmbH
Neumarkter Straße 28, 81673 München
produktsicherheit@penguinrandomhouse.de
(Vorstehende Angaben sind zugleich
Pflichtinformationen nach GPSR)

Dieses Werk wurde vermittelt durch die Autoren-
und Projektagentur Gerd F. Rumler in München
Redaktion: Tamara Rapp
Umschlaggestaltung und -illustration: DAS ILLUSTRAT,
München, unter Verwendung der Motive von Shutterstock.com
(Dmitry Molchanov, Songquan Deng, Jarous)
Satz: satz-bau Leingärtner, Nabburg
Druck und Bindung: GGP Media GmbH, Pößneck
Printed in Germany
ISBN: 978-3-453-27431-0

www.heyne.de

Für Lukas

Weiter, immer weiter.

Jetzt, wo sie sich zur Flucht entschieden hatten, wollte Valentina nur noch rennen.

Hatte Nick schon bemerkt, dass sie abgehauen waren? Waren seine Leute schon da? Hatten sie sich ihnen schon an die Fersen geheftet? Sicherlich hinterließen sie für ein geübtes Auge jede Menge Spuren, vor allem da sie keinem Weg folgten, sondern quer durch den Wald stolperten. Und Nick kannte den Wald besser als sie alle.

Sie hielten immer wieder an, um sich nach Lichtern umzuschauen. Schatten zeichneten neue Blätter auf die Äste, dunkel und stumm. Es fühlte sich an, als würde der Wald ausatmen und sich um sie herum zusammenziehen. Nur wegen der Aurora konnten sie überhaupt etwas sehen.

Sie wussten nicht, wie nahe Nick schon war, aber er hatte während der letzten Tage trotz seines großen Rucksacks das Tempo gehalten. Wie schnell war er erst, wenn er lediglich seine Pistole trug?

1

VALENTINA

Die anderen Reisenden hatten sich wie Raubtiere vor der Fütterung strategisch um das Gepäckband positioniert. Vielleicht war es ein Fehler gewesen, herzukommen.

»Kaffee?«, fragte Ole und pustete Valentina den Geruch über den Rand seines Pappbechers zu. Sie fühlte sich zerknautscht und vage schmutzig von den knapp achtzehn Stunden Reise von Hamburg nach Edmonton, aber Ole sah natürlich aus wie frisch gebügelt. Er drückte ihr den Becher in die Hand. »Ich nehme an, du trinkst ihn immer noch mit kriminell viel Zucker und ohne Milch?«

Und natürlich erinnerte er sich an solche Kleinigkeiten.

»Gerade genug Zucker«, sagte sie und verbrannte sich die Zunge am ersten, zu schnellen Schluck. Sie deutete in Richtung seines Kinns. »Ist das dein Look für die nächsten drei Wochen?«

Ole fuhr sich über die blonden Stoppeln. »Ja. Alex und ich haben extra keine Rasierklingen eingepackt. Wir wollen mal schauen, wie uns Bärte stehen.«

»Ich kann da eine kleine Vorhersage machen«, sagte sie trocken.

Ole lachte. »So schlimm?«

Es war natürlich überhaupt nicht schlimm. Die ersten Stoppeln glitzerten wie Sprenkel aus Gold auf seinen Wangenknochen. Ole hatte früher nicht einmal nach einem langen Tag im Leichtathletik-Trainingslager schlecht ausgesehen.

Sie verdrehte die Augen. »Wenn unser Gepäck noch länger braucht, registriere ich dich auf Google Maps als Sehenswürdigkeit.«

»Oooh.« Er legte ihr einen Arm um die Schultern und drückte sie. Sie blickte nicht zu ihm auf. »Ich meine es ernst. Ich könnte die Fotos posten, die ich während des Flugs von dir gemacht habe, als du im Schlaf in deinen Hoodie gesabbert hast, und tausend Likes bekommen – und ich habe nur fünfhundert Follower.«

»Habe ich dir schon gesagt, wie sehr ich mich freue, dass du auch dabei bist?«

»Um dein Ego aufzupolstern?«

»Nein.«

»Damit jemand anderes Kristina hinterherräumt?«

»Nein.« Er grinste.

»Ah, jetzt hab ich's: wegen meiner durchweg optimistischen Lebenseinstellung!«

Das Lächeln breitete sich jetzt über sein ganzes Gesicht aus. Oles Lächeln war wie eine Ziellinie – man wollte sich mit dem ganzen Oberkörper nach vorne lehnen.

»Weil ich dich seit Ostern nicht gesehen habe«, sagte Ole und drückte sie noch einmal.

Er roch gut. Nach Waschmittel und Deo und Alles-okay, so wie der große Bruder, den sie nie gebraucht hatte, als Kristina noch die beste große Schwester aller Zeiten gewesen war.

Ein Hauch *Eau de Ole*, und schon konnte man sich fast wieder wie dreizehn, vierzehn, fünfzehn fühlen, aufgeregt wie ein Bienenschwarm, dass man mit der großen Schwester und ihren einschüchternd coolen Freunden in der letzten Reihe des Busses sitzen durfte.

»Warum eigentlich?«, fragte Ole.

»Hm?« *Reiß dich zusammen, Valentina.*

»Warum haben wir dich so lange nicht mehr gesehen?«

Sie zuckte die Achseln. »Kristina war beschäftigt damit, ihre ganzen Vorlesungen und Seminare nachzuholen.«

Ole hob eine Augenbraue. »Netter Versuch. Aber ich kenne niemanden, der so entspannt studiert wie Kriss. Und sie hat uns erzählt, dass *du* zu beschäftigt mit *deinem* Studium warst, um sie zu besuchen.«

Was sollte sie dazu sagen? *Meine Schwester lügt mich genauso an wie euch? Ich glaube, sie geht mir aus dem Weg, und ich weiß nicht, warum?*

»Mal ehrlich. Was war los? Wir haben dich vermisst. Die Musketiere sind nicht vollzählig ohne d'Artagnan.«

Valentina hatte dieselbe Frage gestellt: *Was ist los? Ich vermisse dich.* Aber Kristinas Antwort – in immer mehr abgewimmelten Anrufen und immer später beantworteten Sprachnachrichten – war jedes Mal dieselbe: *Ich weiß nicht, was du meinst. Zwischen uns ist doch alles okay.*

Ihr blieb eine Antwort erspart, weil Kristina ans Gepäckband kam.

»Do-nuts«, rief sie triumphierend und hielt ihr einen unter die Nase. Sie war genauso wach wie Ole, aber auf die Immer-noch-wach- und Nacht-durchgefeiert-Art.

Wortlos nahm Valentina den Donut. Er war in Regenbogenfarben glasiert, passend zu den Strähnen in Kristinas Haaren. Auf diesem Flug hatte Valentina ihre Schwester zum ersten Mal seit Weihnachten wiedergesehen, und sie war noch nicht fertig damit, die Änderungen zu katalogisieren. Die bunten Haare, das Ohrenpiercing. Als würden ihr all die Details die Antwort verraten, wenn sie nur aufmerksam genug hinschaute.

Was verheimlichst du vor mir, K.?

»Wir haben einen Donut von jeder Sorte gekauft«, sagte Kristina. »Konnten uns nicht entscheiden.«

Hinter ihr stand Alexander, die restlichen Donuts in der Hand.

»*Alexander* konnte sich nicht entscheiden?« Valentina warf ihm einen skeptischen Blick zu.

Ein winziges Lächeln hob seine Mundwinkel. Wie üblich hatte Alexander auf dem ganzen Flug keine drei Worte geredet. Ganz sicher hatte er keine Meinung zur Donut-Auswahl.

Ole verteilte die restlichen Kaffeebecher. Espresso für Kristina, doppelten Espresso für Ole und Cappuccino mit Zimtsirup für Alexander, der anscheinend immer noch einen süßen Zahn hatte.

Kristina leckte sich den letzten Rest Zucker von den Fingern. »Hast du Desinfektionsmittel?«

Valentina holte welches aus ihrem Reisegepäck. »Solltest du das nicht vor dem Finger-Ablecken benutzen?«

Kristina blies ihr einen Kuss zu. »Kann ich mir auch einen Kaugummi leihen?«

Valentina hatte einen Kaugummi. Sie hatte außerdem die vage Ahnung von Kopfschmerzen und keinen Schimmer, wie sie die nächsten drei Wochen überstehen sollte, wenn sie jetzt schon das Bedürfnis hatte, Kristina zu schütteln, bis sie aufhörte, so zu tun, als wäre die Welt ein Ponyhof und sie die Reiter-Barbie. Valentina wollte ihre Nägel in Kristina schlagen, bis sie ihre alte Schwester frei gekratzt hatte.

»Ich kauf mir noch was zum Lesen für die Fahrt«, sagte sie und lief los, bevor jemand etwas dagegen einwenden konnte, Alexanders fragenden Blick im Rücken. Sie brauchte einen Moment alleine – vermutlich den letzten, den sie für drei Wochen bekommen würde.

»Bring mir noch einen Snack mit, ja?«, rief Kristina.

Valentina winkte vage über die Schulter. Sie hasste es, dass sie ständig so wütend auf Kristina war; es erinnerte sie nur daran, dass sich die Dinge zwischen ihnen verändert hatten. Aber die Wut kam immer gleichzeitig mit Kristina an – wie eine dritte Schwester, die dem Wiedersehen nicht fernbleiben wollte.

Der Zeitschriftenladen war zu grell beleuchtet, aber immerhin gut ausgestattet. Ein dünner Kerl in Hemd und Stoffhose stand vor ihr an der Kasse. Er bezahlte mit seiner Kreditkarte, drehte sich schwungvoll um und lief direkt in sie hinein – eine dieser Personen, für die die Welt Platz machen musste –, wobei sein Energydrink über ihr T-Shirt schwappte.

Wortlos schaute Valentina an sich herunter. Der Kerl beäugte ihr T-Shirt ungerührt. »Sicherlich eine Verbesserung zu vorher«, sagte er auf Englisch und ging weiter.

Was zum Teufel ...? Waren die Menschen in Kanada nicht angeblich besonders freundlich? Es war eines dieser Klischees, von denen man hoffte, dass sie der Realität entsprachen. Als Valentina endlich eine angemessene englische Beleidigung gefunden hatte, war er verschwunden.

»Was hast du mit deinem Oberteil gemacht?«, fragte Kristina.

»So ein Arschloch hat sein Getränk über mich geschüttet«, sagte Valentina und drückte Kristina eine Packung Mackintosh's Toffee in die Hand. Auf dem Gepäckband bewegte sich immer noch nichts.

»Hast du ihn provoziert?«

»Ich hatte kaum die Gelegenheit dazu.«

»Wie sah er denn aus?«, fragte Kristina und schaute sich um, als könnte sie ihn noch erwischen und gleich einen Kopf kürzer machen. Es waren Momente wie dieser, die Valentina hoffen ließen, dass es etwas zwischen ihnen zu retten gab. Doch Kristinas Blick blieb an zwei Reisenden hängen. »Guck mal. Ich wette, die gehören zu uns.«

Es war leicht zu erkennen, wen sie meinte. Sie warteten an einem der Ausgänge. Ein Mädchen, so zierlich, dass es zutreffender schien, sie als Rucksack mit Beinen zu beschreiben. Und ein Typ in ihrem Alter, der bereits zum Wandern gekleidet war – sofern man Wandern definierte als die Tätigkeit, sich maximal mit seiner Kleidung zu blamieren.

Kristina zog Valentina an der Hand hinüber. Ole und Alexander kamen ihnen nach.

»*Alberta Adventure Hiking?*«, fragte Kristina und lächelte die beiden an.

Es war wie immer: Kristina fühlte sich mit fremden Menschen wie ein Fisch im Wasser, und Valentina fühlte sich wie ein Hai.

Der Typ lächelte erleichtert zurück. »Wir sind schon seit Stunden da. Alice und ich saßen im gleichen Flieger aus Vancouver«, sagte er auf Englisch.

Das Mädchen warf einen Blick zu Alexander und Ole und schaute dann schnell wieder weg. Ihr Erröten war trotz ihrer hellbraunen Haut gut zu erkennen.

Es gab eine kurze Vorstellungsrunde. Peter und Alice.

»Seid ihr Zwillinge?«, fragte Peter und sah von Valentina zu Kristina.

»Schwestern«, sagte Kristina. »Ich bin die Ältere.«

Auch wenn es sich nicht mehr so anfühlte.

Ein Rumpeln signalisierte, dass das Gepäck endlich auf dem Weg war.

Alexander atmete zufrieden aus. Gemeinsam beobachteten sie das Gepäckband. Es hatte angefangen, sich zu bewegen, und die anderen Reisenden rückten näher heran.

»Da kommt der erste Koffer.« Kristina klatschte in die Hände.

Manchmal war Kristinas Begeisterung für die Welt derart groß, dass sie auf Valentina unglaubwürdig wirkte. Man konnte unmöglich so begeistert über ein Gewitter oder den Geruch von geschnittenem Gras oder irgendwelche verbeulten Koffer sein.

Das Gepäckband spuckte Stück um Stück aus. Teure Alukoffer, in Plastikfolie eingewickelte Schalenkoffer, Seesäcke, Reisetaschen.

»Alex«, sagte Ole und hob einen blauen Rucksack vom Band, den Kaffee immer noch in der anderen Hand.

Alexander nahm den Rucksack mit einem dankbaren Nicken entgegen.

Als Nächstes folgte Oles Rucksack in Tarnoptik. »Ich glaube, da kommt deiner«, sagte er und zeigte auf den großen roten Rucksack, der gerade heranrollte.

»Das ist Kristinas«, murmelte Valentina. Sie hatten den gleichen Rucksack, aber der von Kristina war ausgebeult, weil sie bestimmt erst in den letzten zehn Minuten vor der Abfahrt alles hineingestopft hatte.

Kristina schnappte sich den Rucksack vom Band, bevor Ole es tun konnte.

Die Halle leerte sich von Gepäck und Leuten. Ihre Hände leerten sich von ihren Donuts und dem Kaffee. Das Gepäckband ratterte noch, aber es tauchten keine neuen Teile mehr auf.

»Dein Rucksack kommt bestimmt gleich noch«, sagte Ole.

»Manchmal dauert es länger«, stimmte Kristina zu.

Alexander sagte nichts, aber Valentina konnte spüren, dass er sie beobachtete. Mit Sicherheit war ihm ihre Anspannung aufgefallen.

Ole warf einen Blick auf seine Armbanduhr. Wie sehr Valentina diese Armbanduhr liebte. Sie war ein Geschenk von Oles Opa gewesen, schlicht und von guter Qualität. Sie diente Ole auch als Wecker und Stoppuhr und war wasserfest bis zu drei Meter Tiefe. »Wir haben genug Zeit, um uns nach deinem Gepäck zu erkundigen«, meinte er.

Ole sah aus wie ein Herzensbrecher, aber tatsächlich war er wie diese Uhr: verlässlich. Unzerstörbar.

Vielleicht war ihr Rucksack verloren gegangen. Vielleicht war es ein Fehler gewesen, herzukommen. Vielleicht gab es nichts zu retten. Aber so, wie man einen schmerzenden Zahn immer wieder mit der Zunge berühren musste, war sie hier.

Manche Wunden hörten nie auf, wehzutun.

Dann, wie ein Hicksen aus dem Bauch des Flughafens, purzelte ihr Rucksack aufs Band und kam langsam auf sie zu.

Valentina hatte die Packliste wieder und wieder gecheckt. Das

Bärenspray und die Gaskartusche für den Campingkocher durften nicht mit ins Flugzeug, deshalb würden sie diese Dinge vor Ort von ihrem Wanderführer bekommen. Alles andere hatte sie dabei. Sie war gut ausgerüstet. Es würde alles glattgehen.

Sie hatte drei Wochen, um ihre Schwester zurückzugewinnen.

2

TONYA

Tonya wusste, dass es unhöflich war, den schlafenden Mann anzustarren, aber sie konnte nicht damit aufhören. Sie war zu froh, ihn zu sehen.

Alberta Adventure Hiking bot einen Shuttleservice von Edmonton nach Fort McMurray an, aber sie hatte ausgerechnet, dass es billiger war, wenn sie mitten in der Nacht losflog und dann den Bus nahm. Sie hatte während der ganzen Fahrt aus Angst vor Dieben den Arm durch einen der Rucksackgurte geschlungen, und ihr Hals war festgerostet von der seltsamen Haltung. Wenn ihr jetzt jemand die Ausrüstung stahl, würde sie wieder drei Jahre sparen müssen, bevor sie die nächste Tour bezahlen konnte. Und sie wusste nicht, ob sie es noch einmal schaffen würde, das Geld *nicht* für einen wärmeren Wintermantel und einen neuen Duschkopf auszugeben.

Normalerweise mochte sie es, unterwegs zu sein. Reisezeit – das waren Stunden, die nur ihr gehörten. Aber sie hatte die Sorge nicht abschütteln können, dass sie es aus irgendwelchen Gründen erst zu spät zum Startpunkt schaffen würde – ein früher Wintereinbruch, ein platter Busreifen ...

Jetzt war sie auf dem Parkplatz des winzigen Flughafens in Fort McMurray. Und ja, da war ihr Reiseführer – sie erkannte ihn von seinem Foto auf der Homepage. Er döste auf der Motorhaube eines Jeeps, mit dem Rücken gegen die Windschutzscheibe gelehnt. Der Jeep trug die Aufschrift *Alberta Adventure Hiking*, in glorreich hässlicher Schreibschrift und kaum zu lesen unter einer dicken Dreckschicht.

Die Erleichterung war wie eine Springflut. Sie setzte ihren Rucksack ab, so leise sie konnte, aber er war so schwer, dass er ihr aus den Händen rutschte. Mit einem dumpfen Ton fiel er seitlich auf den Asphalt, das Campinggeschirr klackte – oder vielleicht auch eine Zeltstange.

Sie hielt den Atem an, als würde das etwas nützen.

Seine Augen waren immer noch geschlossen, er schien tatsächlich fest zu schlafen. Jemand, der der Welt vertraute. Sie wusste von ihren nächtlichen Recherchen, dass es im Park nicht nur Wölfe gab, sondern auch Bären und Kojoten. Zwischen den Sonnenstrahlen dachte sie an Klauen und Zähne, an brechende Rippen und Blut.

Sie wusste nicht, woher der Gedanke kam. Vermutlich war sie nur müde.

Plötzlich öffnete Nick ein Auge gegen die Sonne. »Hey, Tonya«, sagte er.

Sie musste überrascht aussehen, denn er grinste. »Wir haben auf dieser Tour vier Mädels dabei. Eine Tonya, ein Schwesternpaar und eine Sechzehnjährige, von der ich extra die schriftliche Erlaubnis ihrer Eltern einfordern musste.«

»Und ich bin alleine hier und nicht sechzehn.«

»Ganz offensichtlich nicht«, sagte er; sein Grinsen wurde ein bisschen breiter, aber sein Blick bewegte sich nicht von ihrem Gesicht weg.

Tonya fühlte, wie ihre Wangen warm wurden. Das Flirten war unaufdringlich und angenehm. Sie erinnerte sich an eine der weiblichen Bewertungen: Unser Reiseführer war *gut*.

»Du bist außerdem das einzige Mädel, das nicht mit dem Shuttle anreist.« Es lag eine Frage in dem Satz, aber die konnte er sich mit einem Blick auf ihren gebrauchten Rucksack selbst beantworten.

Tonya biss die Zähne zusammen. »Ich schlage mich durch.«

Seine Augen wurden weich. Er rutschte auf der Motorhaube zur Seite. »Komm hoch.«

Tonya schluckte. »Glaubst du, die hält mich ... uns beide aus?«

Sein Grinsen war zurück. »Diese Motorhaube hat schon ganz andere Dinge ausgehalten.«

Das Metall wärmte ihren Rücken und die Sonne ihre Vorderseite, und das behagliche Gefühl war so stark, dass Tonya die Augen schloss. Die Sonne ließ die Innenseite ihrer Lider gelb und rot leuchten.

Es war ein Herbsttag, der sich als Sommermorgen ausgab mit seiner Helligkeit – auch wenn sie eine lange Hose trug und manche der Bäume schon mit ersten gelben Blättern gefleckt waren. Während der drei Wochen, die vor ihnen lagen, würden die Bäume immer bunter werden. Jemand hatte in den Bewertungen geschrieben, dass man anhand der Farben immer wisse, ob Fotos in der ersten, zweiten oder dritten Woche aufgenommen worden seien.

Wenn sie in ihrem winzigen Bett gelegen hatte, in ihrem winzigen Zimmer in Chicago, in dem es nie richtig dunkel war, weil immer ein Streifen Laternenlicht durch die Walmart-Rollos drang, hatte sie sich durch die Rezensionen gescrollt.

Wir hatten die Zeit unseres Lebens, stand in ihrer Lieblingsrezension, und sie flüsterte den Satz ins Halbdunkel, zwischen die Lichter der vorbeifahrenden Autos an der Wand, nur um die Worte auszuprobieren, und ihr Herz schlug schneller dabei.

Manchmal kam es ihr vor, als hätte sie ihr ganzes Leben schon einmal durch die Worte anderer Leute erlebt.

»Warum bist du hier?«, fragte er.

So viele Antworten.

Warum war sie hier? Weil sie nachts in der U-Bahn auf dem Weg nach Hause ein Foto gesehen hatte, von Nordlichtern über einem tiefen dunklen Himmel. Der einzige physisch dunkle Ort in ihrem Leben war die Gefrierkammer ihres Küchenjobs. Jedenfalls hatte sie auf der Stelle entschieden, dass sie diese Lichter sehen wollte.

Warum war sie hier? Sie hatte sich jede Woche vierzig Dollar vom Mund abgespart. An ihrem freien Tag Flyer im Einkaufszentrum verteilt, auch wenn sie das Gefühl von Zurückweisung hasste, wenn die Menschen extra einen Bogen um sie liefen.

Warum war sie hier? Es hatte sich angefühlt wie Sehnsucht, aber eigentlich war es Hoffnung. Wenn sie ein Foto im Internet sehen konnte und drei Jahre später die Nordlichter in echt ... dann konnte sie auch einen besseren Job finden und aus ihrer Wohnung ausziehen und aufhören, ihrem Ex-Freund Geld zu geben, wenn er mitten in der Nacht gegen ihre Tür trommelte.

Manchmal traf man eine Entscheidung und spürte, dass das eigene Leben davon abhing, ob man sie durchzog.

Sie wusste nicht, wie sie irgendetwas davon laut aussprechen sollte.

Schließlich sagte er: »Wolltest du hier*hin* oder wolltest du von dort *weg*?«

An keinem anderen Ort hätte sie diese Unterhaltung führen können, aber in dem Raum hinter ihren gelben Augenlidern war es möglich.

»Weg«, flüsterte sie.

Sie hörte weiche Haare über Metall wischen: Er nickte. »Bevor du gehst, wird es ein ›hin‹ sein. Ich weiß nicht, wie, aber so ist es fast jedes Mal.«

Eine unaufgeregte Pause, in der sie ihren Gedanken nachhingen.

»Wie lange machst du das schon?«

»Seit vier Jahren.«

»Reicht das Geld?« Sie hatte Angst vor der Antwort. Sie würde die Reise nicht genießen können, wenn sie die ganze Zeit über wüsste, dass Nick ebenfalls für einen Hungerlohn arbeitete.

»Wir tun alle, was wir tun müssen, um hier draußen sein zu können«, sagte er. Das klang zu dunkel für diesen Sommertag, und er hörte es und fügte hinzu: »Ich hab einen Nebenjob. Mach dir keine Sorgen.«

»Tu ich nicht.«

»Ach ja?« Sie konnte hören, wie er ihr das Gesicht zuwandte. »Ich denke, du bist eine von diesen Personen, die sich immer Sorgen um andere machen. Habe ich unrecht?«

Hatte er nicht, hatte er nicht. Woher kannte er sie schon so gut? Es war fast zu viel: die Sonne. Das Gesehen-Werden. Der angenehme Geruch seines Rasierwassers. Wieder eine von diesen herrlichen Pausen. Sie wusste nicht, wann sie das letzte Mal so dagelegen hatte. Vielleicht auf der großen Rutsche auf dem Spielplatz. Es war Jahre und Jahre her.

Wir hatten die Zeit unseres Lebens.

Das Schlagen von Autotüren, Stimmen – augenscheinlich war der Rest der Gruppe da, denn ihr Reiseführer sprang von der Motorhaube. Bevor er den anderen entgegenlief, drehte er sich noch einmal zu Tonya um. »Ich habe mich noch gar nicht vorgestellt«, sagte er. »Hi. Ich bin Nick.«

»Freut mich, Nick.« Tonya blieb noch einen Moment liegen. Die wohlige Trägheit in ihren Gliedmaßen war ihr ebenso fremd wie willkommen. Sie musste die Augen mit der Hand beschatten, um die Ankömmlinge zu erkennen.

Gerade klatschte Nick einen Mann ab, der auf der Fahrerseite ausgestiegen war. Noch mehr Leute tauchten aus dem Wageninneren auf und begannen, ihr Gepäck abzuladen. Drei Jungs, drei Mädchen. Nick lief herum und schüttelte allen die Hand, als würde er sie seit Jahren kennen. Das warme Gefühl in Tonyas Brust schwand ein bisschen.

Sie erkannte die anderen Mädchen aus Nicks Beschreibung. Die Schwestern erinnerten Tonya an Rennpferde, die sie im Fernsehen gesehen hatte, mit durchtrainierten, harten Beinen, die sich unter den Leggings abzeichneten.

Tonya fühlte sich weich, aber nicht auf die gute Art. Nicht flexibel oder durchlässig. Sie fühlte sich weich wie ein fauler Apfel, in den der Daumen einfach einsinkt.

Sie konnte sich nicht vorstellen, wie es war, zusätzlich zu dem eigenen Glanz noch jemanden an seiner Seite zu haben, der genauso schön, schnell und schlau war wie man selbst.

Alle Neuankömmlinge waren weiß, nur das sechzehnjährige Mädchen war hellbraun, ein paar Töne heller als Tonya. Sie war zierlich wie ein Pusteblumen-Schirmchen und tänzelte mit ihrem Rucksack ein paar Schritte, gutmütig beklatscht von den zwei großen Jungs.

Als Aushilfsnachtportier hatte Tonya gelernt, Leute anhand ihres Gepäck zu beurteilen. Die Leichtigkeit ihrer Schritte bedeutete in diesem Fall, dass all die Rucksäcke mehrere Kilo leichter sein mussten als ihrer. Und das bedeutete Geld. Und das wiederum bedeutete bei jungen Menschen um die zwanzig: Eltern mit Job.

Das warme Gefühl gluckerte wie duftender Badeschaum den emotionalen Abfluss hinunter. Jetzt hockte sie nur noch auf einem schmutzigen Parkplatz, auf einer Motorhaube, die sie ein bisschen eindellte. Ungeschickt rutschte sie herunter.

Ihren eigenen Rucksack musste sie mit Schwung anheben, damit sie ihn überhaupt auf den Rücken bekam, und er schien sie in den Asphalt zu drücken. Man konnte so viel Geld sparen, wie man wollte, man würde trotzdem nie dazugehören.

Eine der Schwestern lief auf sie zu, eine Packung Toffees in der Hand. »Hi, ich bin Kristina! Magst du probieren? Diese Kanadier wissen, wie man Süßigkeiten macht.«

Tonya erkannte den deutschen Akzent sofort. Als sie noch ganz klein gewesen war, hatte eine alte deutsche Nachbarin auf sie aufgepasst, wenn ihre Mutter arbeiten gewesen war – also immer. Tonya erinnerte sich nur an wenig aus dieser Zeit, aber sie verstand die Sprache gut genug, um deutschen Touristen einen Schreck einzujagen, wenn sie im Empfangsbereich planten, die Hotelbademäntel mitgehen zu lassen. Niemand erwartete von Amerikanern Kenntnisse in Fremdsprachen.

»Nein, danke«, sagte Tonya auf Englisch. Ihr gesprochenes Deutsch war nicht besonders gut.

»Bist du sicher?« Kristina schwenkte die Packung in verführerischen Kreisen unter Tonyas Nase. »Wer weiß, wann wir wieder was zu essen kriegen?«

»Ich dachte heute Abend«, sagte Tonya. »So stand es doch im Plan.«

Kristina lachte. »Du hast natürlich recht. Und du bist genau wie Valentina. Oder Ole. Komm, ich stell sie dir vor!«

Kristina nahm ihre Hand, und Tonya war weniger geschockt von der Geste als davon, dass es erwachsene Menschen gab, die einfach die Hand einer fremden Person ergriffen, als hätte sie ihnen noch nie jemand weggezogen.

Ihre Schwester war gerade dabei, Nick auszufragen. »Hast du ein Erste-Hilfe-Set?«

»Ich habe praktisch alles dabei: Erste-Hilfe-Set, Insektenspray, Aloe-Vera-Gel, Tampons. Wenn ihr irgendwas braucht, dann kommt zu mir.«

Die Schwester nickte, zufrieden und ernst.

»Ihr müsst euch keine Sorgen machen«, sagte Nick. »Ich bin neben dem Park aufgewachsen. Und wenn alle Stricke reißen: Ich kenne viele der Leute, die dort wohnen. Die wichtigste Regel ist: Wenn ihr verloren seid, *bleibt stehen*. Ich hab bis jetzt noch jeden gefunden.«

Es wäre leicht, verloren zu gehen. Der Wood Buffalo Park war der größte Nationalpark Kanadas, laut Wikipedia größer als die Schweiz. Flüsse und Wälder und Karstgestein. So leicht. Ein blauer Rucksack, ein kurzer Moment und dann nichts mehr.

Tonya warf einen Blick auf die Gruppe. Vielleicht war das der eigentliche Graben zwischen ihr und den anderen, fern aller materiellen Unterschiede: Die anderen waren noch nie verloren gewesen.

3

JACOB

Das Taxi bog auf den Parkplatz ab, und Jacob wünschte sich sein Bett. Das Koffeinhoch des Energydrinks war schon vor einer Stunde verpufft.

Bett – ein weiterer Punkt auf seiner Liste der Dinge, die er die nächsten drei Wochen vermissen würde. Direkt nach fließendem Wasser, Elektrizität und Supermärkten.

Das Taxi fuhr an einem Geländewagen vorbei. Daneben saß eine Gruppe in bunter Funktionskleidung in einem Kreis auf dem Boden. Das mussten sie sein. Mit diesen Clowns sollte er die nächsten drei Wochen verbringen.

Schließlich hielt das Taxi an. Jacob bezahlte in bar und gab ein dickes Trinkgeld. Der Fahrer lächelte ihn dankbar an – wenigstens einer heute –, dann rollte das Taxi davon, und Jacob blieb mit seinem Wanderrucksack zurück.

Sehnsüchtig sah er dem Auto hinterher. In ein paar Stunden könnte er zurück in Boston sein … Dann hievte er sich den Rucksack ungeschickt auf den Rücken und stapfte den Weg über den Parkplatz zurück zu den anderen.

Sie hatten das Gespräch eingestellt und schauten in seine Richtung.

Ihren begeisterten Gesichtern nach waren sie freiwillig hier. Drei Wochen Entbehrung und körperliche Schmerzen, um den Problemen zu entkommen, die danach immer noch da sein würden. Menschen waren so dumm.

Das musste man seinem Vater lassen: Er hatte verstanden, dass drei Wochen Zivilisationsverlust eine Strafe waren. Eine Art umgekehrter Hausarrest: Man durfte nicht nach *drinnen*.

Zum Glück hatte er heimlich seine Kreditkarte gerettet. Sie war sicher in der Innentasche seiner Jacke verstaut. Im Notfall würde er jemandem ein Auto abkaufen und das Gaspedal bis zurück zum Flughafen durchtreten.

»Jacob?« Ein gut aussehender Kerl Anfang dreißig war aufgestanden und streckte ihm die Hand hin. »Ich bin Nick, von *Alberta Adventure Hiking*. Schön, dass du es noch geschafft hast. Du hast leider die Vorstellungsrunde verpasst.«

Sein Glück hatte ihn also noch nicht ganz verlassen.

Mangels Alternative schüttelte Jacob die Hand. Nick machte eine einladende Geste, die vermutlich bedeutete, dass er sich setzen sollte. Jacob beäugte den Asphalt, während die anderen ihn beäugten. Mussten sie wirklich einen Sitzkreis auf einem Parkplatz machen? Schließlich hockte er sich auf seinen Rucksack und fügte in Gedanken »Stühle« der laufenden Liste zivilisatorischer Errungenschaften hinzu.

Nick zog die Aufmerksamkeit mit einem Klatschen auf sich. »Das ist Jacob, der Letzte im Bunde.«

Jacob nickte unbestimmt in die Runde.

»Wir haben noch ein paar offene Punkte, bevor wir losziehen. Erstens, hat noch irgendjemand gesundheitliche Einschränkungen, von denen ich wissen sollte?«

Uniformes Kopfschütteln.

»Dann zur nächsten Sache: Handys. Es gibt da draußen keinen Empfang, die Akkus sind spätestens nach der ersten Woche leer, und auf der letzten Tour ist einem Investmentbanker fast eine Ader geplatzt, weil sein Handy nass geworden ist. Ich empfehle euch deshalb, die Handys im Rover zu lassen.«

»Was ist mit Fotos?«, fragte ein Mädchen. Sie sah aus wie eine Person, die nie ein Foto machen würde, auf dem sie selbst nicht drauf war.

Hatten die etwa alle diesen harten Akzent? In dem Fall sollte er sofort noch eine Packung Aspirin kaufen.

»Ich habe für jeden von euch eine Einwegkamera. Old school. Mit Film.« Er wackelte tatsächlich mit den Augenbrauen.

»Wie sollen wir Hilfe holen, wenn was passiert?«, fragte das Mädchen neben ihr. Aus den identischen Rucksäcken und den gleichen Augen schloss Jacob, dass sie Schwestern waren. Die zweite kam Jacob vage bekannt vor – vermutlich hatte sie sich zum sechzehnten Geburtstag die gleiche Nasen-OP gewünscht wie alle anderen auch.

»Wichtige Frage«, sagte Nick. »Ich habe sowohl ein Satellitentelefon als auch einen GPS-Notfall-Beacon dabei.«

»Und wenn *dir* was passiert?«, fragte sie. Paranoid also auch noch.

»Ich zeige euch heute Abend, wie ihr mit dem Notfall-Beacon Hilfe holen könnt, wenn ich verletzt und nicht ansprechbar bin. Und ihr könnt eure Handys natürlich mitnehmen. Es ist nur ein Angebot.«

Es war ein Beweis für Nicks Ausstrahlung, dass alle ihre Handys in die Plastiktüte legten. Auch Jacob. Er würde ein funktionierendes Handy brauchen, um nach der Tortur schnellstmöglich zu verschwinden. Das Display wurde schwarz, und er legte das Gerät in die Tüte. Danach war seine Hand unangenehm leer.

»Ihr werdet fast traurig sein, wenn ihr es zurückbekommt«, sagte Nick.

Das bezweifelte Jacob. Das bezweifelte er sehr.

Nick verstaute die Handys im Auto. »Nächster Punkt: Kontrolliert noch mal, ob ihr genug Essen dabeihabt. In fünf Tagen füllen wir unsere Vorräte an einer Proviantthütte auf – Teil des hervorragenden Services von *Alberta Adventure Hiking* –, aber bis dahin müsst ihr ausgerüstet sein.«

Jacob blieb auf seinem Rucksack sitzen, auch wenn er von dessen Inhalt keine Ahnung hatte. Er verließ sich darauf, dass der Assistent seines Vaters die Packliste sorgfältig abgearbeitet hatte. Wozu einen eine Ivy-League-Ausbildung nicht alles befähigte.

»Jetzt ist außerdem eure letzte Chance, überschüssiges Gepäck in den Rover zu legen«, sagte Nick. »Wenn ihr alleine hier seid, könnt ihr euch überlegen, ob ihr mit jemandem das Zelt teilen wollt. Es spart Gewicht und macht mehr Spaß. Ihr habt zehn Minuten, dann fliegen wir los.«

Richtig: Der Startpunkt ihrer Reise war derart abgelegen, dass man ihn von Frühjahr bis Herbst ausschließlich per Wasser und Luft erreichen konnte. Nur im Winter entstand auf den zugefrorenen Seen eine Straße, die für Autos befahrbar war.

Zwei der Mädchen steckten die Köpfe zusammen, und danach entfernte eine von beiden das Zelt aus ihrem Rucksack.

Der schlaksige Kerl in der Anglerweste suchte Jacobs Blick. *No way, José*. Er würde sich erst ein Zelt teilen, wenn er Gefahr liefe, dass ihm beide Eier abfroren. Solange es bloß um eines ging, würde er sich auf die andere Seite drehen und eine Sauna visualisieren.

Nick stand auf, um seinen eigenen Rucksack – ein mörderisch großes Ding – aus dem Auto zu holen. »Du willst dich vielleicht noch umziehen«, sagte er und warf einen bedeutungsvollen Blick auf Jacobs Schuhe.

Jacob musterte seine perfekten Sneaker. Praktisch Limited Edition.

»Du hast doch noch ein anderes Paar dabei?«, fragte Nick.

»Zieh ich später an«, sagte Jacob.

»Das ist deine letzte Chance, sie ins Auto zu packen. Willst du wirklich die ganze Zeit ein zusätzliches Paar Schuhe mit dir rumtragen?«

Wenn die Alternative war, ein Paar Air Jordan 2 OG drei Wochen auf einem Parkplatz ohne Sicherheitssystem zu verstauen? Auf jeden Fall.

»Ich komme zurecht«, sagte Jacob.

Nick zuckte die Achseln, ein nervtötendes Lächeln in den Mundwinkeln, als wüsste er etwas, was Jacob nicht wusste.

Hinter ihm warteten schon die Nervensägen.

»Wir können noch mal eine kleine Vorstellungsrunde machen«, sagte der große blonde Kerl mit dem anstrengenden Akzent. »Ich bin Ole. Das ist Alexander.«

Das waren also seine Mitinsassen:

Ole. Surferboy.

Alexander. Stummer Riese mit hellen Locken.

Alice. Klein und aufgedreht.

Peter. Der beste Kunde von Angelkleidung.com.

Tonya. Wache Augen.

Kristina Ich-Mag-Dich-Du-Magst-Mich.

»Valentina«, sagte die Schwester.

Sie lächelte, weit und offen. Wärme flutete Jacobs Brustkorb, und er lächelte instinktiv zurück. Der Fetzen eines Gedankens: *Vielleicht wird es doch nicht so schrecklich.*

Dann sah er den Fleck auf ihrem Shirt. Energydrink-farben.

Daher kam sie ihm bekannt vor.

Anscheinend konnte sie ihm die Erkenntnis vom Gesicht ablesen, denn sie vertiefte ihr Lächeln. Ah. Sie hatte ihn längst identifiziert, und jetzt verstand er auch, was ihr Lächeln eigentlich bedeutete: Sie zeigte ihm die Zähne.

Oh well.

»Schnappt euch eure Sachen«, rief Nick. »Unser Flugzeug wartet.«

Jacob warf sich den Rucksack wieder auf den Rücken. Er fühlte sich jetzt schon schwer an – wie würde das erst nach zwanzig Meilen werden?

»Und von wo kommst du?«, fragte das klein gewachsene Mädchen. Alice, erinnerte er sich.

»Boston.«

»Ich bin aus Vancouver«, sagte sie. »Peter auch, aber wir sind mit Nick die einzigen Kanadier. Tonya ist aus Chicago, und die anderen sind aus irgendeiner Stadt in Deutschland, deren Namen ich vergessen habe.«

Das erklärte den furchtbaren Akzent.

»Bist du eine von den Personen, die nicht so viel reden?«, fragte Alice.

Jacob brachte es nicht über sich, ihr ins Gesicht zu sagen, dass er bloß mit niemandem *hier* reden wollte. »Bist *du* nicht ein bisschen jung, um mit uns unterwegs zu sein?«, fragte er zurück.

Sie warf ihm einen vernichtenden Blick zu. »Blaise Pascal hat mit sechzehn sein erstes Theorem veröffentlicht«, sagte sie und schloss zügig zu Nick auf, der die Gruppe weg vom Terminal in Richtung einer braunen Lagerhalle führte.

»Du solltest ihr Alter nicht erwähnen«, sagte Kristina. Ihr Akzent war weicher als der der anderen, als hätte sie viele englische Serien geschaut.

»Ach?«, sagte Jacob. »Denkst du?«

Sie lachte.

Vor der Lagerhalle wartete eine junge Frau auf sie. Sie umarmte Nick zur Begrüßung und winkte den anderen zu. »Hi, guys. Ich bin Lisa, eure Pilotin für den Flug nach Fort Chip. Seid ihr bereit für den Beginn eures Abenteuers?«

Jacob verdrehte die Augen, während die anderen klatschten und johlten.

»Dann zeige ich euch die Gute mal«, sagte Lisa.

Das Flugzeug – eine Cessna laut der fröhlichen Erklärung der Pilotin – entpuppte sich als eine kleine Propellermaschine. Jacob hasste die Dinger.

»Gepäck hier rüber«, rief Nick. Er und Lisa verluden das Gepäck gemeinsam mit mehreren braunen Pappkartons.

»Was ist da drin?«, fragte Alice.

Nick öffnete einen der Kartons und holte eine eingeschweißte Mahlzeit heraus. »Ein Kollege von mir füllt die Versorgungsstationen auf, während wir unterwegs sind.«

Alice legte den Kopf schief. »Das sind ziemlich viele Kisten.«

»Wir sind zu neunt. Und ihr werdet so hungrig sein wie noch nie.«
»Gibt es auch eine vegetarische Option?«
Nick verstaute den Karton und zwinkerte ihr zu. »Natürlich. Teil des hervorragenden Service von *Alberta Adventure Hiking*.«

Die Kabine hatte Platz für genau neun Passagiere. Man konnte den Propeller von der Kabine aus sehen, was bedeutete, dass man auch sehen würde, wie er abriss, was Jacob jeden Moment erwartete. Sein Sitz vibrierte unter ihm. Es half nicht gerade, dass die sechzehnjährige Plage laut überlegte, welche Teile des Flugzeugs wirklich zum Fliegen nötig waren.

Unter ihnen verschwand Fort McMurray in rasanter Geschwindigkeit. Eine Weile lang konnte man noch die Ausläufer der nächsten Stadt erahnen, dann war der einzige fixe Punkt ein Fluss, der sich durch mehr und mehr Grün schlängelte. Wenn sie jetzt abstürzten, würde sie tagelang niemand finden, und sie waren noch nicht einmal in der Nähe des Wood Buffalo Parks.

Und für einen kurzen Moment – war es eine Vorahnung oder nur das Ruckeln der Maschine? – packte Jacob die Angst.

4

VALENTINA

Die Motorboote rauschten über den Slave River, und Valentina war froh über ihre Funktionsjacke. Der Wind raute das Wasser auf, und die Sonne glitzerte auf den Wellenkämmen. Ein Kleinbus hatte sie vom Flughafen in Fort Chipewyan in weniger als zehn Minuten zum Ufer des Athabasca-Sees gefahren. Dort hatten zwei Motorboote vertäut gelegen, auf die sie sich mit ihren Rucksäcken gleichmäßig aufgeteilt hatten. Aus einem der braunen Pappkartons hatte Nick für jeden von ihnen ein Bärenspray und eine Gaskartusche geholt.

Hauptsache, sie waren vom Flughafen weg. Die Pilotin hatte Ole für Valentinas Geschmack einmal zu häufig angelächelt. Valentina hatte ihn zu lange nicht gesehen – sie war mal besser darin gewesen, einen neutralen Gesichtsausdruck beizubehalten, wenn sich jemand an Ole heranmachte.

Jetzt waren sie schon mehr als zwei Stunden unterwegs, und die Landschaft um sie herum sah immer noch gleich aus. Der Fluss wurde von Schilf gesäumt und war mehr als hundert Meter breit, dahinter begann direkt der Wald. Dunkelgrüne Nadelbäume, ein paar Birken, wie sie auch in Deutschland standen. Es schien Valentina, als könnten sie fahren, bis das Benzin ausging, und trotzdem nirgendwo ankommen.

Da mussten Vögel und andere Tiere um sie herum sein, aber Valentina hörte sie nicht. Sogar das Dröhnen des Motors klang leiser in der Weite. Als wollte der Wald ihnen zeigen, wie gleichgültig er ihrem lärmendem Boot gegenüber war. Vor ihnen Stille, nach ihnen Stille. Der Wald war geduldig, und sie waren nichts.

Ihre Finger und Ohren waren kalt, und sie zog sich die Kapuze über den Kopf und steckte die Hände in die Jackentaschen.

Mit ihr im Boot saßen Kristina, Alexander und Ole. Außerdem Jacob, der noch immer seine Sneaker an die Brust presste. Beim Anblick der Boote hatte er sich die Sneaker von den Füßen gerissen und zu Wanderschuhen gewechselt, der Trottel.

Der Fahrer drosselte den Motor und steuerte in einem Bogen auf das Ufer zu. Das andere Boot tat es ihm gleich. Ein Steg war nicht erkennbar, aber das Schilf wich an dieser Stelle einem Steinvorsprung.

Nick warf seinen Rucksack an Land und sprang hinterher. Der Sprung war nicht besonders weit, und allen aus Valentinas Boot gelang er mühelos, nur Peter musste Nick an dessen schmutziger Outdoorjacke packen, damit er nicht ins Wasser rutschte. Jacob machte mit seinen Sneakern in der Hand einen extra großen Sprung. Kristina dokumentierte das Aussteigen mit ihrer Einwegkamera.

»Bis in drei Wochen«, rief einer der Bootsführer, bevor sie mit einem Winken wendeten.

Das Röhren der Motoren verstummte zuerst, ein wenig später brachen sich die letzten von den Booten erzeugten Wellen an dem Stein unter ihren Füßen.

Niemand sagte etwas. Vor ein paar Stunden waren sie noch in einer menschengemachten Maschine mit gepolsterten Sitzen durch den Himmel geflogen. Jetzt standen sie mit den Füßen im Matsch. Mit allem, was sie für die nächsten fünf Tage brauchten, auf dem Rücken. Hoffentlich.

Nick lächelte in die Runde. »Drei Dinge, bevor wir loslaufen. Erstens: der GPS-Notfall-Beacon.« Er reckte ein handygroßes Kästchen in die Höhe. »Die Bedienung ist denkbar einfach. Ihr klappt die Kappe mit der Beschriftung ›SOS‹ nach oben und drückt den Knopf darunter, bis das Gerät anfängt zu blinken. Kapiert? Gut. Dann bräuchte ich noch jemanden, der den Beacon trägt.«

Ole meldete sich sofort. Mit einem nervösen Flattern im Bauch sah Valentina ihm dabei zu, wie er das Gerät vorsichtig verstaute. Wenn Nick etwas passierte, dann war das Gerät ihre einzige realistische Hoffnung, es lebendig aus dem Wald zu schaffen.

»Zweitens: Ich brauche auch jemanden, der den Handspaten trägt.« Er hielt das Gerät nach oben. »Wenn ihr austreten müsst, dann entfernt euch hundert Schritte von Gewässern, Schlaf- und Essensstätten, grabt ein Loch und schüttet es hinterher wieder zu.«

Kristina meldete sich dafür.

»Sehr gut«, sagte Nick. »Letzter Punkt: Bärensicherheit. Es gibt im Park eine gesunde Schwarzbären-Population.«

»Sind das die Bären, die klettern können?«, fragte Kristina.

»Sie klettern sogar sehr gut«, sagte Nick. »Die einzigen Bären, die nicht klettern können, sind erwachsene Grizzlybären, weil sie zu schwer dazu sind.«

»Und Eisbären«, warf Peter ein. »Weil es am Nordpol keine Bäume gibt.«

»Und Eisbären«, sagte Nick. »Die meisten Begegnungen mit Bären verlaufen harmlos. Dennoch ist die sicherste Variante, sie gar nicht erst zu treffen. Dazu könnt ihr beim Laufen Lärm machen, damit der Bär euch früh genug hört und ausweichen kann. Was ist die wichtigste Verhaltensregel, wenn wir doch einem begegnen?«

»Ruhig bleiben?«, sagte Kristina.

»Genau, nicht davonrennen«, sagte Nick. »Macht euch nicht zur Beute. Wenn der Bär weit genug weg ist, entfernt euch langsam. Lasst ihm immer eine Fluchtmöglichkeit. Bleibt in der Gruppe zusammen. Wenn er auf euch zukommt, bleibt stehen und macht Lärm. Schreit ihn an. Werft Steine und Stöcke in seine Richtung. Macht euch bereit, das Bärenspray zu benutzen.«

Er demonstrierte, wie man das Spray mit dem mitgelieferten Halfter am Gürtel befestigte. Danach ließ er sie mehrmals üben, das Spray zu entsichern und in der richtigen Position zu halten.

»Ich weiß, dass das viel Information auf einmal ist«, sagte Nick. »Und es ist unwahrscheinlich, dass ein Bär angreift. Aber ihr müsst auch verstehen, dass die Gefahren hier draußen echt sind. Die Ausrüstung auf eurem Rücken ist lebenswichtig. Bis ihr ins Krankenhaus kommt, können Tage vergehen. Dafür werdet ihr hier draußen keine Autos hören, keinen Baustellenlärm, keine Wecker. Es gibt keine Lichtverschmutzung und kein Social Media. Mein liebster Ort auf der ganzen Welt.« Er lächelte. »Das werden drei Wochen, die ihr nie vergessen werdet. Versprochen.«

5

JACOB

Als das Licht fahler wurde, stieg Jacobs Anspannung. Er konnte den Fluss nicht mehr sehen. Um ehrlich zu sein, wusste er nicht einmal mehr, in welcher Richtung der Fluss lag.

Nick hatte für den ersten Tag nur eine kurze Wanderung angekündigt, aber der Rucksack rieb Jacob schon jetzt die Schultern wund, und seine linke Ferse schabte gegen den Wanderschuh. Für einen Moment war er sogar versucht, seine Sneaker wieder anzuziehen, aber der Pfad schmatzte bei jedem Schritt. Schlammsprenkel überzogen seine Wanderhose.

Es war eine dumme Idee gewesen, die Sneaker auf der Anreise zu tragen. Ganz abgesehen von dem zusätzlichen Gewicht würde es schwierig werden, sie in seinem vollen Rucksack nicht zusammenzuquetschen. Vermutlich sollte er sie mindestens mit Socken ausstopfen, damit sie ihre Form behielten.

Seit die Motorboote verstummt waren, war es viel zu leise. Der Pfad musste von Tieren auf dem Weg zum Wasser ausgetrampelt worden sein, aber wo waren die? Der Wald rauschte unter einer sanften Brise, als wollte er sie einlullen.

Der einzige Vorteil an dem schmalen Pfad war, dass sie nur hintereinander laufen konnten und er so einen Vorwand dafür hatte, mit niemandem zu reden.

Hinter ihm tauschten sich die Schwestern über ihre Beobachtungen aus, nur ab und zu unterbrochen von einer Bemerkung von Ole oder einem Brummen von Alexander. Vor ihm beantwortete Nick geduldig Alice' tausend Fragen. »Die Wölfe im Park sind Mackenzie-Wölfe, das ist eine der größten Wolfsarten der Welt.«

»Bist du je einem begegnet?«, fragte Alice.

»Du triffst nicht *einen* Wolf«, warf Peter ein. »Wölfe sind Rudeltiere.«

»Einmal. Am Lake Claire«, sagte Nick. »Die Wölfe waren dabei, einer Bisonherde nachzustellen. Hast du schon mal ein Bison gesehen?«

Wenn die Bisons nicht unter Naturschutz stünden, wäre mein Vater schon vor Jahren hier gewesen, dachte Jacob.

Vor ihm schüttelte Alice den Kopf.

»Es gibt eine gute Chance, dass sich das in den nächsten drei Wochen ändert«, sagte Nick. »Manche sind mehr als tausend Kilo schwer. Sogar ein Mackenzie-Wolf ist klein dagegen.«

»Waren die Wölfe ... erfolgreich?«

»Nicht, als ich zugeschaut habe. Aber früher oder später wahrscheinlich schon.«

Nick blieb stehen. Links von ihnen verlief ein kleiner Bach. »Das sieht nach einem guten Lagerort aus.«

Jacob ließ sich seinen Rucksack von den Schultern rutschen. Er wusste nicht, ob ihm die Schultern oder die Füße mehr wehtaten. Die Sonne stand schon tief am Himmel.

»Baut hier eure Zelte auf«, sagte Nick. »Lasst euer Essen eingepackt, bis wir ums Lagerfeuer sitzen. Wir wollen die Bären nicht zu unserer Schlafstelle locken.«

Jacob entfernte sich ein gutes Stück von den anderen. Es gab keinen Grund, nachts auch noch ihr Schnarchen zu hören, wenn er den ganzen Tag schon ihr Gerede ertragen musste.

Die Zeltplane steckte zuoberst in seinem Rucksack – sein Vater stellte nur die besten Leute ein. Allerdings fand Jacob die Zeltstangen nicht. Sie waren nicht in den Seitentaschen, und er entdeckte sie auch nicht, als er den kompletten Rucksack auf dem Boden auspackte: Er hatte einen Schlafsack, eine Isomatte, einen Campingkocher, einen Wasserfilter, einen großen Beutel mit Essen für die fünf Tage bis zur Versorgungsstation, Zahnpasta und Deo. Mehrere Lagen Kleidung. Dazu allerlei sicherlich lebensnotwendigen Krimskrams. Was er nicht hatte, waren Zeltstangen.

Kein Fehler, den irgendein Mitarbeiter seines Vaters unabsichtlich machen würde. Vielleicht hätte er sich die Mühe machen sollen, sich den Namen des Assistenten zu merken, statt ihn immer nur »du da« zu nennen.

Er stützte den Kopf in die Hände.

»Brauchst du Hilfe?«, fragte Nick.

»Kann ich unter freiem Himmel schlafen?«, fragte Jacob.

»Klar. Ziel unserer drei Wochen ist es ja, der Natur näherzukommen. Ich würde es dir allerdings heute Nacht nicht empfehlen. Der Wetterbericht hat leichten Nieselregen angekündigt, und sobald dein Schlafsack nass ist, wird das eine miserable Nacht werden.«

»Ich hab keine Zeltstangen dabei«, sagte Jacob.

»Frag einfach Peter. Soweit ich weiß, hat er ein Zwei-Mann-Zelt.«

Jacob seufzte. Derselbe furchtbare Gedanken war ihm auch schon gekommen.

»Natürlich kannst du bei mir mit ins Zelt«, sagte Peter. Vor Aufregung erblühten rote Flecken auf seinen Wangen.

»Danke«, quetschte Jacob heraus.

Peter hatte sein Zelt natürlich direkt neben denen der anderen aufgebaut. Es roch muffig, und die grüne Farbe der Plane war schon vor Jahren zu schmutzigem Grau verblasst. Während Jacob drinnen seine Isomatte und seinen Schlafsack ausrollte, hörte er, wie Peter zu Tonya und Alice hinübertapste, die hektischen Flecken auf seinem Gesicht vermutlich zinnoberrot.

»Kann ich euch noch helfen?«, hörte Jacob ihn fragen.

»Danke, wir sind fertig«, sagte Tonya.

Eine kleine Pause, in der Peter hektisch nach einem neuen Gesprächsthema zu suchen schien. »Also habt ihr alle duftenden Sachen aus eurem Gepäck entfernt?«

»Ja, haben wir«, sagte Tonya. »In einem separaten Beutel, wie es auf der Packliste empfohlen war.«

Jacob kroch mit dem Beutel in der Hand aus dem Zelt.

Peter knetete nervös die Hände. »Aber ihr habt vergessen, die Schnüre an eurem Zelt mit Heringen zu spannen«, sagte er. »Ich kann das für euch machen.«

»Es ist hier nicht besonders windig«, sagte Alice. »Und meistens dienen die Schnüre nur dazu, dass man nachts darüber stolpert.«

»Aber ...«

»Ich weiß ja wohl selbst, wie ich mein Zelt aufbaue«, entrüstete sich Alice.

Peter schluckte, schnappte sich seinen Essensbeutel und schlurfte Richtung Essensstelle. Fast tat er Jacob leid.

Die vier aus Deutschland waren noch dabei, die Planen ihrer zwei Zelte richtig auszubreiten.

»Glaubt ihr, die brauchen Hilfe?«, fragte Alice und linste in Oles Richtung.

»Frag sie doch«, sagte Tonya. Sie hatte eine angenehm melodische Stimme.

Alice biss sich auf die Lippe. »Bestimmt wollen sie ihr Zelt auch alleine aufbauen.«

»Wovor hast du Angst?«, sagte Jacob. »Die sind alle zu nett, um dich abzuweisen.«

Außer die Schwester mit den vielen Zähnen vielleicht. Von ihr hatte er schon längst einen Kommentar zu ihrer Begegnung am Flughafen erwartet.

Als hätte sie seinen Gedanken gehört, hob Valentina den Kopf. Ihre Augen verengten sich. Dann wurde sie von Alice abgelenkt.

»Das war nett von dir«, sagte Tonya, während sie beobachteten, wie Kristina Alice fröhlich zunickte.

»Nur die Wahrheit«, sagte Jacob. »Drei von vieren würden sich lieber in den Fuß schießen, als zu jemandem ›Nein‹ zu sagen.«

»Trotzdem«, sagte Tonya.

Jacobs Brust wurde eng. »Was macht sie eigentlich hier?«, fragte er.

»Alice? Sie ist fertig mit der Highschool und hat ihre Eltern zu dieser Reise anstelle eines Ferienlagers überredet.«

»Meine Güte, wie viele Klassen hat die denn übersprungen?«

Tonya zuckte die Achseln. »Sie ist jedenfalls sehr hilfsbereit.«

Gerade zeigte Alice Ole, wie man die Stangen richtig in die vorgefertigten Löcher einfädelte, und Ole – der sicherlich genau wusste, wie man ein Zelt aufbaute – hörte ihr höflich zu.

»Das kann ich sehen«, sagte Jacob grinsend.

»Und warum bist du hier?« Das dunkle Braun ihrer Augen verschwamm fast mit ihrer Pupille.

Jacob hatte noch nie so ungern eine Frage beantworten wollen. »Das Übliche. Ich liebe die Natur und so weiter.« Er deutete mit dem Daumen über seine Schulter. »Wenn wir fertig sind, sollten wir Nick beim Feuer zur Hand gehen, richtig?«

Tonya betrachtete sein Gesicht und nickte schließlich.

Ein gutes Stück von ihnen entfernt fanden sie Nick und Peter dabei, den Boden für eine Feuerstelle freizuräumen.

»Heute Abend zeige ich euch, mit welchen Materialien man am besten ein Feuer macht. Die meiste Zeit werden wir aber den Campingkocher benutzen – ist schneller und hinterlässt weniger Spuren in der Umwelt.«

Jacob und Tonya sammelten Brennmaterial, bis die anderen nach ein paar Minuten ihre Zelte aufgebaut hatten. Trockene Äste von dick bis dünn, um das Feuer nach und nach zu füttern, Birkenrinde und möglichst viel »fluffiges« Material, um die erste Flamme zu halten.

Als alle da waren und den Boden vor sich von brennbarem Material freigeräumt hatten, begann Nick mit der Feuer-Lektion. »Eure beste Chance ist es, euer Feuerzeug oder den Feuerstahl nicht zu verlieren. Ihr könnt auch Feuerbohren mit einem Bogen, aber dazu braucht ihr genau das richtige Holz, Übung und viel Kraft – alles Dinge, die man in einer Überlebenssituation als Anfänger vermutlich nicht hat.«

Zu Jacobs Überraschung war es tatsächlich sogar mit Feuerzeug gar nicht so einfach, ohne Grillanzünder ein Feuer zum Brennen zu bekommen. Peter war der Einzige, dem es relativ schnell gelang. Nick machte mehrmals die Runde, bevor sie es alle einmal geschafft hatten. Danach löschten sie sämtliche Feuer bis auf eines.

»Ihr seid sicherlich hungrig«, sagte Nick. »Aber bevor wir essen, sollten wir die Bärenbeutel in Position bringen. Wir können sie nach dem Essen füllen, bloß das Aufhängen ist im Dunkeln deutlich schwieriger.«

Er ließ Peter – der natürlich bereits wusste, wie man Bärenbeutel aufhängte – zum Bewachen des Feuers zurück, führte sie bestimmt hundert Schritte von der Feuerstelle weg und zeigte ihnen, wie sie mit einem beschwerten Beutel eine Leine über einen Ast werfen konnten. »Sucht euch einen möglichst dünnen Ast aus. Wenn die Tasche nachher hängt, muss sie sowohl vom Baumstamm als auch vom Boden so weit weg sein, dass der Bär sie nicht erreichen kann.«

Jacob beäugte einen passenden Ast. Dann das mit Steinen gefüllte Säckchen in seiner Hand. *Ich dachte, ich hätte sportliche Blamage nach der Highschool abgewählt.*

Die vier wärmten sich derweil mit Armkreisen auf und riefen sich dabei auf Deutsch aggressiv klingende Sätze zu. Jacob wollte sich gerade darüber lustig machen, dass sie sich aufführten wie Profisportler, bevor sie ihre Leinen jeweils mit einem Wurf über einen Ast beförderten. Die anderen stellten sich ein bisschen schlechter an, vor allem Tonya, die das Wurfgeschick eines dreibeinigen Zebras besaß, aber niemand brauchte so lange wie Jacob.

Allmählich wurde es dunkel.

Die anderen schauten mit Sicherheitsabstand zu, wie er seine Leine zum zehnten Mal aus einem Geäst zog, weil er zu niedrig geworfen hatte.

»Du hattest recht«, bemerkte Valentina zu ihrer Schwester. »Camping macht echt Spaß.« Sie sagte es auf Englisch.

Jacob kniff die Augen zusammen. »Hat irgendjemand vor, mir zu helfen?«, fragte er.

Alexander trat einen Schritt nach vorne, aber Valentina legte ihm eine Hand auf den Arm. »Ich erledige das«, sagte sie. »Fangt ruhig schon mit dem Kochen an.«

Ole zog eine Augenbraue nach oben, aber das blieb seine einzige Reaktion. »Wir wärmen dir was mit auf«, sagte er.

»Danke dir«, sagte Valentina. Sie konnte strahlend lächeln, wenn sie wollte.

»Du wirst keinen Finger rühren, oder?«, fragte Jacob nach zwei weiteren vergeblichen Würfen.

Valentina lehnte bequem an einem Baumstamm. »Oh, vermutlich schon ... irgendwann innerhalb der nächsten fünfzig Versuche. Ich bin immerhin hungrig.«

»Ist dir bewusst, dass du unser aller Sicherheit gefährdest?«

»Was meinst du? Wenn du hier weiter so rumturnst, wird der Bär ganz sicher nicht unser *Essen* fressen.«

Jacob ließ das Wurfsäckchen auf den Boden fallen. »Geht es hier um unsere Begegnung am Flughafen?«, fragte er. »Wenn ja, ist das ziemlich kleinlich von dir.«

»Kleinlich?« Sie löste sich von dem Baumstamm und kam auf ihn zu.

»Engstirnig. Empfindlich. Pingelig.«

»Ich weiß, was ›kleinlich‹ bedeutet.«

»Es ist nicht so, als hätte ich dich mit Absicht bekleckert«, sagte er.

Sie hob das Wurfsäckchen auf und warf es locker von einer Hand in die andere. »Soll das eine Entschuldigung sein?«, fragte sie.

»Wenn du magst.«

Sie holte aus und schleuderte das Säckchen mit voller Kraft in das engste Astdickicht in der Nähe. Wieder hing das Seil viel zu nah am Boden, aber dieses Mal hatte sich die Schnur zusätzlich komplett in den Ästen verfangen. Zufrieden klopfte sie ihre Hände sauber. »Das war die schlechteste Entschuldigung, die ich je gehört habe«, sagte sie und ließ ihn stehen.

Ihm blieb nichts anderes übrig, als ihr zum Lagerfeuer zu folgen. Die anderen hatten ihr Campinggeschirr ans Feuer gestellt und erhitzten bereits die mitgebrachten Fertigportionen. Für Valentina war ein Platz frei gehalten worden, und sie schlüpfte in die Lücke. Er hörte noch, wie sie den anderen erklärte, dass sich seine Schnur unglücklicherweise im Geäst verfangen hatte und bis zum Morgen warten musste.

Jacob ließ sich ein Stück entfernt vom Feuer auf den Boden sinken.

»Morgen klappt es bestimmt besser«, sagte Kristina und streckte sich, um ihm den Arm zu tätscheln.

Valentina nickte scheinheilig.

Jacob verkniff sich jede Erwiderung. Er würgte den Campingfraß hinunter, putzte sich die Zähne über dem Feuer, damit die Zahnpasta keinen Geruch hinterließ, und packte sein Essen in Peters Bärentüte.

»Habt ihr alles mit Geruch aus euren Zelten entfernt?«, fragte Nick. »Auch Labello, Mückenspray und Zahnbürsten?«

»Was ist mit Jacobs Socken?«, fragte Valentina.

Auch dazu sagte er nichts.

Der Nachthimmel war bewölkt und verdeckte die sagenhafte Aussicht auf die Sterne in der anscheinend größten Dark Sky Preserve der Welt, wovon die Strohköpfe am Lagerfeuer die ganze Zeit geschwärmt hatten. Aber die Dunkelheit war undurchdringlich, und ohne seine Stirnlampe und Peters Orientierungssinn hätte er das Zelt auf dem Rückweg vom Bärenbaum garantiert nicht mehr gefunden.

»Schade, dass wir keine Nordlichter gesehen haben«, sagte Peter, als sie nebeneinander im Dunkeln lagen.

»Mhm«, machte Jacob, während er sich die Stöpsel in die Ohren friemelte.

Jetzt, als ihre Lampen ausgeschaltet waren, breitete sich ein hartnäckiges Lächeln auf seinem Gesicht aus.

Er hatte drei Wochen, um den Krieg gegen Valentina zu gewinnen. Und wenn er beim Jagen mit seinem Vater irgendetwas gelernt hatte, dann war es, schweigend in der Dunkelheit abzuwarten.

6

VALENTINA

Valentina grub ihr Gesicht tiefer in den Schlafsack. Weder das Piepen von Oles Armbanduhr im Zelt nebenan noch der Druck ihrer Blase konnte sie dazu bringen, ihr Nest zu verlassen.

Für ein paar selige Minuten versank die Welt wieder in stickiger Wärme.

Dann bohrte sich ein Finger in ihre Seite. »Auf-ste-hen«, trällerte Kristina.

Ruckartig zog Valentina den Kopf aus dem Schlafsack. »Du streckst sonst vor dem dritten Snooze nicht mal einen Zeh aus dem Bett«, sagte sie. Oder war das eine weitere Sache, die sich verändert hatte? Ihr Ton klang vorwurfsvoll, aber Kristina hörte darüber hinweg.

Sie war schon dabei, sich aus dem Schlafsack zu schälen. »Muss wohl an der guten Luft liegen. Oder dem Licht.«

Eine weitere dieser Sachen, die Kristina einfach für sich entschied. Für die Dauer der Reise war sie eine gut gelaunte Frühaufsteherin.

»Verräterin«, zischte Valentina.

Kristina kletterte lachend aus der Zeltöffnung, und kalte Luft wallte in den Innenraum. Sie schnappte sich Valentinas Klopapierrolle und stapfte Richtung Wald davon, ohne den Reißverschluss zu schließen. Typisch.

Valentina fischte frische Unterwäsche aus ihrem Rucksack und zog sich im Schlafsack um. In Fleece- und Regenjacke gehüllt, kroch sie aus dem Zelt. Es war trotzdem eiskalt.

Ich liebe meine Schwester, wiederholte sie in ihrem Kopf. *Ich bin hier, um mich mit ihr zu vertragen. Deshalb hat sie mich eingeladen.*

Sie hatte ihre Wanderschuhe zum Auslüften im Vorzelt stehen lassen und dabei nicht an den Tau gedacht; sie waren kalt und feucht, und die Nässe drang sofort durch ihre Socken. Sie fluchte.

»Guten Morgen auch an dich«, sagte Ole mit einem Grinsen. Der niedrige Winkel der Sonne ließ die Stoppeln auf seinem Gesicht glitzern. Wie konnte man bloß morgens schon so gut aussehen?

»Mmmh«, machte Valentina.

»Wir kochen gerade Wasser für den Kaffee ab«, sagte er.

Valentina blinzelte ihn an. »Du Lebensretter.«

»Ich bin mir sicher, dass du auch ohne Kaffee überleben würdest«, sagte er.

»Ich schon«, murmelte Valentina. »Aber niemand sonst.«

Ole lachte und legte ihr einen Arm um die Schultern. Seine Wärme drang sogar durch ihre Jacken. Valentina schmiegte sich unauffällig tiefer in seine Umarmung. Als kleine Schwester der besten Freundin musste man nehmen, was man kriegen konnte.

Zu ihrer Zufriedenheit wirkte Jacob genauso unwillig wie sie, als er hinter Peter aus dem Zelt krabbelte.

»Der Morgen fängt gut an«, sagte Valentina. »Jacob auf den Knien.«

Jacob warf ihr einen undeutbaren Blick zu. »Habe ich in eurer unverständlichen Sprache irgendwas über Kaffee gehört?«

Ole schien Jacobs unfreundlichen Ton nicht zu bemerken. Darin war er genau wie Kristina. »Wir machen gerade Wasser heiß.«

Kristina kam zurück, das benutzte Klopapier vorschriftsmäßig in einer Plastiktüte verstaut, und sie stapften gemeinschaftlich in Richtung ihrer Bärenbeutel – die unberührt in den Bäumen hingen – und danach mit Essen zur Feuerstelle, wo Alexander und Nick bereits in einträchtiger Stille das Porridge löffelten, das sie auf ihren Campingkochern zubereitet hatten.

Valentina war dankbar für ihr aufblasbares Sitzkissen, weil sie so nicht auch noch einen nassen Po bekam. Sie goss sich heißes Wasser in ihre Campingtasse und maß einen Löffel Pulverkaffee ab. Dann setzte sie sich im Schneidersitz möglichst nahe an ihren Campingkocher, in der Hoffnung, dass ihre Schuhe noch ein bisschen trockneten.

Kristina angelte nach der Kaffeetüte.

»Hey.« Valentina zog ihr die Tüte weg. »Nimm deinen eigenen. Der ist rationiert.«

Die Kristina von vor dem Unfall hätte sich auf eine dreiwöchige Wanderung gründlich vorbereitet. Nie im Leben hätte sie sich bei anderen Leuten durchgeschnorrt – im Gegenteil: Sie hätte ein bisschen extra mitgenommen für den Fall, dass Valentina etwas vergaß, was unweigerlich passiert wäre. Es war, als hätten sie nach dem Unfall die Plätze getauscht.

Ja, eigentlich wollte Valentina eine schöne Zeit mit Kristina haben – deshalb war sie hier –, aber in ihr war alles am Kratzen und Brodeln, ihr Hals war verstopft damit. Wenn sie jetzt auch nur einen Schritt auf Kristina zuging, würden all die hässlichen Dinge aus ihrem Mund hervorbrechen, die seit Monaten darin lauerten.

»Ist doch nur ein bisschen Kaffee«, sagte Kristina.

Ist doch nur ein bisschen Kaffee.

Ist doch alles in Ordnung zwischen uns.

Als wäre das Ganze nur in Valentinas Kopf. Aber nichts war in Ordnung, und sie hatte es sich nicht eingebildet, das hatte Ole am Flughafen bestätigt. »Hier draußen ist Kaffee *Gold*.«

»Du bist kleinlich, weißt du das?«, sagte Kristina.

Schon wieder dieses Wort. Valentina musste schlucken, um die Wut unten zu halten. »Und du bist schlecht vorbereitet.«

Sie war froh, dass außer ihnen vier keiner Deutsch sprach. Mittlerweile waren sie komplett, und die Blicke von Ole und Alexander waren schon genug. Sie sah keinen von beiden an, vor allem nicht Alexander.

»Na, wie war die erste Nacht?«, fragte Nick, als alle ihr Frühstück hatten.

Kristina hatte nicht einmal den Anstand, sich darüber zu ärgern, dass sie aus eigenem Verschulden kaffeelos war. »Ich hab super geschlafen«, sagte sie. »Die Waldgeräusche haben mich richtiggehend in den Schlaf gewiegt.«

Valentina hatte bestimmt eine Stunde wach gelegen, aus Angst, von einem Bären gefressen zu werden, weil Kristina mit Sicherheit irgendetwas Duftendes im Zelt vergessen hatte.

»Und die anderen?«, fragte Nick.

Valentina konnte sich nichts Uninteressanteres vorstellen als die Schlafprobleme anderer Leute. Jacob starrte genauso apathisch in die Gasflammen wie sie. Ihr fiel auf, dass er nur heißes Wasser in seiner Tasse hatte – ein weiterer Wanderer auf Kaffee-Entzug. Schlagartig besserte sich ihre Laune. Ungeduldig wartete sie das Ende der Morgenrunde ab.

»Gibt es in deinem Fünfhundert-Euro-Rucksack etwa keinen Kaffee?«, fragte sie zuckersüß.

»In der zivilisierten Welt benutzen wir Dollar«, sagte Jacob.

»In der zivilisierten Welt trinken wir Kaffee.«

»An Pulverkaffee ist überhaupt nichts zivilisiert.«

Innerlich musste Valentina ihm leider recht geben. Der lösliche Kaffee schmeckte so widerlich, dass sie Kristina beinahe doch etwas davon abgegeben hätte.

Stattdessen schlürfte sie ihn extra laut.

»Was geht denn zwischen euch ab?«, flüsterte Kristina.

»Jacob ist das Arschloch vom Flughafen.«

»Oh, oh«, sagte Kristina.

Ein Lächeln kroch über Valentinas Gesicht. Es war ein befriedigender Aspekt des Geschwisterlebens, dass es jemanden gab, der die eigenen Fähigkeiten akkurat einschätzen konnte.

Nach dem Frühstück benutzten sie ihre Wasserfilter, um am Bach ihre Flaschen für den Tag aufzufüllen, und packten alles zusammen. Dann folgten sie weiter dem schmalen Pfad vom Vortag. Kristina lief vor ihr.

»Du musst dein Bärenspray an der Hüfte befestigen«, sagte Valentina. »Im Rucksack bringt es dir nichts.«

»Reicht es nicht, dass du eines hast?«

Valentina sparte sich die Antwort. Stattdessen konzentrierte sie sich darauf, wo sie ihre Füße hinsetzte. Der Pfad war glitschig vom Morgentau, und Nebel hing noch in Fetzen über dem Weg. Kristina würde nie ein Bärenspray brauchen. Sie waren eine große Gruppe, sie machten genug Lärm, und überhaupt würde sie Kristina wahrscheinlich eigenhändig umbringen, bevor ein Bär auch nur die Chance dazu hatte.

Wald, Wald, Wald um sie herum ... und dann endeten die Baumstämme abrupt, und vor ihnen breitete sich bis zum Horizont eine riesige Ebene aus.

»Oh«, machte Alice.

Kristina schoss ein Foto.

Valentina schluckte.

»Um zur Versorgungshütte zu kommen, müssen wir in den Wald zurück, aber heute und morgen sind wir hier draußen unterwegs, damit ihr freie Sicht auf die Sterne habt«, sagte Nick.

Tonya fragte nach den Nordlichtern, doch Valentina hörte die Antwort nicht. Sie waren schon die ganze Zeit mitten im Nirgendwo, aber wie sie gerade lernte, war Nirgendwo ein großer Ort.

Beim Weitergehen stellte sich die Ebene als nicht so kahl heraus, wie sie auf den ersten Blick gewirkt hatte. Das braune Grasland war von Wasserstellen durchsetzt, in denen sich der Himmel spiegelte, und kleinen Ansammlungen von Bäumen, die sich dem Wind beugten.

Der Pfad verlor sich zwischen den Gräsern, und ohne ihn wurde das Gefühl der Orientierungslosigkeit noch stärker.

»Seht ihr das da vorne?«, fragte Nick plötzlich. Er schirmte die Augen gegen die Sonne ab. »Links von der Wasserstelle?«

Zuerst erkannte Valentina nichts als Steppe. Erst nach und nach lösten sich die braunen Umrisse aus der Landschaft. Bisons. Sogar aus der Entfernung wirkten sie groß.

»Ein bisschen näher können wir noch rangehen«, sagte Nick. »Die Daumenregel ist – und zwar buchstäblich –, dass ihr immer mindestens so weit von einem Bison weg sein solltet, dass ihr es mit eurem Daumen verdecken könnt, wenn ihr den Arm ausstreckt. Das sind wehrhafte Tiere, die sogar Autos gefährlich werden können.«

Sie pirschten sich noch näher heran, auf einmal unabgesprochen leise. Ole wirkte genauso skeptisch, wie Valentina sich fühlte. Allmählich wurden Details sichtbar. Die Bisons hatten braunes, zottiges Fell und einen steilen Buckel, aber am stärksten stach Valentina ihr dicker Schädel mit den Hörnern ins Auge.

Sie spürte, wie die Haare an ihren Armen sich aufstellten, wie vor einem Startschuss, wenn sie sich bereit machte, so schnell zu rennen, wie sie konnte.

»Die sind riesig. Wie zum Teufel sollen die Wölfe sie jagen können?«, flüsterte Alice.

»Wölfe haben keine Chance gegen eine stehende Herde aus erwachsenen Bisons«, sagte Nick. »Nicht mal im Rudel. Deshalb machen sie die Bisons nervös, bis sie anfangen zu laufen. Dann haben sie eine Chance, ein schwächeres Bison alleine zu erwischen. Im Winter müssen die Bisons beim Flüchten den Schnee brechen und werden schneller müde. Und im Frühjahr, wenn der Schnee geschmolzen ist, haben sie ihre Kälber dabei, perfekte Ziele.« Er sagte es fast bewundernd.

Die Bisons drehten ihre Köpfe in ihre Richtung. Endlich hielt Nick an. Kristina schoss begeistert zwei Fotos.

»Was ist mit Bären?«, fragte Alice.

»Die einzigen Bären, die Bisons jagen, sind Grizzlys, aber die gibt es hier nur selten.«

Valentina war froh, als sie sich endlich wieder entfernten. Ihr war zum ersten Mal bewusst geworden, dass sie die Landschaft mit wilden Tieren teilten, die sie umbringen konnten. Sicherheitseinweisungen waren etwas ganz anderes, als offenes Land zwischen sich und einem solchen Tier zu spüren. Ohne Zaun, ohne alles.

An einem umgefallenen Baum hielten sie an. Die Sonne hatte ihren Höchststand erreicht und war trotzdem nur eine fahle Scheibe hinter der Wolkendecke. Von der Herde war nichts mehr zu sehen.

»Die Lektion des heutigen Tages ist Überlebensnahrung«, sagte Nick. »Und es ist natürlich eure Entscheidung, aber ich würde euch empfehlen zuzuhören.« Das sagte er mit Blick auf Jacob, der seinen Blick über die Landschaft schweifen ließ, statt aufzupassen. »Ihr könnt euch nicht darauf verlassen, dass ihr gleichzeitig mit jemand anderem strandet. Es überlebt jeder allein. Also: Was würde passieren, wenn wir bei der Versorgungshütte ankommen und dort kein Essen finden?«

»Das ist einfach«, sagte Jacob. »Ein-Sterne-Bewertung. Kein Trinkgeld.«

»Und wie würdest du es ohne Nahrung bis zu deinem Handy schaffen?«, fragte Nick.

»Dann müssen wir wohl auf die Jagd gehen.«

»Ich würde dir nicht empfehlen, Bisons mit einem selbst gemachten Speer zu jagen.«

Jacob überlegte eine Weile. »Wir bräuchten Schusswaffen.«

»Ihr habt keine.«

»Du hast eine. Ich habe dein Holster gesehen.«

»Meine Pistole ist nur zur Verteidigung auf kurze Distanz, nicht für die Jagd. Also, was macht ihr?«

Jacob zuckte die Achseln.

Peter hob die Hand. »Wir könnten aus unseren Zeltschnüren Schlingfallen für Hasen bauen.«

»Weißt du, wie das geht?«

»Natürlich«, sagte Peter.
»Was sagen die anderen?«, fragte Nick.
»Wir könnten nach Beeren suchen«, sagte Tonya.
»Oder essbaren Wurzeln?«, warf Ole ein.
»Wisst ihr, welche Pflanzen hier draußen giftig sind?«, fragte Nick.
»Ich denke, ich würde Blaubeeren oder Cranberrys erkennen«, sagte Kristina.
»Dann eine andere Frage: Habt ihr hier draußen schon einen Beerenstrauch gesehen? Oder einen Hasen? Oder eine essbare Wurzel?«
Sie schüttelten den Kopf.
»Gut, damit habt ihr die wichtigste Lektion schon verstanden: Überleben ohne Ausrüstung ist verdammt schwierig. Viele Raubvögel verhungern nach dem Flüggewerden, weil sie nicht genug Nahrung finden. Genauso ergeht es den meisten Wolfswelpen in ihrem ersten Jahr, wenn ihre Eltern sie nicht ernähren können.«
»Und das war die Lektion?«, fragte Valentina.
Nick setzte wieder sein selbstzufriedenes Lächeln auf. »Hier ist euer Buffet«, sagte er und schälte ein Stück der aufgeweichten Rinde von dem toten Baum. Darunter kamen zwei zuckende Maden und ein Gewusel aus Asseln zum Vorschein.
»Bitte mach wieder den Deckel drauf«, sagte Kristina.
Alice beugte sich fasziniert vor.
»Ihr könnt auch Würmer mit Klopfgeräuschen aus dem Boden locken«, sagte Nick. »Wichtig ist, dass ihr den Darm der Würmer und Maden ausstreicht und sie vor dem Essen erhitzt. Asseln könnt ihr auch roh essen.«
»Das wird ja immer ekliger«, sagte Kristina.
»Wie lange kann es ein Mensch ohne Nahrung aushalten?«, fragte Ole.
»Das kommt natürlich auf den Ausgangszustand des Menschen an und darauf, wie viel er sich bewegen muss«, sagte Nick. »Mit genug Wasser? Vielleicht ein paar Wochen.«

»Und was passiert danach?«

»Du wirst apathisch, willst dich nur noch hinlegen. Du bist anfälliger für Krankheiten, weil dein Immunsystem geschwächt ist. Insekten zu essen ist da schon besser. Ihr könnt in einer Stunde eine ganze Schale davon sammeln«, sagte Nick. »Minimaler Energieaufwand, hohe Erfolgschance. Was das genaue Gegenteil vom Jagen ist. Irgendwelche Mutigen?« Er schaute in die Runde.

Kristina, die immer noch den Mund verzogen hatte, war blass geworden. Sogar Alexander wirkte, als wäre ihm flau.

»Ich esse eines von den kleinen schwarzen Dingern, wenn Valentina auch eines isst«, sagte Jacob.

Valentina kniff die Augen zusammen.

»Oder ist dir das zu eklig?«, fragte Jacob.

Es *war* ihr zu eklig. Aber sie wollte zu gerne sehen, wie Jacob eines der Insekten hinunterwürgte.

»Ich bin dabei«, sagte sie.

»Wenn ihr die Asseln erwischen wollt, müsst ihr schnell sein«, sagte Nick. »Auf drei. Eins, zwei ...«

Er hob ein Stück Rinde an, und Valentina fasste schaudernd nach einer der Asseln. Das Insekt rollte sich in ihrer Hand zu einer Kugel zusammen.

Kleiner als ein Smartie, sagte sie sich.

Jacob hatte sich die Assel schon in den Mund geschoben und kaute konzentriert.

Schnell zog sie gleich. Sie kaute so schnell und so weit hinten, wie sie konnte. Schluckte.

»Und, wie schmeckt es?«, fragte Nick.

»Erdig«, sagte Valentina. Das war tatsächlich der einzige Geschmack.

Jacob grinste breit. Durch den Baumstamm vor den anderen verborgen, öffnete er seine Hand und ließ die unversehrte Assel herausfallen, sodass nur Valentina es sehen konnte. »Köstlich«, sagte er.

»Hat sich die Assel in deinem Mund bewegt?«, wollte Alice wissen, als sie weiterliefen.

Valentina ignorierte die Frage. Sie war mit der Planung ihrer Rache beschäftigt. Nacktschnecken in den Schuhen waren sicherlich die beste Variante – wenn sie welche auftreiben konnte.

Den Rest des Tages legten sie ein langes Stück durch die Ebene zurück. Nick wies sie auf verschiedene Spuren von Tieren hin. Kleine Knochenhaufen, Kot, Krallenabdrücke.

Die Hüften fingen an, ihr wehzutun. Egal, wie trainiert sie war – derart lange Strecken mit Gewicht auf den Schultern war sie nicht gewohnt. Ihre Laune verschlechterte sich stündlich.

Gegen Abend lagerten sie in der Nähe eines Waldstücks, damit sie Äste hatten, um ihre Nahrung aufzuhängen. Dieses Mal waren sie schneller darin, ihr Zelt aufzubauen.

»Meinst du, du kannst diese Fehde mit Jacob begraben?«, fragte Kristina, als sie sich nach dem Essen zum Schlafen anzogen. »Es ist ermüdend.«

»Ich kann nichts dafür, dass er ein Arschloch ist«, sagte Valentina und wand sich auf dem begrenzten Platz aus ihrer Hose.

»Wir sind auf dem größten Abenteuertrip, den wir jemals erleben werden. Die Natur ist so episch, dass ich den Film auf meiner Kamera schon fast verschossen habe. Und du bist mies gelaunt, weil du mit einem anderen angeblichen Erwachsenen Kindergartenspiele spielst.«

»Nicht jeder hat einen Lichtschalter für gute Laune«, sagte Valentina.

»Und nicht bei jedem ist schlechte Laune wie ein galaxiegefährdendes schwarzes Loch.«

»Warum bist du nicht auf meiner Seite?«

»Weil du unausstehlich bist.«

»Der Grund für meine schlechte Laune ist überhaupt nicht Jacob, sondern du«, sagte Valentina.

»Hältst du mir jetzt eine Rede über Bärenspray?«, fragte Kristina.

Sie hatte schon die Antwort im Mund, aber da zog Kristina sich das T-Shirt über den Kopf, und Valentina sah die Narbe, die von ihrer rechten Schulter in einem krakeligen roten Wulst bis zu ihrer linken Hüfte verlief.

Sie erinnerte sich noch gut an die Radfahrt zum Krankenhaus. Die verwirrende Zimmernummerierung und die langen, hohen Gänge.

Nicht meine Schwester, nicht meine Schwester.

Ihre Wut verpuffte. Auf einmal fühlte sich das Zelt zu klein an und die Wände aus Funktionsfaser fahrlässig dünn.

Schweigend zogen sie sich um.

Kristina knipste die Stirnlampe aus.

In der Dunkelheit waren sie wieder sechs und acht, in einem gemeinsamen Kinderzimmer mit Monstern unter dem Bett, wenn man schwesterlos darin schlafen musste. Valentina durfte nicht vergessen, dass Kristina sie auch vermisst hatte. Deshalb hatte sie sie zu der Wanderung eingeladen.

Valentina hörte das Quietschen von Kristinas Isomatte, als sie sich mehrmals von einer Seite auf die andere drehte. Schließlich setzte sie sich auf und zog den Reißverschluss des Zeltes ein Stück nach unten.

»Es sieht aus, als hätten die Wolken sich verzogen«, flüsterte Kristina. »Ich würde gerne noch mal raus. Nach den Sternen schauen. Kommst du mit?«

»Klar«, flüsterte Valentina zurück. Das Flüstern schlüpfte nur knapp an dem Kloß in ihrem Hals vorbei.

7

TONYA

Tonya ließ sich neben Alice auf ihre Isomatte sinken. »Wie hast du es vorhin geschafft, das Zelt in dieser Geschwindigkeit aufzubauen? Mir tut jeder Knochen weh.« Als hätte die Müdigkeit der letzten drei Jahre sie eingeholt.
»Ich habe zwei kleine Brüder, die sehr gerne zelten«, sagte Alice. »Im Sommer schlafen wir fast jedes Wochenende draußen. Manchmal haben wir auch schon in selbst gebauten Hütten übernachtet.« Nach einer Pause fügte sie mit einem Grinsen hinzu: »Könnte bei dir aber auch einfach am Alter liegen.«
Tonya lachte müde. »Hey.«
»Du fandest es witzig, gib es zu.«
Tonya nickte.
»Du hast genickt, oder?«, fragte Alice.
Tonya nickte noch einmal.
Alice kicherte. Es war seltsam, sich Alice als große Schwester vorzustellen – sie war selbst so jung –, aber gleichzeitig passte es auch.
Etwas knackte vor dem Zelt zwischen den Ästen.
»Hast du das auch gehört?«, fragte Alice.
»Vielleicht ein Hase«, sagte Tonya.
»Oder ein Vogel.«
»Oder ein Vogel, der einen Hasen frisst.«
»Das ist morbide.«
Vor dem Zelt räusperte sich jemand.

»Oder vier Leute, die euch zu einem Abenteuer einladen wollen«, kam Kristinas Stimme von draußen.

Ups. Tonya spürte, wie ihre Wangen warm wurden.

Kristina zog den Reißverschluss herunter, und die Haare fielen ihr ums Gesicht, als sie sich zum Zelteingang beugte. »Kommt ihr? Wir wollen Sterne schauen. Vielleicht sehen wir auch zum ersten Mal die Aurora.«

Hinter ihr bemerkte Tonya die Beine von Valentina, Alexander und Ole mit ihren aufgeblasenen Isomatten unter dem Arm.

Alice kroch aus ihrem Schlafsack.

»Sollten wir nicht bei der Gruppe bleiben?«, fragte Tonya.

Alice war schon dabei, sich die Schuhe zu schnüren.

»Ich hab genau dasselbe gefragt«, sagte Valentina.

»Wir sind zu *sechst*«, sagte Kristina, gleichermaßen ins Zelt wie nach hinten gewandt. »Wir *sind* die Gruppe.«

Jetzt steckte Ole den Kopf herein. »Wir haben Nick Bescheid gegeben.«

»Und ich habe Sternengucker-Spezialausrüstung dabei«, sagte Kristina und holte einen Flachmann und eine kleine Packung Popcorn aus ihrer Jacke wie Schmuggelware.

»Kein Desinfektionsmittel, kein Bärenspray, aber einen Flachmann und Popcorn hast du«, sagte Valentina resigniert.

Kristina wandte sich Tonya zu und wackelte mit den Augenbrauen. »Ich bringe die Party mit.«

Tonyas Brustkorb brannte, dabei hatte sie noch keinen Schluck getrunken.

»Vergesst eure Isomatten nicht«, sagte Ole.

Das warme Gefühl verschwand augenblicklich.

Die Isomatte war der älteste Teil von Tonyas Ausrüstung, abgetragener sogar als ihr Rucksack. Sie wusste, dass sie nicht an der Isomatte hätte sparen sollen, aber ihr Budget war durch ein unerwartetes nächtliches Trommeln an ihrer Haustür geschmälert worden, und die Isomatte mit den Flicken war auf Craigslist zu verschenken gewesen. Falls Alice aufgefallen war, dass Tonyas Ausrüstung speckig wirkte und undefinierbare Flecken hatte, dann hatte sie bisher nichts dazu gesagt. Aber Valentina würde es mit Sicherheit auffallen, wenn es hell genug war.

Alice rutschte nach draußen und zog ihre Isomatte hinter sich her. Tonya zögerte noch immer. Je länger sie mit den anderen unterwegs war, desto mehr verstand sie, warum diese drei Wochen sich lebensnotwendig angefühlt hatten.

Sie wollte eine Zeit erleben, in der sie den Grund für ihre Schmerzen *sehen* konnte. Sie wollte schmerzende Fußknochen, müde Schultern und Schlaf, einen Schlaf so tief, dass sie in den Boden sinken konnte, ohne es zu bemerken. Ehrliche Schmerzen. Sichtbare Schmerzen. Nicht das hier, klein und unwürdig.

»Tonya, kommst du?«, fragte Alice.

Tonya schluckte. »Ja«, sagte sie. »Ich komme mit.«

Die Dunkelheit verschluckte die Hände vor ihren Augen, als sie aus dem Zelt krochen. Keiner von ihnen wollte die Stirnlampen anschalten, und so stolperten sie voran, während ihre Augen sich an die Dunkelheit gewöhnten.

»Wo sind Peter und Jacob?«, fragte Tonya, als sie sich ein Stück von den Zelten entfernt hatten und ihre Isomatten auslegten.

»Jacob hat nur gegrunzt«, sagte Kristina. »Und Peter hat mir erklärt, dass die Stunden vor Mitternacht die erholsamsten zum Schlafen sind.«

Kristina legte ihre Isomatte zwischen die von Tonya und Alice. Sie hob den Flachmann in die dunkle Luft und sah Tonya an. »Auf unser Abenteuer.«

Tonyas Herz schlug schneller.

Kristina gab den Flachmann mit hochgezogener Augenbraue an Alice weiter.

Ole runzelte die Stirn.

»In Deutschland können Jugendliche Alkohol ab sechzehn kaufen«, sagte Kristina.

»Aber keinen Schnaps«, sagte Ole.

»Sie spült sich ja nur den Mund aus«, sagte Kristina und zwinkerte Alice zu.

Alice schwenkte den Flachmann hin und her, wedelte sich den Geruch zu und setzte sich schließlich aufrecht hin. Wie bei einem chemischen Experiment nahm sie einen Schluck. Schauderte. Grinste hochzufrieden. »Ich konnte die Wirkung von Ethanol auf das zentrale Nervensystem noch nie am eigenen Leib erfahren«, sagte sie.

Ole schnappte ihr den Flachmann aus der Hand, bevor sie ihre Versuchsreihe fortsetzen konnte. Er kippte die schmale Flasche und grinste, als es brannte. Von ihm wanderte der Flachmann weiter zu Valentina, die das Gesicht verzog und einen deutschen Fluch ausstieß, bevor sie auf Englisch sagte: »Was hast du da reingemacht, K.? Nagellackentferner?«

Als Nächster war Alexander dran, der beim Trinken nur still die Augen schloss. Dann ging die Flasche wieder zu Kristina und aus ihrer warmen Hand zu Tonya.

Tonya fiel kein Trinkspruch ein, aber sie nahm einen tiefen Schluck.

Anschließend legten sie sich auf den Rücken.

Der Nachthimmel thronte über ihnen, und die Milchstraße trat daraus hervor wie ein weit entfernter, brennender Gebirgszug. Alice zeigte ihnen mit ausgestrecktem Arm ein paar Sternbilder, bevor sie wieder nur den Anblick genoss.

Kristina nahm Tonyas Hand auf der einen und Alice' Hand auf der anderen Seite und drückte sie. »Ist das nicht verdammt fantastisch?«

Tonya, die den Alkohol immer noch in der Kehle spürte, fühlte, wie sich die Anspannung in ihr abrupt löste. Lass los, lass los. Gedanken wie Laub. Vom Wind davongewirbelt, vom Regenwurm unter die Erde gezogen und genüsslich gefressen.

»War das ein Vogel?«, fragte Alice wieder.

Die Nacht war laut und lebendig, aber was auch immer es war, es traute sich nicht näher an sie heran. Wenn es tatsächlich ein Vogel war, dann verschwand er auf schwarzen, leisen Schwingen. Tonya hatte keine Angst vor der Dunkelheit hier. In der Stadt hielt die Dunkelheit die Luft an, aber in der Wildnis atmete sie wie in tiefem Schlaf.

»Was meint ihr, was uns gerade alles beobachtet?«, fragte Kristina.

Tonya hatte den Wikipedia-Artikel gelesen. Eine weitere Nacht, vom Handybildschirm erleuchtet, in der sie gut geträumt hatte. »Tausende Insekten und die Vögel, die sie jagen. Die Hasen, die unseren Herzschlag aus der Ferne hören. Vielleicht ein Luchs oder Berglöwe, die der Geruch angelockt hat. Die Kraniche sind wahrscheinlich schon auf dem Weg nach Texas, um dort zu überwintern, aber im Frühling würden sie vielleicht in der Nähe auf dem Boden brüten.«

»Woher weißt du das alles?«, flüsterte Kristina.

Weil sie davon geträumt hatte, hier zu liegen.

Sie sahen weder die Aurora noch Sternschnuppen, aber diese Nacht brauchte keine fallenden Sterne, um eine Erinnerung zu werden.

8

JACOB

Das Sternegucken musste die anderen mehr Schlaf gekostet haben, als sie zugeben wollten, denn Jacob war der Erste, der am nächsten Tag in der Ferne das Gerippe sah. Es lag in der Landschaft wie eine außerirdische Skulptur.

»Das Bison ist schon mindestens ein Jahr tot«, sagte Nick, als sie danebenstanden.

Kein Fell. Kein Blut.

Übrig waren nur der Schädel mit den glänzenden Hörnern und die langen Rippen, die an der geschwungenen Wirbelsäule hingen. Vorder- und Hinterbeine fehlten. Es ging Jacob trotzdem bis zur Hüfte.

»Woran ist es gestorben?«, fragte Ole.

»Schwer zu sagen«, meinte Nick. »Vielleicht hat es sich an den Beinen verletzt und ist langsam verendet, weil es der Herde nicht mehr folgen konnte. Es gibt vieles, was einen hier draußen umbringen kann.«

Kristina schoss ein Foto.

Das war das Letzte, was von dem Bison bleiben würde: ein Foto.

Sie entfernte sich ein paar Schritte, um alle im Ausschnitt zu haben.

»Cheese.«

Es war das Letzte, was einmal von ihnen allen bleiben würde. Beim Weitergehen verspürte er plötzlich einen unbändigen Hunger.

»Achte darauf, kein Essen auf die Kleidung zu bekommen«, sagte Nick, als Jacob eine Kekspackung aus seinem Rucksack holte. Der

Verschluss ließ sich nicht sauber aufreißen, und er nahm das kleine Messer zur Hilfe, das Teil der empfohlenen Ausrüstung gewesen war.

»Du solltest das wirklich nicht beim Laufen benutzen«, sagte Alice noch.

»*Shit!*«

Für einen Moment konnte Jacob den Schnitt noch sehen. Dann drang auch schon das erste Blut heraus.

»Wir haben einen Verletzten«, rief Alice.

Nick joggte mit seinem vollen Rucksack von der Spitze der Gruppe zu ihnen. Sein Rucksack war deutlich voller als die der anderen, aber er war wie immer nicht aus der Puste.

»Nur ein kleiner Schnitt«, sagte Jacob und winkte mit der unverletzten Hand ab. Er hielt den Arm so, dass das Blut auf den Boden statt auf seine Hose tropfte.

»Bitte mach doch nicht so was«, sagte Nick, während er den Schnitt inspizierte.

»War was vom Knochen zu erkennen, bevor es angefangen hat zu bluten?«, fragte Alice.

»Ist nur ein Kratzer«, sagte Jacob.

»Oh.«

»Kling nicht so enttäuscht.«

»War die Klinge schmutzig? Bist du gegen Tetanus geimpft?« Jacob nickte. Nick hatte den Erste-Hilfe-Pack aus seinem Rucksack geholt. Er reihte seine Ausrüstung auf wie ein Chirurg, und Jacob hatte den Eindruck, dass das hier nicht die schlimmste Wunde war, die er versorgt hatte. Zuerst desinfizierte Nick sich die Hände, dann begann er, einen Verband um die Wunde zu wickeln. »Wir wechseln den Verband jeden Tag. Wenn sich das entzündet, müssen wir dich in ein paar Tagen ausfliegen lassen.«

»Das wäre tragisch«, sagte Jacob. Sein Finger pochte.

Die Wunde verschwand unter mehreren Lagen Verbandsmaterial. Zu guter Letzt packte Nick das Erste-Hilfe-Set zurück in den Rucksack und kam auf die Beine. »Das war dumm«, sagte er zu Jacob. »Mach das nicht noch mal.«

»Es ist ja nichts passiert.«

»Warum machst du eigentlich bei der Wanderung mit?« Alice lief neben ihm, und Jacob sehnte sich nach dem matschigen Pfad, wo das unmöglich gewesen war. »Es ist offensichtlich, dass du nicht hier sein willst«, fuhr Alice fort. »Du hast nicht mal selbst deinen Rucksack gepackt.«

»Woher willst du das wissen?«

Alice zählte die Beweise an der Hand ab. »Erstens, deine Sneaker. Zweitens, deine nicht eingelaufenen Wanderschuhe. Drittens war dein Rucksack nur am ersten Tag ordentlich gepackt und an keinem anderen Tag sonst.«

Jacob verschränkte die Arme. »Ich habe zugekokst zwei Autos zu Schrott gefahren.«

»Nacheinander?«, fragte Alice zweifelnd.

»Gleichzeitig. Mein Vater hat mich zur Strafe hierhergeschickt.«

»Da hätte ich mir eine bessere Strafe ausgedacht. Du solltest froh sein, dass ich nicht dein Elternteil bin.«

»Glaub mir, das ist täglich Punkt zwei in meinem Dankbarkeitstagebuch«, sagte Jacob.

»Was ist Punkt eins?«, fragte Alice.

»Dass es eine schmale Chance gibt, dass Menschen auf den Mars übersiedeln, bevor du volljährig wirst und nichts mehr zwischen dir und der Weltherrschaft steht.«

»Ist hier alles okay?«, fragte Ole, Alexander hinter sich. Es klang nach einer neutralen Nachfrage, aber Jacob war ein Meister im Erlauschen von Untertönen. Und dieser Unterton sagte ihm, dass Ole a) nur den letzten Satz gehört hatte und b) der weitverbreiteten Fehleinschätzung aufgesessen war, Alice wäre harmlos und müsste beschützt werden.

Eine freche Antwort von Alice hätte ausgereicht, um die Situation zu entschärfen, aber sie lächelte Ole nur verträumt an.

»Hier ist alles klar«, sagte Jacob.

Ole blieb skeptisch. »Worüber habt ihr geredet?«

»Jacob ist hier, weil er im Drogenrausch einen Unfall gebaut hat«, sagte Alice stolz.

Aus gutem Grund. Auf einem leeren Parkplatz. Kein anderer Mensch weit und breit.

Aber Jacob verteidigte sich nicht.

»Geh doch schon mal vor«, sagte Ole zu Alice. Und Alice, die dieselbe Anweisung bei Jacob lautstark hinterfragt hätte, hopste los wie eine Bergziege. Er konnte den Kerl immer weniger leiden.

»Findest du es in Ordnung, so mit einer Sechzehnjährigen zu reden?«, fragte Ole.

Hatte *er* schon mit besagter Sechzehnjähriger geredet? Die sich für Knochenbrüche, Wölfe und Flugzeugabstürze interessierte?

»Kommt jetzt die Drohgebärde?«, fragte Jacob gähnend. »Alphamännchen legt die Regeln fest?«

Nicht, dass es dazu viel gebraucht hätte. Ole und Alexander waren zu zweit, und ihre Arme hatten ungefähr den gleichen Umfang wie einer von Jacobs Oberschenkeln.

Irritiert schüttelte Ole den Kopf. »Ich weiß nicht, warum du dich abkapselst, aber es ist nicht nötig.«

»Ooh, bist du traurig, weil ich mir nicht die Sterne mit euch anschauen wollte?«, fragte Jacob.

Ole runzelte die Stirn. »Du machst es schon wieder. Wozu diese Abwehrhaltung?«

»Oder stört es dich, dass ich Valentina Kontra gebe?«

Oles Blick verhärtete sich. »Die Mädels hatten es in den letzten Jahren nicht leicht«, sagte er mit leiser Stimme. Neben ihm hatte Alexander sich unwillkürlich aufgerichtet. »Besser, du erzählst ihnen nichts von deinem Unfall.«

»Besser für mich oder besser für die Mädels?«

»Besser für dich. Valentina würde dir den Kopf abreißen.«

Es war schwer, jemanden ernst zu nehmen, dessen Englisch direkt von Arnold in *Terminator* zu kommen schien.

»Warum habe ich bloß das starke Gefühl, dass mir das scheißegal ist?«, fragte Jacob.

Ole seufzte. »Es war ein Angebot. Mach, was du willst.«

Jacob fühlte sich auf diese spezielle Art schlecht gelaunt, wenn man wusste, dass man einen Fehler machte, aber es noch nicht einsehen wollte.

»Das klingt ja genau wie *mein* Plan«, sagte er. »Was für ein Zufall.«

Die nächsten Tage verliefen nach dem immer gleichen Muster: Er pulte sich die Stöpsel aus den Ohren. Er klebte sich ein neues Pflaster auf seine Blasen. Er ließ Nicks Erklärungen durch seinen Kopf spazieren – links rein, rechts raus. Er sah Valentina zu, wie sie jeden Morgen süffisant ihren Kaffee schlürfte. Er machte sich über Peters Bart lustig, der lauter kahle Stellen hatte. Er benutzte die Schaufel. Er lief am Ende der Gruppe. Er schoss keine Fotos.

Peter hatte Jacob versichert, dass sein Körper sich an das Wandern gewöhnen werde, aber Jacob fühlte sich immer noch am Ende jeden Tages zehn Zentimeter kleiner und fünfzehn Jahre älter als am Morgen. Dieser Zustand wurde dadurch erschwert, dass er vor Valentina keine Schwäche zeigen wollte. So war er ein fitter Zwanzigjähriger bis zum Zeltreißverschluss – und ein Wurm dahinter.

Wenn die anderen jeden Abend noch mit Nick zusammensaßen, um sich Geschichten vom Himalaya, von Patagonien und den Rocky Mountains anzuhören, dann lag Jacob schon auf seiner luxuriösen Isomatte und genoss die Stille. Und wenn die deutschen Sportskanonen sich jeden Morgen durchdehnten, sagte er sich, dass er Rückenschmerzen dem Herabschauenden Hund vorzog.

An diesen Tagen gab es einen einzigen Moment, der sich ihm einbrannte. Es war am frühen Morgen des vierten Tages, und sie waren auf dem Weg zu einer Wasserstelle, als mit einem Mal ein lautes Geschrei ausbrach und sich eine Wolke von Vögeln vor ihnen in den Himmel schwang. Es waren majestätische graue Vögel mit roten Flecken um die Augen.

»Das sind Sandhügelkraniche«, rief Nick über das ohrenbetäubend laute Kreischen der Vögel. »Auf dem Weg zu ihrem ersten längeren Zwischenstopp in Nebraska.«

Die anderen machten Fotos, aber Jacob schaute nur nach oben. Es war, wie mitten in einem Sturm zu stehen.

Für einen Moment hatte er den seltsam schmerzhaften Gedanken, dass er selbst keine Flügel hatte, um die Reise in den Süden anzutreten. Zum ersten Mal seit Monaten dachte er an die Gedichte, die er im College hatte lesen müssen. Sicherlich gab es eines über den Wunsch, Flügel zu haben, aber es fiel ihm nicht ein.

Als Nick die Wunde am Morgen des fünften Tages mal wieder kontrollierte, hatte sich ein dicker Schorf an Jacobs Hand gebildet.

9

TONYA

Am Mittag des fünften Tages aßen sie ihren Proviant auf.
»Das war die letzte Portion«, sagte Peter feierlich nach dem Essen.
»Freut euch über die leichten Rucksäcke«, sagte Nick. »Heute Abend packen wir Nahrung für die nächsten zehn Tage ein.«
»Sollen wir schon mal unser Geschirr spülen?«, fragte Kristina Tonya.
Seit dem vorigen Abend waren sie wieder in bewaldetem Gebiet. Die Blätter der Birken waren deutlich gelber als zuvor, es war wie Herbst im Zeitraffer. Kristinas Haare wirkten in all dem Gelb noch bunter.
Tonya nickte, und sie schlenderten zu dem See, in dessen Nähe sie gelagert hatten und wo sich gerade spektakulär der Himmel spiegelte. In Kristinas Haaren hielt sich tapfer ein letzter Rest von einem deutschen Haarpflegeprodukt, dessen Geruch Tonya jetzt ins Gesicht wehte. Ihr Mund war trocken. Fast hätte sie gelacht – sie war endlich auf ihrer Traumwanderung, das Wetter war perfekt, die Natur war von einer wilden Schönheit, und jemand wie Kristina war auch noch mit von der Partie. Wohin schickte man seine Dankesbriefe, wenn man nicht mehr an Santa glaubte?
Sorgfältig wusch sie ihren Campingtopf aus. Momente alleine mit Kristina waren kurz und selten. So wie jetzt, wenn sie die anderen auch schon Richtung Wasser trampeln hörte.

Jacob ließ sein Campinggeschirr ins seichte Wasser plumpsen. Natürlich. Gerade Jacob.

Seit Alice ihr erzählt hatte, warum er an der Wanderung teilnahm, hatte sie es vermieden, mit Jacob zu sprechen. Im Allgemeinen fiel es ihr schwer, auf Leute wütend zu sein. Nicht einmal gegen ihren Ex-Freund konnte sie Wut aufbringen – sie hatte ihn sich schließlich irgendwann einmal ausgesucht, und es war ihre Schuld, dass sie ihm gegenüber immer wieder nachgab. Aber Jacob ... auf Jacob konnte man wütend sein. Jacob konnte man hassen.

Jacob, der es sich leisten konnte, unfreundlich zu sein, weil er sich Hilfe kaufen konnte. Jacob, der die beste Ausrüstung hatte, für eine Reise, für die sie sich den Buckel krumm gearbeitet hatte, und er *wollte nicht einmal hier sein*. Er hatte keinen einzigen Blick auf den Sternenhimmel geworfen, den Tonya in Chicago jeden Abend vor dem Einschlafen auf dem Handydisplay bestaunt hatte. Weil er zur *Strafe* hier war. Und das ließ ihre Anstrengung, ihr Erfolgsgefühl so mickrig und sinnlos erscheinen, dass sie nur die Wahl hatte zwischen Wut auf Jacob und sofortigem, umfassendem Aufgeben.

»Ich kann immer noch nicht glauben, wie gut es hier draußen riecht«, sagte Kristina.

Tonya wusste genau, was sie meinte. Harzig. Nach Tannennadeln und Pilzen, die sich unter dem Moos versteckten. Als wäre man ganz tief drin in einem Geheimnis.

»Ah«, sagte Jacob. »Harz. Der gute Geruch eines Baumes, der aus offenen Wunden blutet, bevor die Parasiten ihn von innen heraus zersetzen. Der gute Geruch des Sterbens.«

Natürlich. Natürlich musste er ihr auch diesen Moment mit Kristina kaputt machen. Sie würde nach Hause kommen, und all ihre Erinnerungen wären nur diese halben Momente: der Anfang von etwas Schönem und dann Jacobs hämisches Lachen.

»Niemand hat dich gefragt«, sagte Valentina, und Tonya grinste in sich hinein.

Jacob verdrehte nur die Augen.

Hinter Valentina tauchten nun auch noch Ole und Alexander auf, die sich neben ihnen hinknieten, um die Essensreste von ihren Tellern zu spülen.

Tonya wartete mit Kristina, bis die anderen fertig waren, damit sie gemeinsam zurückgehen konnten. Sie wusste nicht, was sie sagen sollte, wenn die anderen zuhörten. War Kristina das Schweigen unangenehm? Langweilte sie sich mit Tonya, oder hing sie einfach ihren Gedanken nach?

Alexander war der Letzte, der sein Geschirr trocken schüttelte. Ihre Blicke begegneten sich, und er schenkte ihr sein kleines Lächeln.

Plötzlich runzelte er die Stirn. Sein ganzer großer Körper machte sich ein bisschen kleiner. Dann öffnete er den Mund. »Ich habe ... ein schlechtes Gefühl«, sagte Alexander.

Ruckartig blieb Ole stehen.

Alexanders Stimme war tief und weich. Es war der erste Satz, den Tonya ihn je hatte sprechen hören, und sie war gerührt davon, dass er ihn auf Englisch formuliert hatte.

»Es spricht«, sagte Jacob, aber die anderen drei sahen nur beunruhigt Alexander an.

Ole fing sich als Erster wieder. »Wobei?«, fragte er.

Alexander zuckte verwirrt mit den Schultern. »Für heute.«

»Den ganzen Tag?«

Alexander nickte. Ole musterte ihn. Die Schwestern tauschten einen Blick, dem Tonya entnahm, dass den beiden diese Situation ebenfalls fremd war. Der Moment zog sich in die Länge, und Tonya spürte, wie die Anspannung auch ihr an die Kehle griff.

Schließlich klopfte Ole Alexander auf die Schultern. »Dann frage ich gleich mal Nick, was der Plan für heute ist.«

Valentina nahm Oles Platz an Alexanders Seite ein. »Ich hab mich auch unwohl dabei gefühlt, mein Geschirr im gleichen Wasser wie

Jacobs zu waschen«, sagte sie und warf einen vorsichtigen Blick auf Alexanders Gesicht.

Er schüttelte mahnend den Kopf, aber das Lächeln war in seine Mundwinkel zurückgekehrt.

»Nicht trödeln«, sagte Jacob. »Ich habe gehört, dass es heute Abend Chocolate-Chip-Cookies geben soll. Vielleicht sogar welche mit weißer Schokolade.«

»Weiße Schokolade ist keine Schokolade«, sagte Valentina.

Tonya musste ein paar Tränen fortblinzeln. Alexander hatte aus dem Nichts ein Gefühl geäußert, und die anderen hatten es tatsächlich ernst genommen. Wie fühlte es sich an, wenn das die Realität war, die man erwarten konnte?

10

VALENTINA

Die Sonne stand tief am Himmel, als sie bei der Versorgungshütte ankamen. An keinem anderen Tag hatten sie so viel Strecke zurückgelegt, und Valentina spürte den Hunger, als wäre ihr ganzer Unterkörper hohl.

»Beeilt euch mit dem Zeltaufbau«, sagte Nick. »Wer zuerst fertig ist, darf sich auch zuerst was aus der Hütte holen.«

Trotz der Müdigkeit stellte Valentina ihr Zelt in Rekordgeschwindigkeit auf. Sie fühlte sich regelrecht beflügelt von der Vorstellung, einen Schokoladenkeks zu essen, während Jacob mit knurrendem Magen zusehen musste.

»Fertig«, rief sie.

»Fang.« Nick warf ihr den Schlüssel zu.

Jacob schnappte den Schlüssel vor ihrer Nase aus der Luft. Das musste die eine sportliche Disziplin sein, in der er nicht versagte. »Ich bin auch fertig«, grinste er.

Sie lieferten sich ein Rennen zur Versorgungshütte, die in einem bärensicheren Abstand zu ihren Zelten lag. Valentina überholte ihn mühelos, musste dann aber warten, bis er die Hütte aufgesperrt hatte. Der Schlüssel glitt ins Schloss und drehte sich widerstandslos zweimal, *klack, klack*.

Gemeinsam traten sie ein. Die Hütte war klein, ohne Fenster, und sie mussten ihre Stirnlampen anschalten, um etwas zu erkennen. Vier Pappkartons waren an der Wand gestapelt.

Sie öffnete den obersten Karton auf der linken Seite. Darin fanden sich mehrere mit Klebeband eingewickelte Päckchen, vermutlich mit den Mahlzeiten für den Campingkocher. Für Kekse waren sie zu schwer. Valentina tippte darauf, dass das Klebeband den Essensgeruch zurückhalten sollte. Auf der Suche nach den Keksen öffnete sie den Karton darunter, aber es war das gleiche Spiel. Mist.

»Du musst die Kekse trotzdem mit uns teilen«, sagte sie und drehte sich zu Jacob um.

Aber es kam kein bissiger Kommentar zurück. Jacobs zwei Kartons waren genauso gepackt wie ihre eigenen. Das musste bedeuten, dass die Kekse doch in einem der zugeklebten Päckchen waren.

Sie zückte ihr Messer und schnitt eines der Päckchen an der Seite auf. Weißes Pulver rieselte aus dem Schnitt. Hatte Nick einen Witz gemacht, und sie mussten sich die Kekse erst backen? Valentina befeuchtete einen Finger und tippte ihn in das Pulver.

»Nicht.« Jacob hielt ihre Hand auf dem Weg zum Mund fest. Sein Blick war leer.

Die Hütte roch nach Harz und einem Hauch Plastik, der immer noch aus dem Klebeband austrat, mit dem die Päckchen verpackt waren. Luftdicht. Wasserdicht. Wie etwas, das Valentina nur aus Zeitungsbildern oder Netflix-Serien kannte.

»Sind das ...?« Sie brach ab.

Es war zu unwahrscheinlich. Sie würde sich vor Jacob lächerlich machen, wenn sie es aussprach.

Aber sein Gesicht, in dem sonst immer Bewegung war – verdrehte Augen, ein verächtlich zuckender Mundwinkel, das genüssliche Heben einer Augenbraue – war frei von Spott.

Sie schluckte. »Sind das ... Drogen?«, fragte sie.

Sie zerrieb das Pulver zwischen den Fingern. Etwas schwappte plötzlich in ihrem Bauch hin und her. Es war dasselbe Gefühl wie damals, als sie Papas Anruf angenommen hatte und, bevor er auch nur ein einziges Wort sagte, schon gewusst hatte, dass er weinte.

Jacob starrte auf die Kisten. »Ich weiß nicht, was in den anderen Kartons drin ist. Das auf deinem Finger sieht jedenfalls aus wie Kokain.«

»Du weißt so was natürlich«, sagte sie.

»Ja, ich weiß so etwas«, sagte Jacob. Immer noch tonlos.

Er beugte sich vor und roch vorsichtig an dem Pulver. Dann nahm er ein bisschen davon auf den Finger und steckte ihn sich in den Mund. Es wirkte, als würde er sich die Zähne damit putzen.

»Was machst du da?«, fragte Valentina.

»Ich reibe es mir zum Test ins Zahnfleisch.«

»Was, wenn das Rattengift oder Fentanyl ist?«

Jacob verdrehte die Augen. »Falls diese klitzekleine Dosis mir was tut, werde ich hoffentlich ausgeflogen, und du kannst eine Party feiern.«

Trotzdem eine dumme Idee.

»Was meinst du, was das wert ist?«, fragte Valentina nach einem Moment.

»Keine Ahnung. Ich habe noch nie so viel auf einmal gesehen.«

Unabgesprochen traten sie aus der Hütte. Die tiefe Abendsonne badete sie in einem warmen orangefarbenen Licht, gegen das Valentina die Augen zusammenkneifen musste. Es machte sie nervös, dass sie nichts sehen konnte, und sie trat ein paar Schritte zurück in den Schatten.

Nick kam aus der Richtung der Zelte auf sie zu, ein breites Grinsen auf dem Gesicht. »Nichts schmeckt so gut wie Kekse nach einer langen Wanderung, richtig? Ich hoffe, ihr habt den anderen was übrig gelassen.« Er steckte den Kopf durch die Tür. Valentina konnte hören, wie er seine Lampe anknipste. Dann lange nichts.

»Wo ist das Essen?«, fragte Nick. »Wir sollten Kekse haben, Schokolade, Müsli, Kaffee, dreihundert abgepackte Mahlzeiten. Ist das ...?«

Seine Stimme verblasste in der Luft.

»Kokain«, sagte Jacob.

»Bist du dir sicher?«, fragte Nick.

»Es riecht wie Benzin, und mein Zahnfleisch ist taub.«
»Und das heißt, es ist Kokain?«
»Du kannst dir auch mit der Kloschaufel eine Linie ziehen und versuchen, es zu schnupfen«, sagte Jacob. »Lieber wäre mir allerdings, du würdest die Polizei rufen.«
»Was? Warum brauchen wir die Polizei?«, fragte Ole. Anscheinend hatten mittlerweile auch die anderen ihre Zelte fertig aufgebaut.
»Habt ihr schon mit Essen angefangen?«, fragte Kristina.
Jacob erklärte die Situation in wenigen Worten.
»*Drogen?*«, kreischte Alice. Sie flitzte zur Tür, blieb dann aber vor der Schwelle stehen und leuchtete mit ihrer Stirnlampe in den Raum, sodass das Licht darin herumzuckte wie bei einer Diskokugel. »Oh, wow. Die müssen ein richtiges Labor gehabt haben, um so viel herzustellen.«
»Hat hier eigentlich jeder *Breaking Bad* geschaut?«, fragte Valentina.
»Sieht aus, als hätte jemand diesen Ort als Versteck missbraucht«, sagte Ole. »Wer weiß alles von der Hütte?« Eine senkrechte Sorgenfalte grub sich in seine Stirn.
Nick zuckte die Achseln. »Die Hütte ist sicherlich bei der Parkverwaltung angemeldet. Ich weiß nicht, wer alles Zugriff auf die Information hat.«
Kristina machte mehrere Fotos mit ihrer Einwegkamera.
Tonya warf nur einen kurzen Blick in die Hütte. »Wenn das tatsächlich Drogen sind, dann müssen wir hier sofort weg.«
Ole nickte. Die Anspannung schien von seiner Stirn auf seinen ganzen Körper übergesprungen zu sein.
»Wir haben doch gerade erst unser Lager aufgeschlagen«, sagte Kristina.
Valentina hätte sie am liebsten geschüttelt. »Wer weiß, was dieser Berg wert ist! Die sind vielleicht noch in der Nähe. Auf jeden Fall sind sie bald wieder da.«

»Am besten wäre es, sie wüssten nicht mal, dass wir hier waren«, sagte Tonya.

»Sollen wir die Zelte zusammenpacken?«, fragte Ole.

Nick schluckte. »Ja. Unbedingt. Je schneller wir hier weg sind, desto besser.«

»Und wir sollten sofort die Polizei rufen«, sagte Peter. »Und ihnen unseren genauen Standort durchgeben.«

Jacob warf Nick die Schlüssel zu, aber der reagierte zu spät und musste sie aus dem Laub klauben. Der Anblick schnürte Valentina die Kehle zu. Nick hatte Jacobs blutüberströmte Hand ruhig und mit geübten Handgriffen verarztet. Ihn so aufgewühlt zu erleben machte die Gefahr real. *Shit.* Sie wollte nicht von einem Drogenkartell umgebracht werden.

Sie rafften ihre Zelte zusammen, während Nick einige Schritte entfernt mit der Polizei telefonierte.

Gerade las er ihre Koordinaten von seinem GPS-Gerät ab. »Nein, Sir. Ich hab seit mehreren Tagen keine anderen Menschen in der Gegend gesehen.« Er lauschte mit gerunzelter Stirn. »Ja, mach ich. Vielen Dank.«

Er ließ das Telefon sinken. »Wir sollen uns unverzüglich an einen sicheren Ort begeben und den neuen Standort an sie durchgeben. Ole, kannst du mir den GPS-Beacon geben? Nur für den Fall.«

»Klar.« Ole wickelte das Gerät aus seinem sicheren T-Shirt-Kokon.

»Hast du eine Idee, wo wir hinkönnen?«

Nick breitete die Karte auf seinem Rucksack aus. Er schien sich wieder gesammelt zu haben. »Das ist die Straße, die zum Pine Lake führt. Wir sind hier.«

»Wir sollten näher Richtung Straße«, sagte Ole.

»Der kürzeste Weg zur Straße geht direkt nach Westen«, sagte Nick. Er fuhr einen Pfad nach. »Das sind zehn Kilometer. Schafft ihr das alle noch?«

Stumm packten sie die Zelte wieder ein. Nick befestigte zum ersten Mal, seit sie aufgebrochen waren, die Pistole an seinem Gürtel. Der Anblick der Waffe ließ Valentinas Puls schneller schlagen. Nick war der Einzige, der sie verteidigen konnte, wenn etwas passierte. Als sie wieder aufbrachen, war die Sonne schon untergegangen. Mit dem GPS-Gerät in der Hand navigierte Nick durch den Wald.

»Wir laufen in die falsche Richtung«, sagte Peter nach ein paar Minuten.

»Wir haben keine Zeit für deine Klugscheißerei«, zischte Valentina.

Nick blieb stehen, betrachtete den Kompass, den Peter ihm hinhielt, und glich ihn mit seinem GPS-Gerät ab.

»Ist schon okay, Peter«, sagte er. »Es war richtig, dass du dich gemeldet hast. Vermutlich hast du deinen Kompass magnetisiert. Das dreht die Himmelsrichtungen um.«

Peter musterte seinen Kompass und öffnete den Mund, aber ein Blick von ihr reichte, dass er ihn ohne Diskussion einpackte.

Ihre Rucksäcke waren immer noch leicht, aber es war kein willkommenes Gefühl mehr.

11

JACOB

Es wurde nicht viel geredet, als sie endlich eine Stelle inmitten des Waldes erreichten, die Nick für das Nachtlager geeignet hielt. Angst und Erschöpfung wirkten wie Knebel. Besonders Alice war still. Nick wollte die Nacht über Wache halten, und sie machten ein großes Feuer, damit die Polizei sie schneller fand.

»Können wir unser Zelt ausnahmsweise neben dem Feuer aufstellen?«, fragte Alice.

Nick sah müde aus, aber er lächelte ihr aufmunternd zu. »Natürlich. Es ist ja nicht so, als hätten wir was gegessen, das Bären anlocken könnte.«

Jacob musste Überzeugungsarbeit leisten, weil Peter es ihr am liebsten gleichgetan hätte. Aber die Heimreise aus dieser Einöde würde anstrengend werden, und er würde kein Auge zumachen können, wenn es im Zelt taghell war.

Jetzt war es dunkel, aber Jacob konnte trotzdem nicht schlafen. Er hörte schon längst Peters gleichmäßige Atemzüge über dem Rauschen und Knarzen der Bäume, während er selbst noch an die niedrige Decke des Zeltes starrte, dunkelgrün bei Tageslicht und jetzt fast schwarz.

Sein Magen rumorte. Seine Oberschenkel und Waden taten weh. Außerdem sein Nacken. Er rollte sich quietschend auf seiner extradicken Luftmatratze zur Seite.

Das unangenehme Gefühl, etwas vergessen zu haben, beschwerte seine Rippen. Was war es? Er kam nicht drauf. Ob die Wanderung wohl abgebrochen wurde? Vermutlich. Würde sein Vater ihn auf die nächstbeste Drei-Wochen-Wanderung schicken? Auf jeden Fall. Die Anekdote klang schließlich nur halb so gut, wenn sein Sohn bloß eine Woche im Straflager verbracht hatte.

Er hätte wenigstens ein bisschen was von dem Koks mitnehmen sollen. Das hätte ihm über den Hunger hinweggeholfen. Er sah wieder die Kartons vor sich, sauber gestapelt wie Klopapier bei Costco, und dann fiel es ihm ein wie die Beschleunigung in seinem Porsche: Im einen Moment stand der Wagen noch, und im nächsten Moment wurde man mit donnerndem Herzschlag in den Sitz gepresst – er hatte den Schlüssel zur Erklärung seiner Unruhe buchstäblich in der Hand gehalten.

Das jackentaschenwarme Stück Metall in seiner Faust.

Ein eiskaltes Gefühl in seiner Brust: dass er etwas zu spät verstanden hatte.

Auf der ersten Jagd mit seinem Vater hatte er das Schwarzwild nur am Hals erwischt. Das Blut war aus dem Tier herauspulsiert, hatte das Fell verfärbt, aber bis die Wildsau starb, verging eine halbe Ewigkeit. Fast eine Woche lang hatte er jede Nacht den gleichen Traum geträumt. Schreie, der metallische Geruch von Blut, als wäre alles kupferrot. Sterben, Sterben, überall um ihn herum.

Jetzt konnte er es wieder riechen, es war wie eine Vorahnung, während sein Herz raste und sein Kopf die Gedanken aneinanderfügte, die er tief drin schon längst verstanden hatte.

Ihm blieb gerade genug Zeit, den Kopf aus dem Zelt zu stecken, dann übergab er sich in mehreren heftigen Schüben knapp neben seine Wanderschuhe.

Peter rappelte sich von seiner Isomatte auf und bot ihm ein Taschentuch aus einer seiner tausend Taschen an. »Ist alles okay?«

Jacob wischte sich das Erbrochene mit dem Handrücken aus den Mundwinkeln.

Er würgte die Worte hervor. »Wir müssen hier weg.«

Peter starrte ihn an, das weiße Taschentuch immer noch in der ausgestreckten Hand.

Blut und Sterben, Sterben überall um ihn herum.

»Komm schon«, sagte Jacob. »Pack deine Sachen. Wir müssen hier weg.«

Peter bewegte sich nicht, Angst lag auf seinem Gesicht. Jacob krabbelte aus dem Zelt, riss, so schnell und leise er konnte, die Heringe von Peters Zelt aus der Erde. Der Feuerschein drang sogar bis hierher.

»Kannst du mein Zelt in Ruhe lassen?«

Jacob blieb weiter auf den Knien und starrte auf Peters klobige Wanderschuhe, die neben dem Zelteingang standen. »Kannst du darin rennen?«

»Warum ist das wichtig?«

Jacob hatte mittlerweile sechs Heringe in der Hand, seine Knie waren schmutzig. »Wir müssen die anderen einsammeln und hier weg.«

»Hör auf, mich zu veräppeln«, sagte Peter.

»Nein, Mann«, sagte Jacob. »Wir müssen hier wirklich weg.«

»Es ist nicht lustig«, sagte Peter traurig. »Ich weiß nicht, warum du dich auf Kommando übergeben kannst, aber es ist nicht lustig.«

Jacob spürte, wie er am ganzen Körper zu zittern begann. Peter glaubte ihm nicht, glaubte nicht einmal der Kotze, aber er musste packen. Blut und Sterben, Sterben überall.

Wer konnte ihm helfen?

Ole wäre die offensichtliche Wahl, aber nein.

Tonya mied ihn seit Tagen, ohne dass er wusste, warum.

Nicht Peter, nicht Alexander, nicht Alice – er war ein Idiot, warum musste er es sich mit allen verscherzen?

Blieb nur Kristina. Wenn er Glück hatte, war Valentina gerade pinkeln.

12

VALENTINA

Valentina hatte ihre Stirnlampe ausgeschaltet, um die Batterie zu schonen, aber Kristina malte mit ihrer Stirnlampe Kreise auf die Decke. Dazu drückte sie ihre besockten Füße von innen gegen die Zeltdecke, was über kurz oder lang das Funktionsgewebe zerstören würde. »Wir hätten was von dem Zeug einpacken sollen«, sagte sie.

Es war ein Witz, aber Valentina war nicht nach Witzen zumute. Mühsam hielt sie ihre gereizte Antwort hinter den Zähnen zurück.

Etwas kratzte am Zelt.

»Ich bin's«, flüsterte Jacob.

Fast erleichtert zerrte sie den Reißverschluss auf. Immer besser, es an Jacob auszulassen. »Gerade wenn man denkt, der Abend könnte nicht mehr schlimmer werden.«

»Schsch«, machte Jacob.

Umstandslos fiel er vor dem Zelteingang auf die Knie, seine Hose im Dreck, und bei diesem Anblick stieg die Unruhe in ihr auf.

Er warf einen Blick in Richtung des Lagerfeuers. »Nick ist einer von ihnen.«

»Einer wovon?«

»Schsch. Den Dealern.«

Valentina ließ sich auf ihre Isomatte zurücksinken. »Ich bin zu müde für diesen Scheiß.«

Jacob fasste sie am Fußgelenk. Er schluckte. Es war ein hörbares, mühsames Schlucken in einer trockenen Kehle. »Die Tür war abgeschlossen.« Sie starrte ihn an, und er fügte hinzu: »Keine Einbruchspuren.«

»Das ist absurd«, sagte Kristina. Aber auch sie flüsterte jetzt. »Das ist *Nick*. Er hat uns eigenhändig zu der Hütte gebracht.«

Jacob nickte. »Die Hütte wurde von jemand anderem aufgefüllt, und diese Person hat einen schweren Fehler begangen. Sie muss die Pappkartons vertauscht haben. Die Drogen sollten nie hier im Wald landen.«

»Wo dann?«

»Überall sonst in der Gegend. Das Wandergeschäft ist die perfekte Tarnung. Die kleineren Flugzeuge werden nicht kontrolliert – Scheiße, vermutlich versorgen sie von hier aus die ganzen Nordwestterritorien und vielleicht auch Alaska.«

»Das ergibt überhaupt keinen Sinn«, sagte Valentina.

»Oh doch. Es ist perfekt«, sagte Jacob. »Eine bessere Tarnung als eine Gruppe echter Wandertouristen mit proppevoll gepackten Rucksäcken gibt es nicht.«

»Aber er hat die Polizei gerufen.« Valentina hasste es, dass sie auf einmal auch flüsterte.

Jacob zögerte. »Hast du ihn wählen sehen?«

»Ich hab nicht darauf geachtet.«

Jacob nickte grimmig. »Er hat jemanden angerufen, aber wir wissen nicht, wen. Diese Leute sollen heute Nacht hier ankommen, und ich denke, das war die einzige wahre Information, die er uns mitgeteilt hat.«

»Das sind schwere Anschuldigungen«, sagte Valentina.

Jacob schloss für einen Moment die Augen. Dann öffnete er sie wieder. »Hört irgendeine von euch beiden die Straße?«

»Das heißt nichts«, sagte Valentina nach kurzem Zögern. »Wir sind mitten im Nirgendwo. Vermutlich fährt hier nur einmal alle drei Tage ein Auto vorbei.«

»Peter hat doch erwähnt, dass wir laut seinem Kompass weg von der Straße laufen«, sagte Jacob. »Was, wenn er damit recht hatte?«

Valentina schnaubte. »Warum sollte Nick uns von der Straße wegführen? Dann hätten seine Drogen-Buddys es doch umso schwerer, uns zu finden.«

»Aber an der Straße besteht die Gefahr, dass zufällig ein anderes Auto vorbeikommt«, zischte Jacob. »Und irgendwie müssen sie unsere Leichen loswerden. Hier draußen können sie uns einfach liegen lassen, und die Natur erledigt den Rest.«

Valentina starrte ihn einen Augenblick lang an, einen unangenehmen Druck im Hals, dann brach sie in Lachen aus. »Du hast echt ein Rad ab.«

Aber neben ihr lachte Kristina nicht, und ihr Schweigen war laut.

»Wir haben nicht mehr viel Zeit«, sagte Jacob. Er hörte nicht auf, sich mit den Händen über die Oberschenkel zu reiben. Jacob, der sich keinen Schritt zu viel bewegte und dessen ganze Ausstrahlung aus kultivierter Langeweile bestand. Es war zutiefst verstörend.

Um Kristinas willen zwang sich Valentina zu einem sachlichen Ton. »Falls tatsächlich jemand käme, müssten sie erst bis zu der hypothetischen Straße fahren und dann den ganzen Weg hierher zu Fuß zurücklegen. Sie bräuchten mindestens doppelt so lange wie wir.«

»Nicht, wenn sie Motorräder haben«, sagte Jacob.

»Die würden wir doch hören.«

»Vielleicht. Aber dann wäre es schon fast zu spät. Und der Wind ist heute Nacht ziemlich stark.«

Kristina schüttelte sich, als wollte sie einen Gedanken loswerden. »Okay«, sagte sie. »Da gibt es viele Ungereimtheiten. Aber vermutlich auch einen genauso harmlosen Grund.«

»Der GPS-Notfall-Beacon«, flüsterte Jacob. Die Stimme versagte ihm fast. »Warum hätte er ihn Ole abnehmen sollen, wenn wir ihn jetzt dringender brauchen denn je?«

Valentina setzte zu einer Antwort an – und schloss den Mund. Ihr fiel tatsächlich kein plausibler Grund dafür ein. Nick hatte ein

Satellitentelefon und ein GPS-Navigationsgerät, er brauchte den Beacon nicht.

Und vor ihr Jacob, dessen Hände immer noch nicht ruhen konnten.

Valentina fühlte das Unwohlsein, fühlte, wie es sie umschlang, ihr in Mund und Nase eindrang und sich wie ein Finger zum Erbrechen nach unten schob. Warum hatte sie überhaupt versucht, sachlich mit ihm zu diskutieren, statt direkt schlafen zu gehen?

»Halt endlich still«, sagte sie. »Ich werde selbst schon ganz nervös.«

»Alles okay bei euch?« Nick trat aus dem Schatten. Alle Haare an Valentinas Armen stellten sich auf.

Er war nicht direkt vom Feuer gekommen, wo sie seine Silhouette gegen das Licht hätten sehen können. Hatte er sich angeschlichen? Hatte er sie gehört?

»Alles okay«, sagte Kristina und lächelte breit. »Ich schlichte gerade einen Disput. Kein Mord und Totschlag in meinem Zelt.«

Valentinas Hände zitterten, und sie versteckte sie schnell in ihrem Schlafsack. »Es ist wohl kaum dein Zelt«, sagte sie in einer schwachen Imitation ihres sonstigen Tones. »Du wüsstest nicht mal, wie du es aufbaust.«

»Wie schwer kann das schon sein?«, fragte Kristina gut gelaunt.

»Scheinbar schwer genug, dass du die letzten fünf Tage immer was anderes zu tun hattest.«

»Ich habe die Isomatten aufgebaut.«

»Die sind *selbst aufblasbar.*«

»Man muss sie auch ausrollen.«

»Vielleicht sollte eher ich hier schlichten«, sagte Jacob.

Nick lachte in sich hinein. »Ich mache mal weiter meine Runde.«

Er späht uns aus, dachte Valentina.

»Schlaft gut«, sagte Nick. Dann drehte er sich noch einmal zu ihnen um. »Und bitte unternehmt heute keine nächtlichen Ausflüge. Es windet ziemlich stark.«

Sie nickten ihm zu. War das eine natürliche Reaktion? Sagte man so jemand Unverdächtigem Gute Nacht? Sie hörten ihn in Richtung der Jungs laufen. Die Pistole trug er nach wie vor am Bund.

»Seid ihr immer noch der Meinung, Nick wäre ein Fünf-Sterne-Wanderführer?«, wisperte Jacob.

Valentina entschloss sich, ihre Beklemmung abzuschütteln. »Das war ja klar, natürlich bist du ein Hab-ich's-dir-doch-gesagt-Mensch. Was fällt dir eigentlich ein, uns mitten in der Nacht solche Gruselgeschichten zu erzählen? Ich habe es schon selbst fast geglaubt!«

»Seid leise, alle beide«, sagte Kristina.

Valentina wurde sofort still. Sie hatte Kristinas Große-Schwester-Stimme seit zwei Jahren nicht gehört. War es das, was es brauchte, damit die echte Kristina zurückkam? Wenn ja, würde sie Jacob für immer dankbar sein.

»Hier ist ein Friedensangebot«, sagte Kristina. »Wir erzählen es Ole und Alexander.« Sie zog sich die Wanderschuhe an.

Valentina tat es ihr gleich.

»Es sollte nur einer von uns gehen«, sagte Jacob. »Sieht sonst komisch aus.«

»Klang nicht so, als würdest du irgendwo alleine hingehen wollen«, sagte Kristina. »Aber wenn es dir wichtig ist, bleiben wir unauffällig.«

Sie knipste die Stirnlampe aus. In der Dunkelheit kehrte das Unbehagen zurück. Valentina hörte das Atmen der beiden anderen, hastig und flach.

Nach ein paar Minuten überprüfte Kristina, dass Nick wieder am Feuer saß. Leise krochen sie aus dem Zelt. Das Feuer war so weit weg, dass man sie nicht hören würde, aber keiner von ihnen wollte etwas riskieren.

Kristina zog den Reißverschluss des Zeltes von außen zu. »Also: Kristina und Valentina sind schmollend ins Bett gegangen. Du verabschiedest dich jetzt laut und trampelst zu deinem Zelt zurück. Dann kommst du zu Ole und Alexander.«

Jacob, der im Dunkeln kaum zu erkennen war, nickte. Er stand auf. »Gute Nacht«, sagte er laut und stapfte los. Seine Stirnlampe erleuchtete das Laub auf dem Boden.

Kristina nutzte den Lärm, um in Richtung der Jungs zu schleichen. Valentina folgte ihr. Sie wünschte, Kristina würde nicht so viel Rücksicht auf Jacob nehmen. Die plausibelste Erklärung war, dass Jacob zu viele Horrorfilme gesehen hatte, aber so fühlte es sich nicht an, wenn man sich im Dunkeln vorantastete. Der Mond war eine schmale Sichel, und selbst als ihre Augen sich an die Dunkelheit gewöhnt hatten, kamen sie nur langsam im letzten Schimmer des Feuers vorwärts.

Im Zelt von Ole und Alexander brannte noch Licht.

»Guter Zug, Mann«, sagte Ole gerade.

»Ole, Alex?«, flüsterte Kristina und öffnete möglichst leise den Reißverschluss.

Ole schaute heraus. »Hey. Nick hat uns gebeten, heute Nacht in den Zelten zu bleiben. Er macht sich Sorgen wegen dem Wind.« Dann bemerkte er ihren Gesichtsausdruck. Und Jacob hinter ihnen. »Was ist los?«

Bereits Oles bloßer Anblick beruhigte Valentina. Bei Ole war man sicher, und auf einmal schienen Jacobs Anschuldigungen wieder weit hergeholt. »Jacob muss ein Hirngespinst ausgetrieben werden«, sagte sie.

13

TONYA

Tonya schnürte sich die Schuhe und zog möglichst leise den Reißverschluss auf. Wie immer, wenn sie zu lange nicht einschlief, musste sie noch einmal auf die Toilette.

Alice hatte schon ihren Schlafsack-Burrito gebaut und sich die Kapuze über die Augen gezogen.

Entgegen aller Wahrscheinlichkeit hoffte Tonya, dass sie die Wanderung fortsetzen würden. Sie wollte nicht nach Chicago zurück, in ihr winziges Zimmer, in dem sie sich unsicherer fühlte als zwischen Zeltwänden. Nick hatte recht gehabt: Sie wollte immer noch *weg*.

»Gleich wieder da«, murmelte sie Nick über das Feuer zu.

Es war ein beruhigendes Gefühl, wie er ihr mit seinem wachsamen Blick folgte.

Das Nachbild des Feuers brannte immer noch auf ihrer Retina, und sie musste ihre Stirnlampe einschalten, um nicht über Äste und Wurzeln zu stolpern.

Sie schaltete die Lampe aus, während sie pinkelte. Das Feuer leuchtete hell durch die Baumstämme.

Auf einmal glaubte sie, einen Schatten in der Dunkelheit zu erkennen, aber als sie lauschte, hörte sie nur den Wind und ihren eigenen Atem.

Das war Teil der Magie des Waldes: dass man seine Ängste darin sah. Es ergab wenig Sinn, Angst vor der Dunkelheit zu haben, wenn die schlimmsten Dinge in ihrem Leben sich nie die Mühe gemacht hatten, sich zu verstecken.

Nicks Hand fuhr zur Pistole an seinem Gürtel, als sie wieder in den Schein des Feuers trat. Wegen des prasselnden Feuers hatte er sie weder kommen gesehen noch gehört. Seine Augen waren dunkel. Er wirkte schrecklich allein.

»Hey.« Sie setzte sich neben ihm auf den Boden. Er hatte genau die richtige Distanz zum Feuer gewählt, damit es warm war, aber einen weder die Funken noch die Hitze trafen.

»Hey«, sagte er.

»Vielleicht solltest du nicht die ganze Nacht Wache halten«, sagte sie. »Ich kann dich in zwei Stunden ablösen.«

»Schon okay. Ich kann sowieso nicht schlafen.«

»Keiner von uns gibt dir die Schuld an der Situation.«

»Schau hoch«, sagte er da plötzlich.

Erst bemerkte Tonya nur einen helleren Streifen, wie eine dünne Wolke, die vom Mond angeleuchtet wurde. Dann wurde der Streifen heller und grüner und bewegte sich in pulsierenden Windungen über den Himmel.

Die *Aurora borealis*, endlich.

Riesengroß und so viel näher als auf all den Videos.

»Sollen wir die anderen holen?«, fragte Tonya atemlos.

»Lass uns erst noch ein bisschen schauen«, sagte Nick.

Insgeheim und egoistisch gab sie ihm recht. Sie wollte den Blick nicht senken.

Die Nordlichter zogen über den Himmel, langsam und in ständigen Wellen. Die Zeit verschwamm. Tonya hatte das Gefühl, dass sie sich an den Rändern auflöste. Sie hatte es geschafft. Entgegen aller Umstände. Tausende Meilen weg von Chicago. Sie musste blinzeln, damit der Himmel nicht verschwamm.

»Was ist deine größte Angst?«, fragte Nick.

Tonya hatte sich eine Fortsetzung ihres Gespräches auf der Motorhaube gewünscht, und sie war froh, dass sie ihn auch dieses Mal nicht anblicken musste. Wahrheiten vertraute man leichter dem Himmel an.

»So zu enden wie meine Mutter. Immer am Rennen, ohne je irgendwo anzukommen.«

»Glaubst du, das ist realistisch?«, fragte er.

»Ich weiß es nicht. Ich hab Angst, zu genau darüber nachzudenken.«

»Kenne ich.«

»Manchmal halte ich es für unwahrscheinlich und sage mir, dass ich mich nicht zu sorgen brauche. Aber andere Leute hatten auch den Kopf voll mit Träumen und sind dann doch da gelandet«, sagte Tonya. »Eine falsche Abzweigung zu viel und keine Wendemöglichkeit. Das ist echt. Ich habe so viel Angst, dass mein nächster Fehler der letzte ist, den ich machen kann. Und noch mehr Angst, dass mir irgendwann die Kraft ausgeht.«

Sie verstummte. War das zu ehrlich?

»Manche Leute bekommen so wenig Chancen«, flüsterte Nick.

»Und du?«, fragte sie schnell. »Deine Angst?«

»Eingesperrt zu werden. Nie wieder das hier zu sehen. Ich würde alles tun, um hier draußen sein zu können. Ist das falsch?«

»Es klingt, als hättest du die Richtung, in die du laufen willst«, sagte sie.

Nick schluckte. »Es tut mir wirklich leid, dass ich euch da heute in was reingezogen habe.«

»Nicht so schlimm. Die Polizei ist ja bald da. Was meinst du, wann sie kommen?«

»Kann jetzt jede Minute sein«, sagte er.

»Meinst du, wir können danach weiterwandern?«

»Das wäre schön«, sagte er leise.

Schweigen und Funken.

Dann legte er ihr die Hand auf die Schulter, und sie war wärmer als das Feuer an ihrer Vorderseite. »Geh schlafen, Tonya. Ich kümmere mich um alles.«

14

VALENTINA

Das Zelt war stickig von der Atemluft von vier Personen. Valentina kauerte auf Oles Rucksack und vermutlich auch zum Teil auf seinem Unterschenkel, was nur ein halber Zufall war. Alexander hielt draußen Wache.

»Seid ihr euch sicher?«, flüsterte Ole.

»Natürlich sind wir uns nicht sicher«, zischte Valentina. »Das ist alles die Theorie von diesem Idioten, der zu viel Fernsehen geschaut hat.«

Ole rieb sich nachdenklich über die Stoppeln am Kinn. »Du denkst also, dass Nick zu einer Bande organisierter Drogenschmuggler gehört, die unter dem Schutzmantel des Wandergeschäftes Drogen in ganz Kanada verteilen«, fasste er zusammen.

»Warum hat er uns ausgerechnet heute Nacht gebeten, in den Zelten zu bleiben?«, sagte Jacob. »Warum hat er zum ersten Mal in fünf Tagen eine Kontrollrunde gemacht? Warum müssen wir tagelang unsere Campingkocher benutzen, und auf einmal schürt er ein lichterloh brennendes Lagerfeuer?«

»Alice hatte Angst ohne das Feuer. Vielleicht geht es Nick genauso«, warf Kristina ein.

»Was denkst du, was Nick vorhat?«, fragte Ole.

»Ich glaube ... ich glaube, er sorgt dafür, dass wir nicht nach Hause kommen«, flüsterte Jacob, und das war das leiseste Flüstern von allen.

»Wie kommst du zu dem Schluss?«

»Weil Hunderte Millionen Dollar auf dem Spiel stehen.«

»Ich kenne mich mit Drogen nicht aus, aber so viel war das Zeug in der Hütte sicherlich nicht wert. Und wenn er Kollegen hat, dann haben die die Hütte leer geräumt, bevor die Polizei da ist«, sagte Valentina.

Jacob fuhr sich mit der Hand übers Gesicht. »Ihr habt das nicht verstanden«, sagte er. »Es geht nicht um ein paar Hunderttausend Dollar an beschlagnahmter Ware. Es geht um den ganzen Laden. Der entscheidende Vorteil von *Alberta Adventure Hiking* ist ihre Unauffälligkeit. Die Drogenfahndung ist nicht dumm. Die werden die ganze Organisation kanadaweit überwachen lassen. Wenn sie erst mal auf dem Radar sind, ist ihr Geschäftsmodell kaputt.«

»Es ist genauso auffällig, wenn acht Leute verschwinden. Du glaubst doch nicht, dass das niemand bemerkt?«

Jacobs Stimme versagte fast. »Es würden *neun* Leute verschwinden. Wir sind mitten in der Wildnis, weit weg von allen offiziellen Pfaden. Unglücke passieren. Er würde sich nur verdächtig machen, wenn er alleine zurückkommt.«

Ole überlegte. »Wir könnten Nick zur Sicherheit die Pistole und das Satellitentelefon abnehmen. Dann könnten wir noch mal selbst Hilfe holen.«

»Und wie willst du das anstellen?«, fragte Jacob.

»Alexander und ich sind größer als er.«

»Also habt ihr schon mal eine Pistole benutzt?«, fragte Jacob.

Ole schüttelte den Kopf.

Jacob murmelte etwas, das klang wie »naive Europäer«. »Ich erkläre es dir so: Die Pistole kann einen Bären in vollem Lauf anhalten. Nick kann ohne Probleme zwei Schüsse abgeben, bevor ihr nah genug an ihn rankommt. Wollt ihr die beiden sein, die er trifft? Und welche Chance haben wir ohne euch, ihn zu überwältigen?«

Für einen Moment war es still, und sie hörten den lauten Wind. Kristina deutete mit ihrer Taschenlampe auf Jacob. »Du, mein lieber

Jacob, hast eine metastasierende Fantasie. Überzeugend. Verstörend. Aber überleg mal. Sie können uns nichts tun. Wir kommen aus dem Ausland. Das wäre ein internationaler Skandal.«

»Die wollen ja auch keinen Ärger«, stimmte Valentina zu.

Auch Ole nickte langsam. »Nick ist wahrscheinlich genauso durch den Wind wie wir. Da trifft man schon mal irrationale Entscheidungen.«

»Bitte«, sagte Jacob. Aus irgendeinem Grund schaute er Valentina an, und das Flehen in seiner Stimme schabte über ihre Knochen. »Wir müssen hier weg.«

»Wir wissen nicht, was da draußen im Wald ist«, sagte sie. Sie fühlte den Unwillen, ihm etwas derart Offensichtliches erklären zu müssen. Dort draußen war nichts! Sie konnten nirgendwohin. »Und wir haben kein Essen. Es wäre Wahnsinn, mitten ins Nirgendwo zu laufen, nur, weil wir ein schlechtes Gefühl und ein paar windige Indizien haben. Es ist sicherer, wenn wir hierbleiben.«

Ole nickte. »Lasst uns schlafen gehen.«

Kristina kletterte nach draußen. »Es ist alles okay«, sagte sie. »Morgen Abend lachen wir darüber. Was meint ihr, was es zu essen gibt?«

Valentina war erleichtert und auf einmal hundemüde.

»Wartet!« Alexander – sie hatte ihn fast hier draußen vergessen – fasste sie am Arm und deutete in den sie umgebenden Wald. Die anderen folgten ebenfalls seinem Blick.

Alex konnte es nur entdeckt haben, weil seine Augen an die Dunkelheit gewöhnt waren. Für Valentina sah es aus wie ein Schwarm Glühwürmchen.

Dann erloschen die Lichter alle gleichzeitig. Ihr Herz rannte los. Ausgeschaltet.

Es war schwierig, im Nachhinein die Entfernung zu schätzen. Drei Kilometer? Einer? Weniger?

Das darf nicht wahr sein. Valentina wusste, dass sie sich bewegen musste, aber das war der einzige Gedanke, der in ihren Kopf passte.

»Holt eure Rucksäcke«, brachte Ole heraus. »Wir treffen uns in zwei Minuten wieder hier.«

»Wenn wir Peter mitnehmen wollen, muss einer von euch ihn überzeugen«, sagte Jacob. »Auf mich hört er nicht.«

Valentina konnte Ole schlucken hören. »Und das Zelt von Tonya und Alice steht direkt am Feuer bei Nick.«

15

TONYA

Der Schlaf hatte endlich seine weiche Hand nach Tonya ausgestreckt, als sie draußen die Schritte hörte.

Dann die Stimme von Ole: »Hey, wir dachten, wir leisten dir noch ein bisschen Gesellschaft.«

»Danke«, sagte Nick, immer höflich, auch wenn sie wusste, dass er lieber alleine geblieben wäre. »Aber wenn ihr müde seid, dann legt euch ruhig schlafen.«

»Du bist doch auch noch wach.«

»Das bringt der Job mit sich.«

»Der Job bringt auch uns mit sich«, sagte Ole gut gelaunt.

Tonya wollte sich gerade dazu entschließen, ebenfalls ans Feuer zurückzukehren, als sie ein Tippen gegen die rückwandige Zeltplane hörte.

»Tonya?«, flüsterte Kristina, zumindest dachte Tonya, dass sie es sein musste. Die Stimme war kaum zu hören über dem Prasseln des Feuers.

»Ja?«, flüsterte Tonya.

»Schläft Alice?«

»Ja.«

»Weck sie leise auf.«

Alice war immer noch eingewickelt wie eine Mumie, aber hatte die Augen schon geöffnet.

»Alice ist wach.«

»Nicht erschrecken. Bleibt leise. Ich schneide jetzt euer Zelt auf«, flüsterte Kristina.

»Was?«, sagte Tonya, aber da stach bereits die Spitze eines kleinen Taschenmessers durch den orangefarbenen Stoff. Tonya stieß trotz der Warnung fast einen Schrei aus. Es war Alice' Zelt, aber sie wusste, wie viel ihr eigenes gekostet hatte. »Was machst du da?!«

»Wir haben nicht viel Zeit«, flüsterte Kristina und schnitt vorsichtig weiter.

Tonyas Bauch zog sich zusammen. Panik. Warum fühlte sie sich auf einmal so? »Stopp! Du machst Alice' Zelt kaputt.« Trotz allem flüsterte sie noch.

Kristina hielt inne. »Vertraust du mir?«

Vertraute sie Kristina? Sie *wollte* Kristina vertrauen. Aber Kristina gehörte einer anderen Spezies an – sorgenfrei und unbeschwert, jemand, dem niemand die Hand wegzog. Nicht wie Nick oder sie, die für alles kämpfen mussten. »Warum schneidest du das Zelt kaputt?«

»Wir haben die Drogendealer im Wald gesehen«, flüsterte Kristina.

Was taten sie dann noch hier? »Dann müssen wir sofort Nick Bescheid sagen. Er muss die Pistole laden und die Polizei kontaktieren.«

»Nick ist einer von ihnen.«

Das war der Beweis, dass sie verrückt geworden war. Niemals würde Nick sie verraten.

»Habt ihr was von den Drogen eingeatmet?«, fragte Tonya vorsichtig.

»Wir müssen los.« War das Valentinas Stimme? Zu leise, als dass Tonya sich sicher sein konnte.

Draußen fluchte Kristina kaum hörbar. »Okay. Ich kann es euch nicht ausführlich erklären. Alice?«

»Anwesend.«

»Hier sind die Indizien: Die Tür zur Hütte war abgeschlossen. Wer auch immer die Drogen dort deponiert hat, wusste, wo die Hütte ist, und hatte einen Schlüssel. Nick hat uns den Notfall-Beacon abgenommen. Niemand hat gesehen, ob er tatsächlich die Polizei gerufen hat. Es gibt keinen Grund, ein Feuer zu machen, das weithin zu sehen ist. Er hat uns nur heute Nacht gebeten, in den Zelten zu bleiben.«

Alice dachte nach. Dann tippte sie sich an die Stirn. »Und es waren zu viele Kisten im Flugzeug«, flüsterte Alice zurück. »Das Volumen unseres Essens war viel kleiner.«

»Also kommst du mit?«, flüsterte Kristina.

Alice kniff die Augen zusammen. »Ich möchte wirklich nicht. Aber die Fakten sprechen dafür. Also ja.«

»Tonya? Bitte ...«

»Wo wollt ihr denn hin?«

»Wir rennen in die andere Richtung.«

»In den Wald?«

»Bitte komm mit, Tonya.« War das ein Flehen?

»Für all diese Dinge gibt es bestimmt eine Erklärung«, sagte sie lahm.

»Alice, pack deinen Rucksack«, flüsterte Kristina.

Alice warf Tonya einen hilflosen Blick zu, dann schlüpfte sie in rasanter Geschwindigkeit aus ihrem Schlafsack und rollte ihn zusammen. Danach die Isomatte. Tonya konnte nur zuschauen. Kristina hatte wieder mit Schneiden angefangen. Es schien Tonya lauter als vorher, weil das Prasseln des Feuers leiser geworden war. Erneut hielt Kristina inne.

»Bleib ruhig sitzen«, sagte Ole zu Nick. »Ich leg schon nach.«

Er musste einen Ast aufs Feuer geworfen haben, das auf einmal spuckte und zischte.

»Sorry, der war wohl noch ein bisschen feucht«, sagte Ole.

War das Absicht gewesen? Tonya kam sich vor wie in einem Fiebertraum. Kristinas Sägen ließ das Zelt leicht wackeln.

»Stop«, flüsterte Alice und holte eine kleine Nagelschere aus ihrem Rucksack. Sie reichte sie durch das entstandene Loch nach draußen.

Tonya fühlte sich hin- und hergerissen. Sollte sie Nick warnen, damit er die anderen einholen konnte, bevor sie sich verirrten?

Das Loch wurde größer, und nun war Kristina zu erkennen. Sie hatte die Zunge zwischen die Lippen geklemmt, während sie so schnell und leise schnitt wie möglich. Hinter ihr kauerten Valentina und ... Jacob? *Die beiden* waren sich einig?

Jenseits der dünnen Zeltwand redete Ole immer noch.

Jacob zischte etwas, und Kristina hörte auf. Das Loch war jetzt groß genug, um hindurchzukriechen.

Alice reichte ihren Rucksack nach draußen. »Was ist mit Ole und Alexander? Kommen die nicht mit?«

»Ablenkungsmanöver«, flüsterte Kristina zurück.

»Jungs, ihr müsst wirklich nicht bei mir sitzen, wenn ihr müde seid«, sagte Nick draußen.

»Tatsache«, sagte Ole. »Aber wir sammeln dir wenigstens noch ein bisschen Holz. Ist ja ein großes Feuer.«

Alice warf Tonya einen letzten, hilflosen Blick zu, dann krabbelte sie durch das Loch nach draußen. Ole und Alexander klaubten einen Meter von ihr entfernt Äste auf. Keiner von beiden sah in ihre Richtung, aber sie veranstalteten genug Lärm, um das Rascheln zu übertönen, das beim Krabbeln entstand. Waren alle bei dem Plan dabei?

Jacob und Valentina liefen im Sichtschutz des Zeltes geduckt mit dem Rucksack los. Kristina hatte Tränen in den Augen, als sie sich von Tonya wegdrehte, aber sie folgte ihrer Schwester. Es fühlte sich ganz und gar falsch an, alleine zurückzubleiben, während die anderen im Dunkeln verschwanden.

Alice hatte geglaubt, dass Nick mit den Dealern unter einer Decke steckte. Ole auch. Sogar Alexander ... Alle drei hatten sich gut mit Nick verstanden, und keiner von ihnen hatte auf Tonya einen leichtgläubigen Eindruck gemacht.

Beging sie gerade einen Fehler?

Nick würde so enttäuscht von ihr sein, wenn es sich alles als Missverständnis herausstellte.

Aber wenn nicht ...

»Das sollte eine Weile reichen«, sagte Ole und ließ das Holz auf den Stapel fallen. Das Klappern von Holz ertönte ein zweites Mal, als Alexander seine Ausbeute losließ. In Tonyas Ohren klang es schrecklich endgültig.

»Dann bis morgen«, sagte Ole. »Schlaf gut.«

Tonya musste an ewigen Schlaf denken, an Nie-wieder-Aufwachen.

Es tut mir leid, dass ich euch da in was reingezogen habe, hatte Nick gesagt.

Die Schritte der Jungs entfernten sich.

Ich würde alles tun, um hier draußen sein zu können. Ist das falsch?

Das Feuer rauschte und spuckte.

Sie hatte es zu spät verstanden, und jetzt war sie alleine mit Nick und der Pistole.

Dumm. Sie war dumm.

In ihrem ganzen Leben hatte sie sich noch nie so verloren gefühlt.

Tonya zog sich die Schuhe an und packte ihren Schlafsack möglichst leise in den Rucksack, aber außer dem Feuer konnte sie nichts hören. Die anderen waren sicher längst über alle Berge. Sie musste hier weg, auch wenn sie keine Ahnung hatte, in welche Richtung sie gehen sollte. Navigation hatte sie von allen Lektionen am wenigsten interessiert.

Plötzlich bemerkte sie eine Bewegung in der Dunkelheit. Sie hielt den Atem an. Peter kam geduckt auf sie zu. Er trug noch seinen Schlafanzug. Als er sich vor ihr auf den Boden hockte, konnte sie erkennen, wie heftig er zitterte. »Sie haben – Sie haben es nicht ...«

Sie war unendlich erleichtert, ihn zu sehen. Die anderen waren noch nicht aufgebrochen.

Peter holte tief Luft. »Sie haben es dir nicht richtig erklärt«, flüsterte er, so leise, dass sie sich nach vorne beugen musste, um ihn zu verstehen. »Um dich zu überzeugen. Aber du musst mitkommen. Deswegen bin ich noch mal hier. Ich hab meinen Kompass nicht magnetisiert, weißt du? Die Nadel zeigt absolut korrekt Richtung Nordstern. Ich hatte die ganze Zeit recht: Nick hat uns in die falsche Richtung geleitet. Verstehst du? Das hätten die anderen dir gleich sagen sollen.«

»Ich komm mit«, sagte Tonya.

Peter lächelte erleichtert. Er war immer noch am Zittern. Tonya konnte nur raten, wie viel Überwindung ihn das hier gekostet hatte.

Sie griff nach ihrer Isomatte, aber er schüttelte den Kopf. »Keine Zeit.«

Es fühlte sich schrecklich an, die Isomatte zurückzulassen, aber so griff sie nur nach ihrer Jacke und dem Rucksack. »Warten die anderen?«

Peter lächelte schüchtern. »Sie müssen. Ich hab ja den Kompass.«

Das Rascheln, als sie aus dem Zelt krabbelte, kam Tonya ohrenbetäubend laut vor, und sie konnte nur hoffen, dass das Feuer ihre Geräusche überdeckte.

Tonya folgte Peter tiefer in den Wald hinein. Ohne die Nordlichter hätten sie den Boden nicht erkannt, aber die Aurora beleuchtete ihren Weg.

Es kam Tonya fast wie ein Spiel vor. Fangen. Verstecken. Sie fragte sich, ob Eltern sich diese Spiele in gefährlicheren Zeiten für ihre Kinder ausgedacht hatten. Als es lebenswichtig gewesen war, schnell zu rennen. Ein gutes Versteck zu finden. Den Atem anzuhalten und sich nicht zu bewegen.

Schließlich fanden sie die anderen. Alle hatten ihre Rucksäcke geschultert. Alice fiel Tonya um den Hals. Kristinas Blick glitt zwischen ihr und Peter hin und her. Alexander lächelte ihr zu.

Ole nickte zufrieden. »Sehr gut.«

»Lasst uns endlich los«, flüsterte Valentina. Es klang, als wollte sie noch mehr sagen, aber Ole unterbrach sie.

»Weißt du, wo wir hinmüssen?«, fragte er Peter.

»Ich habe keine Karte«, flüsterte Peter. »Also gehen wir erst mal weiter nach Osten, damit wir den Neuankömmlingen nicht in die Quere kommen.«

»Hauptsache, wir sind hier weg«, sagte Ole.

Und so flohen sie, die Aurora über sich.

16

VALENTINA

Weiter, immer weiter. Jetzt, wo sie sich zur Flucht entschieden hatten, wollte Valentina nur noch rennen. Sie fühlte sich wie ein aufgezogenes Spielzeugauto, die Räder noch fest auf den Boden gepresst. Hatte Nick schon bemerkt, dass sie abgehauen waren? Waren seine Leute schon da? Hatten sie sich ihnen schon an die Fersen geheftet? Sicherlich hinterließen sie für ein geübtes Auge jede Menge Spuren, vor allem da sie keinem Weg folgten, sondern quer durch den Wald stolperten. Und Nick kannte den Wald besser als sie alle.

Sie hielten immer wieder an, um sich nach Lichtern umzuschauen. Schatten zeichneten neue Blätter auf die Äste, dunkel und stumm. Es fühlte sich an, als würde der Wald ausatmen und sich um sie herum zusammenziehen. Nur wegen der Aurora konnten sie überhaupt etwas sehen.

Ihre Beine waren schwer von den Kilometern, die sie an dem Tag schon zurückgelegt hatten. Sie war hungrig. Und sie wollte um ihr Leben rennen, aber die anderen sieben *gingen*.

Valentinas Gehirn versuchte, den Tag einzufangen, so, wie man versucht, einen Schlafsack in seinen viel zu kleinen Beutel zu quetschen: Es entrollte den Tag aufs Neue und wickelte ihn auf, wieder und wieder.

Sie fragte sich, ob Jacob auf ein »Danke« wartete. Von ihr würde er keines bekommen. Sie wusste, dass er nur Fakten aufgezählt hatte, die unabhängig von ihm in der Welt existierten, aber ihre Wut wusste das nicht. *Please shoot the messenger.*

Plötzlich blieb Alexander stehen. Er blickte zurück.

Lichter zuckten in einiger Entfernung durch den Wald. Wenn sie die Taschenlampen immer noch sehen konnten, waren sie noch längst nicht so weit gekommen, wie Valentina gehofft hatte.

»Sie haben die leeren Zelte bemerkt«, flüsterte Kristina.

»Vielleicht ist es ja nur die Polizei«, sagte Tonya.

Valentina konnte den Wunsch durch die Worte schimmern hören, und sie ärgerte sich, weil sie dasselbe Wünschen in ihrem eigenen Kopf auslösten. »Warum hätten sie ihre Taschenlampen dann vorhin ausschalten sollen?«, blaffte sie. »Los, wir müssen weiter.«

Sie liefen, bis die Lichter nicht mehr zu sehen waren, für Stunden, Peter hinterher, der sie in einer möglichst geraden Linie durch das Terrain führte und immer wieder im Lichtschutz seiner Jacke und kniend den Kompass konsultierte.

Irgendwann verblasste die Aurora, und sie stolperten mehr, als dass sie liefen. Alexander hatte Alice am Arm gefasst, damit sie nicht hinfiel.

Ole blieb stehen und konsultierte seine Uhr. »Ich würde vorschlagen, dass wir Pause machen, bis es hell wird. Alles andere hat keinen Sinn.«

Niemand widersprach. Sie rollten ihre Isomatten aus und legten die Schlafsäcke darauf. Kristina rutschte die zwei Matten der Schwestern und die von Alice aneinander, sodass sie mit Tonya zu viert quer darauf liegen konnten, die Füße im Schlafsack auf dem Boden.

Sie wussten nicht, wie nahe Nick schon war, aber er hatte während der letzten Tage trotz seines großen Rucksacks das Tempo gehalten. Wie schnell war er erst, wenn er lediglich seine Pistole trug?

Außer Oles Taschenmesser hatten sie nur ihre Bärensprays zur Verteidigung, und auf kurze Distanz war die Gefahr groß, dass sie sich damit gegenseitig trafen.

In der Not machte man seine Wünsche so klein, dass man sie in der hohlen Hand halten konnte. Valentina dachte: *Wenn er uns heute Nacht erwischt, dann lass mich davor nicht aufwachen.*

Sie rutschte näher an Kristina heran. Die Atemzüge ihrer Schwester hatten sie bisher in jeder Situation beruhigt, vor Klassenarbeiten und Wettbewerben und sogar vor dem Tierarztbesuch, bei dem ihr dreijähriger Hund eingeschläfert werden musste.

In dieser Nacht taten sie es nicht.

17

TONYA

»Hey.« Ein sanftes Rütteln an der Schulter. Tonya öffnete die verklebten Augen. Sie blinzelte Ole an, und er schenkte ihr ein grimmiges Nicken, bevor er Kristina weckte. Tonya rollte sich von der Isomatte. Ihr Schlafsack war feucht vom Tau. Hatte sie überhaupt geschlafen? Sie fühlte sich nur noch müder, die Beine schwer, als hätte sie durch die Pause der Erschöpfung die Möglichkeit gegeben, sie einzuholen.

Wir rennen um unser Leben.

Sie traute ihren Beinen nicht zu, sie zu tragen. Genauso wenig, wie sie noch ihrer Fähigkeit traute, Menschen einzuschätzen. Nick hatte sie *gesehen* – der erste Mensch seit Jahren. Sie hätte ihm von ihrem Ex-Freund erzählt, wenn er danach gefragt hätte. Von ihrem beschissenen kleinen Zimmer ohne Klimaanlage.

Ich würde alles tun, um hier draußen sein zu können. Ist das falsch?

Mühsam kam sie auf die Knie und rollte ihren Schlafsack zusammen. Die anderen taten es ihr gleich. Ole hatte seinen Rucksack bereits gepackt und half mit den Isomatten. Der Morgen war kühl und grau, als wäre auch der Himmel noch in seinen Daunenschlafsack gewickelt.

»Wo gehen wir eigentlich hin?«, fragte Kristina. Man konnte hören, dass sie überlegt hatte, ob sie die Frage überhaupt stellen sollte, denn vielleicht war die Antwort unerträglich.

»Weiter nach Osten«, sagte Ole. »Bis wir an eine Straße kommen. Wenn wir uns versteckt halten, können wir der Straße hoffentlich bis zu einer Ortschaft folgen, ohne dass Nick und seine Kollegen uns erwischen.«

Kristina nickte stumpf.

»Wir werden versuchen, die üblichen Wanderwege zu meiden, auch wenn wir dort vermutlich Menschen treffen würden – es ist zu erwarten, dass Nick sich besser auskennt als wir und dort zuerst nach uns sucht.« Ole sah bemerkenswert wach aus. Er zurrte den Hüftgurt seines Rucksacks fest. »Sind alle bereit?«

Sie setzten sich wieder in Bewegung. Es wurde nie ganz hell. Die Sonne war hinter Wolken verborgen und spendete ein diffuses Licht. Die Bäume standen zu weit voneinander entfernt, um auf kurze Distanz ein gutes Versteck zu bieten.

Sicherlich hinterließen sie mit jedem Schritt Spuren, denen Nick folgen konnte. Oder die Ebene, durch die sie liefen, hatte nur eine schmale Mündung, wo er sie in aller Seelenruhe abpassen konnte.

Vielleicht war Nick ja jetzt schon in der Nähe. Vielleicht schwebte bereits das schmale Kreuz eines Visiers auf ihrem Kopf, und er wartete nur auf eine gerade Schussbahn oder darauf, dass der Wind kurz abflaute.

Peter redete in einem fort, als wäre seine Zunge der Dynamo, der seine Beine antrieb. »Der zweite Tag mit wenig Essen ist der schlimmste«, dozierte er. »Man spürt den Hunger noch. Und es stellt was mit den Gedanken an. Man wird missmutig und empfindlich.«

»Also bin ich nicht die Einzige, die sich Gedanken darüber macht, dass wir die ganze Strecke im Prinzip mit einer Packung Kaugummis zurücklegen wollen?«, fragte Valentina.

»Die wir teilen können«, sagte Kristina.

»Wir können es gut eine Woche ohne Essen aushalten«, schaltete sich Peter wieder ein. »Wichtiger ist, dass wir genug trinken und schlafen.«

Und vielleicht aufhören, ständig von Essen zu reden.

»Das hier ist auch nicht anders als ein Trainingscamp«, sagte Ole.

»Ein Trainingscamp ohne Essen und Betten?«, sagte Valentina.

»Das ist euphemistisch statt optimistisch.«

»Wir trainieren den mentalen Aspekt«, sagte Ole. »Durchhalten, wenn es schwierig wird. Zähne zusammenbeißen.«

»Einfache Metrik«, sagte Jacob. »Wenn ihr noch reden könnt, lauft ihr zu langsam.«

Sie kamen tatsächlich langsamer voran, obwohl sie den Weg jetzt sehen konnten. Jacob war nicht der Einzige, dem das auffiel.

»Können wir nicht schneller laufen?«, fragte Valentina, als sie ihre Flaschen an einem kleinen Bach auffüllten.

Die Frage war allgemein formuliert, aber Tonya wusste, wer gemeint war. Sie konzentrierte ihren Blick auf die sich auflösende Jodtablette und hoffte, dass ihr dunkles Oberteil die verräterischen Schweißflecken an ihrem Rücken verdeckte.

»Alle machen schon, so schnell sie können«, sagte Kristina.

»Fühlt sich nicht so an«, sagte Valentina.

Sie schraubten ihre Wasserflaschen zu und liefen weiter. Valentina sagte nichts mehr, aber man konnte förmlich hören, wie es in ihr arbeitete.

Eine dunkle Ahnung begann in Tonya zu ticken. Sie war die Langsamste, nicht nur, weil ihr Rucksack ein schweres altes Modell war. Wieder einmal hatte sie in einer unsichtbaren Lotterie die schlechteste Option gezogen, und das war so ungerecht, dass sie die Zähne zusammenbeißen musste. Würde ihr Leben immer schwerer als das von allen anderen sein? Mit Klauen und Zähnen hatte sie sich jeden Teil dieser Reise erkämpft, bis zum letzten Schnürsenkel. Und jetzt, wo sie endlich angekommen war, war sie auf das Mitleid von schnelleren, stärkeren Menschen angewiesen.

Alice stolperte vor ihr den Weg entlang. »Meinst du, wir kommen hier raus?«, fragte sie leise, sodass die anderen es nicht hören konnten.

»Es wird schon klappen«, sagte Tonya, aber sie fühlte sich nicht wohl, als die Worte ihren Mund verließen. So als hätte sie mehr versprochen, als sie halten konnte.

18

JACOB

Sie hielten erst an, als es dunkel wurde. Die Sterne waren von dicken Wolken verdeckt, die in Fetzen über den Himmel jagten. Es sah nach Regen aus.
»Und wir haben keine Zelte«, sagte Ole mit einem besorgten Blick nach oben.
»Jacob hat noch ein Zelt«, sagte Valentina.
»Zeltplane«, korrigierte Jacob sie. »Ich hab immer noch keine Stangen.«
»Zelt«, sagte Valentina. »Du hast eines von diesen sündhaft teuren Hightech-Zelten, deren Säulen mit Luft aufgeblasen werden. Hast du dich nicht gefragt, wofür die Ventile gut sind?«
Jacob holte das Zelt aus seinem Rucksack. Tatsache. »Und das sagst du mir *jetzt*?«
Er würde sie umbringen. Die Frage war nur, wann und wo. Konnte er es so aussehen lassen, als wäre es Nick gewesen?
Seit Hannibals Alpenüberquerung hatte niemand nach einer lebensgefährlichen Wanderung so selbstzufrieden gewirkt wie Valentina in diesem Moment. »Du hattest doch so viel Spaß, dir mit Peter ein Zelt zu teilen«, sagte sie. »Es war für jeden klar zu sehen.«
Peter bekam vor freudiger Überraschung wieder ganz fleckige Wangen.
»Ich würde vorschlagen, dass wir durchtauschen, wer im Zelt schlafen darf«, sagte Ole. »Jacob sollte heute Nacht einen Platz bekommen,

weil er das Zelt den ganzen Tag getragen hat. Den zweiten Platz losen wir aus. Klingt das fair?«

Jacob hätte Valentina am liebsten von der Verlosung ausgeschlossen, aber er grummelte seine Zustimmung. Ole hielt ihnen eine Faust mit sieben Stöckchen hin. »Das längste Stöckchen schläft heute Nacht im Trockenen«, sagte er.

Sie zogen reihum, und wer ergatterte das längste Stöckchen? Valentina. Natürlich.

»Ich schlage einen Waffenstillstand vor«, sagte Valentina, als sie nebeneinander auf ihren Isomatten lagen. Das Zelt roch wunderbar nach Plastik und kein bisschen nach Wald, aber nicht einmal das konnte die ständige Anspannung in Jacobs Brustkorb mindern. Am liebsten hätte er jemanden für einen Booty-Call angerufen. Er sehnte sich nach unkompliziertem Körperkontakt, und er hatte keine passende Kandidatin in der Nähe.

»Hast du mich gehört?«, fragte Valentina. »Waffenstillstand?«

»Bis wir diesen verdammten Wald verlassen haben?«

Valentina schnaubte. »Bis *morgen früh*. Wenn wir heute Nacht das Zelt haben, müssen wir die nächsten drei Nächte draußen schlafen, und wir sollten so viel Schlaf wie möglich aufholen.«

»Wäre es nicht besser, wir würden uns das ganz sparen?«

Er hörte, wie Valentina sich in den Schlafsack wühlte. »Ich kann mir nicht jeden Spaß verbieten.«

»Hast du gerade zugegeben, dass du mit mir Spaß hast?«

»Mit Spaß meine ich das Überlegenheitsgefühl, das ich in deiner Gegenwart immer verspüre.«

Zu seinem Entsetzen stellte Jacob fest, dass er für eine angemessene Erwiderung zu müde war. Er schloss die Augen. Der Wald war ihm noch nie so laut vorgekommen. Stammte das Knacken von einem Baum, der sich im Wind bewegte? War das Rascheln ein Hase oder jemand, der ein Gewehr in Position brachte?

Er hatte noch nie mit Schuhen geschlafen, sogar im schlimmsten Suff hatte er sie sich noch von den Füßen getreten. Aber nur Socken anzuhaben fühlte sich zu hilflos an, deshalb hatte er seine Wanderschuhe zum Schlafen angelassen. Auch wenn es nichts nützte.

Wenn Nick sie im Schlaf fand, würde Jacob vermutlich von den Schüssen aufwachen. Er würde die Schritte hören, wie sie sich näherten – das Zelt nicht besser als ein Gefängnis –, und dann ...

»Hör auf, dich ständig von einer Seite auf die andere zu drehen«, murmelte Valentina.

»Hast du keine Angst, dass sie uns schnappen?«

»Wer keine Angst hat, ist ein Idiot. Aber ich weiß ja, dass du die ganze Nacht wach sein wirst, deshalb kann ich ganz beruhigt einschlafen.«

»Du gehst davon aus, dass ich dich wecken würde.«

»Dein hoher, kreischender Schrei würde mich wecken.«

»Haha«, sagte Jacob tonlos.

Eine schlaftrunkene Hand streckte sich ihm entgegen und tätschelte ihm den Kopf. »Waffenstillstand. Jetzt *schlaf*.«

Es kam Jacob vor, als hätte er kaum ein Auge zugetan, als Oles Armbanduhr in sein Bewusstsein piepste. Jedes Geräusch von draußen hatte ihn aufgeweckt, aber er hatte sich nicht getraut, Ohrstöpsel einzusetzen. Er schob den Kopf aus dem Zelt, bevor Ole ihn wecken konnte.

»Guten Morgen«, sagte Ole.

»Morgen.«

»Kannst du die anderen wecken?«, fragte Ole. »Ich muss kurz austreten.«

Austreten – wer sagte so was?

Jacob zuckte mit den Achseln. Er wollte keine Kommandos von Ole entgegennehmen, aber es war als Frage formuliert gewesen und eine vernünftige Bitte, um Zeit zu sparen.

Er weckte Valentina zuerst, indem er laute Geräusche beim Einrollen seiner Isomatte machte. Er hätte nicht gewusst, wo er sie berühren sollte. »Es ist wieder so weit«, sagte er. »*Rise and shine.*«

Es klang sarkastischer, als er es gemeint hatte, aber Valentina rieb sich nur die Augen und setzte sich auf. Ausdruckslos musterte sie Jacob. »Ich dachte, Albträume sind vorbei, wenn man aufwacht.«

Er lächelte breit. »Ich enttäusche immer gerne, Prinzessin.«

Alexander war schon auf und dabei, seinen Rucksack zu packen. Zum Glück der anderen hatte es nachts nicht geregnet, und die Schlafsäcke waren trocken, abgesehen von einer Tauschicht.

Jacob weckte erst Tonya und Alice, indem er vorsichtig an ihren Füßen rüttelte, dann wiederholte er das Manöver bei Kristina und Peter. Gefangen in ihren Schlafsäcken, hätten sie wirklich keine Chance gehabt.

Jacob hatte erwartet, dass er sich tagsüber besser fühlen würde, aber das Gegenteil war der Fall: Die Dunkelheit hatte sie wenigstens versteckt. Bei Tag leuchteten Fetzen von Oles roter Regenjacke zwischen den Stämmen, obwohl er sich ein gutes Stück entfernt hatte und Jacob sich nicht gerade anstrengte, ihn beim Pinkeln zu beobachten. Bei Tag reichte ein Fernglas, um sie zu erspähen. Sie waren lebende Zielscheiben.

»Wir müssen die Jacken und Rucksäcke tarnen«, sagte er. »Wir könnten Erde dazu benutzen.«

Warum hatten sie nicht schon gestern daran gedacht?

»Ich fürchte, das ruiniert nur die Imprägnierung, ohne eine langfristige Wirkung zu haben«, sagte Kristina mit einem Blick auf den Himmel. »Der Regen spült es sicher wieder runter.«

Das Lager war in wenigen Minuten zusammengepackt. Danach tranken sie ein paar kalte Schlucke gefiltertes Wasser vom Vortag. Das war das Frühstück. Jacobs Bauch rumorte. In seinem ganzen Leben hatte er noch nie einen Tag ohne Essen verbracht. Geschweige denn zwei Tage, an denen er gelaufen war, solange das Licht reichte.

Hatten sie eine Chance? Oder machten sie sich nur etwas vor?

Zur Mittagsstunde begann ein stetiger Regen, und als sie das nächste Mal eine Pause einlegten, fanden sie auch unter den Bäumen keinen Schutz mehr.

Die Unterschiede in der Qualität ihrer Ausrüstung waren jetzt nicht mehr zu übersehen: Die Jacken von Jacob und den Schwestern ließen keinen Tropfen durch, genauso wenig wie ihre Schuhe, ihre Regenhosen oder ihre Rucksäcke. Tonya dagegen war schon nach kurzer Zeit völlig durchnässt. Jacob überlegte, ihr eines seiner Kleidungsstücke abzutreten, aber das war bloß einer dieser Gedanken, über deren Großzügigkeit man sich auf die Schulter klopfte, ohne sie je auszuführen.

Niemand redete, und auch Ole, der Möchtegern-Captain-America, hätte sie vielleicht nicht bis zum Abend antreiben können, wenn sie nicht auf die geschotterte Straße gestoßen wären.

Alle blieben gleichzeitig stehen. Sie hatten seit Tagen keine Straße gesehen, und auf einmal fühlte es sich gefährlich an. »Sollen wir es riskieren?«, fragte Ole. »Wenn das die einzige Straße in einem größeren Umkreis ist, sind sie hier vielleicht mit ihren Fahrzeugen unterwegs.«

»Es ist nicht so, als hätten wir eine Wahl«, sagte Valentina.

Ole nickte langsam, aber offensichtlich nicht zufrieden.

Auf der Straße lief es sich deutlich leichter, und sie kamen schneller voran.

Es dämmerte bereits, und sie hielten Ausschau nach einem Lagerplatz, als Alice das rechteckige Licht erspähte. Ein Fenster. Ein Haus!

»Ist das ...?«

Von der Straße ging ein Waldweg ab, breit genug für ein Auto, der auf ein Stück freier Fläche mit einem kleinen, einstöckigen Haus mündete.

Erleichterung durchflutete Jacob. Strom. Menschen. Irgendwo ein Telefon. *Fuck yeah.*

Schon standen sie vor der Eingangstür. Alice suchte nach einer Klingel, und als sie nach einer Sekunde keine fand – vermutlich brauchte man hier draußen keine –, hämmerte sie mit der Faust gegen die Tür.

Niemand hielt sie davon ab.

Die Tür schwang nach innen auf. Essensgeruch schwallte ihnen entgegen. Fett und Gewürze. Speichel schoss ihm in den Mund.

Es sah so *warm* aus.

Jacob war noch nie so froh über den Anblick eines fremden Menschen gewesen.

Der Mann war Ende vierzig, mit einem kleinen Schmerbauch. Wenn sein Bart weißer gewesen wäre, hätte er ein Weihnachtsmann-Anwärter sein können. Er machte große Augen. Ein einzelner Besucher hier draußen musste schon eine Überraschung sein, ganz zu schweigen von acht.

Sie redeten alle durcheinander.

»Wir haben uns verirrt. Wenn wir Ihr Telefon benutzen könnten?«, sagte Peter.

»Und vielleicht was von Ihrem Essen abhaben könnten?«, sagte Alice.

»Wir können auch dafür bezahlen«, sagte Jacob.

»Ein warmer Ofen würde uns auch schon weiterhelfen«, sagte Kristina.

Der Mann hob die Hände, bis sie alle verstummt waren. »Jetzt kommt erst mal rein, esst was und erzählt mir, warum acht junge Menschen mitten am Abend hier auftauchen.«

»Wir müssen die Polizei rufen«, sagte Ole.

Ihr Gegenüber rieb sich den Bart. »Ich hab hier draußen keinen Empfang, tut mir leid. Ein Grund, warum ich hierhergezogen bin, um ehrlich zu sein.« Er schaute verlegen drein.

»Es ist wirklich wichtig«, sagte Ole.

Der Mann nickte ernst. »Ich kann euch gleich morgen früh nach Fort Smith fahren. Wenn wir jetzt losziehen, brettern wir vielleicht direkt in eine Bisonherde. Die mögen das zarte Gras entlang der

Straße und sind nicht gerade verkehrssicher angezogen, wenn ihr wisst, was ich meine. Würde das helfen?«

Offensichtlich war Ole nicht zufrieden, aber er war genauso erschöpft wie sie alle und außerdem höflich, selbst wenn er am Verhungern war. Er nickte. »Vielen Dank.«

Es war ein einfaches Haus, klein und schmuck, mit einem Flur, von dem die anderen Zimmer abgingen. Das schönste Haus, das Jacob je gesehen hatte, hundertprozentig. Sie zogen die Schuhe aus, als sie eintraten, und diese Geste gab Jacob so deutlich das Gefühl, zu Hause sein, dass es ihm den Hals zuschnürte.

»Ihr könnt die Rucksäcke hier abstellen. In der Küche ist nicht so viel Platz. Verstaut am besten auch eure Bärensprays da drin, wir wollen ja nicht, dass in der Küche eines losgeht. Aber nehmt die Schuhe zum Trocknen mit, beim Ofen ist es am wärmsten.«

Die Jacken behielten sie an – es war angenehm, sich von dem Überschuss an Hitze backen zu lassen. Auf dem Herd stand ein kleiner Topf mit Eintopf, den sie alle hungrig beäugten, während sie sich aus ihren Regenhosen schälten und sie über die Stuhllehnen hängten.

»Da werd ich wohl noch mehr machen müssen«, sagte der Mann.

»Das wäre toll«, sagte Kristina.

Sie drängten sich alle um den Küchentisch. Es gab nicht genug Stühle, aber eine Eckbank, auf die man sich zu fünft quetschen konnte. Als sie alle saßen, schauten sie den Mann erwartungsvoll an.

»Ich bin Rupert«, sagte der Mann.

Sie stellten sich der Reihe nach vor.

Rupert rieb sich wieder den Bart. »Ich bin nicht so gut mit Namen.«

»Ich habe gute Eselsbrücken«, sagte Alice. »Das ist Peter, der ist nur 'nen Meter.«

»Hey!«

»Das sind die Tinas, ist wirklich einfacher, sich nur einen Namen für beide zu merken, und das ist ...«

»Wenn Leute sagen, dass sie schlecht mit Namen sind, heißt das meistens nicht, dass sie Hilfe wollen, um darin besser zu sein«, sagte Jacob.

Rupert lächelte in seinen Bart.

Alice schüttelte den Kopf – vermutlich mehr, weil sie nicht fertig geworden war, als wegen der Rüge – und hörte abrupt damit auf, als Rupert einen Schrank öffnete und mehrere Packungen Schokoladenkekse und andere Süßigkeiten auf den Tisch lud. Sie waren im Schlaraffenland.

»Sollte ich sowieso mal loswerden«, sagte Rupert. Er tätschelte liebevoll seinen Bauch.

Alice nickte ernst. »Damit können wir Ihnen sicherlich helfen. Ich würde sogar sagen, Sie hätten keinen besseren Besuch haben können.« Sie riss die erste Packung auf, und danach hörte man erst mal nichts mehr.

Rupert verließ den Raum und kam mit einem Arm voll gefrorener Lebensmittel wieder. Jacob erkannte mehrere Pizzen. »Die sollte ich vielleicht auch loswerden«, sagte Rupert mit einem kleinen Lächeln, das Jacob an seine Großmutter erinnerte, wenn sie ihm entgegen der Weisung seiner Mutter heimlich Kekse zugesteckt hatte.

Rupert deckte den Tisch mit Tellern und Löffeln, dann gab er ihnen Brot zum Tunken und schöpfte jedem eine Kelle Eintopf heraus. Sie warteten artig wie im Kindergarten, bis jeder was hatte.

Es war das Beste, was Jacob je gegessen hatte. Die anderen machten passende Geräusche.

Erst wurden die Teller sauber geleckt, dann der Topf.

Es war warm im Haus. Nach und nach pellten sie sich aus ihren Kleidungsschichten.

Der Eintopf war aufgegessen und die erste Pizza im Ofen, als Ole berichtete, was ihnen passiert war. Rupert riss die Augen auf, ließ Ole aber zu Ende erzählen.

»Kinder, Kinder«, sagte Rupert. Sorgenfalten türmten sich auf seiner Stirn. »Da habt ihr aber was durchgemacht.«

Jacob hatte nicht gewusst, wie gut es sich anfühlte, das aus dem Mund von jemand anderem zu hören. Sie hatten in der Tat etwas durchgemacht.

»Könnten wir auf Ihrem Grundstück zelten?«, fragte Ole. »Und – wenn es Ihre Gastfreundschaft nicht überstrapaziert – vielleicht auch Ihr Bad benutzen?«

Rupert schmunzelte. »Vermutlich würde meine Gastfreundschaft dadurch strapaziert, dass ihr *nicht* das Bad benutzt.«

Sie tauschten ein Grinsen untereinander. Sie hatten schon damit gerechnet, dass sie stanken.

»Und wenn ihr wollt, können wir auch hier in der Küche ein Matratzenlager einrichten. Es wird ziemlich eng, aber vielleicht wisst ihr es zu schätzen, dass die Decke ein paar Meter höher ist.«

Und Wunder über Wunder: Sogar Valentina nickte dankbar.

19

TONYA

Tonya fühlte sich warm und schwer und satt, aber sie schob sich trotzdem ein weiteres Stück Pizza in den Mund. Danach lutschte sie sich das Fett von den Fingern und pickte ein paar Krümel von ihrem Oberteil. Tischmanieren hatten für diesen Abend Pause. Tonya hatte vergessen, dass der Geruch von Essen einen komplett einhüllen konnte. Finger, Haare, Kleidung.

»Will noch jemand Nachschlag?«, fragte Rupert. Aus seiner magischen Tiefkühltruhe hatte er sogar noch Vanilleeis gezaubert.

»Vielleicht in zwanzig Minuten«, sagte Peter.

»Wenn dein Haus nicht eindeutig aus Holz statt aus Lebkuchen gemacht wäre, würde ich denken, du willst uns mästen«, sagte Kristina.

»Ihr würdet nicht in meine Tiefkühltruhe passen«, antwortete Rupert.

Das warme Licht spiegelte sich in seinen Pupillen.

Alice prustete. Sie hatte ein Stadium von Müdigkeit und ein Zuckerlevel erreicht, wo sie über alles kichern musste. Rupert verschwand, um das Eis zurück in die Truhe zu packen.

Außer der Eiscreme hatte Rupert auch mehrere Flaschen Ginger Ale aufgetischt, die Tonya jetzt auf die Blase drückten. Sie schob sich an Kristina vorbei, deren Haare im hellen Licht der Küchenlampe noch bunter aussahen als sonst.

Es war dunkel im Flur und sie fand den Lichtschalter nicht, aber das letzte Licht von draußen reichte aus, damit sie sich an den vielen Rucksäcken und zwei Türen vorbei Richtung Toilette tasten konnte. Aus den Augenwinkeln nahm sie eine Bewegung wahr und erkannte ihren Umriss in einem Spiegel gegenüber der Toilettentür. Zum Glück war es zu dunkel, um mehr als das zu sehen. Es fiel ihr schon an guten Tagen schwer, keine kritischen Gedanken über ihr Gesicht zu denken. Wer wusste, wie das nach Tagen im Wald war. Entsprechend ließ sie auch das Licht im Bad ausgeknipst – sie mochte den blaugrauen Schimmer, der durch das Fenster fiel.

Sie drehte das Wasser auf die heißeste Stufe und ließ es deutlich länger als sonst über ihre Hände laufen. Das Klopapier, die schäumende, duftende Seife, das weiche Handtuch. Alles war ein Wunder.

Mit warmen Fingern öffnete sie die Tür.

Ein Streifen Licht fiel jetzt aus dem Zimmer nebenan in den Flur, aber es war das Flüstern, das sie innehalten ließ, die Klinke in der Hand. Sie wollte nicht lauschen, aber einzelne Worte trugen über die Dielen. Ruperts Stimme. Im Spiegel gegenüber konnte sie einen kleinen Blick auf ihn erhaschen, wie er sich im Zimmer neben ihr etwas gegen das Ohr presste. War das ein ... Telefon an der Wand?

Ihr wurde eiskalt. Sie hoffte, dass sie sich täuschte; jetzt lauschte sie angestrengt nach jedem Wortfetzen.

»... Essen gegeben. Sie ... ausgehungert ... Lager neben ... Ofen ... schlafen.« Eine Pause, während die Stimme am anderen Ende etwas sagte. Der nächste Satz war lauter. »Da ist ein Kind dabei«, sagte er. Tonyas Herz schlug schneller. *Bitte nicht.* Wieder hörte er kurz zu. »Verstanden«, sagte er mit schwerer Stimme.

Er legte auf. Sie sah, wie er die Augen schloss und den Kopf in die Hände legte. Es war dieser Anblick, der sie erzittern ließ. Dann hörte sie, wie er einen Schrank öffnete und etwas herausholte. Für einen Augenblick erkannte Tonya etwas Dunkles, Schmales.

Gewehrlauf, sagte ihr Kopf.

Tonya fasste die Klinke mit beiden Händen und zog so leise wie möglich die Tür wieder zu. Es roch immer noch nach Seife.

Tonya hatte das Bedürfnis, zu weinen wie ein kleines Kind. Wie unwahrscheinlich war es, dass Rupert mit Nick unter einer Decke steckte? Wie konnte das sein? Sie waren gerade erst in Sicherheit gewesen. So kurz davor, nach Hause zu kommen. Sie hätte alles dafür gegeben, in ihrem winzigen, engen Zimmer in Chicago zu sein. Alles dafür, dass die Schritte im Zimmer nebenan von ihrem Ex-Freund kamen.

Aber sie war nicht in Chicago. Sie hatte sich selbst in ein Flugzeug hierher gesetzt. Der Gedanke hätte deprimierend sein sollen, doch überraschenderweise war er es nicht. Sie hatte es hierhergeschafft – warum nicht auch zurück?

Tonya holte tief Luft. Schritt für Schritt. Eins nach dem anderen. Zuerst musste sie die anderen warnen. Wie? Der Mann kannte sein Haus. Wenn er sie aus dem Bad kommen sah, würde er wissen, dass sie ihn gehört hatte.

Mit bebenden Fingern öffnete sie das Badfenster – das Fensterbrett war auf Hüfthöhe – und kletterte hinaus. Es war wie im Film und fühlte sich verrückt an. Das Gras war feucht, und ihre Socken wurden nass. Sie rannte ums Haus, alles in blauem Nachtdunkel.

Dann erreichte sie die Küchenfenster. Rupert war noch nicht zurück, und die anderen lachten und aßen und hatten gerötete Wangen von der Hitze des Kachelofens. Der Anblick schnürte ihr den Hals zu. So hatte sie sich gerade auch noch gefühlt.

Sie klopfte ans Glas. Die anderen blieben in ihr Gelächter vertieft. Dann schaute Valentina auf, ihre Raubvogelaugen auf das Fenster gerichtet. Tonya presste ihr Gesicht gegen die Scheibe, sodass man es auch in dem erleuchteten Zimmer sehen konnte.

Valentina rempelte Peter an, der neben dem Fenster saß, und nach einem kurzen Kampf mit dem Schließmechanismus öffnete er es.

»Tonya? Was ...«

»Rupert gehört zu den Dealern«, flüsterte Tonya mit rasendem Herzen. »Er hat sie angerufen. Er hat ein Gewehr.«

Augenblicklich wurde es still.

»Bist du sicher?«, fragte Ole.

Tonya nickte. Warum hätte Rupert ihnen sonst vorlügen sollen, dass er keinen Empfang hatte?

Kristina flüsterte etwas auf Deutsch, es klang wie: »Was zum Teufel?« Alexander warf einen besorgten Blick Richtung Tür.

»Das heißt doch, er hat ein funktionierendes Telefon«, sagte Jacob, und sie konnte die Hoffnung aus jedem Wort hören.

Aber das Telefon war auf der anderen Seite des Flures.

»Er hat ein *Gewehr*«, wiederholte Tonya.

»Unsere Rucksäcke sind im Flur«, sagte Valentina. Alle bis auf den von Kristina, die ihren hereingeholt hatte, um feierlich mit Rupert das letzte Stück Kaugummi zu teilen.

Tonya nickte. Sie war bereits zum selben Schluss gekommen.

»Der Tisch.« Ole nickte Alexander zu, und gemeinsam hoben sie den massiven Tisch an und positionierten ihn vor der geschlossenen Tür, ängstlich jedes Geräusch vermeidend. »Zieht Schuhe und Jacken an«, sagte Ole. Er trat in seine Schuhe, riss an den Schnürsenkeln. Die Küche explodierte in Bewegung.

Alice reichte Tonya hastig ihre Schuhe und Kleidung durchs Fenster. Tonyas nasse Socken quietschten, als sie sie in die Schuhe drückte. Ihre Hände zitterten zu sehr, um eine Schleife zu binden, und nach zwei immer fahrigeren Versuchen machte sie einfach einen großen Knoten und stopfte die Enden in den Schuh.

Kristina setzte ihren Rucksack auf, dann kletterte sie hinter Alice aus dem Fenster.

Durch die leise Hektik hindurch hörte man Schritte auf dem Gang.

Valentina griff sich einen Laib Brot und ein langes Küchenmesser und stieg durch das Fenster, dann folgte Alexander mit den gesammelten Regenhosen im Arm. Hinter ihnen drängten sich Ole, Peter und Jacob.

»Die Tür klemmt«, sagte Rupert. »Altes Haus. Könnt ihr mal ziehen?«

»Klar«, sagte Jacob und rutschte einen Stuhl über den Boden, als würde er vom Tisch aufstehen.

Peter kletterte durchs Fenster zu ihnen nach draußen.

»Noch ein bisschen fester«, sagte Rupert.

Der Tisch schabte ein kleines Stück den Boden entlang, als Rupert von der anderen Seite dagegen drückte.

Dann musste ihm klar geworden sein, dass die Tür nicht wirklich klemmte, und sie hörten die dumpfen Schläge, als er sich mit seinem ganzen Körper gegen die Tür warf. Der Tisch war schwer, aber nicht schwer genug, und bewegte sich ein größeres Stück. Ole drückte mit dem Rücken dagegen.

»Mach schon!«, rief er Jacob zu.

Jacob sprang nach draußen.

Plötzlich stoppten die Schläge, und sie hörten, wie Ruperts Schritte sich entfernten.

»Ole! Schnell!«, rief Kristina.

Ole schwang sich durchs Fenster.

Dann rannten sie alle Richtung Wald, breit aufgefächert wie bei einem Wettrennen. Weg von dem Haus. Wind und Blut rauschten in Tonyas Ohren.

Das Licht in der Küche war hell gewesen, und zuerst konnte sie kaum etwas sehen. Die Wiese war weich und uneben, und sie befürchtete, sie könnte jeden Moment umknicken.

Die Schwestern rannten mittlerweile ganz vorne, dicht gefolgt von Alexander und Ole, danach Jacob, dann Alice, dann Tonya. Peter lief direkt neben ihr. Sie erhaschte einen Blick auf sein vor Anstrengung verzerrtes Gesicht, dann auf das Haus hinter ihnen.

Rupert stand bei der Haustür, das Gewehr angelegt. Tonya wandte den Blick wieder nach vorne, um ja nicht zu stolpern. Der Waldrand war jetzt zum Greifen nah, die anderen waren schon darin verschwunden. Sie wollte sie auf keinen Fall aus den Augen verlieren.

Im nächsten Moment: der Schuss. Eine Welle lief durch Peters Körper, und dann war er auf einmal nicht mehr neben ihr.

»Peter!«, schrie Tonya, aber es kam keine Antwort. Sie blieb keuchend stehen, fuhr herum. Regungslos lag er im dunklen Gras, die Arme verdreht unter sich, als hätte er seinen Sturz noch abfangen wollen, aber nicht die Kraft dafür gehabt.

Wieder ein Schuss.

»Peter?« Sie konnte nicht erkennen, ob er atmete. Die anderen verloren sich bereits im Dickicht der Bäume. Der nächste Schuss riss sie aus ihrer Erstarrung. Ihre Beine liefen ohne ihr Zutun wieder los. Der Wald umfing sie. Wo waren die anderen? Sie mussten ihre Schreie doch gehört haben, aber sie waren weitergerannt, ohne sich umzudrehen.

Flüssigkeit drückte sich in Tonyas Hals nach oben, und sie schluckte und schluckte, um sich nicht zu übergeben.

Sie hatte Blut an sich, etwas von Peters Blut klebte bestimmt an ihr, auch wenn sie es nicht sehen konnte, zwischen ihren Wimpern, in ihren Nasenlöchern. Sie hob die Hände nah ans Gesicht, aber es war zu dunkel. Ihre Finger rochen immer noch nach der Seife, und in den Ärmeln ihrer Jacke hielt sich der Geruch nach geschmolzenem Käse und Sicherheit.

20

JACOB

Die Schüsse waren verstummt, aber sie hallten weiter in Jacobs Ohren nach, fast übertönt vom Trommeln seines Herzens und dem Rhythmus seiner Schritte. Er wusste nicht, wie lange sie schon rannten oder ob Rupert direkt hinter ihnen war. Seine Wahrnehmung war geschrumpft auf Kristinas Rücken und den Boden vor ihm. Er durfte sie nicht aus den Augen verlieren, und er durfte nicht hinfallen.

Seine Sneaker waren in seinem Rucksack gewesen. Wie ein Idiot dachte er diesen Gedanken wieder und wieder. Das Einzige an Ausrüstung, was er außer seiner Kleidung noch besaß, war seine Kreditkarte. Nutzlos.

»Stopp«, rief Ole leise.

Jacob lief fast in Kristina hinein, als sie plötzlich stehen blieb. Sein Atem war außer Kontrolle, seine Beine bebten. *Was?* Sie mussten weiterrennen! Er stützte sich auf den Knien ab und sog keuchend Luft in die Lunge. Ein paar Momente später kam Alice an, dann Tonya.

»Wir müssen uns orientieren«, brachte Ole zwischen heftigen Atemzügen hervor. »Irgendwo in der Nähe muss eine Siedlung sein. Peter?«

»Er ...« Tonya brach ab. Sie starrte auf ihre Handflächen. »Er hat's nicht geschafft«, flüsterte sie.

Jacob starrte sie an. Er musste zu wenig Sauerstoff im Blut haben. Meinte sie, dass sie Peter im Dunkeln verloren hatten?

»Gleich beim Haus. Ihr wart einfach weg!« Tonyas Stimme klang schrill, obwohl sie so leise sprach.

Meinte sie ...?

»Ich hab nach euch gerufen!« Kristina fasste sie an der Schulter. »Was ist mit ihm passiert?«

»Rupert hat geschossen. Und Peter ist hingefallen. Hat sich nicht mehr bewegt. Warum seid ihr nicht zurückgekommen?« Tonya weinte, und die Tränen erschwerten ihr das Reden zusätzlich. »Ich konnte nicht sehen, ob er noch geatmet hat. Er lag so komisch da.«

»Hast du mit ihm geredet?«, fragte Kristina.

»Er hat nichts gehört. Er hat sich nicht bewegt.«

»Wir müssen sofort umdrehen«, sagte Ole. »Es dauert bestimmt noch, bis Nick mit seinen Leuten hier ist. Vielleicht können ein paar von uns Lärm machen und Rupert von der Wiese weglocken, während wir Peter retten.«

Keiner von ihnen wollte zurück, aber sie waren schon dabei, sich aufzuteilen – es war offensichtlich, dass Ole, Alexander und die Schwestern am stärksten waren und Peter tragen würden –, als Tonya rasselnd Luft holte. Dann sagte sie ganz leise: »Ich glaube, er ist tot.«

Tränen ließen Jacobs Sicht verschwimmen. Das ergab keinen Sinn. Peter hatte ihm erst am Morgen noch erklärt, wie man das Zelt richtig abbaute, und er war gleich hinter ihm gewesen. Er konnte nicht auf Ruperts Wiese gestorben sein. Es hätte jeden von ihnen treffen können. Also warum dann Peter? Warum nicht Jacob?

Tonya verschluckte die Worte fast: »Ich meine, wenn man im Bein oder so getroffen wird, dann schreit man doch, oder? Auf jeden Fall bewegt man sich. Vor allem, wenn man gerade vor irgendwas weggerannt ist. Aber er hat nichts gemacht, gar nichts. Und er lag so komisch da ...«

Sie schloss die Augen.

Alice begann, hemmungslos zu schluchzen. Alexander, der ihr am nächsten war, ließ die Regenhosen zu Boden fallen und legte ihr schüchtern den großen Arm um die Schultern. Alice warf sich heulend an seine Brust, ganz Kind und keine Sekunde zögernd. Und das war der Moment, in dem etwas in ihnen brach: weil sie alle zu alt waren, um sich von jemandem so auffangen zu lassen. Weil Peter tot war und ihnen das Gleiche bevorstand.

Selbst jetzt sollten sie eigentlich weiterrennen – ihr Vorsprung konnte nicht groß sein –, aber keiner von ihnen konnte sich rühren. Oles Gesicht war eingefallen, hohl. Tonya zitterte am ganzen Körper und streifte immer wieder die Hände an ihrer Hose ab. Die Schwestern hielten sich an der Hand der anderen fest.

Eine Welle der Verzweiflung türmte sich über Jacob auf. Hilflos sah er Ole an. »Was machen wir denn jetzt?«

Ole musste einen Plan haben. So wenig Jacob ihn mochte – Ole hatte immer einen Plan. »Sag uns, was wir machen sollen. Sag es uns.«

Aber Oles Blick war weit fort gerichtet, in Richtung des Waldes, wo Peter irgendwo im Gras lag.

»Kommt schon«, sagte Valentina plötzlich und schulterte Kristinas Rucksack. Sie hatte die Fäuste geballt, ihre Wut schien dicht unter der Oberfläche zu brennen, ihre Haut war wie Papier kurz vor dem Feuerfangen.

»Wo willst du hin?«, fragte Kristina, die Augen gerötet.

»Weg von hier.« Valentinas Finger zitterten, und sie brauchte zwei Anläufe, um den Hüftgurt zu schließen.

»Es ist sinnlos«, sagte Jacob schwach. »Das ist dir doch klar? Sie werden uns kriegen. Sie sind bewaffnet. Sie kennen die Gegend.« Noch während er es sagte, hoffte er, dass sie ihm Kontra geben würde.

Ihr Blick fixierte ihn. Sie sah geradezu furchteinflößend aus. »Sie haben Gewehre? GPS? Autos? Sollen sie alles mitbringen. Aber wenn es eine Woche dauert, bis sie mich kriegen, dann mache ich es zu der beschissensten Woche, die sie je hatten.«

»Du willst tiefer in den Park hinein«, sagte Ole langsam. In seinen Zügen war immer noch keine Regung.

»Hast du eine bessere Idee?«, knurrte sie.

Ole schüttelte entkräftet den Kopf.

»Dann los.«

Jacob zögerte. Seine eigenen Gedanken drangen nur zäh zu ihm durch, aber so viel war ihm auch in seiner Benommenheit klar: »Weit weg von Nick und Rupert heißt auch weit weg von jeder Hilfe.«

»Wie viele Tote brauchst du noch?«, sagte Valentina. »Wir sind schon allein.«

Und war das nicht die Wahrheit? Sie waren allein. Sie hatten keine Zelte. Kein Essen. Keine Ahnung, wo sie sich befanden. Genauso gut konnten sie sich hier hinsetzen und darauf warten, dass sie gefunden wurden.

Aber Valentinas Wut brannte hell. »Alice, kennst du einen Stern, nach dem wir navigieren können?«

»Ich weiß nicht mal, wo wir sind«, murmelte Alice.

Valentina nickte. »Es hilft schon, wenn wir nicht aus Versehen im Kreis laufen.«

Alice hob ihr Gesicht aus Alexanders Armbeuge. »Polaris. Der Nordstern.«

Valentina würdigte die Information mit einem schweren Nicken. »Dann sind wir jetzt zu siebt.«

Sie waren zu siebt, und sie liefen wieder los.

Tiefer in das Land, für das sie keine Karte hatten.

Tiefer in das Land, das nicht für Menschen gemacht war.

Tiefer hinein.

21

JACOB

Mehrmals glaubte Jacob, Schritte in der Nähe zu hören, und dann trieb er seine tauben Beine an, noch ein bisschen mehr zu geben. Aber nie war er schnell genug, um bei den Deutschen mitzuhalten. Er hätte jede Woche Cardio machen sollen. Sein Studierendenwohnheim hatte einen voll ausgestatteten Trainingsraum gehabt, und es wäre kein Problem gewesen, ab und zu ein bisschen auf dem Ergometer zu strampeln, während er durch seinen Instagram-Feed scrollte.

Zweimal rasteten sie, vermutlich zu lange, aber sie brauchten die Kraft, um weiterzugehen. Jedes Mal trug jemand anderes Kristinas Rucksack – den einzigen, den sie noch hatten.

Alice stolperte irgendwann schon mehr, als dass sie lief, sodass sie schließlich gezwungen waren, ihr Nachtlager aufzuschlagen. Am Ende hatte fast nur noch Ole die Kraft zum Reden.

»Wir sollten eine Wache stellen«, sagte er.

Kristina erbot sich, die ersten zwei Stunden zu übernehmen. Ansonsten wurden noch Alexander und Jacob eingeteilt.

Sie alle wussten, dass eine Wache sie nicht vor den Verfolgern schützen würde. Wenn die Wache einen Lichtschein entdeckte oder Schritte hörte, war es zu spät – im Dunkeln konnten sie nicht wegrennen. Aber Jacob verstand Oles Logik: Sie mussten *irgend*etwas tun. Sie konnten sich nicht einfach wie Wildschweine auf der Treibjagd fühlen. So musste nur einer von ihnen angespannt in die Dunkelheit lauschen, und die anderen hatten eine echte Chance auf Schlaf. Es war Schutz für den Geist, nicht für den Körper.

Ohne viele Worte wurde beschlossen, dass Alice die Isomatte und den Schlafsack haben sollte. Alice war die Jüngste und vermutlich auch diejenige, die am schnellsten fror. Vor allem aber verhinderte diese naheliegende Entscheidung, dass Streit ausbrach.

Vor dem Einschlafen fragte sich Jacob, ob ihr Vorsprung groß genug war. Hatte Nick ihre Fährte bereits aufgenommen? Waren sie weit genug gelaufen, damit Nick und Rupert sie während des Schlafes nicht einholten?

Er hoffte, dass sie keinen Hund hatten, der ihnen schon jetzt jede Sekunde schnüffelnd durchs Unterholz näher kam. Wenn doch, würden sich die Zähne des Hundes vielleicht noch heute Nacht in seine Kehle schlagen. Bevor der Morgen anbrach, würden sie im Gras liegen wie Peter. Obwohl er ihn nicht selbst hatte fallen sehen, sah Jacob ihn jetzt vor sich. So würde es ihnen allen noch vor dem Morgen ergehen. Wie viele Schüsse würden sie für ihn brauchen?

Eingehüllt in alle Kleidungsschichten, die er noch hatte, lehnte er seinen Kopf an einen Baum. Die anderen hatten sich für mehr Wärme paarweise aneinandergedrängt, aber er saß allein. Die Arme um sich selbst geschlungen, fühlte er seinen Puls in den Oberarmen, er fühlte ihn überall. Wie ein greller Neonschriftzug – »Ich bin am Leben, ich bin am Leben« –, der verschwenderisch die ganze Nacht über einem unwürdigen Etablissement blinkte.

Kurz nachdem er endlich eingeschlafen war, weckte ihn Alexander. Er übergab ihm Oles beleuchtete Armbanduhr und Kristinas Bärenspray, bevor er wieder mit der Dunkelheit verschwamm, auf dem Weg zu seinem eigenen Schlafplatz. Ganz sicher hatte Nick bei seiner Einweisung nicht erwartet, dass sie das Bärenspray gegen ihn benutzen würden.

Jacob war eiskalt. Der Boden schien die Wärme aus ihm herauszusaugen, und er machte einige Kniebeugen, die ihn nicht sonderlich wärmten. *Mir ist kalt.* Mehr konnte er nicht denken, und obwohl ihm dadurch garantiert bloß noch kälter wurde, konnte er den Gedanken nicht abschütteln. *Mir ist kalt. Mir ist kalt.*

Die Dunkelheit war vollkommen. Er lauschte in sie hinein. Da war ein Rascheln, aber es schien nicht aus Bodenhöhe, sondern aus den Baumkronen zu kommen. Vögel. Hoffte er. Nick konnte jederzeit aus der Dunkelheit heraustreten und ihm eine Hand über den Mund legen. Er war sich sicher, dass Nick auf ihrer Fährte sein würde. Jeden Tag. Jede Minute. Ihnen dicht auf den wunden Fersen. Es war ein körperliches Wissen aus Adrenalin und kaltem Schweiß. Jeden Moment erwartete Jacob, dass der Geruch von Nicks Rasierwasser ihn einhüllte.

Auf einmal krähte ein Vogel los, und um ihn herum brach ein ganzer Chor davon aus. Bedeutete das, dass sich jemand näherte? Jacob lauschte so angestrengt, wie er konnte, aber als die Vogelstimmen allmählich verstummten, hörte er wieder nur den Atem der anderen.

Eine Stunde nach Beginn seiner Wache wurde es langsam hell. Tau hatte sich klamm über alles gelegt. Aus den Augenwinkeln sah er eine Bewegung, etwas Schwarzes, und stellte dann erleichtert fest, dass es nur eine Krähe war, die aus dem gelben Laub einer Birke hervorlugte und ihn geduldig aus ihren kleinen, runden Augen beobachtete.

»Hey, Vogel«, flüsterte Jacob.

Er entdeckte eine weitere Krähe zwei Äste höher, und dann mehr und mehr. Über Nacht musste ein ganzer Schwarm in dem Waldstück um sie herum gelandet sein. Es wirkte wie ein schlechtes Omen.

Kristina regte sich als Erste, und er spürte einen Schwall Erleichterung, dass er nicht mehr alleine wach war, nicht mehr alleine für die Leben der anderen verantwortlich.

»Hast du gut geschlafen?«, flüsterte Kristina. Sie löste sich von Valentina und machte ebenfalls Kniebeugen, um warm zu werden.

»Geht schon«, sagte er. Verspätet schob er hinterher: »Und du?«

»Irgendetwas am Aufwachen macht es echter«, sagte Kristina leise. Sie kauerte sich neben ihm auf den Boden. »Gestern Abend kam es mir noch wie ein Albtraum vor, aber heute fühlt es sich real an.«

Widerwillig weckten sie die anderen, und jedes neue Augenpaar sah dieselbe Situation: Sie hatten keine Ausrüstung. Kein Essen. Keine Ahnung, wo sie waren.

Sie hatten nur, was sich in ihren Jackentaschen oder Kristinas Rucksack befand.

Ole nahm ihm die Armbanduhr ab, als könnte er sie Jacob keine Sekunde länger als nötig anvertrauen. Arschloch.

»Wenigstens haben wir genug zu trinken«, sagte Valentina, nachdem sie in der Nähe einen kleinen Wasserlauf gefunden hatten. »Wo ist dein Wasserfilter, K.?« Es kam keine Antwort, und sie sah auf. »Kristina?«

»Ich hab keinen Wasserfilter dabei«, sagte Kristina kleinlaut. »Ich habe ihn vergessen und die ganze Zeit über bei dir oder den Jungs mitgetrunken.«

Valentina schloss die Augen. »Was ist überhaupt in dem Rucksack drin?«, fragte sie.

Wie sich zeigte, eine Isomatte, ein Schlafsack, Wechselkleidung, Socken und Unterwäsche. Das Bärenspray. Eine Trinkflasche aus Plastik. Eine Taschenlampe. Ein pinkfarbener Flachmann. Waschutensilien. Roter Lippenstift. Ohrringe. Ein Handtuch. Sie hatten außerdem das Brot und das lange Messer, das Valentina sich in der Küche gegriffen hatte. Kein Campingkocher, kein Zelt – das war alles in Valentinas Rucksack gewesen.

Valentina schnitt das Brot über einem ausgebreiteten T-Shirt in sieben gleich große Stücke und sammelte danach die Krümel auf. »Das ist alles, was wir noch haben«, sagte sie. »Teilt es euch gut ein.«

Den letzten Satz schien sie direkt zu Jacob zu sagen.

Er betrachtete die schmale Scheibe Brot in seiner Hand. Ein Siebtel. Wenn sie doch nur weniger wären ... Seine Gedanken brachen ab. Stattdessen nahm er einen Bissen von seiner Portion und kaute, bis der Brei in seinem Mund süß wurde. Wenn er solche Gedanken hatte – dachten die anderen das Gleiche? Hatte Valentina ihn deshalb gerade so unzufrieden angeschaut, weil sie ihm das Brot nicht gönnte? Sein Herz schlug auf einmal sehr schnell. Wenn sich die Gruppe aufteilen sollte, dann war er aufgeschmissen. Er hatte keine Ahnung von Navigation, hatte bei Nicks Lektionen nicht einmal zugehört, und er hatte es sich mit allen Leuten um ihn herum auf die eine oder andere Weise verscherzt.

»Können wir das Wasser einfach so trinken?«, fragte Ole.

Schmerzhaftes Schweigen. Peter hätte es gewusst, aber Peter war nicht mehr da.

»Es wäre vermutlich sicherer, wenn wir es abkochen«, sagte Ole.

»Dazu bräuchten wir aber mehr als eine Plastikflasche.«

»Wir können auch kein Feuer machen«, sagte Valentina. »Kristina hat dafür nämlich genauso wenig Ausrüstung dabei.«

»Das ginge sowieso nicht«, gab Kristina zurück. »Man würde den Rauch weithin sehen.«

»Ich hätte immerhin ein Feuerzeug«, sagte Alice.

»Und ich habe noch Jodtabletten«, sagte Tonya und holte mehrere Blisterpackungen aus ihrer Jackentasche. Jacob versuchte, sie unauffällig zu zählen. Waren das alle? Auch die Tabletten würden schnell ausgehen, wenn sie sie für sieben nutzen mussten.

»Wie lange hält es ein Mensch ohne Nahrung aus?«, fragte Ole.

Jacob erinnerte sich tatsächlich an etwas, das Nick gesagt hatte: »Kommt auf das Gewicht an und darauf, wie viel man sich bewegt.«

In Gedanken fügte er den offensichtlichen Fakt hinzu: *Aber unsere Gruppe, die wird nicht so lange halten.* Nur so lange, wie es dauerte, dass die vier den Ernst der Lage verstanden. Sie waren die wahrscheinlichsten Kandidaten für eine erfolgreiche Flucht: trainiert, stark, und sie kannten sich offenbar alle von Kindesbeinen an. Ohne Schwierigkeiten konnten sie ihm, Alice und Tonya alle sinnvolle Ausrüstung abnehmen – was im Endeffekt nur Tonyas Tabletten waren – und sich dann schneller und mit mehr Ausrüstung in Sicherheit bringen. Es war eine rationale Entscheidung, und es ging um ihr Leben – wäre Jacob in der Lage gewesen, hätte er dieselbe Entscheidung getroffen. Alice, Tonya und er waren den anderen ein Klotz am Bein. Er dachte an Valentina am Abend zuvor und daran, wie entschlossen sie gewesen war. Etwas sagte ihm, dass sie die Letzte von ihnen sein würde, die am Ende noch lief.

Valentina würde es als Erste verstehen – danach war es nur eine Frage der Zeit, dass sie die anderen überzeugte.

Die Worte seines Vaters aus ihrem letzten Gespräch kamen ihm in den Sinn. Er hatte Jacob kurz vor seinem Zwanzig-Uhr-Check-in mit dem Büro in Singapur reingequetscht: »Du bist schlau genug, um zu wissen, dass du gerade Scheiße baust«, hatte er gesagt. Damals ein hohler Satz für Jacob – genervt, enttäuscht, die übliche Mischung –, aber auf einmal verstand er, was sein Vater damit gemeint hatte: Jacob sah ganz genau vor sich, wie die Situation sich entwickeln würde – und er konnte nichts dagegen tun, außer es den vieren emotional so schwer wie möglich zu machen, sie zurückzulassen.

Am Rande bekam er mit, wie die anderen hin und her überlegten, wie sie am schnellsten genug Wasser für alle desinfizieren konnten, wenn Kristina nur eine Ein-Liter-Flasche dabeihatte. Die Tabletten mussten zwanzig Minuten einwirken, was bedeutete, dass sie jeden Tag fast fünf Stunden mit Wasseraufbereitung verbringen würden, wenn jeder zwei Liter trank. In seinem ganzen Leben hatte Jacob nie darüber nachgedacht, dass es lebenswichtig sein könnte, ein verschließbares Gefäß zu besitzen. Zu Hause warf er jeden Tag ein paar Plastikflaschen in den Müll. Am Ende der Diskussion hatte Kristina die Idee, ihren wasserdichten Wäschebeutel zum Wassertransport zu nutzen.

Ein Wäschebeutel, der jeden Moment ein Loch bekommen konnte. Ein weiteres Stück Ausrüstung, das die vier mitnehmen würden, sobald ihnen klar wurde, dass sie als kleine Gruppe schneller vorankamen.

»Da passen sechs Liter rein«, sagte Kristina und schöpfte flaschenweise Wasser aus dem Bach in den Beutel.

»Dann sollten wir gleich einen Beutel trinken und ihn dann noch einmal auffüllen und mitnehmen«, sagte Tonya. Sie zählte mehrere Jodtabletten ab. »Den Flachmann sollten wir auch füllen.«

»Sehr gut«, sagte Ole und warf einen Blick auf seine Uhr. »Dann können wir in zwanzig Minuten aufbrechen.«

»Hast du eine Orientierung?«, fragte Valentina.

»Das Wichtigste ist weiterhin, dass wir nicht im Kreis laufen«, sagte Ole. »Der Nordstern lag genau über dem Berg da vorne.«

»Gibt es im Norden überhaupt noch Straßen?«, sagte Jacob.

»Hat irgendjemand zu Hause auf die Karte geschaut?«, fragte Ole.

Alexander starrte zu Boden.

»Ich kenne nicht mal die deutschen Autobahnen«, sagte Kristina.

Valentina winkte ab.

»Mich braucht ihr nicht anzusehen«, sagte Jacob. Das war der Nachteil eines Chauffeurs: Man kannte sich nirgendwo aus.

Schließlich landeten die Blicke auf Alice. »Ich darf nicht mal Auto fahren«, protestierte sie.

»Weiß wenigstens irgendjemand, wie weit der Park an seiner breitesten Stelle ist?«, fragte Ole.

Schweigen, dicker als die Kumulus-Wolken über ihnen.

»Also sind wir alle in die Wildnis marschiert, ohne eine Ahnung von unserer Umgebung zu haben?«, sagte Ole.

Ganz genau, dachte Jacob. *Und diese Wildnis wird uns umbringen.* Eine Siedlung konnte zwei Tage von ihnen im Osten liegen, und sie wüssten nichts davon.

»Zu unserer Verteidigung: Wir hatten einen Guide mit Karte und GPS und Satellitentelefon«, sagte Valentina. »Wer von uns hätte ahnen sollen, dass das in einer Episode *Survivorman* endet?«

»Der Süden ist vermutlich dichter besiedelt«, sagte Tonya.

»Dann sollten wir nach Süden gehen«, sagte Ole. »Also genau in die entgegengesetzte Richtung.«

Mühsam verkniff sich Jacob einen sarkastischen Kommentar. Je gelassener sich Ole gab, desto mehr hatte Jacob das Gefühl, er müsste ihn schütteln, um ihm die Situation begreiflich zu machen. Verstand er nicht, dass diese Landschaft sie innerhalb eines Mondzyklus umbringen konnte? Sie war eine menschenleere Einöde gewesen, bevor sie hier hereingestolpert waren, und genau das würde sie wieder sein, wenn die Krähen ihnen die Augen auspickten.

Aber je länger Ole positiv eingestellt war, desto später würden sich die vier alleine absetzen, um ihre eigene Haut zu retten. Und wenn Jacob irgendeine Chance haben wollte, dann musste er diesen Zeitpunkt so weit wie möglich nach hinten verschieben.

Keiner dieser Gedanken kam über seine Lippen, während er sich voranschleppte. Eine der Blasen hatte sich geöffnet, und seine Füße waren wund und rosa wie Zahnfleisch. Er wollte gar nicht daran denken, was das in Kombination mit den durchgeschwitzten Socken bedeutete, die er seit mehreren Tagen trug. Er band sich den Schuh noch einmal neu, damit die anderen an ihm vorbeiliefen und er am Ende der Gruppe humpeln konnte, ohne dass es jemand sah. Aber er fühlte den Blick der Krähen, schwarz und still, als rechneten sie damit, dass er als Erster in die Knie ging.

22

VALENTINA

Das Licht rann viel zu schnell aus dem Himmel, und die Kälte kam augenblicklich. Langsam, schrecklich langsam waren sie. Wie viel Strecke hatten sie zurückgelegt? Valentina wusste nur, dass es zu wenig war. Ihr schien, als wäre die Landschaft noch wilder geworden, die Nadelbäume enger zusammengedrängt, das Laub an den Birken noch gelber. Das orange-pinkfarbene Licht der untergehenden Sonne verfärbte die bunten Blätter zusätzlich.

Dass sie den ganzen Tag nur nach groben Himmelsrichtungen liefen, war eine weitere Sache, die sie unruhig machte. Morgens markierte die Sonne sicher den Osten. Wenn sie mittags ihren Zenit hatte, wussten sie mit Sicherheit, wo Süden war. Abends das gleiche Spiel mit dem Westen und in klaren Nächten mit dem Nordstern. Dazwischen aber liefen sie nur nach Gefühl und Wegmarken.

Valentina war als Letzte an der Reihe gewesen, Kristinas Rucksack zu tragen, und obwohl der Rucksack über den Tag leichter geworden war, als sie das Wasser getrunken hatten, gruben die Träger sich in ihre Schultern. Die letzten Reste des Festmahls in Ruperts Haus waren verdaut, und zurück blieben nur ein quälendes Rumoren und eine Schwäche in den Gliedern. Es war eine Erleichterung, den Rucksack abzusetzen.

Eine weitere Nacht. Ein weiteres beliebiges Lager zwischen Baumstämmen. Sie legte mehrere Äste in Richtung des letzten Lichts. Westen.

Wieder hielt ihnen Ole eine Faust mit sieben Stöckchen hin. »Ich habe folgenden Vorschlag«, sagte er. »Die längsten drei Stöckchen schlafen heute Nacht gemeinsam unter dem Schlafsack. Das sollte gehen, wenn wir ihn quer nehmen und die Füße rausschauen lassen. Das viertlängste Stöckchen bekommt die Isomatte, das fünftlängste Stöckchen das Handtuch, und alle anderen gehen heute leer aus und sind morgen dran. Ich denke, das ist die fairste Art, es aufzuteilen. Oder hat jemand Einwände?«

Der Schlafsack gehörte Kristina, und Valentina hatte ihn vor der Abfahrt noch einmal mit Daunenwaschmittel gewaschen und dann mit drei Tennisbällen in den Trockner gepackt. Warum sollte sie ihn mit den anderen teilen? Und warum musste Ole so beschissen fair sein und konnte nicht ein einziges Mal zuerst an sie denken?

Kristina schien ihr die Gedanken vom Gesicht abzulesen, denn sie fing ihren Blick ein und schüttelte kurz den Kopf.

Valentina kniff die Lippen zusammen und sagte nichts. *Wie* unfair sie es tatsächlich fand, wurde ihr erst klar, als sie eines der zwei kurzen Stöckchen zog. Eine weitere Nacht in der Kälte, dabei war sie schon vom Hunger so erschöpft. Vielleicht sollte sie doch ihren Anspruch auf den Schlafsack geltend machen ...

»Wir müssen Feuerholz sammeln«, sagte Kristina in diesem Moment.

Ole runzelte die Stirn. »Ein Feuer ist zu gefährlich«, sagte er. »Man könnte uns sehen.«

»Das Feuer selbst sieht man zwischen den Bäumen nur von oben, und um den Rauch aus der Entfernung zu erkennen, ist es zu dunkel. Gefährlich ist es dagegen, wenn morgen eine von uns stürzt, weil wir so müde sind«, sagte Kristina, aber dabei fixierte sie Valentina, als wüsste sie genau, was sie dachte. »Letzte Nacht hat nur Alice richtig geschlafen, weil sie den Schlafsack und die Isomatte hatte.«

»Heute Nacht kann jemand anderes die Sachen benutzen«, sagte Alice schuldbewusst und ohne einen Blick in Valentinas Richtung zu werfen. Sie hatte wieder ein langes Stöckchen gezogen. »Und vielleicht könnten wir alle so was wie Isomatten haben. Zumindest eine Art Lattenrost«, sagte Alice. Sie legte zwei lange Äste parallel zueinander auf den Boden und platzierte quer dazu ein paar kürzere Äste darauf. »Die Idee von Isomatten ist ja, dass Luft Wärme schlechter leitet als der Boden. Wenn wir vom Boden wegkommen, sollte uns nicht so kalt werden.«

Die aneinandergereihten Äste sahen deutlich unbequemer aus als der nachgiebige Waldboden, aber alle taten es ihr nach. Die Erinnerung an vorige Nacht war zu deutlich, als der Boden ihnen jede Wärme gestohlen hatte.

»Wir brauchen trotzdem ein Feuer«, sagte Kristina. »Vielleicht kann die Isomatte von zwei Leuten dann wie eine Decke benutzt werden, wenn wir sie nur zum Teil aufblasen. Allerdings muss dann immer noch jemand frieren.«

»Okay«, sagte Ole. »Aber wenn wir schon ein Feuer machen, dann sollten wir die Chance nutzen, Nahrung zu sammeln und zu kochen.«

»Und mit ›Nahrung‹ meinst du Insekten«, sagte Jacob.

»Genau das meint er«, sagte Valentina, aber sogar das zufriedene Lächeln in Jacobs Richtung kostete Kraft. Das letzte Mal waren die Insekten eine Mutprobe gewesen. Dieses Mal war jede Made ein weiterer Schritt, den sie an einem anderen Tag machen konnten.

Sie teilten sich auf: Die einen sammelten Holz, die anderen machten sich auf die Suche nach Krabblern und Kriechern. Valentina war in der zweiten Gruppe – natürlich. Sie fand einen umgefallenen Baumstamm und schälte die Rinde ab, aber darunter entdeckten sie nur ein paar winzige Maden, die danach in ihrer Handfläche zuckten. Vielleicht musste sie in der Erde graben, aber sie wusste nicht, wo. Bevor es zu dunkel wurde, kehrte Valentina zu den anderen zurück. Entgegen Nicks Ankündigungen über Schalen voller essbarer Insekten, hatten sie insgesamt nur den Boden von Kristinas Campinggeschirr gefüllt. Die anderen hatten dagegen einen Haufen Feuerholz zusammengetragen.

»Das sollte reichen«, sagte Ole. »Alice? Darf ich bitten?«

Als hätte sie nur darauf gewartet, zog Alice schwungvoll ihr Feuerzeug aus der Jackentasche. Sie schichtete ein bisschen brennbares Material in eine Mulde im Boden. Unter Alice' vorsichtigem Pusten und schützenden Händen sprang die kleine Flamme vom Feuerzeug in die Kuhle über.

Mit einem Schlag legte sich ein breites Grinsen auf sämtliche Gesichter. Ein Feuer war mehr als Wärme. Mehr als Licht. Es war das Flackern der Flammen, jedes Mal anders und hypnotisch. Es war das Gefühl, dass man etwas aus dem Nichts erschaffen hatte. Und die plötzliche Zuversicht, dass es einem auch noch beim nächsten Mal gelingen würde.

Tonya stellte sicher, dass das Feuer aus größerer Entfernung nicht sichtbar war, und sie schoben ihre hölzernen Matratzen näher ans Feuer heran. Bevor sie die Insekten in der Asche brieten, strichen sie die Därme in Richtung After aus und schnitten den Larven den Kopf ab, wie Nick es ihnen demonstriert hatte. Es wäre schrecklich gewesen, die wenigen Insekten mit den anderen zu teilen, wenn nicht das ganze Vorgehen schon so eklig gewesen wäre. Für ihre zwei eigenen Bissen hielt Valentina sich die Nase zu, bis sie geschluckt und mit dem letzten Rest des ihr zustehenden Wassers nachgespült hatte.

»Hat irgendjemand eine Wasserquelle in der Nähe bemerkt?«, fragte Ole, offensichtlich mit demselben Gedanken.

Er schaute Alexander an, der aber genauso wie die anderen den Kopf schüttelte.

Ole nickte beunruhigt. »Dann müssen wir morgen unterwegs Wasser finden.«

Alexander, Jacob und Alice bauten ihre hölzernen Matratzen direkt aneinander, um möglichst viel von sich mit dem Schlafsack zu bedecken. Ohne viel Aufhebens kuschelten sie sich aneinander. Valentina rollte sich zu einem kleinen Ball zusammen, so nah am Feuer, wie sie es aushielt. Sie fühlte sich wie ein kaputter Dönerspieß – auf der einen Seite verbrannt, auf der anderen roh. Der Rauch schien ausschließlich in ihre Richtung zu wehen.

Als Ole Valentina weckte und ihr seine Armbanduhr und das Bärenspray weiterreichte, war die erste halbe Stunde ihrer Wache bereits verstrichen.

»Du hättest mich früher wecken sollen«, flüsterte sie.

»Schon okay«, sagte er. »Du hast so tief geschlafen, und ich bin mir nicht sicher, ob ich überhaupt wieder einschlafen kann.«

»Laber keinen Mist. Wir haben alle Schlafmangel und sind die letzten Tage ohne Essen gelaufen. Das nächste Mal sorge ich dafür, dass du die letzte Wache bekommst.«

Ole lächelte müde.

»Oder gar keine!«, drohte Valentina flüsternd.

Oles Lächeln wurde noch breiter, und ihr Brustkorb wurde weit, weil sie es auf sein Gesicht gemalt hatte. In solchen Momenten bildete sie sich gerne ein, dass sich die winzigen Lachfältchen um Oles Augen nur dann bildeten, wenn er sie ansah. Ein Mädchen durfte träumen. Ole legte sich hin, und nach weniger als einer Minute wurde sein Atem tiefer, und seine Gesichtszüge entspannten sich.

Valentina fasste seine Uhr fester. Es war lange her, dass sie Ole das letzte Mal schlafend gesehen hatte.

Ein paar Monate vor dem Unfall war das gewesen, Valentina gerade noch fünfzehn. Eine »Freundin« hatte sie auf die Geburtstagsfeier ihres Freundes mitgenommen, der ein gutes Stück älter war. Valentina hatte nicht einmal Kristina davon erzählt, aus Angst, dass sie es ihr ausreden würde. Damals war Valentina noch die Spontane von ihnen gewesen und Kristina die Vorsichtige. Der Abend fing ganz nett an. Es gab Pizza und Trinkspiele, die Musik war laut, die Stimmung gut, und es war berauschend, so jung zu sein und so ernst genommen zu werden. Dann fand sie sich auf einmal allein auf der engen Couch mit fünf betrunkenen Jungs; ihre Freundin war samt

Freund verschwunden. Ihr war schlecht und ein bisschen schwindlig, die Musik nur noch ein taubes Wummern, und da waren Hände gewesen. Eine auf ihrem Oberschenkel, eine locker auf ihrer Schulter.

Sie hatte Kristina aus dem Klo angerufen, am ganzen Körper zitternd, während jemand gegen die Tür trommelte. Zwanzig elend lange Minuten später hatte es leiser an der Tür geklopft. »Valentina?«

Valentina hatte die Tür geöffnet und war ihrer Schwester in die Arme gefallen. Ole und Alexander hatten hinter ihr gestanden wie eine Wand, alle drei wunderbar nüchtern.

»Wo ist deine Freundin?«, hatte Kristina geflüstert.

Die vorher so zudringlichen Jungs ließen sie unter den scharfen Blicken ihrer drei Beschützer kommentarlos passieren – anscheinend hatte es da schon eine Konfrontation gegeben –, und nach einer peinlichen Begegnung mit der »Freundin« und ihrem Freund waren sie auf dem Weg gewesen.

Valentina hatte sich noch nie so geschämt, besonders vor Ole und Alexander. Aber anstatt ihr eine Standpauke zu halten, waren sie mit ihr noch durch die Stadt gelaufen, an der Elbe entlang bis zum Fischmarkt, wo Ole, der erkältet war, auf einer Bank an Alexanders Schulter einschlief, bevor die erste Bude öffnete. Alexander hätte als Verstärkung vermutlich ausgereicht, aber Ole hatte es sich nicht ausreden lassen, mitzukommen. Und irgendwie hatten sie es geschafft, dass sich Valentina am Ende weder einsam noch beschämt fühlte, so als hätte die Nacht nur schlecht angefangen. Sogar damals an diesem Morgen hatte sie schon gewusst, dass die drei ihr ein Geschenk gemacht hatten.

Es war nichts passiert in dieser Nacht, aber es hätte etwas passieren können.

»Du hast dich selbst gerettet, als du dich mit deinem Handy im Badezimmer eingeschlossen hast«, hatte Kristina ihr gesagt, und vielleicht war da etwas Wahres dran, aber Valentina wusste nicht, wen sie hätte anrufen sollen, wenn Kristina nicht an ihr Handy gegangen wäre. Nicht, dass sie in der Situation auch nur eine Sekunde daran gezweifelt hatte, dass sie antworten würde. Damals war Kristina immer ans Handy gegangen.

Obwohl sie einen großen Haufen gesammelt hatten, ging das Holz eine Stunde vor Ende ihrer Wache aus. Valentina tappte in den dunklen Wald, um noch ein paar mehr Äste zu sammeln, damit die anderen nicht von der Kälte aufwachten.

Ihre Schwester war ihr früher nie wie jemand erschienen, den man beschützen musste, nicht einmal im Schlaf. Das war erst gekommen, als sie sie im Krankenhausbett hatte liegen sehen, mit all den Schläuchen, als hätte man ihre Seele in dieser Welt festbinden müssen, damit sie nicht davonflog. Einmal gesehen, konnte Valentina das Bild nicht vergessen, und sie spürte es auch jetzt, als sie mit den Ästen zum Feuer zurückkehrte. Ein kleines Licht in so viel Dunkelheit, und daneben ihre Schwester, hilflos im Schlaf.

Sie musste Kristina nach Hause bringen, und Ole und Alexander auch.

Irgendwann zog ein fahles Licht am Himmel auf, und Valentina ließ das Feuer ausgehen. Die anderen regten sich langsam. Valentina hätte gerne ein paar Schlucke getrunken, um den furchtbaren Geschmack in ihrem Mund loszuwerden. Stattdessen durchforstete sie Kristinas Rucksack. »Sag mir, dass du wenigstens eine eigene Zahnbürste und Zahnpasta eingepackt hast«, murmelte sie.

Sie hatte Glück, auch wenn die Zahnpasta natürlich schon zu drei Vierteln leer war.

Es war ungewohnt, sich die Zähne zu putzen, ohne die Bürste vorher anzufeuchten, aber der Akt an sich war so beruhigend, dass sie noch weiterputzte, als sie schon längst hätte ausspucken können.

Alexander hielt ihr bittend seinen ausgestreckten Zeigefinger hin, und sie quetschte ihm einen schmalen Streifen Zahnpasta darauf. Wenigstens die Zahnbürste musste sie nur mit Kristina teilen.

»Könnte ich bitte auch was haben?«, fragte Jacob.

Sein höflicher Ton ließ sie aufhorchen. Er musste begriffen haben, dass er nichts zur Gruppe beisteuerte.

»Natürlich«, sagte sie, aber ihr Ton sagte etwas anderes, und sie konnte an Jacobs Gesicht sehen, dass er sie genau verstanden hatte.

Hätte jemand sie vorher gefragt, wie sie sich fühlen würde, wenn Jacob ihretwegen unsicher wäre, dann hätte sie auf zehn von zehn getippt. Stattdessen traf sie die Gefahr ihrer Situation auf einmal mit voller Wucht. Es ging nicht um »gerecht« und »ungerecht«. Es ging schlicht um Leben und Tod.

Kristina mochte der Meinung sein, dass sie als Gruppe zusammenhalten sollten, aber was nützte es ihnen, gemeinschaftlich zu sterben? Valentina konnte nicht noch einmal zuschauen, wie sie Kristina fast verlor. Es war ein Fakt, dass sie zu viert schneller vorankämen. Ein Fakt wie die Temperatur und die Kilometer, die zwischen ihnen und der Sicherheit lagen. Ein Fakt aus Muskeln und Sehnen und kompliziert gefaltetem Lungengewebe, alles über Jahre antrainiert.

Sie zwang ihre Hand zur Ruhe, als sie Jacob ein Stück Zahnpasta auf den Finger quetschte. Jacob war furchtbar, aber war er furchtbar genug, um ihn zurückzulassen? Und was war mit Alice und Tonya?

Schließlich saßen sie alle um die Asche herum und putzten sich die Zähne. Valentina hatte gerade ausgespuckt und die Zahnbürste an Kristina weitergegeben, als sie das Geräusch hörten. Ein Dröhnen, und es wurde lauter.

»Verstecken«, zischte Jacob durch den Zahnpastaschaum und scheuchte sie in Richtung der Baumstämme, wo die Blätter dichter waren.

Das Dröhnen wurde noch lauter, und dann rauschte der Helikopter über sie hinweg. Die Feuerstelle war schon lange genug ausgegangen, um nicht mehr zu rauchen.

War das Nick? Hatte er die Feuerstelle von oben erkennen können? Hatte der Helikopter vielleicht eine Wärmebildkamera, die ihre schnell atmenden Umrisse auf einen Bildschirm im Cockpit übertragen hatte? Oder war der Helikopter von der Parkverwaltung? Hatte die Suche nach ihnen vielleicht bereits begonnen? Ein Teil von Valentina wollte sich losreißen und dem Helikopter schreiend und winkend hinterherlaufen. Sie wollte so dringend gerettet werden! Vor dem Hunger. Vor dem Durst. Und vor allem vor der Entscheidung, die sie treffen musste und die sie für den Rest ihres Lebens verfolgen würde: ob sie Jacob, Tonya und Alice ... alleine weitergehen lassen sollte.

Aber was, wenn es tatsächlich Nick war? Dann würde es ihnen ergehen wie Peter. Sie presste ihren Rücken noch fester gegen den Baumstamm.

Der Helikopter landete nicht, und er drehte auch nicht um.

Entweder hatten sie gerade sehr viel Glück gehabt – oder sehr viel Pech.

Sie wischten sich den Schaum vom Mund, gingen zur Feuerstelle zurück und packten ihre wenige Ausrüstung zusammen. Aber als sie aufbrechen wollten – wieder in die Richtung, in der sie Süden vermuteten –, gab es dort für mehrere Kilometer kein Versteck. Sie hatten einen Ausläufer des Waldes erreicht, und vor ihnen erstreckte sich eine weite Ebene aus Gras und Erde, in der nur ab und zu ein Waldstück zu sehen war.

Würde der Helikopter denselben Weg zurück nehmen? Dann würde man sie auf der offenen Ebene auf jeden Fall entdecken.

»Vielleicht sollten wir erst noch ein Stück nach Westen, wo wir im Wald bleiben können«, sagte Tonya. »Außerdem, wo Bäume sind, muss auch irgendwo Wasser sein.«

Prompt spürte Valentina wieder, wie trocken ihr Mund war. Sie wusste nicht viel über das Überleben, aber das wusste sie: dass der Durst einen umbrachte, lange bevor der Hunger es tat.

Was nur noch die Notwendigkeit, schnell zu sein, verschärfte. Und sie wären am schnellsten zu viert.

23

TONYA

Tonyas Hoffnung bewahrheitete sich nicht. Was auch immer die Bäume tranken, sie boten ihnen nichts davon an – und weil sie das mit den Bäumen eingebracht hatte, fühlte sie sich auf einmal persönlich verantwortlich für ihrer aller Durst.

Außerdem spürte sie Valentinas Blick auf sich, jedes Mal, wenn die Gruppe darauf warten musste, dass sie und Alice aufschlossen. Am Anfang hatten die schnellen vier ihr Tempo noch angepasst, aber mittlerweile liefen sie ihr eigenes Tempo und warteten erst, wenn die Lücke zu groß geworden war. Valentina setzte jedes Mal den Rucksack ab, so als wollte sie betonen, wie langsam sie waren. Tonya hoffte, dass sie sich die Absicht dahinter nur einbildete, aber sie war pessimistisch. Im Grunde war es mit ihnen allen genau wie mit Nick. Sie hatte keine Ahnung, was die anderen tun würden, wenn ihr eigenes Leben auf dem Spiel stand. Noch immer galt die einfache Wahrheit: Sie kannte keinen von ihnen.

Der Durst wurde schlimmer und schlimmer. Schlucken tat weh, und Tonyas Zunge fühlte sich an wie Schleifpapier, wenn sie über ihre Lippen strich.

»Da vorne ist ein schmaler Fluss«, sagte Kristina am Nachmittag, als die Kopfschmerzen schon begonnen hatten.

Tonya folgte ihrer ausgestreckten Hand mit dem Blick. Und tatsächlich, dort zwischen den Bäumen reflektierte ein schmaler Streifen Wasser silbriggrau das fade Tageslicht.

Ihr ganzer Körper schien sie dorthin zu ziehen, und alle hasteten los in Richtung des Schimmerns.

Das Wasser sah klar und sauber aus. Jacob ließ den Rucksack auf den Boden fallen, und sie füllten den Beutel und die Flasche.

»Nicht trinken«, sagte Alexander. »Erst die Tabletten.«

Widerwillig folgten sie seinem Rat. Es dauerte eine Ewigkeit, bis die zwanzig Minuten herum waren. Kristina war die Erste, die einen Schluck aus der Flasche nahm. Sie verzog das Gesicht.

»Was ist los?«, sagte Tonya.

Kristina schluckte vorsichtig. »Das Wasser ist salzig.« Sie gab die Flasche an Tonya weiter, die einen kleinen Schluck nahm. Tatsächlich.

Jeder musste einen Schluck nehmen, bis die Tatsache angekommen war: Sie befanden sich mitten in Kanada, und das Wasser schmeckte wie am Meer.

»Ich hab davon gelesen«, sagte Tonya langsam. Sie wollte mit einer schlechten Nachricht nicht noch mehr Aufmerksamkeit auf sich lenken, aber sie war womöglich die Einzige, die es wusste. »Irgendwo im Park gibt es ein altes Meer. Es ist vor langer Zeit ausgetrocknet, und das Salz ist zurückgeblieben.«

»Können wir es trotzdem trinken?«, fragte Ole.

»Es würde uns nur noch durstiger machen«, sagte Alice.

Jacob fluchte. »Und wir haben gerade eine ganze Portion unserer Jodtabletten dafür aufgegeben.«

»Können wir das Wasser irgendwie entsalzen?«, fragte Tonya.

Alice dachte nach. »Ich wüsste nicht, wie. Wenn wir eine Metallflasche hätten, könnten wir irgendwie den Wäschesack benutzen, um den Dampf aufzufangen, aber mit der Plastikflasche geht das nicht. Und die Sonne ist zu schwach, als dass sie das Wasser in der Flasche verdunsten lassen würde.«

»Hilft alles nichts«, sagte Ole und schulterte den Rucksack, obwohl er nicht an der Reihe war. »Wir laufen weiter. Wir werden schon was finden.«

Eine weitere Hoffnung, die sich nicht bewahrheitete. Die zwei Gewässer, die sie bis zum Abend noch fanden, waren ebenfalls salzig.

Tonya wachte auf, weil ihre Jacke nicht dick genug war und in dieser Nacht Ole, Kristina und Valentina den Schlafsack hatten. Nachts war der Wald bedrückend, wenn all die fremden Geräusche lauter und mehrdeutig wurden. Sie hörte das gleichmäßige Atmen von Alice neben sich, und dahinter, in der Dunkelheit: ein Flüstern, kaum zu vernehmen über dem Knacken des Feuers.

»… solange wir noch können«, flüsterte Valentina auf Deutsch, zumindest verstand Tonya es so.

Mit wem sprach sie?

»Das können wir nicht machen.« Oles Stimme.

Tonya traute sich nicht, den Kopf zu bewegen oder die Augen zu öffnen. Sie wünschte, ihr Deutsch wäre besser.

»Wir haben keine Wahl.« Wieder Valentina. »Sie sind zu langsam. Das ist nicht unsere Schuld.« Danach folgte noch ein Satz, den Tonya nicht verstand, weiterhin in diesem unglücklichen, aber drängenden Tonfall.

Ole flüsterte etwas ruhiger ein paar Sätze zurück.

»Vielleicht«, sagte Valentina. »Aber jemand muss es sagen: *Wir rennen um unser Leben, und sie gehen.*«

Zwei Hauptsätze. Einfache Wörter. Präsens. Nur allzu verständlich.

Wir rennen um unser Leben, und sie gehen.

Es war wie früher beim Mannschaften-Wählen im Sportunterricht. Sie war zu kurz, zu dick, zu langsam. Nur dass dieses Mal nicht ihr Selbstwert oder ihre Position in der Hackordnung auf dem Spiel stand, sondern ihr Leben.

Sie lauschte noch angespannter, fügte den Tonfall und die paar Brocken, die sie erkannte, zu Sätzen zusammen.

»Ich weiß, dass dir das nicht gefällt«, sagte Valentina. »Glaubst du, mir gefällt es? Aber das ist die Realität. Unsere Chance ist größer, wenn wir uns trennen.«

»Du meinst, wenn wir sie zurücklassen?«, fragte Ole.

»Ich will das auch nicht. Das wird uns heimsuchen. Aber was ist unsere Alternative?«

»Valentina ...«

»Ich sage, wir trennen uns jetzt, solange wir alle noch eine faire Chance haben. Nicht erst, wenn wir anfangen, uns gegenseitig die Ausrüstung zu stehlen.«

Eine lange Pause.

Tonya hielt den Atem an, genauer gesagt: Ihr Atem hielt sie an, denn sie bekam keine Luft, sie hörte nur das immer schnellere Klopfen ihres Herzens.

»Ich kann das nicht«, sagte Ole.

Diesen Satz verstand sie. Luft floss wieder in ihre Lunge.

»Was ist mit euch?«, fragte Valentina. »Alexander, ich kann dich nicht sehen, du wirst also deinen Mund benutzen müssen.«

Die Stimmen ebbten durch den Wald, während Tonyas eiskalter Rücken an den hölzernen Lattenrost gefroren blieb. Sie sollte sich bewegen, um wieder warm zu werden, aber sie durfte die vier nicht wissen lassen, dass sie wach war.

»Ich bleibe«, sagte eine unvertraute Stimme. Alexander.

Valentina schien ihre Schwester nicht einmal fragen zu müssen. Sie brummte noch etwas, unzufrieden und gleichzeitig erleichtert. »Ich musste es versuchen. Erinnert euch daran, wenn wir hier draußen sterben.«

Sie verstummten. Ein Rascheln, als sie eine bessere Schlafposition suchten.

Tonya musste schlafen, um zu Kräften zu kommen, aber der Schlaf war ihr genauso fern wie ein Bett.

In dem Bewusstsein, dass die anderen sie nicht mehr sehen konnten, öffnete sie die Augen. Es war ein Instinkt. Weil die Monster dann meistens verschwanden. Aber dieses Mal starrte sie nur in die Dunkelheit, und da war nichts, das ihr geholfen hätte, kein Lichtschalter. Jacobs Gesicht war nur zwei Handlängen von ihrem eigenen entfernt. Im Licht des Feuers bemerkte sie ein Auge, kaum zu sehen unter zwei Kapuzen. Jacob schaute bewegungslos zu ihr herüber, und etwas Unbestimmtes, Stilles in seinem Blick sagte ihr, dass er es schon die ganze Zeit über getan hatte. Sicherlich hatte er sich aus dem Tonfall das Thema des Flüsterns zusammengereimt.

Das tröstete sie nicht. Sie schloss die Augen wieder und wünschte sich mit aller Kraft nach Hause. Wäre sie bloß dortgeblieben. Nicht einmal zu ihrer schlimmsten Zeit hatte sie sich in Chicago so wertlos gefühlt.

Kopfschmerzen pochten hinter Tonyas Schläfen, als sie am nächsten Tag aufwachte. Ihre Zunge war Schleifpapier gegen ihren Gaumen. Sie sehnte sich nach dem Gefühl von Flüssigkeit, die durch ihren Mund spülte und dann die Kehle hinunterglitt.

Alice schlief mit offenem Mund, die Stirn in Falten gelegt. Vorsichtig löste Tonya sich von ihr. Wie war es möglich, dass man so durstig und gleichzeitig so ausgekühlt sein konnte? Alexander war ebenfalls schon wach, dunkelgrüne Nadeln hingen in seiner Jacke.

Mit müden Augen schälten sich alle aus ihren klammen Schlafpositionen. Die Stimmung war noch schlechter als am Vortag – die Gesichter mürrisch, als hätten der Durst und der fehlende Schlaf eine Schicht von ihnen abgefeilt.

Ole rieb sich müde übers Gesicht. »Heute müssen wir Wasser finden. Irgendwelche cleveren Ideen?«

Sie schüttelten die Köpfe. Selbst die Wörter waren ausgetrocknet.

Valentina reckte den Kopf Richtung Himmel, aber obwohl Wolken über sie hinwegzogen, sah es nicht nach Regen aus. Alice hatte die Idee, die Feuchtigkeit aus frisch gepflückten Nadeln zu kauen, aber

Alexander warf ein, dass man darauf allergische Reaktionen bekommen konnte.

»Dann laufen wir jetzt los«, fasste Jacob ihre Lage zusammen. »Und wenn wir Pech haben, laufen wir an unserer Rettung vorbei.«

Valentina nickte grimmig und zog die Träger des Rucksacks enger.

»Also lasst uns laufen.«

Und sie liefen, während der Wind an ihren Haaren zerrte und der endlose Wald sie zu verschlucken schien. Tonya war nur allzu bewusst, dass jeder Schritt nach Westen ein Schritt war, der sie der Rettung nicht näher brachte. Doch sie sagte nichts. Sie konnte das Geräusch des Helikopters nicht vergessen. Vor ihrem inneren Auge saß Nick mit einem Fernglas im Cockpit.

»Hey.«

Ihr Körper versteifte sich. Jacob hatte sich zu ihr zurückfallen lassen. Er wirkte ein bisschen verloren, so als wüsste er selbst nicht, warum er mit ihr redete. »Haben sie besprochen, was ich denke, dass sie besprochen haben?«

»Was denkst du denn, was es war?«, fragte Tonya. Wenn sie von irgendwem keinen Trost wollte, dann von ihm.

»Ob der gute deutsche Name noch ein paar weitere moralische Verfehlungen aushält«, sagte Jacob leise. »Aber sag du's mir. Ich spreche kein Bratwurst.«

»Wie kommst du darauf, dass ich es tue?«

»Dein Gesichtsausdruck hat sich während des Zuhörens verändert«, sagte er. »Also? Habe ich recht?«

Widerstrebend nickte Tonya. »Valentina hat vorgeschlagen, dich, mich und Alice zurückzulassen, aber die anderen wollten nicht mitmachen.«

»Was auch immer du tust, sprich sie nicht darauf an«, sagte Jacob. »Das zwingt sie nur, eine Entscheidung zu treffen. Je länger sie sich uneinig sind, desto besser für uns.«

»Klar«, sagte sie trocken. »Noch was?«

Er ignorierte ihren Ton. »Vielleicht kannst du die Jodtabletten an zwei verschiedenen Stellen aufbewahren. Wenn sie sich von uns trennen wollen, dann werden sie die Tabletten mitnehmen, aber wenn wir es richtig anstellen, müssen wir ihnen vielleicht nicht alle geben.«

Sie schlossen zu den anderen auf, und ihr Gespräch versickerte. Es schien fast, als wäre Jacob auf einmal ihr Verbündeter, und das gefiel ihr kein bisschen. Aber die Landschaft wickelte sich immer enger um sie, und es war schwer, sich um belauschte Gespräche Sorgen zu machen, wenn der Kopf so neblig war.

Zur Mittagszeit erreichten sie den letzten Ausläufer des Waldes.

»Wenn wir weiter nach Süden oder Westen laufen wollen, dann müssen wir raus in die offene Ebene«, sagte Alice.

Die Erinnerung an den Helikopter war frisch. Sie wussten nicht, wie dicht ihnen Nick auf den Fersen war.

»Auf der Ebene kann man uns auf viel größere Entfernungen sehen«, sagte Tonya.

Und wenn er sie erst einmal gefunden hatte, dann waren sie so gut wie tot.

»Andererseits können wir die Wasserstellen auf größere Entfernung entdecken«, sagte Jacob.

»Es sieht nicht so aus, als hätten wir eine Wahl«, sagte Kristina. »Nick erwischt uns nur vielleicht, aber der Durst bringt uns mit Sicherheit um.«

Mit diesem wahren Satz war die Diskussion beendet. Es fühlte sich gefährlich und dumm an, den Schutz der Bäume zu verlassen, aber sie taten es dennoch.

Sie schleppten sich voran, das Grasland weit und endlos, nur ab und an durchsetzt von einer kleinen Ansammlung von Bäumen, und auch wenn Tonya kein Auge dafür hatte, war sie sich sicher, dass sie zwischen den umgeknickten Halmen und der krümeligen Erde noch mehr Spuren hinterließen als zuvor. Sicherheit schien unendlich weit entfernt.

Am Anfang drehte sich Tonya noch alle paar Meter um, jederzeit in der Erwartung, Nick zwischen den Baumstämmen auftauchen zu sehen, ein siegesgewisses Lächeln am Ende seiner Jagd. Aber ihre Sicht wurde immer schlechter, ihre Schritte wackeliger. Vom Umdrehen wurde ihr schwindlig.

In manchen Momenten konnte sie den Boden vor sich nicht richtig erkennen, und es rettete sie nur ihr Gehör, wenn die Schritte vor ihr die Richtung wechselten oder die Frequenz veränderten, weil ein Hindernis überstiegen werden musste.

Am Nachmittag wurden sie noch von der Hoffnung getragen, jeden Augenblick einen glitzernden Streifen Wasser zu erblicken. Aber je höher die Sonne kletterte, desto unwahrscheinlicher wurde es. Die Kopfschmerzen pochten rhythmisch hinter ihren Schläfen.

Sie merkte, wie sie langsamer wurden. War es nicht klüger, sich auszuruhen bis zum nächsten Morgen? Einfach nur hinsetzen ... Vor ihr wankte Valentina weiter, trotz ihrer offensichtlichen Erschöpfung. *Es überlebt jeder allein.*

Die Sonne sank und sandte rosafarbenes Licht durch die Stämme.

»Ein bisschen noch«, sagte Ole.

Tonyas Kopf sang: *Wir sterben, wir sterben, wir sterben.*

Ihre Schritte wurden langsamer, und schließlich blieb sie schwankend stehen.

Warum noch weiterlaufen, wenn es keinen Sinn mehr hatte? Sie konnte sich genauso gut ein Plätzchen suchen und die Augen schließen ...

Jemand packte sie am Handgelenk, es tat fast weh. Sie zwang sich, die verklebten Lider zu öffnen. Sie hockte auf dem Boden. Wann war das passiert? Ein Umriss in Kristinas Farben zog sie auf die Füße und drückte ihr einen Stock in die Hand.

»Lauf weiter«, sagte sie. »Vor mir.«

Tonya benutzte den Stock, um sich vorwärtszuschieben, Schritt, Schritt, Schritt. Für Ewigkeiten. Die Farben verschwammen in ihren

Augenwinkeln. Beige zu Grün. Sie leckte sich die Lippen. Sandig. Aufgerissen.

Zweimal fiel sie fast wieder hin. Zweimal schob Kristina sie weiter. Niemand von ihnen sprach jetzt mehr.

»Fuck yeah«, sagte Jacob plötzlich.

Tonya riss ihre Augen auf, so weit sie konnte. Grün, dann Blau. War das …? Sie versuchte zu blinzeln, was schmerzhaft war, und steuerte dann blindlings auf das Glitzern zu.

Wasser. *Wasserwasserwasser.*

Aus der Nähe war es eher ein Rinnsal, nicht besonders tief, das sich durchs Gras schlängelte. Die letzten paar Schritte stolperte sie nur noch. *Lass es Süßwasser sein!* Wenn dieses Wasser auch salzig war, dann würde sie nicht mehr auf die Füße kommen. Dann war es vorbei.

Sie ließ sich auf die Knie sinken. Das Wasser glitzerte vor ihr wie ein Spiegel aus flüssigem Metall. Sie tauchte den Zeigefinger in die Kühle, führte ihn zum Mund. Nicht salzig. Sie schaufelte sich das Wasser ins Gesicht.

»Nicht. Trinken.« Alexanders kratzige Stimme, während er an ihren Schultern rüttelte. »Erst die Tabletten.«

Niemand hörte auf ihn.

»Sorry, Mann«, brachte Jacob heraus, während er gleichzeitig schluckte und prustete.

Tonya zitterte am ganzen Körper. Sie schluckte das kühle Wasser, bis ihr der Bauch von der Kälte wehtat, dann drehte sie sich auf den Rücken und blieb liegen. Der Boden war kalt, aber das war ihr egal.

Kristina ließ sich neben ihr auf den Boden fallen. »Ich hab so viel Wasser in mir drin, ich komme mir vor wie ein Aquarium.«

Tonyas Stimme fühlte sich immer noch an wie frisch ausgepackt. »Hast du mir gerade das Leben gerettet?«, fragte sie leise.

Kristina nahm ihre Hand, wie das erste Mal, einfach so. Ihre Haut war noch nass vom Wasser, aber trotzdem schon wieder warm.«Gern geschehen. So gern geschehen, Tonya.«

Tonya bewegte sich nicht, aus Angst, dass Kristina ihre Hand sonst losließ. Sie fühlte sich beschwipst – Wasser wie Champagner –, und sie blieb liegen, selbst als die Kälte des Bodens in ihren Rücken stieg. Irgendwann ließ sich aus Alexanders lauten, gierigen Schlucken schließen, dass zwanzig Minuten vergangen sein mussten und das Wasser desinfiziert war.

»Wir müssen zum nächsten Waldstück«, sagte Alice, ohne sich zu bewegen. »Wir sitzen hier auf dem Präsentierteller.«

»Liegen«, korrigierte Jacob sie, nie zu dehydriert, um eine Nervensäge zu sein. »Wir liegen hier auf dem Präsentierteller.«

Immer noch rührte sich niemand von ihnen, die Erschöpfung war vollkommen. Aber Alice hatte recht. Sie waren immer noch in Reichweite des Helikopters. Immer noch ohne Sichtschutz und noch dazu elend schwach. Wenn Nick sie jetzt fand, dann konnte er sie aufsammeln wie Maden unter Rinde.

»Gut, dann wollen wir mal«, sagte Valentina und hievte sich auf die Füße.

»Aufstehen«, sagte sie, schulterte den Rucksack und stupste Kristina vorsichtig mit dem Fuß in die Seite. Kristina ließ Tonyas Hand los und stand ebenfalls auf.

Es war ja auch zu schön gewesen. Mühsam kam Tonya auf die Beine.

Das Waldstück war vielleicht eine Meile entfernt, aber sie brauchten mehr als eine halbe Stunde, bevor sie den Rücken an einen Baumstamm lehnen konnte.

Valentina ließ sich auf die Knie fallen und durchwühlte Kristinas Rucksack. »K., wo hast du die Schaufel hin?«

»Ganz unten«, sagte Kristina träge. »Bring bitte nicht die Ordnung durcheinander.«

Aber Valentina war bereits ohne Schaufel in Richtung des nächsten

Gebüsches gesprintet. Nach ein paar Minuten humpelte sie wieder in Sicht, aber noch bevor sie wieder bei den anderen war, drehte sie schon wieder in Richtung des Busches ab.

Als sie sich schließlich wieder neben die anderen setzte, hielt sie sich den Bauch.

Alexander musterte sie mit wachsamem Blick.

Wenig später griff Jacob nach der mittlerweile ausgepackten Schaufel und hastete ebenfalls davon.

Nach weniger als zwei Stunden hatte der Durchfall alle bis auf Alexander erwischt.

Tonya hatte gedacht, der Weg bis zum Wasser wäre eine Quälerei gewesen, aber zur Austrocknung kamen jetzt noch heftige Magenkrämpfe dazu, und jeder Gang in die Büsche ließ sie mit zitternden Beinen zurück. In ihrem ganzen Leben war sie noch nicht so schwach gewesen. Würde ihre Flucht hier enden?

Es wurde schnell dunkel, und ihr ganzer Körper war kalt. Alexander ging zwischen ihnen hin und her und flößte ihnen gereinigtes Wasser ein. Er tröpfelte es ihnen in den Mund, ohne dass die Flasche sie berührte.

»Ich schwöre bei meinem Mageninhalt, dass ich nie wieder nichtdesinfiziertes Wasser trinken werde«, ächzte Jacob.

Entfernt bekam Tonya mit, wie Alexander hölzerne Matratzen baute und Holz für ein nächtliches Lagerfeuer zusammentrug. Er deckte sie mit dem Schlafsack und der Isomatte zu, dann machte er eine neue Runde mit dem Wasser. Tonya fiel auf, wie besorgt er wirkte, aber der Gedanke war weit weg und sofort vergessen, als der nächste Krampf ihren Magen packte.

Sie fiel in einen unruhigen Schlaf und wachte nur auf, um hinter einen der Bäume zu humpeln. Das Feuer ging die ganze Nacht nicht aus, genauso wenig wie das gereinigte Wasser.

Es war wieder hell, als sich in Tonya das Gefühl festigte, Flüssigkeit wieder bei sich behalten zu können. Sie wusste nicht, wie spät es war, und war auch zu müde, um es anhand des Sonnenstandes zu schätzen. Sie sahen allesamt furchtbar aus. Alexander hatte das Feuer im Morgengrauen gelöscht, aber Tonya kroch trotzdem näher an die Feuerstelle heran. Ein fahler Geruch von Krankheit hing über ihrer Lagerstelle, und sie war fast dankbar dafür, als der Wind in ihre Richtung drehte und ihr den Geruch von Asche und Rauch ins Gesicht trieb.

Der Wind wehte ihr einen Gedanken in den Kopf: Sie war dem Tod jetzt schon zum zweiten Mal sehr nahe gewesen.

Alexander kam, um nach ihr zu schauen. »Durstig?«, fragte er.

Sie nickte, und dieses Mal gab er ihr die Flasche zum Trinken in die Hand. Ihr Arm zitterte, als sie ihm die Flasche zurückreichte. »Danke, Alexander.«

Sie bemühte sich um ein Lächeln. Seit Jahren hatte sich niemand mehr um sie gekümmert, wenn sie krank gewesen war. Als sie nach einer langen Doppelschicht im Hotel die Grippe bekommen hatte, war sie gezwungen gewesen, das Trinkgeld einer Woche für Essen vom Lieferservice zu verschwenden, weil sie zu schwach war, um zum Supermarkt und zurück zu laufen. Seitdem hatte sie immer genug Essen für eine Woche zu Hause. Die Hilflosigkeit und das Alleinsein waren meistens schlimmer als die eigentliche Krankheit, aber diesmal hatte Alexander ihr das Leben gerettet.

Alexander lächelte müde zurück. Erst jetzt fiel ihr auf, dass er sich kaum noch auf den Beinen halten konnte.

»Wie häufig hast du heute Nacht noch Wasser geholt?«, fragte Ole.

Alexander hob zwei Finger. Natürlich – er hatte den Preis dafür bezahlt, dass sie anderen Wasser und Wärme gehabt hatten.

Ole richtete sich auf. »Ich kann die nächste Runde übernehmen. Leg du dich hin.«

Aber er konnte kaum aufstehen. Alexander drückte ihn zurück auf den Lattenrost.

»Alex, du kannst nicht ...«

»Ich mach gleich eine Pause«, sagte Alexander.

Er flößte ihnen allen eine weitere Runde Wasser ein, dann schliefen sie wieder ein.

Die Sonne zog über sie hinweg. Ein weiterer Tag verloren. Ein Tag, den sie schon vorher nicht gehabt hatten. Tonya war zu erschöpft, um sich darüber zu sorgen. Sie glitt in den Schlaf hinein und hinaus. Aber dieser Zustand hielt nur bis zum nächsten Morgen an. Dann war die Klarheit zurückgekehrt, zusammen mit dem aggressivsten Hunger, den sie je verspürt hatte. Es war, als wäre ihr Bauch von innen heraus ausgehöhlt worden und sie bestünde nur noch aus diesem Loch und einer dünnen Schicht Haut darüber.

Valentina quetschte ihnen die letzte Erbse Zahnpasta auf die Finger. Danach fühlte Tonya sich immer noch nicht sauber, aber wenigstens schmeckte ihr Mund nach Pfefferminz.

»Das war's dann mit der Zahnhygiene«, sagte Valentina.

»Es wird noch schlimmer.« Alexander hielt in der Hand die Jodtabletten. »Das sind alle Tabletten, die wir noch haben«, sagte er.

Tonya nahm ihm die Blisterpackung mit den Tabletten aus der Hand und zählte. »Das reicht noch für einen Liter pro Person«, sagte sie.

»Dann müssen wir unser Wasser in Zukunft abkochen«, sagte Ole.

»Und wie? Es ist eine Plastikflasche«, sagte Jacob, der sich jetzt ebenfalls aufgesetzt hatte. »Und warum denkst du eigentlich, dass du hier die Pläne machst? Wir sind deinetwegen nach Westen gegangen und fast verdurstet. Und wenn wir nicht Hals über Kopf vor Rupert geflohen wären, hätten wir wenigstens noch unsere Ausrüstung, inklusive mehrerer funktionierender Wasserfilter.«

»Rupert hatte ein Gewehr«, sagte Ole.

»Und *wir* hätten ein *Telefon* haben können. Ein Helikopter wie der von vorgestern wäre vor uns gelandet. Sie hätten uns in Sicherheitsdecken eingepackt, und wir wären direkt zum nächsten KFC geflogen, wo ich meine große Liebe für Hot Wings gedippt in Erdbeer-Milchshake entdeckt hätte.«

»Vielleicht war es die falsche Entscheidung«, sagte Valentina. Sie sah noch müder aus als der Rest. »Aber wir sind um unser Leben gerannt. Und die Überlegung ist müßig. Wenn Ole nicht für uns entschieden hätte, wäre schon beim ersten Mal keiner von uns Nick entwischt. Niemand von uns konnte sich durchringen. Ist doch so, Jacob?«

»Ja, das ist richtig«, sagte Jacob. »Danke, Ole. Aber das wird umsonst gewesen sein, wenn wir es jetzt nicht weiterschaffen. Und eine gute Entscheidung macht nicht zwei schlechte wett.«

»Wir sollten los«, sagte Kristina und fing an, Erde über das Feuer zu scharren. »Wir haben noch einen langen Weg vor uns.«

24

VALENTINA

Wenn Valentina bereits vorher gedacht hatte, dass sie langsam vorankamen, dann war das nichts gegen jetzt gewesen. Sie waren alle ausgelaugt, leer gesaugt. Sie erinnerte sich an Berichte aus Kriegsgebieten, in denen die Cholera ausgebrochen war. Wie schnell der Flüssigkeitsverlust einen bereits geschwächten Menschen umbringen konnte. Wenn ihr Körper so leer war, warum fühlte er sich dann so schwer an?

Im Gras sahen sie immer wieder große Hasen, die über die Ebene hoppelten und sie aus der Ferne beobachteten, immer aus großem Sicherheitsabstand. Das machte Valentina nur noch hungriger. In den Tagen davor war der Hunger in den Hintergrund getreten, ersetzt durch den Durst und die stetige Erschöpfung, aber jetzt war er mit einem Brüllen zurückgekehrt.

Sie schätzte die Entfernung zu einem der Hasen ab und fragte sich, ob sie irgendetwas bauen konnten, um einen zu fangen. Es schien verrückt, dass die Hasen so nah waren und sie trotzdem nichts zu essen hatten.

Einen Moment lang achtete sie nicht auf den Weg, im nächsten trieb der Schmerz Valentina schon die Luft aus der Lunge. Da war ein Loch im Boden gewesen, und ihr Fuß hatte sich verdreht. Instinktiv verlagerte sie das Gewicht zurück auf den linken Fuß.

»Alles in Ordnung?«, fragte Alice, die neben ihr lief.

»Geht schon.« Valentina winkte ab.

Sie verließ sich auf die Taubheit, die dem Schmerz manchmal folgte und ihn erträglich machte. Die anderen ließen sie nicht aus den Augen, als sie den nächsten Schritt versuchte, und dieses Mal war es so schlimm, dass ihr Tränen in die Augen schossen. Ihr Herz überschlug sich vor Panik. Wenn sie nicht rennen konnte, war sie hilflos!

Jetzt half Alexander – riesig, besorgt und so müde – ihr beim Hinsetzen und zog ihr vorsichtig den Schuh von der Ferse. Er schwieg während er mit seinen großen Händen ihren Knöchel in Richtung Wade entlangtastete, betrachtete aber aufmerksam ihr Gesicht.

»Wie schlimm ist es?«, fragte Kristina.

Die Gesichter der anderen, sorgfältig sauber geschrubbt von jedem Gefühl, sagten Valentina genau, wie schlimm es war.

»Ist es gebrochen?«, fragte Kristina leise. Aber was war schon leise, wenn es alle hörten?

Alexander wiegte den Kopf hin und her. »Gestaucht oder überdehnt. Sie muss sich schonen.«

»Alexander und ich können sie abwechselnd tragen«, sagte Ole, der direkt in den Planungsmodus schaltete.

Kristina nickte schnell. »Wir anderen können uns mit dem Rucksack abwechseln.«

Ole nahm Valentinas Hände in seine. »Kannst du aufstehen?«, fragte er sanft.

»Ist kein Problem.« Sie wollte keine Schwäche zeigen. Auf dem linken Bein drückte sie sich hoch.

Kristina setzte sich den Rucksack auf, und Ole ging in die Knie und ließ Valentina auf seinen Rücken klettern. Sie klammerte sich an ihm fest, den Kopf über seiner Schulter. Unter anderen Umständen hätte sie es geliebt, huckepack von Ole getragen zu werden. Er war verschwitzt, wie sie alle, aber seine Haare rochen nach ihm allein.

Relativ schnell wurde Oles Haut feucht an ihrem Hals. Sie spürte das Echo seines Herzschlags durch seinen Körper hallen und hörte seinen stoßhaften Atem, aber er weigerte sich, sie abzusetzen, bis Alexander ihn zum Anhalten zwang, damit er sich nicht komplett verausgabte. Seine Knie zitterten, als er ihr widerstrebend half, auf Alexanders Rücken zu klettern. Alexander war größer als Ole, aber er hatte nicht geschlafen, und auch ihm war die Anstrengung anzumerken.

Wie sich die Situation umgekehrt hatte: Jetzt waren Valentina und die Jungs hinten, während Alice, Tonya und Jacob ihnen vorausgingen und immer wieder auf sie warteten.

Zur Mittagszeit entdeckten sie einen tiefen Krater in der Erde, in dem sich Wasser gesammelt hatte. Die Szenerie wirkte ein bisschen außerirdisch, aber Valentina war viel zu erleichtert, um sie zu würdigen. Wenigstens hatten sie zu trinken. Jacob hatte bereits den Rucksack abgesetzt, Alice den Waschbeutel gefüllt, und Tonya warf gerade die Tabletten hinein.

Sie sahen ihr alle dabei zu, und auch wenn es keiner sagte, dachten sie das Gleiche: Das waren die letzten Tabletten. Danach hatten sie keine Möglichkeit mehr, das Wasser zu desinfizieren.

Alice blickte auf, als Valentina sich von Alexanders Rücken rutschen ließ und sich mit dem gesunden Bein abfing.

»Geht's?«, fragte Alice, aber Jacob und Tonya schwiegen.

Valentinas Hände wurden feucht.

»Ich bin das Arschloch, das es ausspricht«, sagte Jacob. »Aber so können wir nicht weitermachen.«

Ihr Herz begann zu rasen.

»Vielleicht ist jetzt ein guter Zeitpunkt, uns aufzuteilen«, sagte Jacob. Er hatte immerhin den Anstand, an ihr vorbeizuschauen.

»Was?«, blaffte Kristina.

Valentina fühlte sich schrecklich, dass sie die anderen langsamer machte, aber die ungezähmte Wut in Kristinas Stimme war wie Balsam.

Jetzt wandte sich Jacob Kristina zu. »Wir müssen hier schnellstmöglich weg. Wir haben kein Essen. Wir können nicht warten, und wir sind zu langsam, wenn wir sie tragen.«

Hatten die anderen das Gespräch belauscht, als sie versucht hatte, Kristina, Ole und Alexander davon zu überzeugen, sich aufzuteilen? Valentina schluckte. Ihr fehlten die Worte. Sie wusste nicht, wie man für sich bat, wenn man nichts anzubieten hatte.

»Wir kommen sicher schneller voran, wenn wir eine Trage bauen und alle anpacken«, sagte Ole in ruhigem Ton.

»Wir sind schon fast zu schwach zum Laufen«, erwiderte Jacob.

Es war eine einfache Entscheidung: Es ging um Leben und Tod. Genauer: ein Leben und ein Tod gegen sieben Leben und sieben Tode. Die Waage schlug aus.

Alleinsein. Verenden. Langsam.

»Du würdest sie einfach hierlassen?«, fragte Kristina.

In Valentinas Hals pochte es warm, als sie die Verzweiflung in der Stimme ihrer Schwester hörte; da schimmerte etwas Gefährliches in Kristina durch, das sie lange nicht gesehen hatte.

»Was ist *dein* Plan?«, sagte Jacob.

Ole warf einen Blick in die Runde. »Sind noch andere Leute derselben Meinung?«

Tonya und Alice schwiegen. Valentina erinnerte sich schmerzhaft daran, wie sie Tonya wegen ihres Tempos angegangen war. Und Alice mochte vielleicht Ole, aber sie konnte kopfrechnen. Ihre Gedanken trieben durch die Luft wie Pollen: Sie *mussten* schnell sein.

Noch hatten sie genug Kraft.

Aber nicht lange.

Sie durften nicht warten. Sie konnten sie nicht tragen.

Sie würde hier draußen sterben.

»Sie kann bald wieder laufen«, sagte Alexander.

»Woher willst du das wissen?«, fragte Jacob.

»Er studiert Medizin«, sagte Kristina. Was sie eigentlich meinte, war: Ihr wollt Alexander in eurem Team haben. Und wenn ihr Alexander wollt, wollt ihr auch uns.

»Zu dritt können wir sie nicht transportieren«, sagte Ole.

»Wir können sie auch zu sechst nicht transportieren«, sagte Jacob. »Nicht, bis wir in Sicherheit sind.«

»Wir könnten Nahrung suchen und damit wieder herkommen«, schlug Ole vor. Sein Ton war sorgfältig neutral. Valentina mochte es nicht schaffen, den anderen in die Augen zu sehen, aber Ole ließ seinen Blick forschend schweifen.

Die drei schwiegen. Das hier war *echt*. Sie würden sich aufteilen, und zwar ihretwegen.

»Bitte, leg los«, sagte Jacob. »Wir haben ja schon Schwierigkeiten, eine Handvoll Würmer zu finden. Keiner von uns weiß, wie man sich hier draußen ernähren soll. Unsere einzige Chance ist, dass ein Teil von uns Kontakt zur Zivilisation herstellt und die anderen rettet.«

Oles Stimme wurde leiser. »Und weißt du unsere Koordinaten? Könntest du irgendjemandem sagen, wo sie nach uns suchen sollen? Wenn das eine echte Option wäre, dann wärt ihr jetzt alle an einem sicheren Ort, und Alexander und ich würden alleine Hilfe holen.«

»Wir könnten eine prägnante Landmarke heraussuchen«, sagte Jacob.

»Bitte«, sagte Ole durch zusammengebissene Zähne. »Leg los.« Es war der aggressivste Ton, den sie je von Ole gehört hatte.

Er hatte natürlich recht. Um sie herum sah alles gleich aus.

»Ihr könnt uns nicht hierlassen«, sagte Kristina laut.

Uns. Wieder musste Valentina schlucken.

»Warum sollten wir euch helfen? Valentina wollte uns auch zurücklassen, und das war, als wir noch laufen konnten.«

»Ihr wollet uns zurücklassen?«, fragte Alice. Ihre Augen waren riesig groß. Offensichtlich hoffte sie auf ein Nein.

»Wollten wir nicht«, sagte Ole fest. »Wir sind alle gemeinsam bis hierher gekommen. Wenn ihr gehen wollt, halten wir euch nicht auf.

Aber da wir eine Verletzte haben, sollten wir mehr von der Ausrüstung bekommen.«

Den Rucksack, die Wasserflasche.

Jacob schaute wieder zu Boden. »Ihr könnt den Schlafsack haben.«

»Wir behalten auch die Isomatte«, sagte Ole.

»Ihr bewegt euch kaum vom Fleck«, protestierte Jacob.

»Wir behalten sie«, wiederholte Ole.

Es war keine Drohung in seiner Stimme, aber die Art, wie er und Alexander nebeneinanderstanden, größer und stärker als alle anderen, lieferte den nötigen Subtext.

Es war egal. Diese Erkenntnis traf Valentina plötzlich mit völliger Klarheit. Es war egal, ob Ole und Alexander bei ihr waren. Sie hatten keine Zeit mehr, darauf zu warten, dass sie wieder laufen konnte. Wenn Ole und Alexander blieben, dann blieben Ole und Alexander zum Sterben. Wenn Kristina blieb, dann blieb Kristina zum Sterben.

»Hört auf«, sagte Tonya plötzlich.

Valentina hatte nicht bemerkt, dass sie sich entfernt hatte, aber Tonya war leicht zu übersehen. Sie stand gut fünf Meter von dem potenziellen Handgemenge weg und hielt den offenen Wassersack in den Händen. Sie zitterte am ganzen Körper.

»Das ist unser letztes sauberes Wasser«, sagte sie. »Wenn ihr euch aufteilt, lasse ich es fallen.«

»Machst du ja doch nicht«, sagte Alice, aber in ihrer Stimme schwang Unsicherheit mit.

»Und wie ich das mache. Das ist nämlich das Gleiche wie das, was ihr vorschlagt: Jede Chance im Keim ersticken, dass wir es aus dem Wald herausschaffen. Aber hier sind die Fakten: Ich bin langsam. Jacob und Alice auch. Und hier sind noch mehr Fakten: Ihr kanntet den Nordstern nicht, und ihr wusstet nicht, wie man sich warm hält.«

Valentina schätzte die Entfernung zu ihr ab. Doch Tonya war klug und stand gerade so weit weg von allen, dass sie einerseits nicht zu laut reden musste und andererseits fähig war, das letzte Wasser auszuschütten, bevor jemand sie erreichen konnte.

»Wenn einer von euch näher kommt, schütte ich das Wasser übrigens auch aus«, sagte sie.

Und all das, während sie immer noch niemandem von ihnen ins Gesicht schaute und so stark zitterte, dass Valentina selbst dann um das Wasser fürchtete, wenn ihr niemand näher kam.

»Warum machst du das?«, fragte Jacob. »Du hast sie doch gehört. Wenn du oder ich uns verletzt hätten, dann würden wir gerade nur noch vier kleine Figuren am Horizont sehen.«

»Aber genau das stimmt nicht«, sagte Tonya. »Das ist mir gestern klar geworden, als wir alle neben dem Feuer gelegen haben und Alexander uns gesund gepflegt hat. Alexander hat mir das Leben gerettet. Und er ist nicht der Einzige. Kristina hat mir das Leben gerettet, als ich nicht mehr weiterlaufen konnte. Ole hat mir ebenfalls das Leben gerettet, als er uns ursprünglich zur Flucht verholfen hat. Valentina hat mir das Leben gerettet, als sie uns nach Peters Tod gezwungen hat weiterzulaufen. Alice hat mir das Leben gerettet, als sie aller Wahrscheinlichkeit nach verhindert hat, dass wir Nick und Rupert in die Arme laufen. Peter hat mir das Leben gerettet, weil er zu Alice' Zelt zurückgekommen ist, um mich zu überzeugen. Ich habe euch mit meinem Jodtabletten das Leben gerettet. Und wir alle wären für Peter umgekehrt, wenn er noch am Leben gewesen wäre.«

Es war, als würde Valentina Tonya zum ersten Mal wirklich sehen. Das war die stille Maus, mit der sie sich noch nie unterhalten hatte. Die sie zurückgelassen hätte. Versuchte Tonya wirklich, sie zusammenzuschweißen? Warum sollte sie?

»Ja, wir haben Hunger. Ja, wir haben eine Verletzte. Gerade deswegen müssen wir zueinanderhalten. Wir sind alles, was wir noch haben. Wenn wir Kristina und Valentina zurücklassen – und das heißt, dass wir sie zum Sterben zurücklassen –, dann sterben wir anderen auch. Weil jede und jeder von uns sich zum nächsten Zeitpunkt wieder gegen die Gruppe entscheiden wird. Versteht ihr das nicht?«

Und gelang es ihr gerade, die anderen zu überzeugen? Valentina traute sich kaum, darauf zu hoffen.

Alice legte den Kopf schief. »Wir leben gemeinsam, oder wir sterben gemeinsam.«

Tonya nickte. »Das ist immer noch besser, als alleine zu sterben.«

»Er wollte uns gerade eben erst zurücklassen!«, sagte Kristina und deutete anklagend auf Jacob, als könnte sie diese Tat nicht ungesühnt verstreichen lassen.

Dabei hatte Valentina selbst genau das vorgeschlagen. Sie hatte genauso gedacht wie er, als sie noch laufen konnte. Aber was Tonya sagte, war wahr. Und vielleicht gab es deshalb tatsächlich einen Weg, wie sie es alle nach Hause schafften – Energydrinks verschüttende, arrogante Arschlöcher eingeschlossen.

Sie räusperte sich. »Jacob hat uns auch das Leben gerettet«, sagte sie. »Tonya hat ihn in ihrer Aufzählung gerade nicht erwähnt, weil sie nicht dabei war, aber er hat uns praktisch auf Knien angefleht, das Lager zu verlassen. Ohne ihn wären wir jetzt alle nicht hier.«

Jacobs Augen ruhten auf ihr, er musterte sie mit einem undeutbaren Blick.

Mit einem tiefen Atemzug raffte sich Tonya auf und schaute ihnen einer nach dem anderen ins Gesicht. Zuletzt lag ihr Blick auf Jacob und Kristina, dann endlich ließ sie den Wassersack langsam sinken. Nur der Wind, wie er übers Gras strich, war zu hören.

»Wir brauchen einen Schwur«, sagte Tonya.

»Ist das nicht ein bisschen melodramatisch?«, fragte Alice.

»Eigentlich nicht«, sagte Valentina. Sie erkannte ihre eigene Stimme kaum wieder, ernsthaft und belegt. »Wir sterben hier draußen wirklich.«

»Okay, dann ... worauf schwören wir?«, fragte Alice.

Tonya schien nachzudenken, aber da sprach Jacob schon, mit Tiefe in der Stimme: »Ich werde meinen letzten Bissen mit euch teilen. Ich werde mein letztes Wasser mit euch teilen. Mein Blut für euer Blut. Tot oder zu Hause.«

Wer hätte gedacht, das Jacob solche Worte in sich barg? Er erwiderte keinen der überraschten Blicke, aber die Worte waren schwer und fest wie weich gespülte Kiesel in der Hand.

Hier waren sie: ausgehungert, schwach, inmitten einer Wildnis, die auch hinter dem Horizont kein Ende zu haben schien.

»Das Messer bitte«, sagte Tonya und streckte die Hand in Valentinas Richtung aus.

Valentina gab es ihr, Griff voran, und Tonya setzte die Klinge auf ihre Handinnenfläche.

»Nicht die Hand«, sagte Alexander hastig. »Irgendwo, wo nicht ständig Dreck reinreibt. Oberarm.«

Sie rollte ihren Jackenärmel nach oben und legte das Messer an. Blut trat aus der Stelle, wo die Spitze in ihre braune Haut eindrang.

»Ich werde meinen letzten Bissen mit euch teilen. Ich werde mein letztes Wasser mit euch teilen. Mein Blut für euer Blut. Tot oder zu Hause.«

Sie berührte jeden von ihnen mit ihrem blutigen Finger auf der Stirn. Valentina hielt den Atem an, als sie sich zu ihr nach unten beugte. Dann reichte Tonya ihr die Klinge.

Alexander bestand darauf, dass die Klinge nach jedem Schritt wenigstens mit ein bisschen Desinfektionsmittel gereinigt wurde. Nacheinander sagte jeder von ihnen die Worte.

Es war ein seltsames Gefühl, die Worte selbst auszusprechen, wie aus einer anderen Zeit. Sie hatte Ehre immer für ein archaisches Konstrukt gehalten, aber jetzt verstand sie es. Es war eine Entscheidung, die dem eigenen Tod Sinn verlieh. Wenn sie jetzt starb, dann wenigstens, während sie versucht hatte, andere Menschen zu beschützen.

Es war nicht viel Blut auf ihrer Stirn, aber es fühlte sich klebrig an, bis es trocknete und krustig wurde.

Danach besprachen sie nur das Nötigste, als hätten sie einvernehmlich beschlossen, die Stimmung nicht zu zerstören.

Unter Alice' Anleitung bauten sie aus Valentinas Regen- und Daunenjacke und zwei mühsam mit Oles Taschenmesser abgesägten Baumstämmen eine Trage, indem sie die zwei schmalen Stämme durch die geschlossenen Jacken und ihre Ärmel zogen. Alexander machte ein T-Shirt nass und wickelte es Valentina um den Knöchel, bevor sie, eingewickelt in den Schlafsack, hochgehoben wurde.

Sie kamen wahnsinnig langsam voran. Erschöpft, müde und noch schwerer beladen. Über Valentina schwankte der Himmel. In der Pause rationierten sie ihr Wasser und tranken jeden Tropfen, dann hoben die anderen sie mit einem müden Lächeln wieder auf ihre Schultern. Nach einiger Zeit tauchten sie wieder in ein Waldstück ein, was den Weg mit der Trage noch schwieriger machte. Sie hatte die anderen offensichtlich unterschätzt, und das war eine gute Nachricht. Aber es änderte nichts an ihrer Situation: Sie waren in der Wildnis, schwach, und sie würden noch am selben Tag die Gelegenheit dazu haben, den Schwur zu erfüllen und ihr letztes Wasser zu teilen.

Wenn die Optionen *tot oder zu Hause* waren, dann wies der knöcherne Zeigefinger der Realität eindeutig Richtung *tot*.

25

JACOB

Ich werde meinen letzten Bissen mit euch teilen.
Jacob hatte den Schwur kitschig finden wollen, und vermutlich war ein Schwur kitschig – in Boston und Chicago und Toronto, aber nicht unter diesem grau zerfaserten Himmel, nicht mit einem einzigen Beutel Wasser.
Ich werde mein letztes Wasser mit euch teilen.
Die Worte waren in seinem Kopf erschienen, als wären sie schon immer da gewesen, und es hatte sich richtig angefühlt, sie in den Wind zu sprechen.
Mein Blut für euer Blut.
Er hatte noch nie selbst ein Gedicht geschrieben, nicht einmal, wenn er betrunken versucht hatte, durch Chatnachrichten ein Mädchen in seinem Zimmer materialisieren zu lassen. Aber vielleicht war das gerade ein Gedicht gewesen, oder wenigstens der Anfang von einem.
Tot oder zu Hause.
Jacob jr., frischgebackener Dichter, verschollen in Kanada. *Fuck my life.*
Sein Mund war schon wieder trocken, aber sie hatten das Wasser rationiert, und sie würden erst vor dem Einschlafen wieder etwas trinken. Welcher Trottel hatte behauptet, Ängste würden ihren Biss verlieren, wenn man sie zu Ende dachte?
Ich habe Angst, dass wir keine Möglichkeit finden, genug Trinkwasser für uns alle zu desinfizieren. Was passiert dann? Wir sterben.

Zu seinem Leidwesen hatte er festgestellt, dass die Vorstellung, zu verdursten, deutlich schlimmer wurde, wenn man schon einmal fast verdurstet war.

»Vielleicht können wir aus Rinde kleine Schalen bauen«, sagte Alice.

»Die können wir dann genauso wenig erhitzen wie die Plastikflasche«, sagte Jacob.

»Tatsächlich habe ich euch nicht gesagt, dass ...«

»Schsch.« Alexander hatte die Hand gehoben und deutete auf etwas vor ihnen.

Hinter ein paar Baumstämmen, wie eine kalte Fata Morgana: ein grauer Baucontainer.

Mühsam manövrierten sie die Trage ein paar Schritte zurück, bis sie von den Bäumen verdeckt wurden und den Container aus hoffentlich sicherer Entfernung anstarren konnten.

Ein Container mit einer Tür und einem Fenster, wie er auf Baustellen weltweit stehen mochte. Mitten im Wald. Das Hexenhäuschen aus Hänsel und Gretel war nichts dagegen. Sie würden die Erinnerung an Ruperts Verrat wohl ihr ganzes Leben nicht loswerden.

Die Trage drückte auf Jacobs Schulter, aber niemand wollte Valentina absetzen. Unter Umständen mussten sie gleich wegrennen. Allerdings brannte hinter dem einzigen Fenster des Containers kein Licht.

»Könnte eine offizielle Hütte der Parkverwaltung sein«, sagte Kristina leise.

»Vielleicht«, sagte Ole.

Aber sie dachten alle an Rupert und seinen verlogenen Eintopf und an Peter.

»Wir sollten den Container in einem großen Bogen umgehen und weiterlaufen«, sagte Tonya.

Es war Alice' Frage, die sie alle verstummen ließ: »Meint ihr, da gibt es Essen?«

Der Hunger, schlingernd in ihrem Bauch und jetzt wach und laut.
»Wir müssen wenigstens nachschauen«, sagte Jacob.
»Und was, wenn jemand drin ist?«
»Keine Fahrzeuge, kein Licht? Unwahrscheinlich«, sagte Kristina.
»Wir sollten trotzdem vorsichtig sein.«
»Ich kann gehen«, flüsterte Ole.
»Ich auch«, wisperte Jacob. Die Worte fühlten sich gut an. Richtig. Ole musterte ihn skeptisch. Ganz offensichtlich hätte er lieber Alexander dabeigehabt. Dann nickte er.
Behutsam setzten sie Valentina ab.
»Seid vorsichtig«, sagte Tonya.
Dieses Mal nickten sie beide. Sie schlichen sich in einem Bogen an die Hütte an. Falls sie beobachtet wurden, sollten ihre Verfolger wenigstens nicht direkt in die Richtung von Valentina und den anderen laufen.

Jacobs Hände waren feucht von Schweiß, aber er empfand keine Angst. Was er tat, war nötig. Es würde ihm und den anderen vielleicht das Leben retten. Vor dem Container gab es eine Feuerstelle, aber die Asche war kalt. Er spürte Ole neben sich, der auf die Klinke zeigte, frei von dem Staub, der die Fensterriemen bedeckte. Erst vor Kurzem war jemand da gewesen.

Jacob legte das Ohr an die Tür – nichts – und drückte die Klinke nach unten.

Abgeschlossen.

Ole entspannte sich und legte die Hände gegen das Fenster, um hineinzuspähen.

Er winkte Jacob zu sich, und Jacob presste ebenfalls das Gesicht gegen das Fenster. An der gegenüberliegenden Wand standen mehrere große Schränke. Ansonsten konnte Jacob noch eine leere Weinflasche erkennen.

Jacob schloss die Augen, die Stirn gegen das Glas gelehnt. Wo eine Weinflasche war, war doch sicherlich auch etwas zu essen?

»Du kennst nicht zufällig ein paar Kreditkartentricks?«, fragte Ole.

»Wenn hier jemand Türen aufbrechen kann, dann wahrscheinlich die Brandstifterin, die wir in unseren Reihen beherbergen.«

Ole lachte. »Hey, Alice«, rief er über seine Schulter. »Schon mal eine Tür aufgebrochen?«

Die anderen kamen hinter den Baumstämmen hervor. Alice trabte über den Weg zu ihnen und beäugte das Schloss für eine Sekunde. »Da kann man nichts machen.« Schneller, als Ole oder Jacob protestieren konnten, hatte sie schon einen Stein in der Hand. »Bitte den Sicherheitsabstand einhalten«, sagte sie, bevor sie das Fenster einschlug.

»Du hast das Schloss nicht mal richtig angeschaut«, protestierte Jacob.

»Ist abgeschlossen«, sagte sie achselzuckend, während sie mit dem Stein die restlichen Glassplitter aus dem Fensterrahmen brach. »Dachtest du, ich kann das mit meinem Schülerausweis öffnen?« Sie kicherte und schlüpfte nach innen.

Jacob kletterte Alice hinterher. Die Luft war abgestanden, aber wärmer als draußen. Erst unter dem trockenen Dach bemerkte er, wie feucht seine Kleidung war.

An der Wand hing ein riesiger Bisonkopf. Jacob war nicht klar gewesen, wie groß die Tiere wirklich waren, bis er jetzt den Kopf sah, der allein schon so groß war wie sein Oberkörper. Darunter standen zwei durchsichtige Plastiksäcke mit Müll darin. An einer der schmalen Seiten des Containers war ein Holzofen eingebaut.

»Schaut euch das an«, flüsterte Alice, die gerade einen Schrank geöffnet hatte. Darin waren zwei Packungen Chips und eine Tüte Marshmallows. Außerdem je eine Tube Ketchup, Mayonnaise und extra scharfe Grillsoße mit dem vertrauenerweckenden Namen *Mexican Nightmare*.

Sie riss die erstbeste Packung auf und stopfte sich eine Handvoll Chips in den Mund, bevor sie die Packung weiterreichte. Die Chips krachten in Jacobs Mund. So salzig und fettig, dass er das Gefühl hatte, er könnte das elektrische Bitzeln der Nerven in seiner Zunge fühlen.

Nach einer weiteren Handvoll reichte er die Packung an Ole und dann an Valentina weiter, die von draußen in den Container lugte.

»Ich will ja nicht die Stimmung zerstören«, sagte sie zwischen zwei lautstarken Bissen. »Aber warum werden hier Snacks gelagert?«

»Sieht nach BBQ aus«, sagte Alice.

»Ich glaube, die machen illegal Jagd auf die Bisons«, sagte Tonya. »Und weil sie sich dafür schlecht bei der Parkverwaltung anmelden können, haben sie sich eine Hütte ausgestattet.«

»Scheint ja ein Trend zu sein«, sagte Ole düster.

Sie durchforsteten die Hütte weiter. Sie fanden Seil. Einen Campingkocher mit Topf. Ein Feuerzeug. Und einen weiteren Rucksack, leider leer. »Ich glaube, darin haben sie ihr Fleisch transportiert«, sagte Jacob.

Alice stieß einen glücklichen Schrei aus und hielt zwei Decken in die Höhe.

Kristina und Tonya kletterten ebenfalls herein. »Schaut euch das an – die haben sogar ein Campingbett«, sagte Kristina.

»Wir können drum spielen«, sagte Alice. »Ich hab Karten gefunden.«

Sie fanden ein Dreierset Besteck, außerdem noch zwei volle Monturen Jagdkleidung, jeweils bestehend aus einer dicken Jacke mit Kapuze und einer gefütterten Überhose mit Hosenträgern, beides in Tarnfarben. Dazu noch zwei Sets Handschuhe und zwei Mützen. Die Jacken waren so groß, dass Kristina sie über ihre Daunenjacke ziehen konnte. »Ein tragbarer Schlafsack«, sagte sie und grinste breit. »Heute Nacht können wir alle zugedeckt schlafen.«

Alice hatte ein Beil von der Wand gehievt und hieb in langsamen Bewegungen durch die Luft. Jacob machte zwei Schritte zurück. Das Beil wirkte alt, aber funktionsfähig.

»Ich hasse diese Leute«, sagte Valentina. »Aber ich liebe sie auch.«

»Süßigkeiten gefällig?«, fragte Ole und warf Valentina eine Tafel Schokolade zu. Sie brach sie auf und teilte die braunen Rechtecke an die anderen aus. Die Schokolade war nach den Chips das Beste, was Jacob je gegessen hatte. In seinem Mund wurde sie zu einer braunen, süßen Flüssigkeit, die ihm die Zähne verklebte.

Angesichts des Mülls in den Plastiksäcken vermutete er, dass die Schränke einmal mit noch mehr Essen gefüllt gewesen waren, aber diese frustrierende Überlegung behielt er für sich.

»Ich hab noch was gefunden«, sagte Tonya plötzlich.

In der Hand hielt sie ein Gewehr. Kein selbstladendes, nicht einmal ein besonders modernes Modell. Nur zwei Patronen Kapazität. Wie von außen sah sich Jacob dabei zu, wie er es ihr aus der Hand nahm. Im nächsten Moment hatte er es angelegt und entsichert; da war ein Klicken, das den Raum still werden ließ.

Seine Hände waren komplett ruhig, ein Ergebnis der jahrelangen Übung und des Sicherheitsgefühls, das ihn auf einmal durchströmte. Jacob zielte auf die Wand, bewegungslos. Wenn jetzt jemand den Kopf durch das Fenster steckte und das Gewehr geladen wäre, könnte er die Person in einer halben Sekunde töten.

»Kannst du das bedienen?«, fragte Ole. Wieder dieser skeptische Blick.

Was dachte er denn? Dass Jacob gerade mit dem Gewehr spielte? Jacob löste sich vom Visier und sicherte das Gewehr in derselben flüssigen Bewegung.

»Ja«, sagte er langsam.

»Kannst du auch jagen?«

»Ja.«

»Mann.« Ole klopfte ihm auf die freie Schulter. »Warum hast du das bisher nicht gesagt?«

»Hat nicht viel Sinn, jagen zu können, wenn man kein Gewehr hat, oder?«, sagte Jacob.

»Vermutlich nicht«, sagte Ole, der immer noch über das ganze Gesicht grinste.

»Wir sollten die Sachen einpacken und wieder losziehen«, sagte Alexander, der weiterhin Wache hielt.

Jacob warf unauffällig einen Blick durch den Raum. Es war so angenehm, Wände und ein Dach über sich zu haben.

Kristina hatte wohl denselben Gedanken. »Vielleicht könnten wir noch ein bisschen hierbleiben?«, schlug sie vorsichtig vor. »Bestimmt sind wir jetzt sicherer, wo wir auch ein Gewehr haben?«

Jacob packte den Gewehrkolben fester. Natürlich. Er war jetzt für die anderen verantwortlich, weil niemand außer ihm das Gewehr benutzen konnte. »Der Amerikaner muss mal wieder ausbügeln, dass alle anderen sich zu schade sind, Waffen zu benutzen, hm?«

Ole seufzte. »Wir gehen ein unnötiges Risiko ein, wenn wir bleiben.«

»Wir sollten uns schnell entscheiden«, sagte Valentina. »Es tröpfelt nämlich.«

»Wollen wir wirklich im Regen draußen schlafen?«, fragte Kristina.

»Besser, als geschnappt zu werden«, sagte Jacob.

Besser, als im Dunkeln ein Gewehr in einer Metallkiste abfeuern zu müssen, wo es jeden treffen konnte.

»Mit dem ganzen Müll und den wenigen Vorräten wirkt es so, als wäre die Jagd für dieses Jahr beendet«, sagte Tonya. »Aber irgendwann in der nahen Zukunft werden sie den Müll noch abholen.«

»Vielleicht können wir wenigstens noch im Trockenen essen?«, fragte Kristina.

Die Antwort war natürlich Nein. Die vernünftige Antwort war immer Nein, zu jedem Risiko. Aber was war mit dem Risiko, sich im Regen zu erkälten? Was war mit dem Risiko, auszurutschen? Sie hatten große offene Ebenen durchquert, und Nick hatte sie nicht gefunden. Wie dicht war er ihnen wirklich auf den Fersen?

»Lasst mich neben dem Fenster sitzen«, sagte Jacob. »Dann habe ich wenigstens eine gute Sicht.«

Alexander und Kristina halfen Valentina durch das Fenster, dann kletterte Alexander hinterher. Während die anderen auf dem erbeuteten Campingkocher eine Dose Linsen mit Reis erhitzten, kontrollierte Jacob den Lademechanismus und die Munition. Dann lud er einmal durch. Das Geräusch ließ Tonya aufschauen, aber als sich ihre Blicke trafen, schaute sie sofort wieder weg. Der Schwur hatte rein gar nichts daran geändert, dass sie ihn nicht leiden konnte.

Sie verschlangen die Linsen und den Reis und erhitzten zwei weitere Dosen, die sie abwechselnd mit den drei Löffeln aßen, die sie gefunden hatten. Vor ein paar Tagen hätte es sich seltsam angefühlt, den gleichen Löffel zu benutzen, ohne ihn zwischendurch zu reinigen, aber jetzt gaben sie ihn bloß von warmer Hand zu warmer Hand. Danach hatten sie immer noch Hunger, aber sie hatten nur noch zwei Dosen Ravioli, die sie sich mühsam fürs Frühstück aufbewahrten.

Mittlerweile war aus dem Tröpfeln ein Schütten geworden, und die erdige Luft zog kalt über Jacobs Wangen in den Container.

»Wir tun uns keinen Gefallen, wenn wir heute da rausgehen«, sagte Kristina.

»Vielleicht ist es nicht klug, rauszugehen, aber ist es klug, hierzubleiben?«, fragte Tonya. Nach Kristina – die sich von Anfang an mit allen gut verstanden hatte – und Alexander – der zu leise war, um sich nicht mit ihm zu verstehen – war sie vermutlich die Person, mit der Jacob sich am besten vertragen hätte. Rein theoretisch. »Was ist, wenn wir noch Besuch bekommen?«

»Wären die nicht längst da?«, sagte Valentina.

»Oder sie wollen unauffällig sein und kommen erst in der Nacht zurück.«

»Die Klinke war sauber«, sagte Jacob zögerlich.

»Aber draußen gibt es keine Reifenspuren«, sagte Alice. »Und auch kein Zeichen einer Straße. Ich denke, sie sind mit dem Helikopter hier gelandet. Und den würden wir hören.«

»Nicht in dem Regen«, sagte Tonya.

»Und vielleicht hat der Heli sie nur abgesetzt, und sie sind zu Fuß in der Nähe unterwegs«, sagte Jacob.

»Meint ihr, die würden uns was tun?«, fragte Kristina. »Nicht alle Menschen sind wie Rupert und Nick. Vielleicht würden sie uns sogar helfen.«

»Valentina kann die Pause gut gebrauchen«, sagte Ole. »Wie wir alle, denke ich. Und als Vorsichtsmaßnahme können wir den Ofen aus lassen. Es ist hier drinnen bestimmt auch so schon warm genug.«

Tonya schwieg auffallend. Es war genauso gut möglich, dass die illegale Jagd ein weiteres Betätigungsfeld von *Alberta Adventure Hiking* war. Die Wahrheit war, Tonya hatte recht, aber sie waren zu erschöpft, um sich darum zu kümmern.

»Es ist unwahrscheinlich, dass sie in der Nacht auftauchen, wenn der Helikopter es schwerer mit der Landung hat«, sagte Alice. »Aber falls doch, dann brauchen sie Licht, und wir würden sie kommen sehen. Sie dagegen würden erst relativ spät bemerken, dass das Fenster eingeschlagen wurde. Das gibt uns einen Vorteil.«

Dann säßen sie immer noch in einem Metallkasten fest, mit einem einzigen Gewehr, das er nicht besonders schnell nachladen konnte, und ohne Fluchtweg. Was den anderen genauso bewusst war wie ihm. Trotzdem nickten alle.

Mit der getroffenen Entscheidung breitete sich die Wärme des Essens in seinem ganzen Körper aus. Trotz seiner Wache am Fenster, trotz ihrer Verfolger fühlte er sich kribbelig und glücklich. Wer hätte gedacht, dass Chips und Linsen auf leeren Magen einem ein größeres High verschafften als Champagner und Koks?

Nach dem Essen teilte Alice die Karten aus, um die erste Nacht auf dem Campingbett auszuknobeln. Eine halbe Stunde später stöhnten alle.

»Du schummelst«, sagte Valentina, nachdem Alice die dritte Runde in Folge gewonnen hatte.

»Das werfen mir die Verlierer immer vor«, sagte Alice und räkelte sich zufrieden auf dem Bett.

Satt und warm, wie er war, fühlte sich die Müdigkeit an, als hätte man Jacob ein Gewicht auf die Brust gelegt. Es war kaum vorstellbar, dass sie sich noch vor wenigen Stunden hatten aufteilen und jemanden zurücklassen wollen. Zum ersten Mal dachte er darüber nach, dass Essen und Wärme es einem viel leichter machten, ein guter Mensch zu sein.

Er streckte sich neben Alexander und Kristina auf dem Holzboden aus. Tonya saß in einer der Jagdmonturen am offenen Fenster, bereit für die erste Wache.

Bereit, ihn zu wecken, wenn sie draußen irgendetwas Verdächtiges sah. Der Gedanke riss ihn aus seiner Schläfrigkeit, als hätte ihm jemand die Decke weggezogen. Das hier war echt. Echt wie die Drogen. Echt wie Peter im Gras.

»Kommt sich noch jemand vor wie in ›Hänsel und Gretel‹?«, fragte Alice in die Dunkelheit.

»Hast du denn Geschwister?«

»Zwei kleine Brüder. Ihr?«

»Wir sind vollständig«, sagte Kristina. »Alexander hat zwei ältere Brüder. Du, Tonya?«

»Einen älteren Bruder«, sagte sie leise, als hätte sie lange nicht an ihn gedacht. »Jacob?«

»Keine Geschwister«, sagte er mit rauer Stimme.

»Ich wette, Ole schläft schon«, sagte Valentina. »Der Arsch.« Mittlerweile konnte Jacob sie und Kristina auch im Dunkeln unterscheiden. Der Trick war, die Beleidigungen zu zählen.

»Ich hab einen kleinen Bruder«, sagte Ole mit grummeliger Stimme.

»Er ist wach«, frohlockte Valentina.

»Du hast mich getreten.«

»Jaaa ... beim Einschlafen zuckt mir manchmal der Fuß.«

»Ich liege einen ganzen Meter von dir entfernt.«

Kristina seufzte. »Es ist hier wie im Junioren-Trainingslager.«

»Da hätten die Jungs aber nicht mit uns in ein Zimmer gedurft.«

»Zu unserem Glück«, sagte Ole.

Valentina lachte.

Es war in dem Container stiller als draußen, und Jacob kam nicht umhin, die verschiedenen Atemrhythmen der anderen als beruhigend zu empfinden. Allerdings war er extrem müde. Vermutlich hätte ihn sogar ein Spiel der Red Sox in den Schlaf gewiegt.

Sie mussten nicht darüber sprechen, aber Tonya hatte das lange Küchenmesser in der Hand. Neben Ole auf dem Boden lag sein Taschenmesser griffbereit. Alexander hatte den Handspaten neben sich, der vielleicht nicht scharf, aber in Alexanders starken Händen zweifellos eine Waffe war. Neben Valentina stand die leere Weinflasche auf dem Boden. Sie konnte sie schwingen oder den Kopf abbrechen und damit zustechen. Bevor Jacob die Augen schloss, kontrollierte er noch einmal mit den Fingern das Gewehr. Er konnte innerhalb von einer Sekunde anlegen und zielen. Auch im Dunkeln. Auch wenn er gerade erst aufgewacht war.

Die Frage war, ob er abdrücken konnte.

26

TONYA

Es war acht Uhr, als Tonya aufwachte. Das sagten die Zeiger der Wanduhr. Warm und ausgeschlafen blieb sie liegen und starrte an die Decke. Es regnete immer noch. Durch das zerbrochene Fenster drang kühle Luft herein und schürte den Hunger in ihrem Bauch. Vorsichtig, um Kristina und Alice nicht zu wecken, stemmte sie sich hoch.

Jacob hielt Wache und strich mit den Händen über das Gewehr. »Ole ist pinkeln«, flüsterte er. »Die anderen schlafen noch.«

»Was ist mit dir?«

»Ich konnte nicht mehr schlafen.« Er zuckte die Achseln, aber sie kaufte ihm den Gleichmut nicht ab.

Tonya kletterte über die verstreuten Arme und Beine der anderen bis zum Campingkocher, um ein Frühstück für sie alle zu machen. Sie erwärmte eine Dose Ravioli, mit den Händen so nahe an der blauen Flamme, wie sie es aushielt. Die Wärme schien immer noch direkt bis in ihre Knochen zu sickern.

Ole kletterte wieder durchs Fenster. »Guten Morgen«, flüsterte er. »Was gibt es zum Frühstück?«

»Ravioli.«

»Mmmh. Meine Leibspeise.« Er zwinkerte ihr zu, mit diesem erleichterten, sorglosen Jungengrinsen, das sie so selten bei ihm sah. Er schüttelte sich die Regentropfen aus den Haaren und ließ sich neben Tonya und Jacob auf den Boden sinken.

Langsam wachten auch die anderen auf. Es war ein stiller Morgen mit Essensgeräuschen und leicht verschenkten Lächeln, und Tonya konnte nicht anders, als ihn als magisch zu empfinden. Denn wie wahrscheinlich war es gewesen, in diesem riesigen Areal auf den Container zu stoßen? Auf eine seltsame Art kam es ihr vor, als wäre der Fund eine Belohnung dafür, dass sie Valentina nicht im Stich gelassen hatten. Als hätten die Bäume sie für würdig befunden und ihre Wurzeln gekrümmt, um sie hierherzuleiten, wo es trocken war und Nahrung gab.

Die Vorstellung erschien nicht halb so verrückt mit den warmen, weichen Nudeln auf der Zunge.

Nach dem Frühstück waren die Löcher in ihren Bäuchen wenigstens für den Moment gestopft. Sie starrten durch das glaslose Fenster nach draußen, wo es grau und moosig und nass war.

»Können wir nicht hierbleiben?« Alice sprach aus, was alle dachten.

Niemand erwiderte etwas, während sie es sich vorstellten. Trocken. Einigermaßen warm.

»Wir haben kein Telefon gefunden«, sagte Tonya schließlich langsam. »Und das Essen geht jetzt schon wieder aus.«

»In ungefähr einer Woche, wenn wir eigentlich zurück sein sollten, wird irgendjemand eine Suchaktion starten«, sagte Kristina. »Unser Plan war, vor dem Rückflug noch drei Tage in Vancouver zu verbringen, aber danach wollte unsere Mama uns in Hamburg vom Flughafen abholen.«

»Ich werde *sehr* pünktlich zurückerwartet«, sagte Jacob.

»Meine Eltern würden sofort Alarm schlagen«, sagte Alice. »Es wäre nicht schwer, herauszufinden, dass wir nie für den Rückflug eingecheckt haben. Und danach würden vermutlich die Mounties, die Parkverwaltung und der CSIS mehrere Anrufe bekommen.«

»Mounties?«, fragte Valentina, während Kristina gleichzeitig »CSIS?« sagte.

Alice schüttelte ungeduldig den Kopf. »Polizei. Sie würden die Polizei anrufen.«

Daran hatte Tonya bisher nicht gedacht. In ihrem Leben hatten sich Probleme noch nie dadurch gelöst, dass jemand anderes sich um sie gesorgt hatte. Aber die Polizei würde immerhin nach den anderen suchen. Vielleicht waren bald schon Flugzeuge unterwegs.

Tonya ließ ihnen die Hoffnung für ein paar köstliche Sekunden. Dann sagte sie leise: »Hier leben so wenige Leute. Das Areal ist riesig und schwer zugänglich. Und wir sind meilenweit von unserer ursprünglichen Route entfernt.«

Der Wald so groß und sie so klein.

»Wie geht es deinem Fuß?«, fragte Ole Valentina nach einer Weile.

Valentina stand vorsichtig auf und humpelte ein paar Schritte. »Noch nicht wiederhergestellt, fürchte ich.«

»Wir könnten hierbleiben, bis es Valentina besser geht«, sagte Ole, an alle gewandt.

Auch wenn sie nicht wussten, wann die Jäger für den Müll zurückkommen würden.

»Aber wir sollten unsere Tage mit Essen im Bauch nicht verschwenden«, sagte Tonya. Sie hatten schließlich nicht viele davon.

»Jetzt, wo wir ein Gewehr haben, könnten wir doch etwas schießen, oder?«, sagte Kristina.

Alle Blicke richteten sich auf Jacob. Er räusperte sich. »Ich war mit meinem Vater häufig jagen, und ich kann mit einem Gewehr umgehen«, sagte er. »Aber das heißt noch lange nicht, dass ich hier draußen irgendwas erlegen werde. Erst mal müssen wir ein Tier finden. Und wir haben noch ein weiteres Problem: Habt ihr irgendwo ein weiteres Päckchen mit Munition gesehen?« Er hielt eine kleine Pappschachtel hoch. Als niemand antwortete, fuhr er fort: »Ich auch nicht. Und das heißt, dass wir nur ...«, er zählte kurz, »fünfzehn Chancen haben und dass ich nicht mit dem Gewehr üben kann. Also sollten wir relativ nah dran sein, bevor ich schieße. Was es nur noch schwieriger macht.«

»Vielleicht könnten wir erst noch mal nach Insekten suchen«, sagte Tonya.

Allgemeines Stöhnen. Sie sagte sich, dass es nichts mit ihr zu tun hatte, nur mit ihrem Vorschlag. Es tat trotzdem ein bisschen weh, und das war etwas, das sie sich abgewöhnen musste. Empfindlich zu sein kostete bloß Kraft.

»Ich habe mal eine Doku gesehen, wo Leute versucht haben, Elchbullen anzulocken«, sagte Alice und setzte sich im Campingbett auf. »Das könnten wir auch probieren. Es ist gerade Paarungszeit.«

»Und wie lockt man brunftige Elchbullen an?«, fragte Jacob grinsend.

»Natürlich indem man wie eine Elchkuh klingt«, sagte Alice.

»Eine brunftige Elchkuh?« Sein Grinsen wurde noch breiter.

Alice funkelte ihn mit verschränkten Armen an. »Ganz genau.«

»Wir sollten mindestens ein Dreierteam losschicken«, sagte Ole. »Genug, damit eine Person zurückgehen kann, um Hilfe zu holen, und eine dortbleiben kann, wenn sich jemand verletzt. Jacob muss mit, weil er sich als Einziger mit dem Gewehr auskennt. Wer ist sonst noch dabei?«

»Ich natürlich«, sagte Alice. »Von euch kann ja keiner den Ruf einer paarungsbereiten Elchkuh nachahmen.«

»Du könntest es uns beibringen«, schlug Kristina vor.

Alice schüttelte bedauernd den Kopf. »Man muss das leider mehrmals geübt haben, bevor es klappt.«

Tonya verkniff sich ein Lächeln. Sie wusste schon seit der ersten Nacht im Zelt, wie schlagfertig Alice war.

»Hast du nicht gesagt, du hättest es nur in einer Doku gesehen?«, fragte Jacob.

Alice ignorierte die Frage. »Wir brauchen Ole und Alexander, um

Valentina zu beschützen, schließlich hat sie kein Gewehr und sitzt hier auf dem Präsentierteller.«

Ole wirkte immer noch nicht überzeugt.

»Warum sagt ihr eigentlich nichts dazu?«, fragte Alice schnell.

»Weil wir das leichte Leben lieben«, sagte Jacob. »Nur Ole hat die Stahlseilnerven, die eine längere Konversation mit dir voraussetzt.«

»Ich bin mir nie sicher, ob deine Kommentare Beleidigungen oder Komplimente sind«, sagte Alice.

»Und darüber solltest du mal ernsthaft nachdenken.«

»Ich könnte noch mitkommen«, sagte Kristina.

»Dann wäre das geritzt«, sagte Alice. »Jacob, Kristina und ich.« Nichts konnte ihre gute Laune bremsen, als sie jeden ihrer Schnürsenkel mit einer weiteren Schleife sicherte.

Sie sahen zu, wie Alice aus dem Fenster kletterte und mit Oles Taschenmesser ein rechteckiges Stück Rinde von einer Birke schälte, das sie dann zu einer Art Trichter zusammenrollte. Sie hielt sich den Trichter an die Lippen und trötete aus voller Brust hinein.

Tonya zuckte zusammen. Es war das lauteste Geräusch, das sie seit den Schüssen gehört hatte. Instinktiv schaute sie sich nach Nick um. Aber immerhin, in ihren Ohren hatte es wie ein Elch geklungen – und in seinen Ohren hoffentlich auch.

Jacob zog die Augenbrauen nach oben.

»War das gut?«, flüsterte Kristina.

»Das könnte tatsächlich ein Elch sein«, sagte Jacob. »Ich bin mir nur nicht sicher, ob er sagt: *Hier bin ich, Liebster* oder *Ich habe eine fiese Blasenentzündung, und wenn du auch nur in die Nähe meines Hinterteils kommst, trete ich dir in die Eier.*«

Jacob zeigte ihnen, wie man das Gewehr lud, anlegte, zielte und – theoretisch – damit schoss.

»Das müsst ihr sowieso alle wissen, wenn wir uns heute Nacht mit der Wache abwechseln«, sagte er. »Wir können nicht nur darauf setzen, dass ich rechtzeitig aufwache.«

Danach ließ er sie alle mehrmals üben. »Und falls ihr schießen müsst, dann macht euch auf den Rückstoß gefasst.«

Jacob und Kristina zogen die Jagdklamotten an. Trotz ihrer Größe versanken sie darin, waren aber wenigstens ganz gut getarnt. Jacob schnappte sich das Gewehr und die Munition, Kristina den neuen Rucksack mit einer Flasche abgekochten Wassers, Alice befestigte das Bärenspray an ihrer Hose.

»Ihr braucht auch ein Messer«, sagte Valentina und hielt ihnen das lange Messer aus Ruperts Küche hin.

»Aber vielleicht nicht das«, sagte Tonya. Ihr Mund war trocken, als sie leiser fortfuhr: »Falls ihr nicht zurückkommt, haben wir sonst nur das Beil zu unserer Verteidigung.«

Kristina sah sie ernst an. »Sie hat recht. Ole, wir sollten dein Taschenmesser mitnehmen. Oder meinst du, das kleine Messer macht das Zerlegen zu schwierig, Jacob?«

»Vor allem sollten wir das Seil mitnehmen«, sagte Jacob. »Dann können wir ein erlegtes Tier wenigstens an einem dicken Ast aufhängen und es später gemeinsam zerlegen.«

Ole streifte seine Armbanduhr ab und gab sie Alice, die sie freudig überrascht um ihr Handgelenk schnallte. An Alice' schmalem Handgelenk wirkte das Ding noch größer.

»Dreht zur Mittagszeit um, damit ihr auf jeden Fall wieder hier seid, bevor es dunkel wird«, sagte Ole. »Ihr habt Kristinas Stirnlampe dabei, aber es ist besser, wenn ihr sie nicht benutzen müsst. Und macht euch an jeder Abzweigung eine Markierung. Wenn ihr euch verirrt, finden wir uns vielleicht nicht mehr.«

»Und passt auf, dass ihr nicht gesehen werdet.« Diese Warnung kam von Valentina, die einen besorgten Blick aus dem Fenster warf.

»Ihr seid gefährdeter als wir«, sagte Jacob. »Schließlich waren sie erst vor Kurzem hier.«

»Uns wird schon nichts passieren«, sagte Ole.

Er sagte es in demselben Ton, in dem Tonya es zu Alice gesagt hatte. Auch er hoffte, es durch Aussprechen wahr zu machen. Wenn die drei sich verirrten, waren sie mit hoher Wahrscheinlichkeit alle todgeweiht: die drei, weil sie keine Schlafsäcke hatten und keine Möglichkeit, Wasser abzukochen. Und sie vier, weil sie ohne das Gewehr verhungern würden. Es war ein Fakt, der ihnen allen ins Gesicht geschrieben stand, während sie den anderen hinterherschauten.

»Dann wollen wir mal«, sagte Ole.

»Ich halte die Stellung«, sagte Valentina, die relativ entspannt aussah, so, wie sie es sich auf dem Campingbett gemütlich gemacht hatte. Nur ihre abgekauten Fingernägel sagten etwas anderes. »Und, Tonya – du solltest meine Jacke anziehen. Die ist wasserdicht, und es ist nicht so, als ob ich euch beim Insektensammeln und Wasserholen besonders hilfreich wäre.«

Tonya nickte. Es war eine plausible Überlegung, aber sie hätte sich trotzdem nie getraut, Valentina darum zu bitten.

Der Regen prasselte auf den Kunststoff, und es war erstaunlich kalt. Ein Tag, an dem der Wald einen die eigenen Knochen fühlen ließ. Sie hoffte nur, dass sie einen Helikopter trotz des Regens rechtzeitig hören würde.

Ole und Alexander holten Wasser zum Abkochen, während Tonya nach Insekten suchte. Im feuchten Boden fiel das Graben leicht, aber als die Jungs sich ein paar Minuten später links und rechts von ihr auf die Erde knieten, hatte sie nur eine einzelne Made gefunden.

Es war einfach, sich Ole und Alexander vorzustellen, wie sie nebeneinander im Matsch gespielt hatten.

»Wo habt ihr euch kennengelernt?«, fragte Tonya.

»Bei den Leichtathletik-Minis«, sagte Ole. Ein spitzbübisches Grinsen leuchtete auf seinem Gesicht auf. »Unsere Eltern wollten vermutlich, dass wir uns auspowern, damit sie wenigstens einen Abend pro Woche mal Pause haben.«

»Und, hat es geklappt?«

»Na ja, Leichtathletik trainiert unter anderem die Ausdauer ...«, sagte Ole langsam. »So betrachtet ging der Plan auf: Sie hatten *einen* Abend, an dem *wir* ausgepowert waren. Und sechs Tage, an denen wir *sie* ausgepowert haben.«

Alexander hob drei Finger.

»Stimmt. Sie hatten drei Abende. Später haben sie uns auch noch zum Fußball und zum Kinderturnen geschickt.«

Als es dunkel wurde und sie wieder in den Container zurückkehrten, hatten sie zu dritt nicht mehr als eine Handvoll Insekten gefunden. Mittlerweile fühlte es sich fast natürlich an, einen Wohnraum durch ein Fenster zu betreten und zu verlassen.

»Lohnt sich das überhaupt?«, fragte Valentina mit Blick auf die mickrige Ausbeute.

»Vielleicht können wir es noch mit den Soßen strecken«, sagte Ole.

»Und wir müssen den Müll durchsuchen«, sagte Tonya.

Ohne jemand anderen anzuschauen, öffnete sie den ersten Müllsack und begann, die Reste zu inspizieren. Nach einem Moment halfen ihr Alexander und Valentina dabei. Ein Großteil des weggeworfenen Essens war bereits verschimmelt, aber sie fanden ein paar zerbrochene Kekse und abgeschnittene Toastbrot-Ränder. Ole machte sich daran, die Würmer der Länge nach auszustreichen, wie Nick es ihnen erklärt hatte. Konnten sie Nick wenigstens diesbezüglich trauen? Sie hatten sich von der letzten Runde Durchfall noch nicht richtig erholt. Aber welche andere Möglichkeit blieb ihnen?

Valentina betrachtete die bratenden Insekten skeptisch. »Einigen wir uns darauf, dass das Hühnchen ist, egal, wie es schmeckt.«

Nur die blaue Flamme des Campingkochers erhellte das Innere des Containers, und niemand wusste, wie lange der Kocher noch funktionieren würde. Es war kein gutes Gefühl, daran erinnert zu werden, dass all ihre Ressourcen begrenzt waren. Als das Essen fertig war, aber die anderen noch nicht zurück, warteten sie in grauer

Dunkelheit; die einzige Lichtquelle war das kleine bisschen Sternenlicht, das durch das Fenster hereinfiel. Ole hatte das Beil neben sich auf den Boden gelegt. Alexander wippte angespannt mit dem Knie.

Alice, Jacob und Kristina hätten schon längst wieder da sein müssen.

»Sie kommen schon wieder«, sagte Valentina, aber sie klang nicht überzeugt. Wenn den dreien irgendetwas passiert war, dann konnten sie nichts tun, um ihnen zu helfen. Und es konnte alles Mögliche passiert sein.

In der Dunkelheit war der Wald noch lauter und gaukelte ihnen immer wieder unheimliche Geräusche vor. Dass Tonya sich nicht vor der Dunkelheit des Waldes gefürchtet hatte, schien lange her zu sein.

Schließlich hörte sie Schritte, ein Rascheln von Laub. Hörten sich die Schritte von Kristina, Jacob und Alice so an? Oder waren diese Schritte schwerer? Von Leuten mit mehr Ausrüstung und Gewehren?

Kein Lichtschein – hätten die Wilderer nicht eine Taschenlampe dabeigehabt? Sie mussten schließlich keine Angst vor Entdeckung oder leeren Akkus haben.

Das Beil machte ein winziges Geräusch, als Ole es vom Boden aufhob. Tonya hörte, wie er sich mit zwei Schritten neben dem Fenster in Position brachte.

Alexander hatte das lange Messer in der Hand. Tonya hatte den Handspaten bekommen. Sie packte ihn fester. Auf keinen Fall durfte sie ihn fallen lassen, wenn sie damit zustach, sonst hätte sie keinerlei Waffe mehr.

Näher jetzt. Fast bei ihnen.

»Wir sind wieder da!«, rief Alice und kletterte durchs Fenster.

Das Beil fiel mit einem stumpfen Ton zu Boden. »Seid ihr verrückt?«, sagte Ole. Er klang so wütend, wie Tonya es noch nie bei ihm erlebt hatte. »Ihr könnt doch nicht einfach so hier auftauchen! Was, wenn hier schon diese Kerle auf euch gewartet hätten?«

Hinter Alice folgten Jacob und Kristina.

Alice, sichtlich ungerührt von Oles Ausbruch, legte den Kopf schief. »Aber dann hätten wir doch den Helikopter sehen müssen.«

»Und wenn sie zu Fuß gekommen wären?«

»Warum sollten sie im Container auf der Lauer liegen, statt draußen, wo sie uns besser verfolgen können, wenn wir rennen?«, sagte Alice verwirrt. »Das Szenario ergibt gar keinen Sinn.«

Valentina hob die Hand, bevor Ole etwas erwidern konnte. »Warum bist du so gut gelaunt? Habt ihr was gefunden?«

»Wir haben Bisons gesehen!«, sagte Alice begeistert.

Jacob wirkte deutlich missmutiger. »Ja, wir haben tatsächlich eine Herde gesehen, aber nur aus der Ferne, und wir kamen nicht nah genug ran, als dass ich einen Schuss hätte abgeben können. Wir sind dann sowieso schon deutlich später umgekehrt als geplant.«

»Das sind doch prinzipiell gute Nachrichten!«, sagte Tonya, um die Stimmung zu verbessern.

Kristina setzte sich neben ihr auf den Boden, nah genug, dass ihre Jacke gegen Tonyas rieb. Es war, als hinge die Nachtluft noch in ihren Haaren.

»Vom bloßen Anschauen werde ich aber nicht satt«, sagte Jacob.

Warum versuchte sie es überhaupt?

Valentina schmiss noch einmal den Campingkocher an, um das Essen aufzuwärmen.

»Was ist mit den Hasen und Vögeln, denen wir unterwegs begegnet sind?«, fragte Tonya. Warum jagten sie nicht die?

»Können wir schon versuchen«, sagte Jacob. »Aber sie sind sehr klein, sehr schnell, und es ist nicht besonders viel an ihnen dran. Dagegen haben wir kaum Munition und sind zu siebt.«

»Was für Tiere gibt es noch außer Elchen und Bisons?«, fragte Kristina.

»Murmeltiere, Biber, Vielfraße, Marder«, zählte Alice auf.

»Keine Rehe oder so?«

»Für die ist es hier viel zu kalt«, sagte Alice. »Aber es gibt vermutlich Karibus.«

»Was sind Karibus?«, fragte Valentina.

»Sie gehören zu den Rentieren«, sagte Jacob. »Und ich hätte auch ein Karibu gejagt, wenn wir welche gefunden hätten, aber das haben wir nicht.«

»Es gibt auch noch Bären und Wölfe ...«, sagte Valentina.

»Und was ist mit denen?«, fragte Jacob. Man konnte an seinem Ton hören, dass er genau wusste, worauf Valentina hinauswollte, und dass es ihm nicht gefiel.

»Nick hat mal erzählt, dass Wölfe Blut über etliche Meilen Entfernung wittern können«, sagte Valentina. »Bären vermutlich auch. Und wir ... haben Blut. Vielleicht könnten wir sie anlocken.«

Auf einmal wurde Tonya bewusst, dass im Halbdunkel noch viele spitze Gegenstände herumlagen.

»Du willst einen Wolf essen?«, fragte Jacob.

»Ich würde alles essen«, sagte Valentina.

»Ich erkläre dir jetzt mal ganz langsam, warum das eine furchtbare Idee ist«, sagte Jacob mit gepresster Stimme. »Erstens: Wer weiß, wie viel Blut man dazu braucht, aber es ist sicherlich mehr als ein kleiner Tropfen. Vermutlich reicht es nicht, und dann haben wir eine weitere Wunde, die sich entzünden kann. Zweitens: Falls es doch klappt, haben wir einen hungrigen Bären im Lager. Mit den Wölfen ist es sogar noch schlimmer, die kommen nämlich im Rudel. Und diese Scheißer sind *groß*. Vielleicht erwische ich einen mit dem Gewehr. Aber das heißt noch nicht, dass er tot ist oder aufhört zu beißen. Ganz zu schweigen von seinen Geschwistern. Wir haben ein Gewehr. *Ein einziges* für sieben Leute. Schlägst du vor, dass wir ab jetzt alle zusammen kacken gehen?«

»Es war nur eine Idee«, zischte Valentina. »Wenn wir irgendeine Chance haben wollen, sollte man die ja wohl offen äußern dürfen.«

»Ach ja? Dann ist hier noch eine andere Idee: Pläne, die davon abhängen, dass ich es schaffe, uns alle gleichzeitig alleine zu beschützen, sind per se scheiße.«

»Was hältst *du* denn für die beste Möglichkeit?«, fragte Kristina in dem Ton, den sie zum Schlichten benutzte.

»Elche und Karibus sind auf jeden Fall eine Option, falls wir welche finden. Ansonsten sollten wir es wie die Wölfe machen und uns auf die Bisons konzentrieren. Sie sind groß, das heißt, sie sind leicht zu treffen, und an ihnen ist viel dran. Wir kommen hoffentlich nah genug an sie heran, dass ich mit diesem Gewehr erfolgreich bin, obwohl ich noch nie damit geschossen habe. Außerdem hinterlassen sie riesige Haufen. Sogar wir sollten die finden können.«

»Du würdest einen Haufen doch nicht mal finden, wenn du mit dem Fuß drinstehst«, sagte Valentina.

»Könnt ihr es morgen noch mal mit den Bisons versuchen?«, fragte Tonya schnell.

Kristina schickte ihr einen dankbaren Blick. »Vermutlich gibt es in der feuchten Erde genug Abdrücke, um die Stelle wiederzufinden«, sagte sie. »Aber wir haben die Wanderung hin und zurück schon heute kaum geschafft. Und es sah aus, als würde die Herde noch weiter nach Norden ziehen.«

Oder was sie für Norden hielten. Sie konnten sich weiterhin nur grob am Stand der Sonne und in klaren Nächten am Nordstern orientieren.

So oder so war Norden die falsche Richtung.

»Ich würde im Morgengrauen mal an der Wasserstelle warten und schauen, ob irgendwelche Tiere auftauchen«, sagte Jacob. »Da muss außer mir niemand mitkommen, ihr wisst ja, wo ich bin.«

»Habt ihr irgendwas anderes zu essen gefunden?«, fragte Ole.

»Wir sind an Blaubeersträuchern vorbeigekommen, aber wir hatten keine Zeit, viele zu pflücken, sonst hätten wir die Bisons oder das Tageslicht verloren.«

»Und ihr seid euch sicher, dass es Blaubeeren waren?«, fragte Ole.

»Wir sitzen ja noch vor dir, oder?«, sagte Jacob.

»Essen ist fertig«, sagte Valentina.

»Was gibt es denn?«

»Heute Abend kredenzt die Chefköchin eine Tomatencremesuppe mit Broteinlage und Hühnchen«, sagte Valentina und reichte die drei Löffel herum.

Tonya nahm einen. In der verdünnten Ketchup-Mayo-Suppe schmeckte man die Würmer deutlich. Sie schluckte schnell und bot den Löffel Alice an.

Alice' Magen knurrte, aber sie zögerte.

»Was ist los?«

»Ich bin ... also, war Vegetarierin«, sagte Alice. Sie nahm einen Happen und gab den Löffel an Tonya zurück. »Schmeckt nach ...«

»Hühnchen«, vollendete Valentina.

»Meint ihr?« Alice kaute noch einmal gründlich. »Ich schmecke da eher eine Note ...«

»Eindeutig Hühnchen«, sagte Ole.

Alice kniff die Augen zusammen. Alexander lächelte.

»Zum Glück ist es so dunkel«, sagte Valentina. »Da muss ich es wenigstens nicht sehen.«

»Intensiviert Dunkelheit nicht das Geschmacksempfinden?«, fragte Kristina.

»Dann kannst du das Hühnchen noch besser schmecken«, sagte Valentina. Ihr Ton war so grimmig, dass Tonya lachen musste.

»Du kannst dir die Nase zuhalten, wenn du von dem ... äh ... Hühnchengeschmack zu viel hast«, sagte Alice.

Zum Nachtisch gab es die restlichen Blaubeeren und zerbrochenen Kekse. Kristina tastete nach Tonyas offener Hand und legte die Beeren nacheinander hinein. Sie schmeckten saftig und süß.

Das warme, gemeinschaftliche Essen im Dunkeln hatte eine einschläfernde Wirkung: Sie schafften es noch, ihre Münder mit Wasser auszuspülen, dann machten sie es sich auf dem harten Boden so bequem und warm wie möglich. Alexander durfte auf dem Campingbett schlafen.

Kalte Luft zog durch das aufgebrochene Fenster in den Container. Tonya rutschte näher an Alice heran, mit der sie sich eine Decke teilte. Sie hatte das Gefühl, dass sie etwas Wichtiges übersehen hatte, das der Wald ihr etwas zuflüsterte in einer Sprache, die sie noch nicht verstand.

Der Hunger röhrte in ihrem Bauch – nur noch angefeuert durch das bisschen Suppe und die Beeren. Mit dem Essen war es wie mit allen Dingen, auf die man hungrig sein konnte: Sie gar nicht zu haben war manchmal leichter auszuhalten, als einen Geschmack dafür zu entwickeln. Einsam zu sein, war gewissermaßen leichter, als von Kristina Beeren in die Hand gelegt zu bekommen und die Hand dann nicht festhalten zu können.

Von ihrem Platz auf dem Boden konnte sie den schmalen Streifen eines Baumes sehen, nur beschienen vom Mondlicht, wie auf den Nachtaufnahmen, die sie in ihrem Zimmer angeschaut hatte, und mit einem Mal fiel ihr auf, dass es keinen Zeitpunkt in ihrem Leben gegeben hatte, zu dem sie nicht hungrig gewesen war. Nach Abenteuer, nach Anerkennung, nach *mehr*.

Solange sie Hunger hatte, war sie wenigstens noch am Leben.

27

JACOB

Alexander, der die dritte und letzte Wache hatte, weckte ihn um fünf Uhr. Jacob hatte in einer der Jagdmonturen genächtigt, und es war immer noch ein seltsames Gefühl, ohne Decke zu schlafen und dann aufzustehen und schon alle Kleidung für den Tag zu tragen.

Er verstaute die Munition in einer Reißverschlusstasche der Jacke und kontrollierte, dass der Reißverschluss auch wirklich geschlossen war. Wenn er die Munition verlor, waren sie so gut wie tot. Natürlich gab es die Möglichkeit, Fallen zu bauen, clevere Schlingen an gespannten Ästen; er hatte eine vage Vorstellung, wie die aussahen. Aber um tatsächlich etwas damit zu fangen, musste die richtige Schlingengröße mit dem richtigen Knoten auf richtiger Höhe am richtigen Platz hängen. Und für diese Art des Herumprobierens fehlte ihnen die Zeit.

Das Einzige, was er noch brauchte, war das Gewehr, das Alexander ihm jetzt reichte.

Er gab sich Mühe, beim Klettern aus dem Fenster möglichst leise zu sein. Sie hatten nicht genug zu essen, also sollten sie wenigstens genug Schlaf haben. Tropfen prasselten auf seine Kapuze. Die Luft war durch den Regen noch kühler geworden. Der Boden war weich. Jacob fühlte sich sofort besser, als er die anderen nicht mehr sehen konnte. Hier draußen war es leichter, sich auf seine Aufgabe zu konzentrieren anstatt darauf, was passierte, wenn er scheiterte.

Vorsichtig machte er sich auf den Weg zur Wasserstelle. Die Sterne leuchteten über ihm, hell wie Lampen, die man frisch entstaubt hatte. Ansonsten war es gleichmäßig dunkel, keine Spur von dem Heiligenschein aus Lichtverschmutzung, den die Städte normalerweise in den Himmel strahlten.

Er versuchte, sich möglichst leise zu bewegen, um eine eventuelle Beute nicht zu verschrecken, bevor er am Wasser angekommen war. Gleichzeitig hatte er das Gewehr im Anschlag, denn er wollte nicht unvorbereitet eines der großen Tiere aufscheuchen. Keinen Bären, keinen Elch, ganz bestimmt keine Wölfe. Aus nächster Nähe war er mit dem Gewehr vermutlich nicht schnell genug. Aber sosehr er auch lauschte, die Tiere waren unter dem Rauschen des Regens genauso still wie er. Bildete er es sich nur ein, oder war das Vogelgezwitscher schon wieder leiser geworden? Am ersten Tag hatte er es noch als ohrenbetäubend empfunden.

Als das Zwielicht begann, hatte er mit dem Rücken gegen einen Baumstamm eine gute Position gefunden, von der aus er das ganze Wasserloch überblicken konnte. Gerade noch fahl und grau, malte das Licht nun langsam Farben auf die Welt. Schwarz wurde zu Dunkelblau und Grün. Sein Blick blieb auf das Ufer fixiert. Nur *ein* großes Tier, mehr brauchten sie nicht. Ein großes Tier, und sie würden es nach Hause schaffen.

Konnten sie den langen Weg auch ohne Essen bewältigen? Jacob wusste es nicht sicher; sein Gefühl sagte Nein. Seit dem Durchfall verspürte er eine Schwäche, die auch das bisschen Essen und der Schlaf nicht hatten vertreiben können. Je länger sie mit der Nahrungssuche warteten, desto schwerer würde es werden. Irgendwann wären sie zu schwach dazu.

Aber wie sollten sie ein Tier finden? Am Ufer regte sich nichts, egal, wie sehr er die Augen zusammenkniff. Was hatte er erwartet? Dass ein Elch in perfekter Schussweite seinen Hals anbot?

In den Jagdurlauben mit seinem Vater in Alaska und Colorado

war das immer der schwierigste Part gewesen: die Tiere aufzuspüren. Nicht das Schießen, nicht das Ausnehmen. Nie waren sie einer Herde zufällig begegnet. Dazu waren die Areale zu groß.

Wenn sie gestern nur näher an die Herde herangekommen wären. Sie hätten nur ein bisschen schneller sein müssen, nicht an dem Blaubeerfeld anhalten dürfen.

Fühlten Wölfe sich so? Kreisten ihre Gedanken auf dieselbe Art um entkommene Beute?

Viel zu schnell ging die Sonne auf, und ein orange-pinkfarbenes Band aus Licht erleuchtete den Horizont im Osten.

Wake: the silver dusk returning – up the beach of darkness brims – and the ship of sunrise burning – strands upon the eastern rims.

Wenigstens die Gedichte würden ihm nie ausgehen.

Die einzigen großen Tiere, die sie gesichtet hatten, waren nach Nordwesten gezogen. Nordwesten ... Es fühlte sich verrückt an, überhaupt nur darüber nachzudenken. Aber war es verrückter, als blind Richtung Süden zu laufen, in der Hoffnung, dass ihre Kräfte ausreichten?

»Du willst nach *Norden*?«, fragte Valentina ungläubig, als er ihnen seinen Vorschlag unterbreitet hatte.

Die anderen waren wach und hockten in Decken, Jacken und Kristinas Schlafsack gehüllt auf dem Holzboden. Ihr Frühstück an diesem Tag waren Marshmallows, drei Stück pro Person und damit alle, die sie hatten. Sie hatten die Marshmallows auf die Messer und die drei neuen Gabeln gespießt und karamellisierten sie an den blauen Flammen des Campingkochers, während sie in dem Topf das Wasser abkochten. Für die Marshmallows allein wäre es eine Verschwendung gewesen, die Gaskartusche weiter zu leeren.

Laut Alexanders Prognose und Valentinas Gefühl sollte sie am nächsten Tag wieder gehen können.

»Die Bisonherde ist nach Nordwesten gezogen«, sagte Jacob. »Das sind die einzigen großen Tiere, die wir seit Wochen gesehen haben, und ein einzelnes Bison würde uns für Wochen satt machen.«

»Wir wissen zwar nicht genau, wo wir sind, aber Süden ist die sicherste Möglichkeit«, sagte Tonya. »Ich weiß noch, dass der Park im Süden durch den Peace River begrenzt wird. Wenn wir erst am Fluss sind, können wir ihm bis zur nächsten Siedlung folgen.«

»Keiner von uns weiß, wie weit es noch zur nächsten Stadt ist. Es könnte eine Woche dauern oder womöglich auch drei. Und nach unserer bisherigen Erfahrung wäre es verrückt, anzunehmen, dass es unterwegs keine Zwischenfälle mehr gibt. Vielleicht schaffen wir es. Vielleicht sind wir aber auch bald zu schwach zum Weitergehen. Mit Sicherheit ist es noch eine große Distanz, weil wir in der Nacht keinerlei Lichtverschmutzung registrieren, und wir haben jetzt schon mehr als eine Woche nur wenig gegessen, und meine Hose rutscht.« Er holte tief Luft. »Das hier ist ein Wettlauf gegen den Hunger, versteht ihr? Und je schneller wir laufen, desto hungriger werden wir.«

Die Gesichter der anderen waren erstarrt. Nach einer Weile erkannte er den Gesichtsausdruck: wenn man insgeheim schon wusste, dass etwas stimmte, es aber noch nicht wahrhaben wollte. Er kannte das Gefühl.

Er fuhr fort. »Ich habe den ganzen Morgen darüber nachgedacht. Ich wünschte, die Herde wäre nach Süden gezogen. Aber Essen kauft uns Zeit, Fehler zu machen und Pech zu haben. Und diese Zeit werden wir brauchen.«

»Jeder Tag, den wir hier draußen sind, ist ein weiterer Tag, an dem Nick uns erwischen könnte«, warf Kristina ein.

»Aber wir haben jetzt auch ein Gewehr«, sagte Jacob. »Und wir wissen nicht mal, ob sie uns noch aktiv suchen. Ihnen ist klar, dass wir kaum Ausrüstung haben. Vielleicht hoffen sie, dass die Natur den Job für sie erledigt.«

»Wenn wir uns jetzt für eine andere Himmelsrichtung entscheiden, sind wir darauf festgelegt«, sagte Tonya leise. »Vielleicht würden wir es noch ohne Essen bis zu den Städten im Süden schaffen, aber wenn wir erst mal Richtung Norden laufen, gilt das vermutlich nicht mehr.«

»Glaubt irgendjemand wirklich, dass wir etwas erjagen werden?«, fragte Valentina. »Das ist ein Wunschtraum. Wir haben nicht mal Insekten gefunden, und die konnten nicht vor uns wegrennen. Ich denke, wir sollten stattdessen so schnell weiterlaufen, wie wir können.«

Genau wie Jacob erwartet hatte: Tonya war zu vorsichtig für den Nordkurs. Und die Schwestern waren noch immer die Schnellsten von ihnen. Wenn jemand eine Chance hatte, die Entfernung mit letzter Kraft zurückzulegen, dann sie.

»Jacob hat schon mal was erjagt«, sagte Alice. »Ist doch so, Jacob?«

Er nickte. »Aber ich muss dazusagen, dass ich damals nicht alleine war. Die Tiere zu finden wird der schwierigste Part. Wenn das Gewehr tatsächlich funktionsfähig ist – wovon ich nach meiner Inspektion ausgehe –, bin ich mir sicher, dass ich ein Bison treffen kann. Es sind große Tiere.«

Jetzt war es an Alice, zu nicken. »Die Wahrscheinlichkeit, dass wir den ganzen restlichen Weg ohne Zwischenfälle zurücklegen, ist winzig klein, wenn ich an unseren Weg bisher denke. Wenn wir also Essen brauchen, dann sehe ich es wie Jacob: Wir sollten es suchen, solange wir noch Kraft haben.«

Fehlten noch zwei Stimmen, um sie auf die Spur der Bisons zu bringen, Ole und Alexander.

»Wir könnten hoffen, dass wir unterwegs in Richtung Süden etwas finden«, wandte Ole ein.

»Wie vielen großen Tieren sind wir bisher begegnet?«, fragte Jacob. »Seit der Zeit mit Nick keinen, abgesehen von der Herde.« Und dann kam das wichtigste Argument, das er für Ole und Alexander vorbereitet hatte: »Wir waren jetzt schon fast zu schwach, um Valentina zu tragen. Ohne Essen wird das bei der nächsten Verletzung nur noch schlimmer.«

Jacob konnte sehen, dass Ole seinen Punkt sofort verstand, denn er kniff die Lippen zusammen.

»Ich fasse mal zusammen«, sagte Valentina. »Wir laufen nach Süden und werden zu schwach – wir sterben. Wir laufen nach Norden und finden kein Essen – wir sterben. Wir laufen unabsichtlich in die falsche Richtung – wir sterben. Nick findet uns – wir sterben. Niemand findet uns – wir sterben vermutlich auch. Ich stumpfe ein bisschen ab.«

Aber egal, wie witzig sie es sagte: Es war die Wahrheit. Sie mussten den Hunger genauso spüren wie er – und direkt dahinter die Erschöpfung, die einem freundlich zuflüsterte: *Bleib liegen. Spar Energie. So ist es gut. Mach einfach kurz die Augen zu.*

»Hat noch jemand Argumente oder braucht Bedenkzeit?«, fragte Ole.

»Ich denke, die Situation ist relativ klar«, sagte Valentina trocken. »Meinetwegen können wir direkt abstimmen.«

Bevor sie die Hände hoben, fragte Ole in die Runde: »Sind alle damit einverstanden, sich der Mehrheitsmeinung zu beugen und sich nicht darüber zu beschweren, wenn es hart wird?«

Valentina runzelte die Stirn. »Ihr wollt nicht ernsthaft Jäger spielen? Das ist durchgeknallt.«

»Zur Kenntnis genommen«, sagte Ole. »Aber würdest du das Ergebnis der Abstimmung akzeptieren?«

»Ich habe den Schwur genauso abgegeben wie ihr.«

Es war ein schlauer Schachzug von Ole, das musste Jacob ihm lassen.

»Wer ist dafür, dass wir erst nach Norden gehen und versuchen, dort Essen zu finden?«, fragte Kristina.

Jacob, Ole, Alice und Alexander hoben die Hand. Vier von sieben. Valentina biss die Zähne zusammen, sagte aber nichts. Aber sie alle hatten zugestimmt, in die entgegengesetzte Richtung zu laufen, auch wenn es sie das Leben kosten sollte.

»Wenn wir schon hier drinnen sitzen, sollten wir wenigstens alles für morgen zusammenpacken«, sagte Valentina.

Der Regen hielt sie drinnen; sie trugen nacheinander dieselbe Jacke, um auf die Toilette zu gehen, weil sie nicht genug Platz hatten, um mehrere nasse Jacken aufzuhängen. Sie plünderten den Container: das Beil zur Verteidigung, die Decken, ein großer Topf, die leere Weinflasche, das Besteck, die Grillsoßen. Valentinas unschlagbarer Logik zufolge konnten sie das Zeug im Notfall immer noch unterwegs loswerden.

Ole packte auch die scharfe Grillsoße ein, obwohl sie viel zu wild aussah. »Valentina wird sich darüber freuen«, sagte er mit einem Grinsen.

Valentina streckte ihm die Zunge heraus, und Ole schmunzelte. Natürlich lieferten sie keine Erklärung zu ihrem Insider.

Alice versuchte nach Valentinas Loswerde-Logik, Alexander dazu zu überreden, für sie das Feldbett zu tragen, wurde aber von einem offensichtlich in die Enge getriebenen Alexander damit abgewimmelt, dass er bereits den Erste-Hilfe-Kasten außen auf einen der beiden Rucksäcke geschnallt hatte.

»Warum denkst du, dass wir das Seil mitnehmen sollten?«, fragte Ole, als Tonya das Seil zu den sinnvollen Dingen legte. »Es ist schwer.«

»Falls wir was schießen sollten, müssen wir das Fleisch irgendwo aufhängen, wo die Bären es nicht kriegen«, sagte Tonya.

Sie sorgte außerdem dafür, dass sie die leeren, ausgespülten Konservendosen einpackten. »Im Notfall können wir unser Wasser darin erhitzen.«

»Und eine Flasche davon«, sagte Valentina und packte eine Flasche Schnaps ein.

»Wozu soll das gut sein?«, brummte Alexander.

»Desinfektion«, sagte Valentina und grinste. Außerdem konnten sie sogar eine schwere Glasflasche gut gebrauchen, um mehr Wasser zu transportieren.

»Apropos Desinfektion«, sagte Jacob. »Wir müssen eine Möglichkeit finden, uns die Zähne zu putzen. Ich bin mir sicher, dass es bei mir genauso ist, aber ihr stinkt aus dem Mund.«

»Wir brauchen irgendwas Faseriges«, sagte Valentina.

»Bäume enthalten Fasern«, sagte Alice. »Bei jungen Ästen sind die noch weich.«

»Wir brauchen Zahnbürsten, keine Zahnstocher«, sagte Jacob.

Alice kletterte nach draußen und war kurz darauf mit einem Birkenzweig zurück. Sie zerkaute ein Ende und spuckte die Rinde aus dem Fenster. Das Ergebnis sah ein bisschen aus wie ein Pinsel. Alice demonstrierte, wie man sich damit die Zähne abreiben konnte.

»Cool!«, sagte Kristina.

»Nicht schlecht«, sagte Jacob widerstrebend.

»Und die Zunge können wir uns mit einem Löffel abschaben«, sagte Tonya. »Das hilft vermutlich gegen den Geruch.«

Nachdem er sich zum ersten Mal seit Tagen irgendwie die Zähne geputzt hatte, fühlte Jacob sich deutlich besser.

»Sie werden wissen, dass wir hier waren«, sagte Ole mit einem Blick auf den geplünderten Innenraum und das eingeschlagene Fenster.

Wenn Nick von dem Einbruch erfuhr, würde das ihre Position genauso sicher verraten wie ein Leuchtfeuer.

»Nichts, was wir jetzt noch ändern können.«

»Und wir werden im Matsch Spuren hinterlassen.«

»Wenn wir Glück haben, spült der Regen sie weg.«

Ole nickte mit gerunzelter Stirn.

Der Rest des Vormittags verstrich mit Kartenspielen, die Alice noch nicht kannte und bei denen es deshalb eine höhere Chance gab, dass jemand anderes gewann. Als der Regen gegen Mittag schwächer wurde, brachen Kristina, Jacob und Alice zu den Blaubeerfeldern auf, weil sie als Einzige den Weg kannten. Der Hunger war wieder da, und sie konnten ihn auch am Abend nicht stillen, als sie Chips mit Ketchup und Mayo aßen. Es war ihr letztes Essen, und Jacob hasste die Chipshersteller von Herzen dafür, dass sie Chips grundsätzlich mit Suchtfaktor produzierten. Alice trennte die Chipstüte sauber auf und leckte Gewürz und Salz von der Alubeschichtung. Das Heimweh überkam Jacob ganz plötzlich. Sie waren nur eine Gruppe Stadtbewohner, mit wenig Ausrüstung und noch weniger Wissen, und jede Rettung war Hunderte Kilometer entfernt. Warum machten sie sich etwas vor? Sie würden es niemals aus dem Park herausschaffen. Schon jetzt hatten sie jeden Fehler gemacht, den man machen konnte. Schon jetzt waren sie schwach und müde.

»Wisst ihr, wie anders diese Situation verlaufen würde, wenn irgendjemand von uns schlau genug gewesen wäre, ein Handy einzupacken?«

»Es hätte wahrscheinlich sowieso keinen Empfang«, sagte Tonya. »Es nützt nichts, darüber nachzudenken.«

»Findest du? Ich denke die ganze Zeit darüber nach«, sagte Jacob. »Und ich fühle mich wie der größte lebende Idiot. Ich habe zweiundzwanzig Jahre im Wunderland verbracht, mit fast allen Informationen der Welt einen Klick entfernt, und ich weiß nichts über Geografie, aber alles über die letzte Staffel *Game of Thrones*. Und vielleicht hätte ein Handy nichts genützt, aber was, wenn auch nur einer von uns selbst einen GPS-Notfall-Beacon dabeigehabt hätte? Das Ding kostet bestimmt weniger als ein Paar Sneaker.«

»Ein *Kleinwagen* kostet bestimmt weniger als deine Sneaker«, sagte Valentina.

»Ein Haus für eine vierköpfige Familie kostet weniger als Jacobs Sneaker«, sagte Kristina.

»Das jährliche NASA-Budget für das Jet Propulsion Lab kostet weniger als Jacobs Sneaker«, fiel Alice ein.

Sie versuchten, ihn aufzuheitern, aber dadurch fühlte er sich nur noch mieser. Ja, er war überzeugt davon, dass es ihre einzige Chance war, der Herde nach Norden zu folgen, aber was, wenn er sich irrte? Wenn es trotzdem nicht klappte? Er war der Einzige unter ihnen mit Jagderfahrung. Die anderen hatten das gewusst, und sie hatten trotzdem für den Weg nach Norden gestimmt. Die meisten jedenfalls. Zusammen mit dem Gewehr lag jetzt auch ihr Leben in seinen Händen. Es würde seine Schuld sein, wenn sie wie das blank geputzte Gerippe endeten, das sie an ihrem dritten Tag mit Nick gefunden hatten.

28

VALENTINA

Als Valentina am nächsten Morgen beide Füße auf den Boden stellte und aufstand, spürte sie sämtliche Blicke auf sich. Vorsichtig belastete sie den verletzten Fuß. Keine Schmerzen. Ein paar Schritte. Immer noch nichts.

»Ich glaube, ich kann wieder gehen«, sagte sie.

Sie hatten mehrere Anläufe gebraucht, bis sie alles so in den zwei Rucksäcken verstaut hatten, dass nichts klapperte. Die Decken waren außen an den Rucksäcken festgezurrt und mit den Regenjacken von Tonya und Alexander provisorisch gegen Niederschlag geschützt. Die beiden trugen stattdessen die Jagdmonturen, die Alexander so eng war, dass er den Reißverschluss nicht schließen konnte, und Tonya so weit, dass sie die Ärmel hochkrempeln musste. Trotzdem waren sie dichter als ihre eigenen Jacken.

Nacheinander kletterten sie aus dem Fenster. Ihre Füße sanken beim Laufen leicht in den Matsch und hinterließen so klare Abdrücke, dass sie Nick genauso gut einen Pfeil in ihre Richtung hätten aufmalen können. Wieder gab es nichts, was sie dagegen tun konnten, wenn sie schnell vorankommen wollten.

Noch immer war Valentina die Langsamste der Gruppe. Ihr Fuß blieb still, aber sie suchte vor jedem Schritt den Boden mit den Blicken ab: nach einem Hasenloch, nach Wurzeln und sonstigen Stolperfallen. Seit dem Umknicken war sie sich der Zerbrechlichkeit ihres Körpers nur allzu bewusst. Knochen, Muskeln, Haut.

In regelmäßigen Abständen hob Ole vier Stöcke vom Boden auf und verkeilte sie in Augenhöhe zwischen zwei Astgabeln. Die Markierung war unauffällig und hätte auch das Ergebnis eines Sturms sein können. »Falls wir die gleiche Strecke zurückgehen sollten, wissen wir wenigstens, dass wir schon einmal hier waren«, sagte Ole.

Ungefähr zur Mittagszeit erreichten sie die Stelle, wo Kristina, Alice und Jacob die Herde zuletzt beobachtet hatten. Und wieder: diese Weite, in der sie nur Staubflecken waren. Grasland, so weit das Auge reichte, durchsetzt von gerade genug kleinen Baumansammlungen aus leuchtend gelben Birken und dunkelgrünen Nadelbäumen, dass man an ihrer Winzigkeit die riesigen Entfernungen abschätzen konnte. Glitzerndes Wasser in der Ferne. Kühler Wind auf den Wangen.

»Da lang sind sie gelaufen«, sagte Kristina und zeigte in Richtung des Wassers.

Die Weite der Landschaft machte Valentina die Reichweite ihrer Entscheidung erst recht bewusst. Wenn die Rettung im Süden lag, hatten sie sich jetzt bereits einen halben Tagesmarsch weiter davon entfernt. Ohne Essen würden sie es nicht zurückschaffen, und sie hatte schon bei der Abstimmung nicht geglaubt, dass sie etwas erlegen würden. Selbst Jacob gab offen zu, dass der Erfolg nicht sicher war. Sie hätten weiter nach Süden gehen sollen, solange sie noch Kraft hatten.

Hör auf, darüber zu grübeln, sagte sie sich. Die Entscheidung war gefallen, und sie würde die anderen nicht im Stich lassen. Der Schwur an sich war nicht viel wert gewesen – ein kleiner Schnitt, ein bisschen krustiges Blut. Aber die anderen hatten ihm Gewicht verliehen, als sie wertvolle Tage darauf gewartet hatten, dass ihr Fuß heilte, und sie in der Zeit mit Wasser und Nahrung versorgt hatten. Sie hatten es verdient, dass Valentina für sie das Gleiche tat. Sie versuchte, besonders gründlich nach Spuren Ausschau zu halten, um sich endlich wieder nützlich zu machen. Obwohl sie sich die letzten Tage ausgeruht hatte, fühlte sie sich schon jetzt erschöpft.

Wohlweislich füllten sie an der Wasserstelle ihre Gefäße auf, bevor sie so schnell wie möglich weiterzogen. Im weichen Boden fanden sie die Spuren von Hufabdrücken – zwei einander zugewandte Halbmonde, zusammen so groß wie Valentinas Hand.

Die einzigen anderen Hinweise auf die Bisons waren die Mistfladen und die abgeweideten Grasspitzen. Die Grasspitzen waren winzige Indizien, nur allzu leicht zu übersehen, aber immerhin ein Zeichen, dass sie auf dem richtigen Weg waren, wenn es wieder einmal sehr lange dauerte, bevor jemand erleichtert einen Fladen entdeckte.

Es war ein langer Tag, und sie aßen nur die Blaubeeren von dem Beerenfeld, das sie unterwegs geplündert hatten.

Regen fiel immer noch in langen Fäden, und es war noch nicht einmal dämmrig, als Tonya anfing, sich nach einem Ort für ein Lager umzusehen. »Wir müssen heute Nacht irgendwas bauen, um im Trockenen schlafen zu können«, sagte sie.

»Vielleicht ist jetzt der Moment für die Laubhütten, von denen uns Alice erzählt hat«, sagte Kristina.

In den letzten Tagen war sie ruhiger gewesen als sonst. Valentina vermutete, dass der Vorfall mit dem Fuß Kristina genauso mitgenommen hatte wie sie selbst. Jeden Abend hatte sie genau zugeschaut, wie Alexander Valentinas Fuß abgetastet hatte. Es hatte Valentina daran erinnert, wie sie an Kristinas Krankenbett gesessen hatte und eine Ärztin zur Visite hereinkam oder jemand einen Verband wechselte. Und trotz allem fühlte sich Kristinas Aufmerksamkeit gut an.

In einem kleinen Hain, leuchtend gelb von Birkenblättern, schlugen sie schließlich ihr Lager auf. Über die Ebene hinweg konnte man noch immer die Wasserstelle erahnen, wo sie ihren Beutel aufgefüllt hatten, jetzt mehrere Stunden entfernt. Sie versuchte, sich Entfernung und Richtung genau einzuprägen. Dann versammelte sie sich mit den anderen um Alice.

»Ihr sucht euch einen Baum mit einer niedrigen Astgabel und einen langen Ast, den ihr daran abstützen könnt, um einen Rahmen für die Hütte zu schaffen. Dann baut ihr zuerst den üblichen Lattenrost darunter«, sagte sie. »Danach errichtet ihr das Astgerüst.« Sie bohrte zwei Stöcke mit Astgabeln in den Boden und legte einen weiteren darüber, um einen Rahmen für eine Hütte zu schaffen.

»Nie im Leben hält das«, sagte Valentina.

»Es muss nur lang genug halten, bis die anderen Äste die Struktur unterstützen«, sagte Alice. Sie führte vor, wie man weitere Äste dagegenlegen konnte, sodass das Ganze nach und nach einem Zelt ähnelte.

»Da kann man durchschauen«, sagte Valentina. »Wie soll das den Regen abhalten?«

Alice verdrehte die Augen. »Das ist ja nur das Gerüst. Die eigentliche Isolierung entsteht natürlich durch Laub und Nadeln.« Sie häufte mehr und mehr Laub, Gras, Nadeln und Dreck gegen die eng gruppierten Äste auf. »Hinterher darf kein Ast mehr rausschauen, sonst regnet es rein. Habt ihr das Prinzip verstanden?«

»Lohnt sich das überhaupt?«, fragte Kristina, nachdem sie nach einer Stunde gerade mal die Aststruktur fertiggestellt hatten.

»Besser, als mitten in der Nacht ausgekühlt aufzuwachen«, sagte Valentina.

Insgesamt dauerte es drei Stunden – Ole hatte die Zeit mit der Uhr gestoppt, um ihre Tage besser planen zu können –, und das auch nur, weil sie zu zweit oder dritt an einer Hütte arbeiteten. Am Ende mussten sie abwechselnd Kristinas Stirnlampe benutzen, um die Bauten fertigzustellen. Die Birken hatten nur wenig Laub abgegeben, und als sie endlich genug davon aufgeschüttet hatten, waren Valentinas Hände kalt, und ihre Beine zitterten von der Anstrengung. In ihrem verletzten Fuß war ein Pochen, von dem sie hoffte, dass es über Nacht wieder verschwinden würde.

»Ich nehme meine Aussage zurück«, meinte Valentina. »Das lohnt sich doch nicht.«

»Wir werden sicherlich schneller werden«, sagte Ole. »Und ich weiß, du hast mich schon darauf hingewiesen, dass unser Camp wenig Ähnlichkeit mit einem Leichtathletik-Trainingslager hat, aber so viel ist schon gleich: Wenn wir gut schlafen, können wir morgen auf jeden Fall besser laufen.«

Die Hütten sahen aus wie riesige Laubhaufen und rochen auch so.

»Dann wollen wir mal«, sagte Kristina mit einem Schaudern.

Valentina würde versuchen, nicht an die Insekten zu denken, die sich darin tummelten.

Spinnen. Große, dickbeinige, haarige Spinnen.

Sie schloss die Augen, bevor sie neben Kristina hineinkroch. Jacob teilte sich mit den Jungs die zweite Hütte, Tonya und Alice die dritte.

Valentina schlief relativ gut, obwohl es an der einen Ecke doch durch die Laubdecke tropfte. Frühstück an diesem Morgen waren je ein Löffel Ketchup und Mayonnaise für jeden. Danach rissen sie die Laubhütten wieder ein, was Valentina nach der Plackerei am Vortag unglaublich frustrierend fand, aber nötig war, damit sie Nick keine Spur hinterließen. Danach sah es wieder nur nach Wildnis aus.

»Der Wind hat ziemlich in die Hütte reingezogen«, sagte Jacob. »Ich hätte mir beinahe eine Socke um die Eier gewickelt.«

»Hättest du sie dazu nicht erst mal finden müssen?«, bemerkte Valentina, aber ihr Herz war nicht dabei. Daran, dass Jacob nichts auf ihren Spruch erwiderte, konnte sie ablesen, wie angespannt er war.

Auf der weiten Ebene war kein einziges Bison zu sehen. Das Gras ging Valentina hier bis zur Hüfte und neigte sich unter dem Wind in Wellen wie ein gelb-braunes Meer.

Sie arbeiteten sich entlang der abgefressenen Grashalme vorwärts, auch wenn sich schwer sagen ließ, wie alt diese Spuren schon waren. Die Mistfladen waren die einzigen Zeichen, die Valentina wirklich das Gefühl gaben, auf dem richtigen Weg zu sein. Nur dann löste sich die Anspannung in ihrer Brust für einen Moment, bevor sie sich mit jedem neuen Schritt wieder festzog.

Der Regen peitschte in grauen Schwaden über alles hinweg. Die Landschaft schien nicht für Menschen gemacht, nicht für Menschen wie sie jedenfalls, weich, schwach und verletzt.

Valentina setzte gegen den Wind ihre Kapuze auf.

»Ich fand es in der Nacht auch windig«, sagte Tonya. »Darauf sollten wir heute achten, wenn wir eine Stelle für das Lager aussuchen.«

»Und wir sollten die Hütten kleiner bauen. Das spart Energie, und je kleiner, desto wärmer«, sagte Ole.

»Ich habe mir auch überlegt, wie wir wärmer schlafen können«, sagte Alice. »Wir haben ja alle noch unsere Regenhosen.«

»Die tragen wir jetzt schon jede Nacht«, sagte Jacob.

Statt sich unterbrechen zu lassen, fuhr Alice lauter fort: »Und die sind meistens deutlich weiter als die Hosen, die wir darunter tragen. Wenn wir genug trockenes Laub finden und die Regenhosen unten eng genug schnüren, können wir den Zwischenraum mit Laub ausstopfen. Solange das Laub trocken bleibt, isoliert das genauso gut wie ein Schlafsack oder eine Daunenjacke. Das Gleiche können wir machen, wenn jemand zwei langärmlige Oberteile hat, von denen eines weiter ist als das andere.«

»Gute Idee«, sagte Kristina. »Wenn wir schön warm schlafen, haben wir gleich mehr Energie für den Tag.«

Schön warm schlafen. Als hätte jeder von ihnen ein kuscheliges Himmelbett. Mehr denn je wünschte sie sich, dass Kristina noch die Rolle der großen Schwester innehätte.

Damals hatte man sich auf ihre Worte verlassen können. Ein Versprechen von Kristina war wie eine Rüstung gewesen, die Valentina in jeder Situation beschützen konnte.

Der erste Schultag am Gymnasium? »Die suchen alle auch Freunde, versprochen.«

Ein neuer Haarschnitt? »Das wird gut aussehen, versprochen.«

Wie klein ihre Sorgen damals gewesen waren. Aber würde Kristina sie jetzt mit dem Große-Schwester-Blick anschauen und sagen: »Wir kommen hier raus, versprochen«, dann würde Valentina es ihr glauben, als wäre sie immer noch fünf Jahre alt.

Stattdessen hing es jetzt an Valentina, sie lebendig nach Hause zu bringen. Ihr Fuß hatte gestern Abend wieder wehgetan, und die Verzweiflung sperrte ihr Maul unter ihnen auf, bereit, sie mit einem Happs zu verschlucken, Stoff, Erde, alles.

Sogar wenn sie jetzt sofort umkehrten, würden sie es nicht mehr weit genug nach Süden schaffen. Der einzige Weg war vorwärts.

Auf einmal lag ein hoher Ton in der Luft. Erst klang es noch wie das Pfeifen des Windes über einer offene Flasche, dann war da auf einmal ein weiterer Ton und noch einer, wie ein gespenstisches Lied.

»Sind das ... Wölfe?«, fragte Ole.

Es war unmöglich, die Richtung zu bestimmen, aus der die Laute drangen. Sie schienen von überall und nirgendwo zu kommen.

»Könnt ihr hören, wie viele es sind?«, fragte Tonya.

Valentina lauschte angestrengt. »Sieben«, sagte sie. »Mindestens. Vielleicht mehr.«

Sie schaute sich um, sah aber keine Bewegung in dem Meer aus Gras. Nach Nicks Schilderung gehörten diese Wölfe zu den größten der Welt. Und trotzdem würde man sie in dem hohen Gras nicht bemerken, bis sie einen ansprangen. Mit dem lauten Wind würde nicht einmal ein Rascheln sie vorwarnen.

»Was meint ihr, wie schnell sie hier sind?«, fragte Kristina.

»Wolfsgeheul kann mehrere Kilometer weit reichen«, sagte Alice.

»Das heißt, die Wölfe haben uns schon gerochen?«, fragte Jacob. Er entsicherte das Gewehr.

»Vielleicht ist ihr Geruchssinn hauptsächlich auf Bisons ausgerichtet?«, sagte Alice.

»Warum ist da ein Fragezeichen am Ende dieses Satzes?«, sagte Jacob und drehte sich um die eigene Achse. »Hast du Nick nicht alles gefragt, was man über Wölfe fragen kann?«

»Vielleicht sind sie gar nicht hinter uns her«, warf Alexander in ruhigem Ton ein.

»Darauf würde ich mich lieber nicht verlassen«, sagte Valentina.

»Sollen wir ein Feuer machen?«, fragte Kristina.

»Mitten auf der Ebene? Mit Gras?«, sagte Valentina. »Und dann was? Wir haben keine Fackeln, mit denen wir sie uns vom Leib halten könnten.«

Und kein Holz, aus dem sie wenigstens behelfsmäßige Speere schnitzen konnten.

»Wir müssen so schnell wie möglich weiter«, sagte Tonya, die zweite Stimme der Vernunft in der um sich greifenden Panik. »Irgendwohin, wo wir sie aus größerer Entfernung kommen sehen.«

Das war eine gute Idee, schon mindestens ihre zweite. Valentina musterte Tonya.

»Aber wir müssen weiter der Spur der Bisons folgen«, sagte Jacob. »In diesem Gras finden wir sie sonst nicht wieder, und wenn wir sie verlieren, war alles umsonst.«

Sie hasteten durch das Grasland, so schnell sie konnten. Valentina spürte, wie ihr Fuß wieder anfing zu schmerzen, aber sie hielt mit.

»Wenn sie uns erreichen, dann bildet einen Kreis«, keuchte Alice. »Seite an Seite mit den Rücken zueinander. Wir müssen schlauer sein als die Bisons. Wir dürfen nicht wegrennen.«

Leichter gesagt als getan, wenn Valentina schon jetzt das Prickeln im Nacken spürte. Alle paar Schritte drehte sich einer von ihnen um.

Sie stoppten erst, als es dunkel wurde, und mussten dann noch ein bisschen suchen, bis sie eine Stelle mit ein paar Bäumen fanden, deren Holz sie nachts verbrennen konnten.

Für Laubhütten gab es nicht genug Baumaterial, aber Valentina wollte sowieso nicht in einer dunklen, leicht zugänglichen Höhle schlafen, an die sich ein Wolf unbeobachtet anpirschen konnte. Die Sterne waren von Wolken verdeckt, und das Feuer war, abgesehen von Kristinas Stirnlampe, ihre einzige Lichtquelle.

Sie schichteten das Holz für das Feuer auf, aber Alice zögerte mit dem Feuerzeug. »Hier gibt es weniger Sichtschutz als sonst. Wenn wir ein Feuer machen, sieht man es vermutlich ein gutes Stück über die Ebene hinweg.«

Wölfe heute oder Mörder morgen.

»Wir brauchen ein Feuer«, sagte Tonya müde. »Zur Abschreckung und wegen des Lichts. Wir können versuchen, es relativ klein zu halten, um die Chance zu reduzieren, dass wir entdeckt werden. Eine bessere Idee habe ich nicht.«

Niemand hatte eine bessere Idee, also schürten sie ein kleines Feuer inmitten der wenigen Bäume.

Ohne Absprache rutschten sie näher aneinander heran. Ole war zu Valentinas Linken, Alice zu ihrer Rechten, und der Druck ihrer warmen Schultern an den ihren wirkte beruhigend auf Valentina.

Als Valentina die Augen schloss, trieb der Gesang der Wölfe erneut an ihr Ohr. Wieder zählte sie die Stimmen darin, mal sieben, mal neun. Mehr Wölfe, als sie Menschen waren.

29

TONYA

Als Kristina Tonya für die dritte Wache weckte, war es still. Orientierungslos starrte Tonya sie an. Die Wölfe waren auch in ihren Träumen gewesen, mal leiser, mal lauter, aber nie ganz verstummt. »Vor einer Stunde haben sie das letzte Mal geheult«, flüsterte Kristina. Sie schenkte Tonya ein kleines, müdes Lächeln und übergab ihr Oles Armbanduhr, bevor sie sich auf der Seite zusammenrollte und die Augen schloss.

Auf gewisse Art war die Stille noch schlimmer: Wenn die Wölfe nicht heulten, konnten sie rennen. Oder schon in der Nähe lauern.

Obwohl sie nur leicht geschlafen hatte, fühlte Tonya sich hellwach. Würde das Feuer die Wölfe abschrecken? Oder Nick anlocken? Es machte sie wahnsinnig, dass sie nicht gleichzeitig alle Seiten beobachten konnte, also drehte sie sich ständig um, um hinter sich die Schatten zwischen den Bäumen abzusuchen. Sie fühlte sich wie eine Gazelle, die den Löwen stumm mit den Blicken folgte. Ein Beutetier. Das war sie hier draußen. Der Wind war immer noch zu laut, als dass ihre Ohren eine Hilfe gewesen wären. Im Vergleich zu den Tieren waren sie taub und blind.

Aus den Augenwinkeln bemerkte sie eine Bewegung, und sie fuhr herum, den Schrei schon auf den Lippen.

Doch es war nur Kristina, die sich wieder aufsetzte. »Ich kann sowieso nicht schlafen«, flüsterte sie. »Wenn du willst, können wir uns Rücken an Rücken setzen. Dann haben wir alles im Blick.«

»Bist du sicher?« Es war noch völlig dunkel. Es lohnte sich noch, zu schlafen.

Kristina nickte.

»Dann gerne.« Tonyas Herz schlug schnell von dem Schrecken, und es hörte nicht auf zu schlagen, als sie sich mit dem Rücken an Kristina lehnte.

Sofort war es wärmer. Es konnte nicht Kristinas Körperwärme sein – dazu waren ihre Jacken zu gut isoliert –, aber es war der fehlende Wind am Rücken. Tonya war ein Stück kleiner als Kristina, und gemeinsam warfen sie einen unförmigen Schatten, wie eine Steinformation.

Die halbe Umgebung war wesentlich leichter im Auge zu behalten, und Tonya spürte, wie ihr Herzschlag sich beruhigte.

»Ich hab solche Angst«, flüsterte Kristina unvermittelt.

Tonya wurde ganz still. Das musste man in solchen Momenten sein, um die nächsten Worte nicht zu verjagen.

An ihrem Rücken spürte sie, wie Kristina sich gerader hinsetzte. »Vor drei Jahren hatte ich einen Fahrradunfall. Es war nicht meine Schuld, ein Arschloch ist über eine rote Ampel gerast und hat mich von der Seite erwischt. Ich erinnere mich, wie ich geflogen bin, wie mein Körper sich zusammengerollt hat und ich dachte: *Das hier ist ein Fehler, das kann nicht mir passieren.* Ich war immer vorsichtig, ich hatte einen Plan, ich hab alles richtig gemacht. Ich war eine Einserschülerin, fleißig und beliebt. Ich habe mich immer um andere gekümmert, bevor ich an mich selbst gedacht habe. Aber am Ende, in dieser einen Sekunde, als das Auto in mich reingerast ist, hat das alles überhaupt nichts genützt.« Sie holte tief Luft. »Als Nächstes bin ich im Krankenhaus aufgewacht. Ich war drei Tage bewusstlos gewesen. Alles tat mir weh. Ich habe an die Decke gestarrt, und ich habe beschlossen, nicht mehr so schrecklich vernünftig zu sein. Ich meine das genau, wie ich es sage: Schrecklich. Vernünftig. Ich habe mir vorgenommen, nicht mehr lange zu grübeln, bevor ich etwas tue, und keine Angst mehr zu haben, andere Leute mit meinen Bedürfnissen zu verletzen.«

Sie hielt inne, und Tonya lauschte noch angestrengter, damit der Wind Kristinas nächste Worte nicht stahl.

»Aber ich glaube, in Wirklichkeit hatte ich die heimliche Hoffnung, ich hätte einen Deal mit der Welt ausgehandelt. Weil ich die Warnung verstanden hatte, würde mich die Welt in Zukunft in Ruhe lassen. Klingt verrückt, oder?«

Tonya verstand es nur zu gut. Sie hatte etwas Ähnliches mit der Welt verhandelt. »Ich habe gedacht, wenn ich es schaffe, diese Reise zu machen und die Aurora zu sehen, dann wird es danach leichter für mich«, sagte sie leise. Sie erkannte Kristinas energisches Nicken daran, wie ihre Kapuzen aneinander rieben.

Kristina fuhr fort: »Jetzt sind wir hier, und es ist wie dieser eine lang gezogene Moment vor dem Aufprall. Wieder gibt es nichts, was ich tun kann, aber er hört einfach nicht auf. Und es kommt mir vor, als wäre ich alleine mit dem Gefühl, weil ich als Einzige genau weiß, wie es sich anfühlt.«

Tonya spürte ihren eigenen Herzschlag im ganzen Körper, langsam jetzt, so als hätte ihr Herz sich damit abgefunden, dass Kristina unwiderruflich einen Abdruck auf ihrer Seele hinterlassen würde, egal, wie lange diese Reise dauerte.

Sie hätte gerne Kristinas Gesicht gesehen, die geraden Augenbrauen über den langen Wimpern, aber vielleicht war der leere Raum vor ihr der Grund, warum Kristina es ihr überhaupt erzählen konnte. Statt sich umzudrehen, legte sie ein Stück Holz nach. Sie wollte Kristina die Gelegenheit geben, noch mehr zu sagen, wenn es noch mehr zu sagen gab.

Das Feuer leckte an dem Holz, und sie sah, wie Tränen aus Valentinas Augen quollen und seitlich in ihren Haaren versickerten. Seit wann war sie wach? Es war wie eine verquere Version davon, wie Tonya damals Valentina belauscht hatte.

Mit dem Rücken zu Tonya konnte Kristina ihre Schwester nicht sehen, und Valentina wischte sich nicht einmal die Tränen weg, genauso eingefroren, wie Tonya es gewesen war. Ganz offensichtlich wollte sie nicht beim Lauschen erwischt werden oder gar darüber reden, also lenkte Tonya ihren Blick zu den tanzenden Schatten der Flammen in den Bäumen zurück.

Weinte Valentina wegen des Unfalls? Es musste furchtbar gewesen sein, ihre Schwester fast zu verlieren.

Tonya war von Anfang an klar gewesen, dass Kristina sich bei ihr einprägen würde: wie sie durch die Welt ging und andere Leute an der Hand nahm, als wäre nichts dabei. Aber sie hatte nicht erwartet, dass es ihr mit den anderen ähnlich ergehen würde. Dass sich ihr beim Anblick einer weinenden Valentina das Herz vor Mitgefühl verkrampfte.

Das Gefühl blieb den ganzen nächsten Tag bei ihr: als sie mit dem letzten Rest des Feuers Wasser erhitzte, um den Campingkocher zu schonen. Als sie langsam ihre Portion Ketchup und Mayo im Mund hin- und herschob. Als sie mehreren leichten Hufabdrücken zurück ins Grasmeer folgten und Alexander darauf bestand, ganz hinten zu laufen, mit der gemurmelten Begründung, dass er der Größte war und die Wölfe ihn nicht so leicht in die Knie zwingen würden. Dazu Jacobs Gesicht, das mit jedem vergeblichen Schritt ausdrucksloser wurde.

Kristina lief neben ihr, wenn das Gelände es erlaubte. Tonya war erleichtert, dass die gemeinsame Wache auch für Kristina etwas zwischen ihnen verändert hatte. Obwohl sie nicht viel sprachen, genoss sie es, wenn Kristina mit ihren langen Beinen ihren Gang anpasste, um im gleichen Tempo neben ihr zu laufen. Es machte das Laufen ein bisschen leichter – wenn sich neben einem jemand anderes voranschleppte, wenn jemand einen vielleicht mochte –; nicht viel leichter, aber genug.

Sofern die Wölfe noch in der Nähe waren, jaulten sie zumindest nicht mehr. Sie beobachteten andere Tiere – große Hasen, die auf ihren Hinterbeinen Ausschau hielten, bevor sie davonhoppelten, Krähen und andere Vögel, immer außer Reichweite. Aber keine Bisons, kein einziger brauner Buckel.

Ein Raubvogel schrie über ihnen. Tonya erinnerte sich an Nicks Worte – Verräter, Verräter – über die vielen Nestlinge, die noch in ihrem ersten Jahr verhungerten, aber als sie den Vogel über sich kreisen sah, einen Flügel leicht angewinkelt, um eine schnelle Kehrtwende zu fliegen, spürte sie diese Sehnsucht wie einen Guss Wasser: dass auch sie mit dem Hunger und dem Wind in Einklang segeln wollte wie dieser Vogel, der trotzdem stark und zu Hause war und dessen Namen sie nicht kannte.

»Meint ihr, es ist ein schlechtes Zeichen, dass wir die Wölfe nicht mehr hören?«, fragte Valentina. Von den nächtlichen Tränen war ihr nichts mehr anzumerken. »Vielleicht waren sie hinter der Herde her, nicht hinter uns. Und wenn sie nicht mehr hier sind, ist es die Herde wohl auch nicht.«

»Wenn die Wölfe unser Gebiet verlassen haben, ist das nur gut für uns«, sagte Jacob. »Eine Sorge weniger.« Aber es schien, als hätte er schon einen ähnlichen Gedanken gehabt.

Am Abend erreichten sie einen See, dem Anschein nach mehrere Meilen lang, ein paar Hundert Schritte breit, das Wasser vom Wind aufgeraut wie die Haut einer silbernen Schlange. Gelbes Laub trieb über die Oberfläche, von den Bäumen des Waldes, der sich an einem Teil des Ufers erstreckte.

Am Morgen des nächsten Tages gab es nur noch einen halben Löffel Ketchup und Mayo für jeden, und sie spülten die Flaschen mit sauberem Wasser aus und tranken es in kleinen Schlucken.

Am Nachmittag verloren sie die Spur. Keine abgeknabberten Grasspitzen, egal, wie genau sie den Grund absuchten. Keine Mistfladen, nichts. Der Boden war voller Unebenheiten, aber keine sah aus wie ein Hufabdruck, und es war unklar, ob das daran lag, dass der Regen sie weggewaschen hatte, ob der Boden zu hart gewesen war, um die Fährten aufzunehmen, oder ob die Herde nie hier gewesen war.

Tonya spürte, wie ihre Hände feucht wurden. Sie hatten alles auf die Herde gesetzt. Ohne die Bisons gab es für sie keinen Weg zurück. Und keine Chance, herauszufinden, wohin ihr Hunger sie im Wunderland führen würde.

Jacob, der mit einem der beiden Rucksäcke an der Reihe war, setzte seine Last ab. »Wir sollten uns in verschiedene Richtungen aufteilen und schauen, ob wir irgendwo einen Haufen finden«, sagte er müde.

Sie teilten sich in drei Gruppen auf und gingen sternförmig los. Tonya war mit Alexander eingeteilt, und sogar bei ihm spürte sie die Anspannung, wie ein Pulsieren unter seiner Haut, als sie sich weiter und weiter von ihrem Startpunkt entfernten und keine neuen Zeichen fanden. Nach tausend Schritten drehten sie um, und auf dem Rückweg waren ihre Schritte schwerer, langsamer.

Ein Blick in die Runde reichte, um zu wissen, dass auch niemand von den anderen etwas gefunden hatte.

»Wir sollten zurück und versuchen, weiter vorne die Fährte wieder aufzunehmen«, sagte Kristina. Mühsam schleppten sie sich eine Stunde zur letzten Spur zurück, aber als sie von dort aus die Umgebung absuchten, fanden sie ebenfalls keine neuen Abdrücke.

»Wir müssen irgendwas übersehen haben«, sagte Jacob. Es klang wie eine Beschwörung. »Vielleicht sollten wir noch einmal gründlicher suchen.«

»Nicht unbedingt«, sagte Alice. »Wisst ihr noch, was Nick über die Jagdtechnik der Wölfe gesagt hat?« Sie schluckte. »Vielleicht haben sie die Bisons zum Rennen gebracht. Dann hätten sie keine Haufen abgesetzt. Und wir sind nicht gut genug, um ihre Hufabdrücke zwei Tage später nach Regen noch zu erkennen.«

»Willst du sagen, dass es hoffnungslos ist?«, fragte Jacob. Die Stimme tonlos, die Augen dunkel.

Wenn sie die Herde verloren hatten, war Nick seiner Freiheit ein gutes Stück näher gekommen.

»Ich will bloß sagen, dass wir nicht unbedingt etwas übersehen haben müssen. Vielleicht gibt es nichts zu sehen.«

Jacob schloss die Augen. »Was machen wir dann?«

»Wir finden etwas anderes«, sagte Ole. Tonya konnte nicht mehr unterscheiden, wann er etwas wirklich glaubte und wann er nur sagte, was sie hören mussten.

Wenn sie nichts zu essen fanden, dann würden sie hier draußen sterben. Alle zusammen zwar, aber alle zusammen tot.

Die Fährte war kalt.

30

VALENTINA

Valentina hatte gedacht, der Hunger wäre ein reißendes, beißendes Ding. Aber wie sie jetzt lernte, war der Hunger nach vier Tagen nur noch eine Leere, eine Stille, eine Müdigkeit, als würde das Leben in ihr drin schon einmal seinen Griff um die Welt lockern.

Entkräftet kehrten sie zu ihrem Seelager zurück – dort gab es immerhin eine Wasserstelle. Es würde ihnen Energie sparen, direkt dort zu rasten, und vielleicht – so Oles optimistische Hoffnung – kam ja doch noch ein größeres Tier zum Trinken vorbei.

Gemeinsam mit Alexander füllte sie den Topf und den Wäschebeutel mit Wasser zum Abkochen. Das Wasser schien noch kälter zu sein als am Tag davor, das war das Einzige, was Valentina bemerkte, aber Alexander deutete auf dunkle Schemen, die ein bisschen tiefer unter der Oberfläche hin und her glitten.

»In dem See gibt es Fische«, sagte Alexander, nachdem sie den Topf auf den Campingkocher gestellt hatten. Es war noch nicht dunkel genug, um ein Feuer zu machen.

»Hast du eine Angel?«, fragte Jacob missmutig. Die Flamme des Campingkochers erlosch, und er drehte das Gas weiter auf und benutzte das zweite Feuerzeug, aber der Campingkocher sprang nicht mehr an.

»Vermutlich ist die Kartusche leer«, sagte Kristina.

»Scheiße!«, fluchte Jacob.

Der Campingkocher ließ Valentina an alles denken, was noch kaputtgehen konnte. Das Beil. Das Gewehr.

»Ist doch nicht so schlimm«, sagte Kristina. »Wir können einfach ein Feuer machen.«

Das man weithin sehen würde, sobald sie den Schutz des Sees und des umgebenden Waldstücks verließen. Kristina, die ewige Optimistin, die anderen Leuten die Sorgen überließ.

»Wir müssen genug Nahrung für den Trip nach Süden zusammenbekommen«, sagte Tonya. »Wenn wir keine Großtiere erjagen können, dann müssen wir eben umschwenken. In dem See gibt es mit Sicherheit genug Fische für die Rückreise.«

So vernünftig. So zielgerichtet. Es war schwierig, auf Tonya wütend zu sein, aber Valentina gelang es dennoch. Warum hatte sich Kristina am Lagerfeuer Tonya anvertraut, wenn Valentina die ganze Zeit da gewesen war?

Ich habe mir vorgenommen, nicht mehr lange zu grübeln, bevor ich etwas tue, und keine Angst mehr zu haben, andere Leute mit meinen Bedürfnissen zu verletzen. Damit hatte sie Valentina gemeint, und es hatte sie bis in die Knochen getroffen, dass Kristina darüber mit jemand anderem sprach, während sie ihr kein Wort davon gesagt hatte.

Dann der Satz, der sie wirklich wütend gemacht hatte: *Es kommt mir vor, als wäre ich alleine mit dem Gefühl, weil ich als Einzige genau weiß, wie es sich anfühlt.*

Was dachte sie denn, wie es sich angefühlt hatte, drei Tage neben ihrem Bett zu sitzen? Zu beten und zu hoffen, dass sie aufwachte und noch dieselbe war? Das ganze Denken auf einen einzigen Wunsch zusammengeschrumpft: *Nicht meine Schwester. Nicht meine Schwester.*

Und was dachte sie, wie es sich für Valentina angefühlt hatte, ihre Schwester zurückzubekommen, nur um sie dann doch zu verlieren, nur langsamer? Sie waren am Verhungern, und Kristina war immer noch drei Jahre und einen Autounfall von ihr entfernt.

»Hat jemand eine Idee, wie wir an die Fische kommen können?«, fragte Ole.

»Wir könnten versuchen, Kristinas Ohrringe zu Angelhaken umzubiegen, aber wir haben keine Schnur«, sagte Alice.

»Wenn wir die richtigen Äste finden und sie über Nacht einweichen, können wir morgen eine Reuse flechten«, sagte Alexander. »Mein Opa hatte eine in seinem Gartenhäuschen.«

»Wird das funktionieren?«

Alexander zuckte die Achseln. »Man muss die richtige Größe für die richtigen Fische finden«, sagte er. »Wir werden es ausprobieren müssen.«

Im blauen Abendlicht sammelten sie Holz für das Feuer und schnitten unterschiedlich dicke Ruten von den Bäumen. Valentina mit der großen Säge, Alexander mit dem Beil und Ole mit der kleinen Säge, die in seinem Taschenmesser integriert war. Das Beil nützte am wenigsten, weil die Äste nachfederten oder nur abknickten, und Alexander ging dazu über, die Äste damit nur anzuritzen, bevor er sie abbrach. Dann weichten sie die Ruten mit Steinen beschwert im See ein.

Das Tageslicht reichte gerade noch aus, um notdürftig ihre Laubhütten aufzustellen. Anschließend legten sie sich in den Hütten schlafen, mit Alexander als erster Wache am Feuer.

Es kam Valentina kälter vor, schon wieder. Die Kälte schien sie zu jagen. Sie war tödlicher als Nick und der Wald zusammen, und sie war ihnen geduldig auf den Fersen, wie eine Jägerin, die so lange lief, bis ihre Beute vor Erschöpfung fiel. Nicht, dass es eine Rolle spielen würde, wenn sie nicht bald etwas zu essen fanden.

»Wir haben keine Zeit zu verlieren«, sagte Tonya am nächsten Morgen.

»Ach, denkst du?«, sagte Valentina. Der Wald roch erdig und tief, ein Geruch wie ein schwerer Mantel, aber nicht einmal ein paar kontrollierte Atemzüge änderten etwas an ihrer Wut. Drei Jahre langsames Ghosting, und es war die ganze Zeit eine bewusste Entscheidung von Kristina gewesen.

Ihre Schwester wärmte sich noch verschlafen die Hände an einer der ausgespülten Konservendosen, die sie als Tasse benutzten. »Was muss deiner Meinung nach alles getan werden?«, fragte sie Tonya.

Ja, Tonya, erzähl es uns, dachte Valentina.

Tonya schien zu zögern, ihr Blick huschte kurz in Valentinas Richtung. »Alexander und ein paar andere sollten die Fischreusen flechten. Ansonsten sollten wir die Umgebung nach weiteren Essensquellen absuchen, Laubhütten für heute Nacht bauen und außerdem den See beobachten, für den Fall, dass große Tiere zum Trinken vorbeikommen.«

Bei diesen Worten trötete Alice ihren Elch-Lockruf.

»Kannst du das endlich sein lassen?«, fragte Jacob. »Es bringt nichts, es ist kindisch, und es geht mir auf den Sack.«

Anscheinend war sie nicht die Einzige mit schlechter Laune. Die anderen schauten Jacob entsetzt an. Kristina war die Erste, die ihre Sprache wiederfand. »Nicht cool.«

In Alice' Fall war es wohl keine Bürde, sich um jemand anderen zu kümmern, dachte Valentina bitter.

»Was?«, sagte Jacob. »Soll ich ihr für ihre Schnapsidee noch ein Fleißsternchen geben? Wollt ihr, dass ich dem Verhungern mit einem Lächeln im Gesicht entgegentrete? Soll ich dabei vielleicht noch ein bisschen singen?«

Bevor irgendjemand Alice weiter verteidigen konnte, hatte sie sich schon zu Jacob gedreht. »Was weißt du über traditionelle Elchjagd?«, fragte sie und wartete auf eine Antwort.

»Ich weiß, dass deine Technik nichts bringt«, sagte Jacob.

»Also nichts«, sagte Alice. »Okay. Ich mach das nicht zum Spaß, und ich finde es beleidigend, dass du mir wegen meines Alters unterstellst, ich würde die Schwere der Situation nicht begreifen. Lockrufe sind eine traditionelle Technik, und ›traditionell‹ heißt im Kontext der Jagd, dass es sie schon lange gibt, *weil sie funktioniert.* Ich kann verstehen, dass du frustriert bist. Aber ich fand den Plan mit den Bisons gut. Unsere Entscheidung dafür war solide, und dass es nicht geklappt hat, ändert nichts daran. Also bitte lass deine Frustration über *deinen* Plan nicht deine Einschätzung von *meinem* verzerren.«

Getroffen, versenkt. Aus Respekt vor Alice verkniff sich Valentina ein Grinsen.

»Gut …«, wechselte Ole viel zu nett das Thema. Valentina hätte Jacob noch ein bisschen länger zappeln lassen. »Wir sollten eine Gruppe zum Erkunden losschicken. Kristina, Valentina, wie sieht's aus?«

Mit Kristina? Ganz sicher nicht.

»Kein Problem«, sagte Kristina.

»Ich würde lieber hierbleiben«, sagte Valentina. Als sie die überraschten Blicke sah, fügte sie hinzu: »Mein Fuß tut wieder weh.«

Es war eine Lüge, aber niemand hatte genug auf sie geachtet, als dass es aufgefallen wäre.

Stattdessen wurde beschlossen, dass Jacob und Ole mit Kristina die Gegend durchkämmen würden. Valentina würde zusammen mit Alice und Tonya Alexander bei den Reusen helfen.

Sie suchten sich eine Stelle, wo sie gut sitzen konnten.

»Also«, sagte Valentina. »Wie geht das jetzt?«

»Wir brauchen zwei Teile«, sagte Alexander leise. »Einen Korb und eine Art Trichter mit angespitzten Ästen um die Öffnung, der umgekehrt hineingesteckt wird. Fische quetschen sich neugierig durch den Trichter rein, aber können wegen der angespitzten Äste um die Trichteröffnung nicht mehr raus.«

Er malte ihnen ein Modell mit einem Stöckchen in die Erde.

»Und wie geht das Flechten?«

Alexander legte mehrere lange Ruten sternförmig übereinander und band die Mitte mit einem Schilfhalm zusammen. »Jetzt winden wir die anderen Äste wie beim Weben durch. Immer einmal oben, einmal unten.«

»Gut zu wissen, dass du das schon mal gemacht hast«, sagte Alice. Alexanders verlegener Blick ließ sie nachhaken. »Du hast das doch schon mal gemacht?«

»Ich habe mir die Reuse oft angeschaut«, sagte er langsam.

Valentina lachte resigniert. »Warum sollte es auch einfach sein?«

Der Anfang gestaltete sich mühsam. Sie beschlossen, fürs Erste zwei Reusen zu machen. Sie und Alexander die eine, Tonya und Alice die andere. Schnell wurde klar, dass viele Ruten zu dick waren, sodass man sie nicht ausreichend biegen konnte, ohne sie zu zerbrechen. Es war eine anstrengende Arbeit, obwohl sie abwechselnd den »Korb« festhielten und die neuen Ruten darum flochten. Wenn eine Rute aufhörte, ließen sie das Stück herausstehen und führten ein paar Biegungen vorher eine neue Rute ein. Es sah nicht schön aus, aber zu ihrem Erstaunen konnte Valentina sich tatsächlich vorstellen, dass ein Fisch es schwer hätte, sich daraus zu befreien.

Alexander betrachtete sie mit seinem aufmerksamen Blick, wie eine Frage. *Was ist los, Valentina?*

Aber sie wollte nicht mit ihm darüber reden. Sie hatte in den letzten Jahren nicht nur Kristina weniger gesehen, sondern auch Alexander und Ole. Hatten sie alle die Nase voll von ihr? Die nervige kleine Schwester, die ständig Hilfe brauchte?

Aber wenn Kristina sie nicht dabeihaben wollte, warum hätte sie ihr dann aus dem Nichts eine Nachricht schicken sollen: *Drei Wochen Wildnis in Kanada im Herbst. Magst du mitkommen?*

Vielleicht hatte sie Valentina doch vermisst. Oder zumindest die Idee von ihr.

Sie ignorierte Alexanders fragenden Blick und konzentrierte sich wieder auf das Flechten. Allein der Korb dauerte wesentlich länger, als sie geschätzt hatten, und als sie ausgetüftelt hatten, wie man einen Trichter flocht, und ihn an den Korb geschnürt hatten, war es schon wieder später Nachmittag. »Brauchen wir nicht einen Köder?«, fragte Alice.

»Ich habe keine passenden Insekten gefunden«, sagte Alexander.

»Fürs Erste werden wir uns darauf verlassen müssen, dass Fische dunkle, enge Räume mögen. Und falls wir tatsächlich etwas fangen, können wir das nächste Mal die Gedärme dafür nutzen.«

An der einen Reuse befestigten sie das Seil, das sie im Container gefunden hatten, an die andere banden sie die Schnur von Kristinas Bärenbeutel.

Niemand von ihnen wusste, was eine gute Stelle war, um die Reusen, beschwert mit einem Stein, zu versenken. Nachdem sie die Wasseroberfläche eine Zeit lang beobachtet hatten, wählten sie deshalb zwei Stellen aus, an denen sie viele Fische gesehen hatten. Ihre ganze Hoffnung, jetzt nur noch an zwei Seilstücken zu erkennen. Stumm schauten sie den Blubberblasen nach.

»Was denkt ihr, wie lange es dauert, bis wir etwas erwarten können?«, fragte Valentina.

»Morgen früh«, sagte Alexander.

Ihre Hände bluteten, und sie wollte sie sich schon an den Jackenärmeln abwischen, da hielt Alexander ihre Hand fest.

»Der Geruch«, sagte er.

Natürlich. Es war keine gute Idee, in einem Bärenterritorium nach Blut zu riechen.

Alexander war auch dagegen, dass sie sich die Hände wusch, und führte sie stattdessen zu der Hütte der Jungs, wo er den Erste-Hilfe-Kasten verstaut hatte. Er kniete vor ihr auf dem Boden und reinigte die Wunden mit einem Spritzer Desinfektionsmittel. Fehlte nur noch, dass auf ihrem Pflaster ein Dinosaurier abgedruckt war.

Die kleine Valentina, unterwegs mit ihrer großen Schwester und deren großen Freunden. Wenigstens auf Alexander war Verlass.

Wenig später kamen die anderen zurück.

»Insgesamt braucht man vermutlich circa eine Stunde um den

See«, sagte Jacob. »Aber wir haben die Gegend möglichst gründlich abgesucht. Im Norden wird der Wald noch dichter. Im Westen kommt relativ schnell wieder offenes Grasland.«

»Habt ihr was gefunden?«

»Ein paar Beeren«, sagte Ole. »Und ausgewaschene Abdrücke von einem größeren Tier, aber wir wissen nicht, wie alt die waren.«

»Also nichts«, fasste Valentina zusammen.

»Wie war es denn bei euch?«, fragte Jacob schneidend.

»Die Reusen wurden erfolgreich versenkt«, sagte Tonya.

Ihre ganze Hoffnung hing an diesen zwei laienhaft geflochtenen Reusen. Es war ein schlechter Witz. Das konnte nicht das Ende sein. Es musste noch mehr geben, das sie tun konnten. Irgendeine Möglichkeit, lebendig aus dieser Sache herauszukommen. Wer zum Teufel hatte entschieden, dass sie hier stranden würden, weil Nick und Konsorten zu dumm für ihren Dealer-Job waren?

Während sie um die kalte Feuerstelle kauerten, tranken sie abgekochtes Wasser und aßen die Beeren. Sie waren süß und sauer zugleich. Explodierender Geschmack auf einer hungrigen Zunge.

Valentina war dabei, Holz für das Nachtfeuer zu sammeln, als drei Flugzeuge in V-Formation über sie hinwegdonnerten, laut und glitzernd. Nie im Leben konnten sich die Dealer solche Flugzeuge leisten. Aber die Polizei oder Jacobs Eltern vielleicht schon. Die Blätter bebten von dem Schall, ihr Trommelfell vibrierte, und obwohl sie so weit weg waren, konnte Valentina trotzdem nicht anders: Sie rannte auf die nächste Lichtung – sie war noch nie so schnell gewesen – und rief und winkte. »Hey! Hier! Hilfe!«

Aber natürlich waren sie zu weit oben, und natürlich bemerkten sie sie nicht, und natürlich blieb sie in der Mitte der Lichtung allein mit ihrer rauen Stimme zurück.

Vielleicht war das ihre letzte Chance gewesen. Der letzte einseitige Kontakt mit anderen Menschen.

Ole stürzte auf die Lichtung. »Alles okay?«

»Natürlich«, sagte Valentina, aber das war es nicht.

Ole stützte sich auf den Knien ab und keuchte. »Ich dachte – dir wäre was – passiert.«

Valentina konnte die Tränen in den Augenwinkeln fühlen, die Welt um sie herum verschwamm. »Uns allen ist etwas passiert«, sagte sie.

Er machte einen Schritt auf sie zu, und noch einen, und auf einmal stand sie von Ole umfangen, ihre Wange an seiner Brust, seine Arme um sie herum. »Du bist nicht allein hier«, sagte er.

Sie murmelte etwas in seinen Oberarm. Falls es einen Ort in diesem Wald gegeben hätte, wo man für einen Moment vergessen konnte, dass man ohne Essen und Ausrüstung verschollen war und von einem Drogenring verfolgt wurde, dann war es in Oles Umarmung. Aber sie machten sich etwas vor. Es war aussichtslos. Sie hatten ihre einzige Chance verpasst.

»Wir hätten zwei von uns losschicken sollen«, sagte sie. »Als ich mir den Fuß verletzt hatte. Zwei von uns, mit allem Essen, das wir gefunden haben. Oder wir hätten uns noch früher aufteilen sollen, gleich nach Rupert. Wir waren damals ganz in der Nähe einer Ortschaft. Wenn wir uns aufgeteilt hätten, hätten ein paar von uns es bestimmt geschafft.«

»Und wie hätte sich das angefühlt, falls man ganz alleine angekommen wäre?«, sagte Ole. »Mit sechs Menschen, die man im Stich gelassen hat? Ich habe nämlich darüber nachgedacht, natürlich habe ich das. Aber das hätte mich mein ganzes Leben lang heimgesucht. Ein Teil von mir wäre nie nach Hause gekommen. Ich glaube, unsere einzige Chance ist das hier. Es gemeinsam nach Hause zu schaffen.«

»Vielleicht wäre es mit der Zeit weniger schlimm geworden«, sagte Valentina.

»Und wer wären diese zwei Leute gewesen, die du gerne losgeschickt hättest? Alexander und ich? Kristina und ich?«

Valentina schwieg.

»Kristina hätte dich nie alleine gelassen. Und wenn du denkst, dass Alex oder ich das getan hätten, dann kennst du uns offenbar nicht.« Sie hörte, wie er schluckte. »Besonders mich.«

Als sie sich von ihm löste, lag sein Blick auf ihrem Mund, bevor er einmal zu ihren Augen hochzuckte und dann von ihr weg. Sie sah ihn schlucken.

Wollte er sagen, dass ...

Aber da hörte sie schon die Rufe der anderen. Ole musterte sie noch einmal, als wartete er auf eine Antwort, aber sie hatte keine Antwort, nur Fragen. *Habe ich dich richtig verstanden? Ich, die kleine Schwester? Seit wann? Warum sagst du mir das jetzt?*

»Wir sollten zurück«, sagte sie.

Ole las etwas in ihrem Gesicht, dann nickte er langsam. »Ja. Das wäre wohl am besten.«

Die anderen hatten sich an der kalten Feuerstelle gesammelt, dem Mittelpunkt ihres Lagers, und redeten alle durcheinander.

»Meint ihr, das war schon die Suchmannschaft?«, fragte Kristina gerade.

Alice schüttelte den Kopf. »Ich hab nachgezählt. Unsere Wanderung endet offiziell erst in zwei Tagen. Wirkte eher wie ein Militärmanöver.«

Enttäuscht ließ Valentina sich auf einen dicken Ast neben der Feuerstelle sinken. Natürlich hatten sie recht.

»Wenn wir das nächste Mal einen Helikopter oder irgendeinen anderen Menschen sehen, der nicht Nick oder Rupert ist, dann sollten wir uns sofort bemerkbar machen«, sagte Ole. Von ihrem Gespräch zu zweit war ihm nichts mehr anzumerken. »Wir sind weit genug von unserem Ausgangsort weg, und die Chancen stehen gut, dass uns die Person helfen wird.«

Valentina nickte, ohne zuzuhören. Hatte sie sich getäuscht?

»Und wenn es doch Dealer sind?«, fragte Tonya.

»In dem Fall sollten wir sie überwältigen und ihnen das Satellitentelefon abknöpfen«, sagte Alice bedächtig.

»Wir sollten zusätzliches Holz und feuchte Äste neben dem Feuer aufbewahren, damit wir es schnell höher schüren können und man uns besser von oben erkennt«, sagte Jacob.

»Am wichtigsten ist es, dass wir unsere eigenen Anstrengungen fortsetzen«, sagte Tonya. »Wir brauchen genug Essen, um die lange Wanderung in den Süden zu überstehen. Das ist und bleibt unsere beste Chance.«

Am nächsten Morgen fühlte Valentina sich noch schwächer, sie hatte nicht die Kraft, um sich mit Kristina oder Ole zu beschäftigen. Sie trank heißes Wasser aus einer Konservendose, darauf bedacht, den Rand nicht zu berühren, um sich nicht an der scharfen Kante die Lippen aufzuschneiden. Ihr graute davor, die leeren Reusen zu finden. Sie hatte das Gefühl, dass niemand von ihnen die Enttäuschung wegstecken würde, und der Rest des Tages gähnte sie jetzt schon an, wenn sie irgendwelche anderen sinnlosen Methoden ausprobieren mussten, um an die Fische zu kommen.

Doch als Alexander und sie die erste Reuse aus dem See hoben und das Wasser durch die Ritzen des Flechtwerks rann, fing es im Korb an zu zappeln.

»Da ist was drin, da ist was drin!«, rief Alice, und ihre Aufregung war derart ansteckend, dass Valentina lachen musste.

Es waren nur zwei kleine Fische, kaum mehr als drei Bissen pro Person, und die große Reuse war leer geblieben, aber alle Augen waren wach und glitzernd.

»Wir müssen sie braten«, sagte Alice, während Jacob die Fische zu einem Stein ein paar hundert Schritte abwärts von ihrer Wasserstelle trug, wo sie sich alle um ihn herum zusammendrängten.

»Wenn ihr so nah steht, kann ich nichts sehen«, sagte Jacob, und widerwillig machten alle einen kleinen Schritt zurück, die Köpfe immer noch so weit nach vorne gestreckt wie möglich.

Er betäubte die Fische mit einem Schlag auf den Kopf. Dann machte er je einen Schnitt am Bauch und einen am Kopf, bevor er die Gedärme herauszog. Danach spülte er sie mit etwas Wasser ab. Vor kurzer Zeit noch hätte Valentina das eklig gefunden, aber genau wie die anderen konnte sie jetzt nur ans Essen denken.

»Wir sollten sie lieber kochen«, sagte Tonya. »Dann haben wir später noch eine Brühe.«

»Gebraten schmeckt es aber besser«, sagte Alice.

»Glaub mir, das wird *alles* gut schmecken«, sagte Jacob und lachte.

»Vielleicht können wir uns heute mal an die scharfe Soße wagen«, sagte Ole und lächelte Valentina herausfordernd an.

Bei einem der wenigen Male, als sie alleine mit Ole unterwegs gewesen war, hatten sie Chinesisch bestellt, und sie hatte sich entgegen seiner Empfehlung für die schärfste Suppe entschieden. Valentina hatte mit hochrotem Gesicht Tränen geweint, und Ole hatte sich besonders große Portionen in den Mund geschoben, um sich das Grinsen besser verkneifen zu können.

Sie hatte die Kraft, zurückzulächeln, und in gewisser Weise fühlte sich das genauso glitzernd an wie ihr Fang. »Ganz sicher nicht«, sagte sie. »Wenn es zu scharf ist, haben wir nicht mal Milch oder Brot, um die Schärfe loszuwerden. Den Fehler mach ich nicht noch mal.«

Die Asche vom Morgenfeuer war noch heiß genug, um den Topf und ein bisschen Wasser darauf zu erhitzen.

Jacob musste ihnen mehrmals mit einer Gabel drohen, als sie ungeduldig wurden. »Ich lasse nicht zu, dass ihr das alles wieder ausscheißt, nur, weil ihr nicht warten konntet, bis es gar war.«

Alice lenkte sich von dem Essensgeruch ab, indem sie einige kleine Schalen aus Birkenrinde formte.

Schließlich erklärte Jacob die Suppe für vollendet, und unter sieben wachsamen Blicken wurden die zwei Fische in sieben exakt gleich große Portionen geteilt. Sie schöpften die Suppe in die Konservendosen und in die Rindenschalen. Die Fischköpfe, Gräten, Schwänze und Schuppen kochten weiter.

Der Fisch war weiß, weich und fettig und zerfiel auf der Zunge.

»Sternekoch Jacob«, stöhnte Kristina.

»Schsch«, sagte Jacob, der gerade gründlich eine Gabel ableckte, bevor er sie für den nächsten Bissen an Alexander weitergab.

Es war mit Sicherheit der beste Fisch, den Valentina je gegessen hatte, und sie kaute ihn so langsam sie konnte, während die anderen Pläne schmiedeten.

»Wo das herkommt, ist noch mehr«, sagte Kristina. »Der See ist riesig.«

Tonya nickte. »Wir müssen so schnell wie möglich genug Fische fangen und für die Wanderung haltbar machen.«

»Wir sollten die Reusen durchtauschen, um rauszufinden, ob es am Öffnungsdurchmesser oder an der Stelle im See liegt, dass in der großen Reuse keine Fische waren«, sagte Jacob.

»Oder wir packen beide Reusen an die gleiche Stelle. Dann erhöhen wir gleichzeitig unseren Wissensgewinn *und* unsere wahrscheinliche Essensaufnahme«, sagte Alice.

»Vielleicht funktioniert es jetzt allein schon dadurch besser, dass wir die alten Fischgedärme als Köder nutzen können«, sagte Alexander.

Gleich nach dem Essen versenkten sie die Reusen aufs Neue und beschlossen außerdem, noch am selben Tag vier mehr davon zu bauen.

Alexander wies sie an, sich gründlich mit Asche die Hände zu waschen, bevor sie irgendetwas anderes taten. Jetzt, wo sie zum ersten Mal etwas gefangen hatten, war die Angst vor den Bären wieder da.

»Glaubt ihr, es ist gefährlich, dass wir länger an einer Stelle bleiben?«, fragte Tonya.

»Nicht gefährlicher, als kein Essen zu haben«, sagte Kristina und legte ihr den Arm um die Schultern.

Es tat nicht so weh, wie Valentina es erwartet hätte, und sie wusste nicht, ob das an Ole oder dem warmen Essen in ihrem Bauch lag.

Sie sagte nicht einmal etwas dazu, dass Kristina mit ihrer Einschätzung völlig falschlag: Natürlich gab es in der Wildnis Menschen und Tiere, die lebensbedrohlicher waren als der Hunger.

31

JACOB

Als Jacob aufwachte, war die Welt noch schwarz-weiß. Er hatte am Abend davor direkt vor dem Einschlafen noch zwei Konservendosen voll Wasser getrunken. Zum einen wärmte das, zum anderen sorgte es dafür, dass er morgens früh aufwachte und seine Runde um den See drehen konnte. Obwohl sie jetzt mehr Reusen und Köder hatten, hatten sie in den letzten beiden Tagen nur gerade genug gefangen, um ihren Hunger zu stillen – nie genug, um Proviant zu sammeln. Die Fischerei war genau wie die Jagd ein Glücksspiel.

An diesem Morgen musste er Oles Arm und Alexanders Bein zur Seite hieven, bevor er sich aus der engen Laubhütte winden konnte. Sie mussten schnellstmöglich den langen Weg in die Zivilisation antreten. Die Temperatur schien über Nacht weiter gefallen zu sein, und nur das Laub in ihren Regenhosen hielt sie noch warm genug.

»Hey«, grüßte er Tonya, die die dritte Wache hatte.

Sie lächelte müde und reichte ihm das Gewehr.

Nebel hing über dem See und ließ das Gelb der Birken matter wirken als sonst. Es kam ihm so vor, als würden ihm jeden Tag mehr gelbe Blätter entgegenwehen. In wenigen Wochen würden die Äste ganz kahl sein. Er versteckte sein Gesicht im Kragen seiner Jacke und steckte die Hände in die Taschen, auch wenn ihn das etwas kosten würde, sollte er stürzen.

An der Nordseite des Ufers fand er neue Pfotenspuren, aber der Abstand zwischen den Abdrücken wies auf ein kleineres Tier hin.

Auf jeden Fall war es kein Bär, das war schon mal was. Er folgte der Spur ein paar Meter, aber abseits des Ufers verlor sie sich im Laub. Enttäuscht setzte er seine Runde um den See fort. Ein einziger Jagderfolg würde alles für sie verändern.

Er passierte einen Haufen Köttel, die ihn bei seiner allerersten Runde kurz in Aufregung versetzt hatten, bevor er die Pilze bemerkt hatte, die bereits durch die Mistkugeln sprossen. Immerhin waren schon einmal Elche in der Gegend gewesen, das erkannte er auch daran, dass die zarten Triebe vieler kleinerer Birken vor einiger Zeit abgeweidet worden waren.

Zehn Minuten später entdeckte er größere Spuren, klare runde Hufabdrücke. Am Morgen zuvor waren sie noch nicht da gewesen. Sein Herz schlug schneller. Er suchte seine Umgebung mit den Augen ab und lauschte. Außer dem Rauschen des trockenen Laubs hörte er nichts. Mit dem Gewehr im Anschlag pirschte er vorwärts. Vielleicht war das Tier noch in der Nähe. Er konnte der Spur ein Stück weiter folgen, dann sah das Laub wieder überall gleich aus. Mit zusammengebissenen Zähnen suchte er weiter und entdeckte ein paar Schritte entfernt eine mittelgroße Birke, an der ein Streifen Rinde abgefressen worden war. Die Rinde war noch feucht. Ganz nah. Aber nach wie vor keine Hufabdrücke mehr.

Shit, shit, shit.

Plötzlich erahnte er eine Bewegung aus den Augenwinkeln: dort, hervorragend getarnt zwischen den braunen Baumstämmen und den Birkenschößlingen ...

Ein Elch.

Ein verdammter Elch.

Jacob hielt den Atem an. Das war ihre Chance. Der Elch war ihr Ticket nach Hause.

Er hatte zwei Schuss. Zwei Schuss, bevor er nachladen musste und der Elch davonstürmte.

Bitte. Wenn nicht für mich, dann für die anderen.

Jacob kontrollierte den Wind – er kam von vorne, das war gut. Er legte das Gewehr an. Die Holzbacke war kühl an seiner Wange. Jetzt nur nicht danebenschießen. Die geflüsterten Worte seines Vaters in seinem Ohr: »Ziel auf das Herz, Jacob. Dann geht es ganz schnell.«
Bitte.
Der Schuss war unglaublich laut.
Er traf.
Er hatte getroffen! Er hatte wirklich getroffen! Eine Welle aus Erleichterung überschwappte ihn. Aber bevor er noch einmal zielen und abdrücken konnte, entfernte sich der Elch bereits mit schnellen Schritten.

Jacob hastete ihm hinterher. Sein Puls trommelte ihm in den Ohren. Im Moos neben dem Ufer fand er das schaumige, helle Blut, das ihm sagte, dass er wahrscheinlich die Lunge erwischt hatte.

Shit. Ein verletztes Tier konnte noch meilenweit laufen. Mit zitternden Fingern lud er die verschossene Patrone nach, dann folgte er dem Elch, so leise er konnte. Für einen Moment dachte er, er hätte ihn verloren, aber dann sah er die Spur wieder vor sich, dieses Mal bestand sie aus Hufabdrücken und einzelnen Blutstropfen.

Bitte.
Der Wind kam immer noch von schräg vorne.
Jacob folgte dem Elch in sicherer Entfernung durch den Wald. Er würde ihn nicht aus den Augen verlieren. Nicht jetzt, nicht so knapp vor genug Nahrung für ihren Rückweg.

Hier gab es nur sie zwei. Jäger und Beute. Hunger und Angst. Dasselbe Spiel wie seit Millionen von Jahren. Er fühlte die vage Sorge, ob er den Weg zurück finden würde, doch er warf nur ab und zu einen Blick nach hinten, um sich die Route für den Rückweg einzuprägen. Er würde dem Elch den ganzen Tag folgen, wenn es nötig war.

Ein paar Hundert Schritte vom nördlichen Seeufer entfernt ging der Elch schließlich zwischen ein paar jungen Birken in die Knie.

Endlich. Zitternd gestattete sich Jacob ein paar tiefe Atemzüge.

Jetzt begann der eigentlich gefährliche Teil. Er musste nah genug herankommen, um einen Schuss abzugeben, aber der Elch war wehrhaft mit seinem mächtigen Geweih. Sicherer wäre es, zu warten, bis der Elch gestorben war, aber das konnte Stunden dauern.

Der Elch war still, blinzelte nur ab und zu. Er drehte den Kopf nicht in Jacobs Richtung, obwohl er sicher wusste, dass Jacob da war.

Jacob schlich näher heran. Es würde ihn mindestens eine weitere Patrone kosten, und es war gefährlich, aber wer wusste schon, wann die Wölfe oder Bären des Waldes die Fährte aufnehmen würden? Die Krähen sammelten sich schon jetzt in den Ästen.

Es waren alles nur vorgeschobene Gründe, das war ihm klar. Hauptsächlich wollte er nicht zuschauen müssen, wie der Elch starb. Jemand hatte Jacob auf einem der Jagdurlaube mal erzählt, dass Säugetiere in Herz und Lunge deutlich weniger Schmerzrezeptoren hatten als auf der Haut, aber dieses Wissen hatte ihn nie beruhigt.

Als er so nah war, wie er sich traute, legte er wieder an. Keine Fehler jetzt.

Die Kugel traf den Elch im Kopf.

»Oh Gott.« Jacob stützte sich auf den Knien ab. Sein Herz raste von dem Adrenalin, und unvermittelt schossen ihm Tränen in die Augen. Er musste zurücklaufen und die anderen holen – sie hatten einen ganzen Tag und eine Nacht voller Arbeit vor sich –, aber noch konnte er sich nicht bewegen. Er hasste diesen Moment. Wenn man im Abflauen des Adrenalins spürte, wie froh man war, dass das andere Lebewesen gestorben war. Und ja, natürlich war er froh. Nie hatte er sich einen Tod mehr gewünscht.

Das war ihre neue Welt: Blut und Knochen. Wo man nur überleben konnte, wenn etwas anderes starb.

32

VALENTINA

Als Valentina die Schritte hörte, presste sie sich noch fester gegen den Baumstamm. Es war einer der wenigen Baumstämme, der breit genug war, um sie zu verstecken. In der Hand hielt sie die Weinflasche. Kristina hatte das Bärenspray, die Jungs hatten die Messer. Die Sonne schien und blendete sie.

»Wo seid ihr denn alle?«, rief Jacob.

»Schsch.« Valentina winkte ihn zu sich heran in Deckung. »Wir haben zwei Schüsse gehört.«

»Ja, das war ich«, sagte Jacob. Er hatte ein unnatürliches Grinsen auf dem Gesicht, zu breit, als hätte ein Schimpanse versucht, eine Banane quer zu essen. »Ihr könnt rauskommen!«, rief er.

»Das warst du?«, fragte Kristina.

»Nehmt die Messer und die Rucksäcke mit«, sagte Jacob. »Und die Seile von den Reusen. Wir müssen uns beeilen.«

Die anderen kamen zögerlich aus ihren Verstecken. Hatte er wirklich etwas erwischt?

Jacob lief ihnen voraus, am Rand des Sees entlang, und redete dabei in einem fort. Valentina folgte ihm. Sie wollte sich nicht zu früh freuen, wurde aber mit jedem Schritt aufgeregter.

»Der Elch liegt ungefähr eine halbe Meile von hier«, sagte Jacob. »Wir müssen ihn schnellstmöglich zerlegen. Besser, wir erledigen die Arbeit dort, bevor wir alles ins Lager zurückbringen. Wer weiß, wie viele Fleischfresser in der Nähe sind. Und dann das Haltbarmachen.

Ich hab noch keine Ahnung, wie wir das angehen sollen, aber ich verlasse mich auf eure schlauen Köpfe. Alice, hier bist hauptsächlich du gemeint.« An der Nordseite des Sees folgte er einer Reihe von Steinen und Stöckchen, die er offensichtlich zur Orientierung ausgelegt hatte. »Ich habe mich fast eingeschissen, weil ich Angst hatte, dass ich die Stelle nicht wiederfinden würde. Wie dumm wäre das gewesen? Das hier ist wie Hänsel und Gretel, nur umgekehrt. Den Weg rein in den Wald, nicht raus, versteht ihr? Okay, Vorsicht jetzt. Wenn ein Bär da ist, wird er die Beute verteidigen.«

Aber es waren nur Krähen, die dem großen braunen Körper auf dem Boden die Augen auspickten.

»Es hat funktioniert«, flüsterte Alice ungläubig. »Ich habe tatsächlich einen Elch angelockt.«

Jacob, immer noch mit diesem unerträglichen Grinsen auf dem Gesicht, hielt Alice die Hand zum High Five hin.

»Jacob, du bist unglaublich.« Ole schlug Jacob auf die linke Schulter. Er war noch nie geizig mit Anerkennung gewesen, immer der Erste, der den Sieg von jemand anderem feierte. Es ließ Valentinas Herz stolpern.

Alexander legte Jacob dankbar die Hand auf die andere Schulter. Tonya lächelte breit. »Danke, Jacob.«

Kristina umarmte ihn breit grinsend. »Ich wusste, dass wir es schaffen würden!«

Valentina war selbst zu erleichtert, um Kristina darauf hinzuweisen, dass sie diesen Etappensieg nur errungen hatten, weil Jacob ein paranoider Bastard war, der offensichtlich mit einem Gewehr umgehen konnte.

Jacobs Blick traf ihren, und er zog genüsslich eine Augenbraue nach oben. »Na, Valentina. Freust du dich nicht?«

Das hatte man davon, wenn man einmal einen netten Gedanken über ihn dachte. »Oh, ich bin sehr erleichtert«, sagte Valentina. »Als ich die Schüsse gehört habe, dachte ich, du hättest dir erst in den einen und dann ein paar Minuten später in den anderen Fuß geschossen.«

Aber sie war dermaßen froh, dass sie spürte, wie ihre Mimik ihr entglitt und sie Jacob angrinste. Sie würden nicht sterben, sie würden es nach Hause schaffen.

Alice verscheuchte die Krähen und strich dem toten Elch über das Fell, bevor sie ihm etwas ins Ohr flüsterte. Die Krähen versuchten sofort, sich wieder zu setzen, und kreischten unheilvoll.

»Deswegen hast du gesagt, dass wir schnell sein müssen«, sagte Ole.

Jacob nickte. »Und die Krähen sind noch unser geringstes Problem. Der Wald ist voller Schnorrer, die uns diesen Fang abjagen wollen. Wir dürfen das Fleisch keine Sekunde aus den Augen lassen.«

Richtig. Noch hatten sie das Fleisch nicht haltbar gemacht. Noch waren sie nicht auf dem Nachhauseweg.

»Okay«, sagte Tonya. »Was brauchst du?«

Sie schauten ihn alle erwartungsvoll an, wie sechs Köpfe desselben Organismus, bereit, alles für die Nahrung zu tun. Valentina bekam eine Gänsehaut.

»Als Erstes müssen wir das Tier häuten. Danach müssen wir das Fleisch von den Knochen bekommen, ohne die Gedärme zu verletzen. Am besten, wir erledigen das gleich hier, damit der Blutgeruch möglichst weit weg von unserem Lager ist.«

»Wie lange dauert es, bis die Wölfe und Bären hier sind?«, fragte Valentina.

»Ehrlich gesagt, keine Ahnung«, sagte Jacob. »Idealerweise würden wir den Elch in offenem Gelände ausnehmen, wo wir weiter sehen können, aber wegen Nick geht das natürlich nicht. Als ich mit meinem Vater unterwegs war, hat uns nie ein großes Tier die Beute streitig gemacht. Aber ich habe von Fällen gehört, wo Jäger von Bären angefallen wurden, weil sie sich nicht nach hinten umgeschaut haben. Wir sollten kein Risiko eingehen. Einer von uns sollte immer mit dem Gewehr Wache halten, vor allem in Windrichtung.«

»Das müssen wir sowieso«, sagte Tonya. »Die Schüsse waren ziemlich laut. Wenn Nick in der Nähe ist, dann weiß er jetzt von unserer Anwesenheit.«

»Vielleicht«, sagte Alice. »Aber wenn er in der Nähe ist, wird er früher oder später sowieso zur Wasserstelle kommen. Und vielleicht weiß er nicht, dass wir das Gewehr haben. In diesem Fall würde er uns vielleicht für fremde Jäger halten und sogar einen weiten Bogen um uns machen, damit niemand sein Gesicht erkennt. Er darf ja nicht gesehen werden.«

»Wie teilen wir uns am besten auf?«, fragte Tonya.

»Ich brauche jemanden, der mir mit den Schnitten hilft«, sagte er. Er drehte sich zu Valentina um. Dieses verdammte Grinsen. »Na, wie wär's?«

Ihr eigenes Grinsen verselbstständigte sich schon wieder. Zum Ausgleich verdrehte sie die Augen. »Whatever.«

»Ansonsten brauchen wir eine Methode, um das Fleisch haltbar zu machen. Da wir kein Salz haben, sollten wir es vermutlich in schmale Streifen schneiden und trocknen, aber ich weiß nicht, wie wir das im großen Stil schaffen sollen. Wir müssen vermutlich auch unsere Konservendosen opfern, um darin das Fett zu konservieren. Vielleicht können sich die anderen darum kümmern? Das erste Stück Fleisch werden wir schon nach relativ kurzer Zeit haben.«

Jacob machte mit der Säge des Taschenmessers einen langen Schnitt am Rückenfell und vier kleine Ringschnitte um die Beine, um das Fell abzulösen. Von der Arbeit begann er zu schwitzen, und Haare klebten an seiner Stirn.

»Kannst du mir kurz mit deiner sauberen Hand die Haare aus dem Gesicht streichen?«

Der Pony seiner Kurzhaarfrisur war tatsächlich ein bisschen lang.

»Es wäre mir eine Ehre, oh großer Jäger«, sagte sie schleppend.

Jacob grinste und schloss genießerisch die Augen. Seine Stirn war heiß. »Jetzt noch eine kleine Nackenmassage, damit ich besser schneiden kann ...«

Valentina ließ die Hand sinken. »Du solltest dein Glück nicht überstrapazieren. Und hätte es dein Nacken nicht leichter, wenn du dazu das große Messer benutzt?«

»Das würde nur stumpf werden«, sagte er und machte weiter. »Besonders am Hals ist die Haut sehr dick. Und wir brauchen die Messer noch scharf für das Fleisch.«

»Vielleicht könnten wir die Messer schärfen«, sagte Valentina.

»Ich suche mal nach einem passenden Stein«, sagte Kristina. Währenddessen waren die anderen dabei, unter Alice' Anleitung für eine Räucherhütte Äste zu sammeln.

»Jetzt könntest du dich mal nützlich machen«, sagte Jacob. Er hörte einfach nicht auf zu grinsen. »Wenn du das Bein hochhalten könntest, kann ich leichter schneiden.«

Es kostete mehr Kraft, als Valentina gedacht hätte. Erstens war das Bein schwer, zweitens hatte die Totenstarre bereits eingesetzt.

Jacob nahm die Hinter- und Vorderbeine in jeweils einem Stück ab und gab sie weiter. Allein ein Bein musste mehr als zwanzig Kilo wiegen. »Passt auf, dass kein Dreck daran kommt«, sagte er.

Alexander und Ole hängten das Fleisch an einem Ast auf.

Nachdem er die Beine abgelöst hatte, zog Jacob das Fell weiter herunter, um an das Rückenfleisch zu kommen, und danach an die Lenden. Als Nächstes schnitt er alles Fett und Fleisch von den Rippen.

Valentina erwartete viel Blut, aber tatsächlich wurden nur Jacobs Hände und Arme ein bisschen rot.

»Wo ist das ganze Blut?«, fragte sie.

»Die eine Kugel steckt in der Lunge«, sagte Jacob. »Dort ist nach dem ersten Schuss auch das meiste Blut raus geflossen. Diese Stelle werden wir also in Ruhe lassen. Außerdem ist das hier eine andere Technik, als man sie im Schlachthof benutzen würde. Statt zuerst die

Eingeweide zu entfernen, arbeitet man um sie herum, bis nichts anderes mehr übrig ist.«

Zuletzt schnitt er Herz, Leber, Niere und Zunge heraus.

Es kostete sie den ganzen Morgen, den Elch zu häuten und zu zerlegen. Als Jacob ihre Hilfe nicht mehr brauchte, grub Valentina ein Loch für die Gedärme.

Jetzt, wo das Essen so nah war, war es leicht, sich zu verausgaben, aber sie waren noch immer schwach. Valentina war ebenso erschöpft wie Jacob, der sich mit dem Rücken an einen Baumstamm lehnte, die blutigen Hände von sich gestreckt, damit sie seine Kleidung nicht berührten. Nachdem sie die Reste verscharrt hatte, ließ sie sich neben ihn sinken.

»Ich würde so gerne jetzt was essen«, sagte Jacob. »Ich speichele schon den ganzen Morgen wie Pawlows Hund.«

»Nur noch sieben Stunden oder so«, sagte Valentina. Dann konnten sie in der Dämmerung wieder ein Feuer machen.

Jacob nickte müde. »Allerdings beginnt jetzt erst die eigentliche Arbeit. Wir müssen das ganze Fleisch mit zwei Messern klein schneiden, und wir müssen das Fett abkratzen und gesondert ausbraten.«

Valentina nickte müde zurück. »Ich weiß übrigens, was du hier gerade tust«, sagte sie. »Du nutzt deinen Jagderfolg, um mich mit Essen in Friedensverhandlungen zu verstricken.«

»Und, klappt es?«

»Ich sag's dir in sieben Stunden«, sagte Valentina.

»Ich glaub, es klappt«, sagte Jacob. Das Grinsen keimte schon wieder in seinen Mundwinkeln. »Du bist zu müde, um mir zu widerstehen.«

»Das ist so, als würdest du sagen, ich wäre zu müde, um zu schlafen«, sagte Valentina.

»Aber genau den Zustand erreicht man manchmal«, sagte Jacob. »Man liegt auf der Couch, Netflix beginnt automatisch mit der nächsten Episode, und man müsste sich nur in sein Bett schleppen, aber der Weg dorthin ist so weit und die Zahnseide und das Zähneputzen ein unüberwindbares Hindernis. Und dann ...«

»Erzähl mir nichts vom Wunderland«, sagte Valentina.

Beine und Knie liefen in ihr Sichtfeld.

»Wir sind mit dem Rauchhaus fertig«, sagte Alice. »Wollt ihr schauen kommen?«

Sie rappelten sich auf. Jacob war zuerst auf den Füßen, er hielt ihr die blutige Hand hin, und – vielleicht war sie wirklich zu erschöpft – Valentina nahm sie und ließ sich auf die Füße ziehen.

Die Rauchhütte war ein Gestell aus Ästen, an dem schon viele schmale Fleischstreifen hingen. Es sah aus wie ein vertikaler Wäscheständer für Geschnetzeltes.

»Wir haben parallel schon einmal ein bisschen Fleisch klein geschnitten«, sagte Alice.

»Wie hält das zusammen?«, fragte Valentina.

»Wir haben zwei von Kristinas selbst gestrickten Wollsocken aufgetrennt und den Faden benutzt«, sagte Alice. Stolz ließ ihre Worte glänzen. »Das wird dann noch mit Fichtenzweigen abgedeckt, damit der Rauch schön drinnen bleibt.«

Der Stolz war ansteckend, er pochte jetzt auch in Valentinas Brust. Die Leute, mit denen sie hier war, hatten Hütten aus Dreck gebaut, ein Tier erlegt und ausgenommen und eine Rauchhütte mithilfe zweier Socken errichtet. Wenn es jemand nach Hause schaffte, dann sie alle zusammen.

»Wenn wir es gut hinkriegen, bleibt der Rauch hoffentlich drin, und man sieht ihn nicht aus der Ferne«, sagte Ole. »Ansonsten könnten wir den Rauch noch verwedeln. Wir testen das, wenn es dunkel wird.«

»Wir haben ja nur zwei Messer«, sagte Kristina. »Vielleicht sollten ein paar von uns sich ausruhen, und wir arbeiten im Schichtbetrieb.«

»Jemand könnte auch schon das Fett und Fleisch von dem Fell runterschaben, damit wir nichts verschwenden«, sagte Jacob.

Sie arbeiteten in Zwei-Stunden-Schichten, mit nach oben geschobenen Ärmeln, um möglichst wenig Blut auf die Kleidung zu bekommen. Zunächst schnitten sie das Fleisch in kleine Streifen, dann zupften sie das Fett ab und sammelten es in den Konservendosen, die Alexander mit dem Topf noch aus dem Lager geholt hatte. Als die Dosen voll waren, füllten sie das Fett in Alice' Schalen aus Birkenrinde.

»Hey.« Ole stupste sie vorsichtig mit dem sauberen Ellenbogen am Arm. In ihrer zweiten Pause war sie doch tatsächlich eingeschlafen. »Essen ist fertig.« In seiner Stimme hörte sie ein Lächeln. »Jacob und Alice sind vom Geruch aufgewacht, aber du hast geschlafen wie ein Welpe.«

Tatsächlich – der Geruch von gebratenem Speck ließ ihr sofort das Wasser im Mund zusammenlaufen. Es war dunkel, und das Feuer leuchtete durchs Unterholz. Jacob hielt das Gewehr, ihre Erinnerung daran, dass ihnen jeden Moment ein hungriger Bär alles wegnehmen konnte, wenn sie nicht wachsam blieben. Die anderen saßen um das Feuer, an dessen Rand in der Glut der Topf stand. Ein Platz war noch leer.

Sie warten auf mich, dachte Valentina. Sie sind müde und ausgehungert, und sie warten auf mich.

»Alexander besteht darauf, dass wir uns alle erst die Hände waschen«, sagte Alice.

Valentina nahm ein kleines bisschen kalte Asche, und Tonya goss ihr frisches Seewasser aus der Plastikflasche darüber.

Jacob räusperte sich. »Wir kredenzen: Leber und Nieren, weil ich nicht weiß, wie man die richtig konserviert. Gut durchgebraten, damit wir uns nicht mit Elchparasiten anstecken. Dazu Speckwürfel aus der Zunge.«

Alice teilte für jeden ein Rindenstück aus, auf dem ein Stück weiches Fleisch angerichtet war.

Vielleicht war es das flackernde gelbe Licht oder die freudige Erwartung in den Gesichtern, aber auf einmal dachte Valentina an Weihnachten.

»Möge es uns wohl bekommen«, sagte Jacob, als alle ihre Portion vor sich hatten.

Ole hob seinen Rindenteller in die Luft. »Auf dich, Jacob«, sagte er.

»Auf dich«, wiederholten alle.

Und da war etwas Überraschtes in Jacobs Gesicht, das ihn schnell zu Boden schauen ließ. »Schon okay«, sagte er.

Sie hatte das letzte Mal Leber gegessen, als sie klein gewesen war, und danach ihrer Mutter lautstark erklärt, dass sie das nie wieder tun würde. Jetzt nahm sie vorsichtig einen kleinen Bissen. Vielleicht war das damals doch keine Leber gewesen. Denn dieses Fleisch schmeckte weich und saftig, dazu herrlich getränkt in Fett. Es schien etwas zu enthalten, was ihr Körper sehnlichst vermisst hatte, und sie hatte das Gefühl, als würde ihr Gehirn auf einmal von innen herausprickeln.

Sie sahen wild aus, alle zusammen. Große Augen, Zähne, die zwischen einzelnen Bissen kurz aufblitzten, die Jungs mit stoppeligen Bärten. Die Kleidung voll Dreck und Erde, die Haare zottig und jetzt auch noch Blut und Fett an den Fingern.

Der harzige Rauch von der Rauchhütte zog ab und an zu ihnen herüber, während sie langsam ihre kleinen Portionen aßen, damit sie ihre Mägen nicht überforderten.

»Das Feuer wird die ganze Nacht brennen müssen«, sagte Jacob. »Und besser noch den ganzen Tag.«

»Sieht aus, als wäre die Rauchhütte einigermaßen dicht«, sagte Tonya. »Dann sollten wir besser noch mindestens zwei weitere bauen, damit wir möglichst schnell möglichst viel räuchern können.«

»Das Fett müssen wir auch weiter auslassen«, sagte Ole.

»Und wenn wir dann mit Räuchern noch nicht fertig sein sollten, können wir den Topf nutzen, um die Knochen auszukochen, damit wir an die Mineralien und das Mark kommen«, sagte Alexander leise.

»Meint ihr, es lohnt sich überhaupt, alles zu verarbeiten?«, fragte Kristina. »Ich bin genauso gierig wie ihr, aber wir brauchen eigentlich nur genug für den Nachhauseweg; das Fleisch ist ziemlich schwer, und es wird jeden Tag kälter. Je früher wir aufbrechen können, desto besser.«

»Ich denke, wir sollten mitnehmen, was wir kriegen können«, sagte Tonya. »Das Fleisch wird durch die Trocknung stark an Gewicht verlieren. Vermutlich müssen wir noch zusätzliche Körbe bauen, um alles zu transportieren, aber ich denke, das lohnt sich sehr wohl, sogar wenn wir dadurch zwei Tage länger brauchen.«

Alice machte sich daran, einen kleinen Nachschlag auszuteilen, und Valentina reichte ihr den Teller.

»Hey, Lizzie«, sagte Kristina. »Kannst du mir auch noch eine Portion geben?«

Jacob verschluckte sich und musste husten. »Nennt sie nicht ›Lizzie‹«, sagte er. »Das klingt als Spitzname viel zu harmlos.«

»›Lizzie‹ klingt nach einer Katze«, sagte Kristina. »Passt doch.«

»Süß, kuschelig, Mordmaschine?«, sagte Jacob.

Alice kicherte. Es ließ sie noch harmloser wirken.

Valentina schluckte die letzten Reste ihres Nachschlags hinunter und lehnte sich grinsend zurück. Sie hatte gedacht, sie könnte die ganze Nacht essen, aber sie war jetzt schon satt.

»Ihr denkt, ich übertreibe?«, sagte Jacob. »Dann ist hier ein kleiner Test. Also, Alice, hast du mal eine Bombe gebaut?«

Alice runzelte die Stirn bis zu ihrer charakteristischen senkrechten Falte. »Fünfzig Prozent aller Kinder versuchen mal, eine Bombe zu bauen«, sagte sie.

»Das ist demnach ein Ja«, sagte Jacob. »Und ist deine Bombe auch explodiert?«

»Vielleicht.«

»Was heißt ›vielleicht‹?«

»Die Chemielehrerin hat das Gebäude evakuiert, bevor ich meine Versuchsreihe abschließen konnte.«

Jacob blickte bedeutungsschwer in die Runde.

Tonya lachte laut – es war vielleicht das erste Mal, dass Valentina sie lachen hörte.

Alice warf entrüstet die Arme in die Luft. »Ich kann doch nichts dafür, dass ich lesen und kopfrechnen kann.«

»B.O.M.B.E«, buchstabierte Jacob. »Der perfekte Spitzname auf einem Quecksilbertablett.«

Es gab keine Gegenstimmen, und der Name setzte sich sofort durch.

Bevor Jacob, Alice und Ole sich schlafen legten, gab Jacob das Gewehr an Valentina weiter. »Vermutlich werden sie vor dem Feuer Respekt haben«, sagte er. »Aber sicher ist sicher.«

Seine dunklen Pupillen reflektierten die Funken, und Valentina verstand genau, was er sagen wollte: Noch waren sie nicht zu Hause. Wenn sie nicht wachsam waren, konnten sie immer noch alles verlieren.

33

TONYA

Es kostete sie vier weitere anstrengende Tage und Nächte, den Elch zu verarbeiten. Am Abend des vierten Tages war das Fleisch endlich getrocknet, die halbe Meile ins Lager transportiert, und in den Rucksäcken verstaut, die jetzt wieder sicher in einem Baum hundert Schritte von der Feuerstelle entfernt aufgehängt worden waren.

Da ihre zwei Rucksäcke nicht ausreichten, hatte Alexander die Reusenkörbe umfunktioniert, indem er schmale Streifen vom Elchfell als Träger hindurchgezogen hatte.

Außerdem würden sie natürlich Kristinas Ausrüstung, ihre Beute aus dem Container und einen vollen Wassersack tragen.

Am nächsten Morgen wollten sie aufbrechen, aber diesen Abend stärkten sie sich noch einmal am Feuer und gingen dabei den Plan durch. Tonya hatte einen brüllenden Hunger entwickelt, als hätte ihr Körper verstanden, dass es gerade Essen im Überfluss gab und jetzt der richtige Zeitpunkt war, um das Defizit der letzten Wochen auszugleichen.

»Ist das Wasser für morgen schon fertig, Bombe?«, fragte Tonya, während sie eine weitere Portion mit Fett vermischtes Trockenfleisch verschlang.

Bombe nickte. Sie würden dieses Mal nicht nur den Wäschesack, die Plastikflasche und den Flachmann füllen, sondern auch die leeren Ketchup- und Mayoflaschen sowie die Glasflasche.

»Wird Zeit, dass wir wegkommen«, sagte Jacob, der das Gewehr in der Hand hielt. »Ich hab das Gefühl, dass mir im Hinterkopf ein drittes Auge wächst.« Er warf einen Blick über die Schulter in den dunklen Wald.

Tonya ging es ähnlich. Sie hatte sich in dieser Nacht für die letzte Wache gemeldet, weil sie danach sowieso zu angespannt war, um wieder einzuschlafen. Es wäre furchtbar, so nah an der Rettung zu sein und dann den Proviant wieder zu verlieren. Noch schlimmer, wenn man zu dieser Zeit für die Wache eingeteilt wäre.

Der Elch war ein irrer Glücksfall gewesen, und jetzt wartete sie darauf, dass zum Ausgleich etwas Schreckliches passierte. Ihren Sehnsuchtswunsch zu erfüllen und dann beschossen zu werden? Das ergab Sinn. Den Container zu finden, nachdem sie Peter verloren hatten und fast verdurstet waren? Das auch. Aber genug Nahrung für den Rückweg zu haben, mit Leuten, denen sie vertrauen konnte, weil sie es wieder und wieder bewiesen hatten? Das war zu viel Glück, das war gefährlich. Da musste sie auf der Hut sein.

»Will noch jemand eine Runde?«, fragte Kristina, die neben dem Topf saß. »Was wir jetzt essen ...«

»... müssen wir nicht tragen«, vollendeten Jacob und Bombe im Chor.

»Wie sieht es mit der Navigation aus?«, fragte Tonya. »Der kürzeste Weg geht direkt nach Süden.«

»Es gibt Richtung Süden einen kleinen Hain, den wir erst mal anstreben können«, sagte Ole.

»Oh, stimmt«, sagte Bombe. »Das habe ich euch ja noch gar nicht erzählt.« Ein zufriedenes Grinsen tauchte auf ihrem Gesicht auf. »Ich weiß, wie wir ohne Kompass navigieren können. Es ist mir heute Nacht eingefallen, als ich Wache hatte.«

Große Augen rund ums Feuer.

»Und zwar?«, fragte Valentina.

»Ole, geht deine Uhr pünktlich?«, fragte Bombe.

Ole musterte sie ungläubig. »Es ist eine *Uhr*«, sagte er.

Sein fassungsloser Ton brachte Tonya zum Lächeln.

»Um zwölf Uhr steht die Sonne direkt über uns«, sagte Bombe. »Ein Uhr nachmittags, wenn die Uhr noch auf Sommerzeit eingestellt ist, wie gerade jetzt: Das ist Süden. Zumindest auf der Nordhalbkugel.«

»Also wissen wir dreimal am Tag die Himmelsrichtungen«, sagte Jacob. »Das ist noch nichts Neues.«

»Ja, wenn wir doch nur ein Gerät hätten, das den Fortschritt der Sonne über den Himmel abbildet«, sagte Bombe und lächelte.

»Klartext bitte«, sagte Valentina.

»Den Süden zu bestimmen ist äquivalent zu dem Problem, den Stand der Sonne vorherzusagen, richtig?«

»Richtig«, sagte Valentina langsam.

»In vierundzwanzig Stunden dreht sich die Erde einmal um sich selbst. Die Sonne geht einmal auf und wieder unter. So haben Menschen einen Tag definiert. Das heißt, mit einer Uhr, die vierundzwanzig Stunden anzeigt, würde der Stundenzeiger uns immer sagen, wo die Sonne gerade steht. Und zwölf Uhr – beziehungsweise ein Uhr, wegen der Sommerzeit – würde hier auf der Nordhalbkugel immer auf Süden zeigen. Weil wir aber ein Ziffernblatt mit zwölf Stunden haben, müssen wir die Winkelhalbierende zwischen dem Stundenzeiger und zwölf Uhr nehmen.«

»Du hast mich unterwegs verloren«, sagte Jacob und gähnte.

»Aber es sollte funktionieren«, sagte Bombe.

»Bitte noch mal langsam«, sagte Ole.

»Du richtest den Stundenzeiger auf die Sonne. Süden liegt zwischen dem Stundenzeiger und ein Uhr. Wenn die Sonne auf neun Uhr stände, dann wäre Süden also auf elf Uhr.«

Bombe demonstrierte die Technik noch anhand von ein paar Zeichnungen auf dem Boden. Danach legten sich alle schlafen außer Kristina, die die erste Wache hatte. In den letzten Tagen waren sie zwar wieder zu Kräften gekommen, aber sie hatten einen langen Marsch vor sich. Tonya schlief sofort ein.

Als Jacob sie zur dritten Wache weckte, fiel ihr als Erstes auf, wie kalt es war. Die Temperaturen mussten über Nacht gesunken sein. Die Wolkendecke hatte sich zugezogen, als wäre auch dem Himmel kalt, und die Sterne waren nicht zu sehen. Sie nahm das Gewehr von Jacob entgegen und schürte das Feuer noch ein bisschen höher, damit sie es warm genug hatte. Fröstelnd schlug sie die Kapuze ihrer Jacke nach oben und rutschte so nahe ans Feuer, wie sie es aushielt, aber der Wind leckte ihr trotzdem kalt über den Rücken.

Vielleicht war sie ja nur besonders müde und nahm die Kälte stärker wahr als sonst. Die Stunden vor Morgengrauen waren immer die kältesten.

Unendlich langsam krochen die Minuten ihrer Wache dahin.

Erst dachte sie, die kleinen weißen Plättchen, die durch die Luft taumelten, wären Asche. Sie hatte schon häufig Ascheflocken aus ihren Haaren gekämmt. Aber dieses Mal war es keine Asche, sondern … Schnee.

Oh nein.

Tonya starrte nach oben. Vor dem dunklen Himmel konnte sie die Flocken erst sehen, wenn sie in den Lichtkreis des Feuers gerieten, deshalb schien es, als würden sie aus dem Nichts auf sie herabfallen.

War ihre Zeitrechnung falsch? Oder schneite es hier immer so früh?

Die Flocken blieben auf dem Boden liegen. Harmlos wie Puderzucker sahen sie aus.

Sollte sie die anderen wecken? Bloß wozu? Man wachte auf, wenn es plötzlich zu kalt wurde, das wusste sie nur zu genau aus den letzten Wochen. Es gab nichts, was sie gegen den Schnee tun konnten, und je ausgeruhter die anderen waren, desto besser. Sie würden noch schneller sein müssen als geplant.

Die Schneedecke wurde höher, erst einen Fingerbreit, dann zwei. Wie lange würde es wohl schneien? Der Schnee würde Unebenheiten im Boden verdecken und ihnen das Laufen ab einer gewissen Höhe erschweren. Ganz zu schweigen von der Kälte.

Schließlich hörte sie ein Knirschen und erkannte die dunklen Umrisse von Ole, Alexander und Jacob. Sie wirkten, als hätten sie einen Geist gesehen.

Jacob streckte dankbar die Hände in Richtung des Feuers, dann drehte er sich, um seinen Rücken zu wärmen. »Es ist so kalt, mir graust es schon davor, das nächste Mal pissen zu müssen.«

Alexander und Ole sagten beide nichts. Die Sorge stand ihnen ins Gesicht geschrieben.

Schließlich tauchten auch die Schwestern und Bombe auf. Tonya und die Jungs rückten zusammen, um ihnen Platz am Feuer zu machen. Stille, während sie alle die Panik in ihren Köpfen zurück in den Käfig trieben.

»Ist das zu dieser Jahreszeit normal?«, fragte Kristina irgendwann.

»Ich hatte gehofft, dass wir es wenigstens Anfang Oktober noch warm haben«, sagte Bombe. »Aber in den letzten Jahren hatten wir häufig frühere Kälteeinbrüche als sonst.«

»Und wurde es dann noch mal warm?«, fragte Valentina.

Das orangerote Licht flackerte über die Gesichter und ließ es für einen Moment so aussehen, als würde Bombe zittern.

»Manchmal«, hauchte sie und schluckte.

Manchmal. Vielleicht.

»Es ändert nichts an unserem Plan«, sagte Tonya. »Wir brechen auf, sobald es hell ist.«

Niemand erwiderte etwas.

»Richtig?«

Ole fing sich wieder. »Richtig«, sagte er. »Lasst uns so warm wie möglich werden.«

Sie kauerten sich so nah ans Feuer, wie sie es aushielten, während Alexander es stetig schürte, um ihnen den Schock aus den Rippen zu brennen.

Noch im Zwielicht liefen sie los. Der Boden unter ihren Füßen war gefroren und ungewohnt hart. Sie hätten euphorisch sein sollen, aber es war kein gutes Gefühl, das Feuer zu löschen und das Lager zu verlassen. Alle hatten den Kopf gesenkt. Dieser kleine Ort war gut zu ihnen gewesen. Hatte sie mit Wasser und Nahrung versorgt und vor fremden Blicken geschützt. Ohne das Feuer packte die Kälte sofort wieder zu.

Über Nacht hatten die Birken schlagartig den Großteil ihres restlichen Laubs verloren, als wären auch die Bäume von der Kälte überrascht worden. Nur ein paar letzte gelbe Blätter klammerten sich noch an die kahlen Äste.

In der unberührten Schneedecke waren ihre Fußabdrücke allzu gut zu erkennen.

Die Sonne war bloß ein fahler weißer Fleck, aber Bombe, die die Uhr am Handgelenk trug, richtete den Stundenzeiger in Richtung der Sonne aus und zeigte Richtung zehn Uhr. »Da lang.«

Ihr Plan sah vor, möglichst von einem Waldstück zum anderen zu laufen, um am Abend eines Tages Feuerholz und hoffentlich Wasser zu finden.

Es hatte aufgehört zu schneien, aber ein eisiger Wind blies über die Ebene und schnitt durch ihre Kleidung, sobald sie die Bäume verließen. Sie hatten alle ihre Kapuzen aufgesetzt und die Hände in die Jackentaschen gestopft, dazu trugen sie ihre mit Laub ausgestopften Regenhosen. Hoffentlich würde ihre Ausrüstung sie warm genug halten.

»Wie viel Uhr ist es?«, fragte Tonya Bombe.

Es war unmöglich, korrekt die Temperatur zu schätzen, schon gar nicht in dem Wind, aber Tonya hatte eine innere Temperaturskala aus dem eisigen Chicagoer Winter: Wie lang konnte man sich draußen aufhalten, bevor man sich aufwärmen musste? Im Januar, wenn es am kältesten war: unter einer Stunde. Das war der Monat, in dem obdachlose Menschen auf den Straßen erfroren.

Ab und an entdeckte Tonya die Spuren von Tieren im Schnee. Hasenpfoten in der charakteristischen Hoppelformation und die schmalen Klauen eines Vogels. Trotzdem kam es ihr so vor, als wären sie die einzigen Lebewesen in dieser Eiswüste.

»Können wir kurz Pause machen?«, fragte Valentina eine halbe Stunde später. »Hast du noch irgendetwas in deinem Rucksack, mit dem wir uns warm halten könnten?«, fragte sie Kristina, während sie von einem Fuß auf den anderen trat.

»Nur noch Oberteile und Socken«, sagte Kristina.

»Vielleicht können wir uns die Oberteile halb über die Köpfe ziehen, damit sie unser Gesicht bedecken«, sagte Valentina.

»Und die Socken als Handschuhe benutzen«, sagte Bombe.

Aber es reichte immer noch nicht. Tonya spürte, wie ihre Zehen in den Wanderschuhen erst kalt wurden und dann taub. Sie dachte an all die Male, die sie seit Beginn der Wanderung schon gefroren hatte. Kein einziges Mal war es so kalt gewesen wie jetzt.

»Lasst uns ein bisschen schneller laufen, damit uns wärmer wird«, schlug Bombe vor.

Es gab keine Einwände, aber auch das höhere Tempo nützte nichts.

Tonya versuchte sich einzureden, dass es nicht anders war, als all die Jahre in Chicago ohne anständige Winterschuhe an der U-Bahn-Haltestelle zu warten. Aber natürlich war es doch etwas anderes. Wenn die U-Bahn endlich heranrauschte, öffneten sich die Türen, und die warme Luft schwappte einem entgegen, sodass man noch vor der nächsten Station zu schwitzen begann.

Hier draußen gab es nirgendwo eine Zuflucht vor der Kälte.

»Ich spüre meine Zehen nicht mehr«, sagte Bombe schließlich. Sie gab es so sachlich bekannt wie die Uhrzeit, doch durch ihre Stimme schlingerte die Panik. Laufen zu können machte hier draußen den Unterschied zwischen Leben und Tod.

»Hältst du es noch bis zu dem Waldstück dort vorne aus?«, fragte

Ole, die Stimme genauso sachlich, als hätten sie alle einen Pakt geschlossen, ihre Angst zu verbergen.

Tonya schätzte die Entfernung – noch mindestens eine halbe Stunde. Und Oles Frage war sinnlos, rein rhetorisch, um Bombe das Gefühl zu geben, sie hätte die Wahl: Nur in einem Waldstück konnten sie Feuerholz finden.

Als sie endlich die nächste Baumansammlung erreichten, konnte Tonya ihre Füße gar nicht mehr spüren. Sie mussten sich dringend aufwärmen.

»Wie viel Uhr ist es?«, fragte sie.

Bombe schob die Kleidungsschichten über der Uhr zurück und sagte es ihr. Es waren eine Stunde und vierzig Minuten vergangen, seit sie das Lager verlassen hatten.

Noch nicht so kalt wie im kältesten Chicagoer Winter, aber kalt genug.

In größter Eile suchten sie Holz für ein großes Feuer zusammen. Bisher hatten sie es vermieden, tagsüber und ohne Sichtschutz ein Feuer zu entzünden, aber jetzt blieb ihnen keine Wahl. Bombe hatte in ihren Jackentaschen genug trockenen Zunder, der rasch Feuer fing, doch ihre Finger zitterten, und der Wind fraß ihr die erste Flamme direkt vom Holz. Selbst als das Feuer endlich brannte, wurde Tonya nicht warm. Sie hatten das Wasser in Kristinas Wäschesack bereits im Lager abgekocht, und nun erhitzten sie es noch einmal, nur damit sie etwas Warmes zum Trinken hatten. Leben kam erst wieder in ihre Zehen, nachdem sie ein paar Steine erhitzt und sie vorne in ihre Schuhe gesteckt hatte. Die Wärme tat weh.

Bei ihrer aktuellen Geschwindigkeit würde es Wochen dauern, bis sie eine menschliche Siedlung fanden. Wie sollten sie das in der Kälte überstehen?

In ein paar Tagen wird es besser, sagte sie sich. *Wir müssen nur durchhalten.*

»Das Problem sind unsere Schuhe«, sagte Bombe und kniff die Augen zusammen, während sie ihre Schuhe musterte, als hätten die sie verraten. »Den Rest von uns können wir warm genug halten. Wir müssen also nur eine Möglichkeit finden, unsere Schuhe zu isolieren.«

»Und, hat jemand eine Idee dazu?«, fragte Ole.

»Es ist dasselbe Prinzip wie immer, oder?«, sagte Tonya. »Wir müssen vom Boden wegkommen. Können wir uns aus Stroh und Ästen eine zweite Sohle unter unsere Schuhe basteln?«

»Wir könnten die Sohle mit der Schnur von Kristinas Bärenbeutel unter unsere Schuhe knoten.«

Bombe begann probehalber, trockenes Gras abzureißen, den Schnee abzuschütteln, es zu bündeln und mit der Schnur um ihren Schuh zu wickeln. Es kostete sie mehrere Umdrehungen, bis es fest saß. Danach sah es genauso hoffnungslos aus, wie man es erwarten würde – Stroh um einen Schuh gewickelt –, aber Bombe stand auf und machte ein paar Schritte.

»Ist es wärmer?«, fragte Jacob vorsichtig.

»Werde ich unterwegs testen müssen«, sagte sie.

Sie aßen etwas – immerhin davon hatten sie genug –, tranken das Wasser im Topf aus, löschten das Feuer und liefen weiter nach Süden – oder zumindest in die Richtung, die zwischen dem auf die Sonne ausgerichteten Stundenzeiger und ein Uhr lag. Sie kamen nicht weit, bevor sie die nächste Pause einlegen mussten, um sich aufzuwärmen.

»Und?«, fragte Ole an Bombe gewandt.

»Meine Füße sind immer noch kalt«, sagte Bombe niedergeschlagen. Ein sanftes Zittern hatte ihren Körper erfasst.

Das Stroh hatte sich während des Laufens an manchen Stellen aufgerieben, und Bombes Füße erinnerten an die einer Vogelscheuche. Sichtlich unzufrieden wickelte sie sich die Schnur von den Schuhen.

So ging diese Hoffnung dahin.

»Die Schnur hätte sowieso nie für alle gereicht«, murmelte Jacob.

Nach einer kurzen Stille meinte Kristina: »Wir könnten ein Stück Decke abschneiden und es ihr um die Schuhe wickeln. Ich hab so was mal auf einem Foto von Kriegsgefangenen im Zweiten Weltkrieg gesehen.«

»Wir brauchen die Decken, um uns nachts warm zu halten«, sagte Bombe.

»Vermutlich ist es am besten, wenn wir im nächsten Wäldchen bleiben und uns auf die Nacht vorbereiten«, sagte Kristina.

»Gut. Es dauert mindestens zwei Stunden, die Hütten zu bauen«, sagte Ole.

»Ich glaube, die Hütten können wir uns heute Nacht sparen«, sagte Bombe. »Wir können darin kein Feuer machen, und wenn sie uns ohne Feuer warm genug halten würden, wären wir nicht alle heute Nacht aufgewacht. Besser, wir bauen einen Windschutz, der ein bisschen die Wärme reflektiert.«

Bei der nächsten Ansammlung von Bäumen schlugen sie ihr Lager für die Nacht auf. Sie mussten genug Holz sammeln, um die ganze Nacht ein großes Feuer zu versorgen. Außerdem brauchten sie Holz für den Windschutz, eine Art hölzernen Zaun, gegen den sie von außen zur Abdichtung Schnee häuften.

»Die gute Nachricht ist, dass unser Fleisch jetzt ganz sicher nicht schlecht wird«, sagte Jacob.

Sie schliefen im Sitzen dicht beim Feuer, an den Windschutz und aneinander gelehnt, die Decken und den Schlafsack über die Schultern geschlungen. Jeder von ihnen hielt für eineinhalb Stunden Feuerwache und sorgte dafür, dass die Flammen nicht kleiner wurden.

Sie schafften zwei weitere Tage, an denen sie kaum schliefen und sich von einem Feuer zum nächsten schleppten. Tausend kleine Schritte, und der Wind trieb sie mit seinen Rasierklingen vorwärts.

Es war eine Form von körperlicher Anstrengung, wie sie keiner von ihnen vorher gekannt hatte. Schlimmer als jede Doppelschicht: den Körper warm zu halten. Ohne das Essen hätten sie keine Chance gehabt, denn die Kälte verdoppelte ihren Hunger. Und so war das alles, was sie jetzt noch taten: laufen, essen, dösen. Pausenlos war ein allgemeines Schniefen zu hören, aber Tonya war sich nicht sicher, ob es von der Kälte kam oder Symptom einer drohenden Infektion war.

Noch vor wenigen Tagen hatten ihre Tagträume sich um einen gut gefüllten Supermarkt gedreht – jetzt wünschte sie sich nur noch ihr winziges Bett in Chicago, eingewickelt in ihre Steppdecke und mit den Füßen an der kleinen Heizung, die so heiß wurde, dass man sich daran verbrennen konnte, wenn man dünne Socken trug. Jeder Tag war kälter als der vorige, zumindest hielten sie es immer weniger lang aus, bevor sie sich wieder aufwärmen mussten.

Dabei versuchten sie jedes Mal, so weit wie möglich zu laufen, bevor sie wieder ein Feuer machten. Ihnen allen war kalt, aber Bombe zitterte am ganzen Körper, obwohl sie eine Decke für sich ganz allein hatte.

»Zeit fürs Lager«, sagte Ole am späten Nachmittag des dritten Tages mit einem Blick auf Bombe.

Die schüttelte den Kopf. »Wir müssen noch weiter.«

»Du beißt dir vor lauter Zähneklappern gleich die Zunge ab«, sagte Jacob. »Lass gut sein.«

»Wir. Müssen. Weiter«, sagte Bombe und stapfte voran. »Euch allen ist noch warm. Also lasst uns nicht meinetwegen stehen bleiben.«

»Bombe, es ist okay«, sagte Kristina. »Wir können Strecke gutmachen, wenn es wärmer wird.«

Bombe hielt an und wandte sich langsam zu ihnen um. Ihre Atemluft blieb als weiße Wolke neben ihrem Gesicht hängen. Sie blinzelte schnell. »Es ist jetzt seit drei Tagen kalt. Und das sagt mir, dass es nicht mehr richtig warm werden wird. Vielleicht kriegen wir irgendwann noch zwei gute Tage, die sich wie Spätsommer anfühlen, aber das war's dann. Spätestens im November sitzen wir wegen der Kälte fest. Deshalb müssen wir laufen, so weit wir können, solange wir können. Wir haben nur diese eine Chance.«

»Wir machen jetzt erst mal ein Feuer«, sagte Ole ruhig. »Dabei können wir immer noch nachdenken.«

Jacob fing an, eine geeignete Stelle am Boden vom Schnee zu befreien. Alexander und Valentina gingen ans Holzfällen, während Tonya und Kristina den Windschutz errichteten.

»Darf ich bitten?«, sagte Ole und reichte Bombe das Feuerzeug.

»Wenn wir nicht weiterlaufen, schaffen wir es nie vor dem Winter«, sagte Bombe.

Und da war das Wort.

Winter.

Winter.

Winter. Das Wort, einmal angekommen, kauerte neben ihnen an der Feuerstelle.

Hatten sie unterwegs wirklich so viel Zeit verloren?

»Wir saßen doch erst vor ein paar Tagen noch in der Sonne«, sagte Kristina ungläubig.

»Unser Winter ist anders als der Winter bei euch«, sagte Bombe. »Bei euch dauert es vielleicht ein paar Wochen, bis es richtig kalt wird, aber hier ist es eine Frage von *Tagen*. Im Januar hat es bis zu minus dreißig Grad *Celsius*. Und es wird erst ab April wieder warm. Deshalb müsst ihr ... müssen wir alle weiterlaufen, solange wir können.«

Freudscher Versprecher.

Bombe wird es nicht schaffen. Tonya wusste es instinktiv, und wenn sie die Gesichtsausdrücke der anderen richtig las, wussten sie es auch.

Bombe war die Kleinste und Zierlichste von ihnen. Für jeden Schritt von Ole musste sie zwei machen. Tonya war auch klein, aber ganz sicher nicht zierlich. Sie hätte nie gedacht, dass ihr weicher Körper mal ein Vorteil wäre, aber hier draußen war es so.

»Was denkst du, wie lange wir noch haben?«, fragte Ole nach einer Weile.

»Jetzt ist Mitte Oktober«, sagte Bombe. »Also ungefähr ... zwei Wochen?«

»Gibt es irgendeine Möglichkeit, wie wir Bombe wärmer halten können?«, fragte Ole.

»Wir könnten sie tragen«, sagte Alexander. »Die Luft ist nicht so kalt wie der Boden.«

Valentina schüttelte frustriert den Kopf. »Dann wird ihr nur noch kälter, weil sie sich nicht bewegt. Und alle, die sie tragen, werden langsamer.«

Tonya kniff die Augen zusammen und versuchte, ein Ende der Landschaft oder wenigstens eine Landmarke zu erkennen, aber das Weiß erstreckte sich gleichförmig vor ihnen bis zum Horizont. Darüber braute sich eine graue Wolkenfront zusammen.

Tonya überlief eine Gänsehaut. Es war genau, wie Bombe gesagt hatte: Wenn sie jetzt nicht weitergingen, dann würden sie den ganzen Winter über festsitzen. Tonya wollte Bombe nicht alleine lassen, aber sie konnte sich nicht vorstellen, wie sie den Winter überleben sollten. Sie waren in den letzten Wochen mehrmals fast gestorben, und da war es noch warm gewesen.

Sie fühlte sich wie gelähmt. Die Situation war hoffnungslos.

Ole kramte ein bisschen Zunder aus seiner Jackentasche und zündete das Feuer selbst an. »Eigentlich brauchen wir doch nur drei Sachen«, sagte er leise. »Wärme, Wasser und genug Nahrung.« Vorsichtig fütterte er dem Feuer ein paar größere Stückchen Holz. »Menschen überleben den Winter in Alberta und den Nordwest-Territorien schon seit Hunderten von Jahren.«

Das Feuer war schrecklich klein, der Himmel dunkel in alle Richtungen. Kein Schimmer von Lichtverschmutzung, der ihnen Hoffnung gegeben hätte.

Bombe liefen mittlerweile Tränen aus den Augen und versickerten in dem Shirt, das sie sich ums Gesicht geschlungen hatte. »Das ist Selbstmord«, sagte sie. »Wir werden hier draußen langsam erfrieren.«

»Im Zweifelsfall werde ich nicht erfrieren«, sagte Jacob und tätschelte das Gewehr neben sich.

Tonya sah zu Ole. Aber er wirkte müde und unsicher. Wie viel Kraft musste es kosten, zuversichtlich zu wirken, wenn man selbst keine Hoffnung hatte?

»Wir haben auch noch die Schmerztabletten aus der Hütte«, sagte Valentina, und Jacob nickte ihr zu, als hätte sie einen guten Punkt angesprochen.

»Aufhören«, sagte Ole und fixierte erst ihn und dann der Reihe nach alle mit seinem Blick. In diesem Moment, mit seinem unrasierten Bart im orangefarbenen Licht des Feuers, das seine Stirn in Schatten tauchte, wirkte er um Jahre älter. »Wir sind nicht verloren. Mit einem guten Plan haben wir eine Chance.«

Aber seine Energie war dieses Mal nicht genug. Drei Tage ohne Zufluchtsort, und sie zerfielen wie verbranntes Holz. Die Kälte verzerrte jeden Gedanken. Sogar Alexander ließ den Kopf hängen.

»Wir brauchen einen Unterschlupf«, sagte Kristina langsam.

»Ein Dach über dem Kopf«, fügte Valentina hinzu.

»Wie sollen wir das anstellen? Niemand von uns hat je ein Haus gebaut«, sagte Jacob. »Und kommt mir jetzt nicht mit den Dreckhügeln, in denen wir bisher geschlafen haben.«

Tonya verstand ihn nur zu gut. Drei Tage Kälte schälten alles von einem ab, bis auf den härtesten Kern. Es waren keine Illusionen mehr übrig. Noch flackerte das Feuer, aber in wenigen Minuten würden sie Äste nachlegen müssen. Allein das Feuer am Leben zu erhalten war schon anstrengend genug. Und jetzt sollten sie ein Haus errichten?

Der Jagdcontainer wäre eine realistischere Option gewesen, aber sie hatten keine Ahnung, wo der relativ zu ihrer Position stand. Um ihn zu finden, hätten sie den ganzen Weg zurücklaufen müssen, und das war genauso wenig zu schaffen wie der Weg nach Hause.

»Niemand von uns hat je eine Fischreuse gebaut«, sagte Kristina.

»Niemand von uns hat je nach der Sonne navigiert«, sagte Valentina.

Etwas in ihren Stimmen ließ Tonya vom Feuer aufblicken. Kristina grinste, und für einen Moment wärmte dieses Grinsen Tonya mehr als das Feuer. Es war leicht, im Sommer zu grinsen – es war etwas ganz anderes, wenn es so kalt war, dass einem davon die Wangen schmerzten.

Valentina grinste entschlossen zurück, und für einen Moment sah Tonya die Schwestern, wie sie vielleicht vor dem Unfall gewesen waren. Wenn eine Person etwas glaubte, war es Wahnsinn. Aber zwei Leute waren bereits eine Möglichkeit. Geschwister-Magie.

»Ein Haus ist sicher noch mal was anderes«, sagte Jacob.

»Das Holzfällen ist vermutlich der gefährlichste Teil«, sagte Valentina.

»Genau. Wie schwer kann es ansonsten schon sein?«, sagte Kristina. »Es muss ja nur warm halten und wasserdicht sein.«

Jacob schüttelte den Kopf. »Und wir brauchen auch *bloß* ein ganzes Bison, wenn wir den Winter über genug zu essen haben wollen«, sagte er ironisch.

»Genau«, sagte Kristina. »Das ist doch kein Problem für einen Jäger deines Kalibers, oder, Jacob?« Sie ging so weit, mit den Wimpern zu klimpern.

»Warum wird mir erst jetzt klar, dass ihr *beide* durchgeknallt seid?«, fragte Jacob. »Bei Valentina wusste ich es ja schon, aber auch du, Kristina?« Er linste in Oles Richtung.

Der zuckte mit den Achseln. »Wir sind uns also einig, dass das unsere Hauptprobleme sind: Wärme und Essen?«, fragte Ole.

»Stopp«, sagte Bombe in das allgemeine Nicken. »Ich merke genau, was ihr vorhabt, aber ihr könnt nicht einfach so euer Leben für mich riskieren. Ihr solltet wenigstens überlegen, ob wir uns aufteilen.«

Tonya wusste nur zu gut, wie man sich als Klotz am Bein fühlte. Sie schlang Bombe den Arm um die Schultern und wollte sie gerade an den Schwur erinnern, als Jacob die Augen verengte.

»Wenn das eine gute Idee wäre, hättest du sie doch schon ganz am Anfang vorgeschlagen«, sagte er. »Also, was ist das Problem dabei?«

Bombe sah ihn perplex an.

»Ist das der Moment, wo du zum ersten Mal sprachlos bist?«, fragte Jacob.

Bombe runzelte die Stirn, dann murmelte sie: »Die schnelle Gruppe müsste aus mindestens drei Leuten bestehen, damit man sich nachts mit der Feuerwache ablösen kann und trotzdem noch genug schläft, um am nächsten Tag weit laufen zu können. Aber mit drei oder vier Leuten dauert es zu lange, eine Hütte zu bauen.«

»Will heißen, die Gruppe, die zurückbleibt, würde erfrieren, bevor sie gerettet wird«, sagte Jacob.

»Zumindest ist die Wahrscheinlichkeit hoch«, murmelte Bombe. »Es muss nur einmal ein Schneesturm kommen und das Feuer ausgehen.«

Jacob sah für einen Moment sehr zufrieden aus, dann verzog sich sein Gesicht angesichts der heranbrausenden grauen Wolken. »Dann wird das also ein Hail Mary«, sagte er grimmig. »Wir müssen ein Haus bauen. Wir müssen ein Bison erjagen. Und wir müssen das alles in den nächsten zwei Wochen schaffen, bevor es zu kalt dafür wird.«

34

JACOB

Jacob schlief in dieser Nacht wie nach einer Verbindungsparty mit viel Alkohol – eher bewusstlos als tief. Was sie vorhatten, war Wahnsinn.

Wie zur Hölle war er in diese Situation geraten? Im Wunderland waren Fehler ein größtenteils theoretisches Konstrukt gewesen: eine schlechte Note, eine wiederholte Führerscheinprüfung. Manchmal auch irgendwas Zwischenmenschliches wie eine falsch verschickte Messenger-Nachricht oder ein Missverständnis unter Kumpels. Ja, es gab ein paar lebensverändernde Fehler, aber die bekam man ohnehin ständig aufgezählt: das Handy beim Autofahren nicht benutzen. Immer brav ein Kondom anhaben.

Hier draußen gab es keine warnenden Erwachsenen, und jeder größere Fehler brachte einen um.

In seinem Kopf klapperte es. Jeder Gedanke eine Sorge, die eine andere Sorge anstieß. Wie beim Billard. Klick, klick, klack.

Nick fand sie? Tot.

Ein Bär erwischte einen von ihnen? Tot.

Jacob fand kein Bison? Tot.

Und es waren nicht nur die Dinge, die man aktiv falsch machte. Wenn sie schlicht etwas vergaßen, was sie nicht nachholen konnten, waren sie genauso tot. Keine zweiten Chancen.

Es gab nur eine einzige Möglichkeit, die Jacob in seinem Kopf zusammenbekam: Sie mussten einen genialen Plan aushecken. Mit

Erfindungsreichtum und Cleverness hatten sie vielleicht den Hauch einer Chance.

Wie jeden Morgen aßen sie von ihrem getrockneten Fleisch und Fett. Es wäre genug für den Weg nach Hause gewesen, da war Jacob sich sicher. Aber wie lange würde es jetzt reichen? Wie lange waren die Zähne der Säge noch scharf genug? Gaben ihre Seile langsam nach? Alles, was vorher gut genug gewesen war, war jetzt eine potenzielle Bruchstelle.

»Wir sind uns also einig?«, fragte Ole. »Schritt eins: Wir finden einen guten Lagerort. Schritt zwei: Wir bauen die Hütte. Schritt drei: Wir jagen.«

»Wir dürfen mit dem Jagen nicht zu lange warten«, sagte Jacob. »Vermutlich müssen wir die Beute über eine längere Strecke zum Lager transportieren, und das wird mit der Kälte immer schwieriger. Uns wird nicht noch einmal ein Elch praktisch ins Lager laufen.«

»Wenn wir uns aufteilen, dauert der Bau zu lange, wie Bombe gestern erklärt hat«, sagte Kristina.

»Lasst uns das Problem unterwegs lösen«, sagte Ole. Subtext: Ole wusste es auch nicht, aber sie hatten keine Zeit zu verlieren.

Sie streckten alle noch einmal die Hände Richtung Feuer, dann brachen sie auf.

Die Stelle für das Lager fanden sie in einem größeren Waldstück.

»Vielleicht sollten wir woanders weitersuchen«, sagte Ole angesichts der Dornen, die ihre mit Laub gefüllten Regenhosen aufreißen würden.

Aber Bombes Gesicht leuchtete. »Ein Schutzwall! Das ist doch perfekt!«

Sie liefen an der Hecke entlang, bis sie einen schmalen Weg hindurch fanden. Dahinter befand sich ein See. Kleiner als der, an dem Jacob den Elch geschossen hatte, und ohne eine offensichtliche Fischpopulation, aber dafür auf allen Seiten eingewachsen von dichtem dunklem Wald. Schwerer zu finden. Schwerer zu sehen, und das, obwohl die wenigen Birken schon all ihre Blätter verloren hatten. Mit genug Bäumen zum Bauen und Verbrennen und um sie vor Nick zu verstecken.

Als Bauort wählten sie eine kleine Lichtung zwischen hohen Bäumen, die hoffentlich nicht mitten im Winter auf ihre Hütte fallen würden.

Ein Baumstamm fiel jemandem auf den Kopf? Tot.

Nach einigen Überlegungen entschieden sie sich für eine Blockhütte. Jacob hatte beim Skifahren welche gesehen: dicke Baumstämme, mit Einkerbungen versehen und abwechselnd gestapelt, mit überstehenden Enden. Solche Hütten waren auch ohne Nägel stabil, weil jeder Baumstamm auf zwei Seiten in je einen anderen Baumstamm eingehakt war und noch dazu von den darüberliegenden Baumstämmen beschwert wurde. Es kam Jacob vor, als würden sie »Haus« spielen, wie Kinder es taten, aber die anderen klammerten sich an die Illusion.

»Wir brauchen außerdem einen Kamin«, sagte Tonya.

Es gelang ihnen nicht, einen Kamin zu bauen? Tot.

»Kinderspiel«, sagte Jacob missmutig.

»Wir müssen sowieso zuerst lernen, wie man Bäume fällt«, sagte Valentina. »Soweit ich weiß, hat das noch nie jemand von uns gemacht?«

Einen Baum zu fällen war leicht in der Vorstellung. Dann machte man sich klar, dass die Person, die den letzten Schlag ausführte, direkt unter dem Baum stand, wenn er fiel. Sogar wenn es nur ein mitteldicker Baumstamm war, damit sie ihn noch transportieren konnten.

Sie überlegten hin und her, in welche Richtung der Baum fallen würde, und entschlossen sich schließlich dazu, die Baumspitze mit dem Seil unter Spannung zu setzen, damit sie die Richtung besser bestimmen konnten. Es dauerte eine weitere halbe Stunde, bis Valentina mit einer Räuberleiter von Ole und Alexander in den Baum gekraxelt war, das Seil ein gutes Stück weiter oben am Stamm befestigt hatte und das andere Seilende unten sinnvoll verknotet war.

Danach begannen sie abwechselnd, die Säge zu benutzen und sich an einem Feuer aufzuwärmen.

Am Schluss war es Ole, der die letzte Kerbe in den Baum schlug. Er stand wie sie alle auf der sicheren Seite, vom Seil abgewandt.

»Baum fällt«, rief Ole.

Der Baum stürzte in Richtung des Seils, aber etwas anderes stürzte auch: Jacob registrierte noch den Schatten, dann schlug ein faustdicker Ast direkt neben ihm ein.

Jacob schrie: »*What the hell?*«

Der Baum krachte zu Boden, die Äste federten noch einmal nach, dann war Ole schon bei ihm und fasste ihn an den Schultern, wie um zu kontrollieren, ob er noch aus einem Stück bestand.

»Shit, Mann«, sagte Ole. »Alles okay?«

Bombe hatte die Stirn gerunzelt. »Der Ast muss wohl schon lose im Geäst gehangen haben.«

»Ach, denkst du?«, blaffte Jacob.

»Tut mir wirklich leid«, sagte Ole mit verzerrtem Gesicht.

Jacob zögerte kurz. Ein schlechtes Gewissen war eine stabile Währung. Es hatte ihm bei seinen Eltern alles von einem Leguan bis hin zu einem neuen Tesla erkauft. Und Ole hatte ganz offensichtlich ein furchtbar schlechtes Gewissen.

Doch schließlich schüttelte Jacob den Kopf. »Es war nicht deine Schuld«, sagte er. »Wir hätten alle darauf kommen können, dass lose Äste eine Gefahr sind. Du hattest nur zufällig das letzte Stück.«

Valentina musterte ihn ebenfalls. Anscheinend hatte sie sich davon überzeugt, dass er in Ordnung war, denn sie grinste. »Mensch, Ole. Dermaßen knapp ist das Essen noch nicht wieder, dass wir zu solchen Maßnahmen greifen müssten.«

Jacob verdrehte die Augen. Er zitterte immer noch, aber das verging schnell, als er am Feuer saß und Alexander und Kristina ihm heißes Wasser aufdrängten.

Früher wäre ein solches Ereignis einen Tag Schockstarre und tiefsinnige Gedanken wert gewesen, ein paar Gedichte von Emily Dickinson auf jeden Fall. *Because I could not stop for Death – He kindly stopped for me* ...

Hier draußen war Überleben immer eine Frage von Zentimetern und Minuten, und Jacob hatte andere Dinge zu tun. Er musste sich am Feuer aufwärmen, bevor er den anderen half. Das Einzige, was daher von seiner Nahtoderfahrung blieb, war eine instinktive Vorsicht – und Sorge um die anderen. Sogar die Bäume trachteten ihnen hier in der Wildnis nach dem Leben.

Sie arbeiteten den ganzen restlichen Tag, nur unterbrochen von Essen und Aufwärmen. Wenn ein Baum gefällt war, entfernten Alice und Tonya mit dem Beil oder der Säge die Äste, immer so nah am Feuer wie möglich. Zwischenzeitlich mussten sie alle anpacken, um die Baumstämme aus dem Dickicht zu zerren. Am Ende des Tages hatten sie sich völlig verausgabt und hatten lediglich genug Holz für den Boden geschlagen.

»Nie im Leben werden wir rechtzeitig fertig«, sagte Jacob, während er Alexanders Suppe aus Fett und Trockenfleisch löffelte. Sogar dazu war er fast zu müde.

Während sie aßen, fiel neuer Schnee.

Der Schnee löschte ihr Feuer? Tot.

»Wenn wir länger hier sind, dann sollten wir dem Ort einen Namen geben«, sagte Ole. »Hat jemand eine Idee?«

Das war eine weitere Finte von Ole. Namen gaben einem ein Gefühl von Kontrolle. Sie machten es leichter, zu beschreiben, wohin man gehen wollte und woher man kam.

Alexander schaute nach oben. Sein Blick schien sich wie die Sterne zwischen den Ästen zu verfangen.

»Die Kronen«, sagte er.

Der Name kam, der Name blieb, und mit ihm das Gefühl, dass sie selbst ebenfalls bleiben würden. Trotz des Feuers wachte Jacob vor Kälte auf und half Valentina, die Wache hatte, die abgehackten Äste und Nadeln ringsherum aufzutürmen, damit sie wenigstens einen Bruchteil der Hitze einfingen und reflektierten.

Am nächsten Tag hatte sich am Rand des Sees eine dünne Eisschicht gebildet, die man mit dem Fuß durchtreten musste, um an das Wasser zu gelangen. Sie teilten sich wieder in Gruppen auf, um die Bäume zu fällen, zu entasten, sich am Feuer aufzuwärmen, und um mit dem Rucksack loszuziehen und genug Steine zu sammeln, die sie zu einem Kamin aufschichten und dann mit einer Mischung aus Lehm und trockenem Gras versiegeln konnten. Laut Tonyas Schätzung wurde es weiterhin kälter, und mehr als siebzig Minuten Arbeit am Stück schafften sie nicht, ohne sich aufzuwärmen.

Die Kälte war wie ein Maul, dessen Kiefer sich im Zeitlupentempo um sie schloss. In der nächsten Nacht wuchs das Eis auf dem See um eine weitere Fingerbreite, und sie brauchten am Morgen die Axt, um eine Wasserstelle frei zu hacken. Von all den Dingen im Wunderland hätte Jacob nie erwartet, dass er ausgerechnet den Wetterbericht vermissen würde, aber jetzt war das seine dringlichste Frage: Hatten sie noch genug Zeit?

Die einzige Sache, die Jacob Hoffnung gab, war das Haus selbst: Der Umriss begann tatsächlich auszusehen wie ein Haus, mit Aussparungen für Tür und Kamin, die mit Pflöcken links und rechts der Öffnung gesichert wurden.

Jacob war sich nicht sicher, ob eine schwingende Tür eine Zeitverschwendung oder eine Notwendigkeit war, aber Bombe schnitzte bereits an den Holzscharnieren dafür. Drei Prototypen hatte sie bereits dem Feuer übergeben. Jacob wäre sie am liebsten dafür angegangen, dass sie Zeit verschwendete, aber tatsächlich schnitzte sie nur, wenn sie am Feuer saß, um sich aufzuwärmen.

Er war nervös und aufgekratzt – sie mussten dringend zur Jagd aufbrechen, aber die Hütte war noch lange nicht fertig. Alexander war die Nervosität ebenfalls anzumerken; er erinnerte jeden daran, besonders mit dem Beil immer einen sicheren Stand zu haben und ja nicht in Richtung der Füße zu hacken.

Jemand hackte sich mit der Axt ins Bein? Unfähig zu laufen und vermutlich tot.

»Ich weiß, wie wir es machen können«, sagte Valentina bei ihrer nächsten Essensrunde ums Feuer. »Wir haben zu Hause eine Hütte im Garten, in der wir als Kinder gespielt haben. Und als Teenager saßen wir auch manchmal drin und haben ...« Sie warf einen Blick in Bombes Richtung.

»Was geraucht«, ergänzte Jacob.

Valentina funkelte ihn an. »Jedenfalls war es nicht angenehm, aber erträglich«, sagte sie. »Fürs Erste könnten wir die Hütte nur auf halbe Höhe bauen.«

»Wenn wir den ganzen Winter in einem Zimmer verbringen« – eine weitere ungeklärte Herausforderung – »sollten wir wenigstens stehen können«, sagte Ole.

»Natürlich«, sagte Valentina. »Aber eine halbhohe Hütte reicht, damit uns warm ist und eine Hälfte von uns zur Jagd aufbrechen kann. Währenddessen können die anderen weiter Bäume fällen und bearbeiten. Das ist kein Problem. Wir brauchen alle Hände, um die Stämme zu bewegen und in Position zu bringen, aber eine einzelne Person kann sie bearbeiten. Wenn wir wieder alle zusammen sind, können wir die Dachstämme noch mal abbauen und die restlichen Wandstämme einsetzen. Es ist zusätzliche Arbeit, aber sie erkauft uns etwas Zeit.«

Es mochte sogar funktionieren.

Am vierten Tag standen die niedrigen Wände. Die Hütte war rechteckig mit einer langen und einer kurzen Seite. Der Kamin zog sich an einer der kurzen Seiten hoch. Um das Dach zu errichten, setzten sie die Stämme der langen Seite immer mehr Richtung Mitte. Davon war es zwar noch lange nicht dicht, aber das Material zum Abdichten konnte auch eine Hälfte der Gruppe alleine sammeln.

Am nächsten Morgen schoben sie mit vereinten Kräften den letzten Dachbalken hinauf. Danach starrten sie die Hütte an. Sie maß ungefähr acht auf sieben Schritte. Alles war ein bisschen krumm, und die abblätternde Rinde ließ die Hütte noch unfertiger aussehen.

Die Stimmung war so angespannt, dass sogar Valentina sich eine Bemerkung verkniff.

»Meint ihr, das hält?«, fragte Bombe schließlich.

Jacobs Herz schlug schneller. Warum fragte sie das? Hatte sie die Konstruktion nicht selbst mit ihrem Riesenhirn abgesegnet? Wenn die Hütte nicht hielt, hatten sie keine Zeit, eine neue zu bauen. Das hier war ihre einzige Chance.

»Es gibt wohl nur eine Möglichkeit, das rauszufinden«, sagte Jacob und stemmte sich mit seinem ganzen Gewicht gegen eine der Wände auf der langen Seite. Die Hütte bewegte sich kein bisschen. Als Nächstes warf er sich gegen die Wand, als wäre sie eine Tür, die er aufbrechen wollte. Nichts geschah.

Valentina atmete aus. »Geht die Vorstellung noch weiter?«, fragte sie, plötzlich wieder abgebrüht. »Dann hole ich mir was zum Knabbern.«

»Wirkt stabil«, schloss Bombe.

Das tat es tatsächlich.

Die Holzscharniere waren schwergängig und knarrten, aber die Tür ließ sich öffnen, und sie krochen hinein. Es war gerade so hoch, dass Alexander an der höchsten Stelle knien konnte und sein Kopf das Dach berührte. Kristina zog die Tür hinter ihnen allen zu, legte aber nicht den Querbalken vor, mit dem man die Tür verbarrikadieren konnte. Aus Wärmegründen hatten sie sich gegen Fenster entschieden, aber es war nicht dunkel, weil durch tausend Ritzen in Dach und Wänden Licht fiel. Entsprechend zugig war es auch. Der Harzgeruch vermischte sich mit der kühlen Luft von draußen.

Und doch war es eine Hütte. Mit einem Dach. Die sie selbst gebaut hatten.

Valentina fiel die Ehre zu, das erste Feuer im Kamin zu entfachen.

Als der erste Holzscheit im Kamin knackte, blieb Jacob kurz der Atem weg, und das nicht nur vom Rauch, der nur zur Hälfte abzog und ansonsten in den Raum waberte, bevor er durch das undichte Dach entwich.

Der Anfang war gemacht. Vielleicht würden sie es auch schaffen, ein Bison zu erjagen, ohne platt getrampelt zu werden.

Jacob warf Tonya einen Blick zu, die ihn mit Tränen in den Augen anlächelte, dann schaute er in die anderen Gesichter. Es war, als stünden die großen Worte ihnen ins Gesicht geschrieben: Dankbarkeit. Hoffnung.

»Ich taufe es den Schlupf«, sagte Bombe laut.

Abends kuschelten sie sich alle auf dem Boden vor dem Kamin zusammen, wo es am wärmsten war. Wenn sie so nah beieinanderlagen, waren sie alle von den Decken und dem Schlafsack bedeckt. Wie ein Küken in einem Nest mit seinen Geschwistern, so fühlte sich Jacob. Warm und behütet. Wieder ein kindischer Gedanke, aber er schien ihn nicht abschütteln zu können, und er schlief fast sofort ein.

Der Rauch weckte ihn auf.

35

VALENTINA

Valentina erwachte in völliger Orientierungslosigkeit. Gerade war es noch warm und sicher gewesen, jetzt qualmte es. Rauch biss ihr in Hals und Nase. Sie musste husten. Neben sich spürte sie Bewegung, aber es war noch mitten in der Nacht, und das einzige Licht kam von der orangefarbenen Glut im Kamin.

Der Qualm kam von dem Bodenbalken, der dem Kamin am nächsten war. Und dort war auch eine ... Flamme. Der Boden brannte.

Shitshitshitshitshit!

Instinktiv verstand sie, was passiert war: Ein Holzstück musste zu nah an die Bodendielen gefallen sein. Warum hatte die Feuerwache nichts bemerkt?

»Was ist los?« Jacobs Stimme.

»Mach es aus, mach es aus!« Bombe. Panisch.

Valentina sah sich um, aber außer Körpern und Decken konnte sie nichts entdecken. Sie brauchten Wasser, aber bis sie damit zurückkam, war es vielleicht schon zu spät. Was konnte sie tun?

Alles in ihr schrie danach, zu fliehen. Aus dem Schlupf zu krabbeln und sich in Sicherheit zu bringen. In der niedrigen Hütte war das Feuer sehr nah. Nur allzu leicht würde es auf die Holzdecke überspringen, und dann kamen sie vielleicht nicht mehr hinaus. Aber sie war an Ort und Stelle erstarrt. Wenn der Schlupf abbrannte, würden sie alle erfrieren.

Jacob schob mit einem Ast alles Brennende im Kamin so weit nach hinten wie möglich. Tonya nahm eine der Decken und schlug damit auf das Feuer ein. Einen Moment später tat Valentina es ihr gleich. Brachte das überhaupt etwas? Jedes Mal, wenn sie die Decke nach oben riss, schien die Flamme noch genauso groß. Valentina bekam nicht mit, wie Alexander den Schlupf verließ, aber er kam mit einem Topf Wasser wieder, das überallhin schwappte, bis es endlich auf der noch kokelnden Stelle landete. Die Glut zischte und spuckte. Bombe brachte den Wäschebeutel voller Wasser, und auch das zischte noch. Erst die nächste Ladung Wasser, die sie auf das Holz schütteten, sickerte ohne Geräusch in ihre Schlafstätte.

Valentina versuchte, ihr rasendes Herz zu beruhigen. Ging es allen gut? Bombe hustete immer noch.

Nachdem sie sich versichert hatten, dass keine Brandgefahr mehr bestand, krabbelten sie alle nacheinander aus dem Schlupf. Sie sammelten sich draußen, und Jacob stand mit einem Shirt in der Hand in der Tür und wedelte frische Luft in den Schlupf. Die Kälte war wie eine Ohrfeige und eine weitere Mahnung, wie knapp es gewesen war. Ihr Leben hing am Schlupf.

»Wer hatte Feuerwache?«, blaffte Valentina.

Sie hätten alle sterben können.

»Sorry«, sagte Kristina in die Runde. »Es war so warm, dass ich eingenickt bin. Tut mir wirklich leid. Wird nicht noch mal passieren. Macht euch keine Sorgen.«

Valentina spürte eine Ader an ihrem Hals pochen. »Natürlich machen wir uns Sorgen. Wir stecken ohne Ausrüstung in der Wildnis fest, und es wird mehrere Monate lang kälter sein, als es in Deutschland je gewesen ist. *Und du hättest uns gerade beinahe umgebracht.*«

Kristina seufzte. »Ich meinte, dass wir das schon schaffen werden. Es war ein Versehen. Und es tut mir leid. Es war keine Absicht. Was soll ich noch sagen? Soll ich durch die Asche kriechen und deinen Wanderschuh küssen?«

Natürlich versuchte sie, Valentinas Vorwürfe ins Lächerliche zu ziehen. »Wie wäre es, wenn du einfach mal ein bisschen Verantwortung übernimmst?«, sagte Valentina.

»Genau das mache ich doch gerade«, gab Kristina zurück.

»Nein! Du entschuldigst dich und bist kurz zerknirscht, aber das ändert absolut nichts an deinem Verhalten. Dieser ganze Scheißtrip war deine Idee, und du hast es nicht mal für nötig befunden, einen Wasserfilter mitzunehmen!«

»Das wirst du mir noch in dreißig Jahren vorwerfen.«

Verdammt richtig. »Wir reden hier nicht über Blasenpflaster oder eine Zeckenzange«, zischte Valentina. »Sondern über einen verdammten Wasserfilter, ohne den wir fast verdurstet sind! Und darüber, dass du gerade beinah das Dach über unserem Kopf abgefackelt hast!«

Jetzt richtete sich Kristina auf. »Und du? Deine Vorwürfe sind auch keine Einzelfälle. Du kannst immer nur meckern!« Sie äffte Valentinas Stimme mit schmerzhafter Präzision nach: »*Kristina, fahr nicht Fahrrad ohne Helm. Kristina, trink nicht so viel, wenn du alleine unterwegs bist. Kristina, denk an alles von der Packliste.* Krieg deine Prioritäten in den Griff, und kümmer dich zuerst mal um dich selbst. *Ich bin nicht seit mehr als zehn Jahren in denselben Typen verknallt und wusele um ihn rum wie ein nasser Welpe.*«

Hundert Kilometer unter der Gürtellinie. Valentina fühlte es siedend heiß in sich aufsteigen. Sie zwang sich, nicht in Oles Richtung zu schauen. Wie konnte Kristina ihre Geheimnisse verraten, wenn Valentina überhaupt nur auf dieser Wanderung war, um sich mit Kristina zu vertragen?

»Wenn du mich so nervig findest, warum hast du mich dann auf diesen Trip eingeladen?«, fragte Valentina so ruhig wie möglich.

Kristina zögerte. »Lass es gut sein.«

»Sag's mir!« Valentina fixierte Kristina.

Kristina atmete langsam aus. »Ich wollte dich nicht dabeihaben«, sagte sie.

Da war sie, die Wahrheit. Man erkannte sie sofort daran, dass sie so verdammt scheußlich war. Valentina fühlte sich, als hätte ihr jemand in den Magen geboxt.

»Ole hat dich an Ostern getroffen, und deshalb wusste er, dass du im Sommer noch nichts vorhattest. Als er gefragt hat, ob du endlich auch mal wieder dabei bist, konnte ich nichts dagegen sagen.«

Jetzt zuckte Valentinas Blick doch zu Ole und zurück. Er wirkte immer noch schockiert, und sie kaufte ihm ab, dass er von Kristinas echten Gefühlen nichts gewusst hatte. Wenigstens diesen winzigen Trost hatte sie.

»Du hättest Nein sagen können«, flüsterte Valentina. Es war ein Wunder, dass sie überhaupt noch sprechen konnte.

»Ich wollte mich nicht erklären müssen.«

»Und was ist die Erklärung?« Ihre Stimme war kaum noch da, und sie wusste schon, dass Kristinas Antwort sie zerstören würde.

Kristina leckte sich die Lippen. Sie sah müde aus, aber gleichzeitig auch so, als hätte sie schon lange darauf gewartet, genau diese Frage gestellt zu bekommen. »Ich finde dich anstrengend. Und ich wollte meine eigenen Sachen machen. Mit meinen Freunden.«

Als wäre Valentina nicht schon immer bewusst gewesen, dass Alexander und Ole eigentlich nur Kristinas Freunde waren.

Alles tat weh, bis endlich die Wut sich regte und sich in die erste Reihe schubste. Valentina wurde ganz ruhig, wie eine blaue Gasflamme, die weniger flackert als eine gelbe, aber um mehrere Hundert Grad heißer ist.

Der Unfall hatte ihr die schlimmste Angst ihres Lebens eingejagt – dass sie ihre Schwester verlieren könnte –, und dann hatte Kristina diese Angst drei Jahre lang wahr gemacht.

»Du bist ein egozentrisches Arschloch«, sagte Valentina. »Du wusstest genau, was du tust, als du mich aus deinem Leben geschnitten hast. Ich dagegen hatte keine Ahnung. Weil du zu feige warst, hatte ich nicht mal die Chance, mich anders zu verhalten.«

»Manche Dinge werden nicht besser dadurch, dass man darüber redet«, sagte Kristina mit der Stimme einer erleuchteten Yogalehrerin. »Das hat nichts mit Feigheit zu tun.«

»Ja, vermutlich hätte ich für eine Weile gedacht, dass du selbstsüchtig und gemein bist. Das wäre auch mein gutes Recht gewesen! Ich wäre schon darüber hinweggekommen. Aber herzlichen Glückwunsch, du hast es geschafft. Eine Schwester wie dich will ich nämlich nicht.«

Valentina drehte sich um und stapfte Richtung See. Es war immer noch mitten in der Nacht und dunkel, aber ihre Augen hatten sich an die Dunkelheit gewöhnt, und durch den Schnee war es heller als noch vor ein paar Wochen. Die Tränen auf ihrem Gesicht machten sie noch anfälliger für die Kälte. Früher oder später würde sie zum Schlupf zurückkehren müssen, allerdings erst, wenn sie so schlotterte, dass sie nicht mehr denken konnte.

Valentina fühlte die Scham am ganzen Körper wie ein schleimiges Sekret, das sie immer weiter ausschwitzte. Was war so falsch an ihr, dass sie ihrer eigenen Schwester zu viel war? Sie kickte ein Stück Holz auf den zugefrorenen See, wo es einfach liegen blieb, es gab nicht einmal einen Platsch. Also drosch sie mit einem Stein auf das Eis am Ufer ein, bis es splitterte und das schwarze Wasser darunter hervorschwappte. Über dem See thronten die Sterne. Natürlich zeigte der beschissene Wald gerade jetzt sein Postkarten-Gesicht.

Sie hatte sich nur Sorgen um Kristina gemacht, weil sie einmal fast gestorben war. Würden sie ab heute nicht mehr miteinander sprechen? Würden sie diese Sorte Schwestern sein? Wie sollten sie das ihren Eltern erklären, wenn Mama sie vom Flughafen abholte? Würde Kristina dann die Wahrheit sagen oder lügen?

Schließlich hörte sie Schritte hinter sich. »Ist es ungefährlich, sich dir zu nähern?«

Natürlich kam ihr jemand hinterher, harmoniebedürftiges Pack, aber sie hatte Ole erwartet oder Alexander. Auch wenn sie sich nicht sicher war, ob sie die beiden gerade sehen wollte. Stattdessen war es Jacob, der sich auf einen alten, umgekippten Baumstamm setzte, der neben dem See lag. Der Baumstamm war zu feucht, um ihn als Feuerholz zu verwenden, aber er eignete sich hervorragend als Bankersatz. Jacob hatte die Hände in die Jackentaschen gestopft und die Kapuze bis zur Nase zugezogen. Unter seinem linken Ellenbogen klemmte eine Decke.

»Während du hart daran gearbeitet hast, die Wasserstelle freizulegen, haben wir den Schlafplatz wieder hergerichtet. Du kannst also jederzeit zurückkommen.«

»Und dann? Wir schlafen einfach im Schlupf, obwohl er gerade beinahe abgebrannt wäre?«

»Ganz genau. Wir bessern die Stelle aus, machen das Feuer weiter hinten und stellen uns eine Notfall-Ladung Wasser in Griffweite.«

»Es könnte jederzeit wieder zu brennen beginnen.«

»Ich habe mir schon gedacht, dass du nicht gleich zurückwillst. Deswegen hab ich dir die Decke mitgebracht.«

Er hielt sie ihr hin, und sie starrte die Decke an, ohne sie entgegenzunehmen.

Danke, Jacob.

»Was ist los?«, fragte Jacob.

Sie schüttelte sich. »Ich frage mich bloß, welche horrenden Leistungen du von mir erwartest als Gegenzug für das hier.«

»Oh, es wird entsetzlich«, sagte Jacob. »Ich werde dein erstgeborenes Kind von dir verlangen. Nein, warte. Wenn wir zu Hause sind, werde ich dich ausgehungert zuschauen lassen, wie ich das blutige Herz eines Hundewelpen vor deinen Augen verspeise. Das ist doch dein Lieblingsessen, richtig?«

Sie musste lachen und langte nach der Decke.

Jacobs Mundwinkel zuckten zufrieden. Dann wurde sein Gesicht ernst. »Ist es noch zu früh, zu sagen, dass sie es nicht so gemeint hat?«

Ihr Lachen verpuffte. »Viel zu früh. Hundert Jahre zu früh. Und sie *hat* es so gemeint.« Valentina setzte sich neben ihn auf den Stamm und schlang die Decke um sie beide. Ohne Feuer war es so kalt, dass ihr Körper bereits abstumpfte.

»Okay, vielleicht hat ein Teil von ihr es gemeint. Aber manche Dinge werden wahrer in einem drin, je länger man nichts sagt, und wenn man sie dann endlich unter Schmerzen rausgewürgt hat, bestehen sie zu fünfzig Prozent aus Quatsch, zu vierzig Prozent aus verletzten Gefühlen und maximal zu zehn Prozent aus Wahrheit.«

»Seit wann verstehst du Deutsch?«

»Ich versteh kein Deutsch. Machst du Witze? Aber du bist weinend davongelaufen. Wobei Kriss auch noch ein bisschen geweint hat, als du weg warst.«

»Zu früh, Jacob.«

Er hob ergeben die Arme, wodurch ihm die Decke von den Schultern rutschte. »Okay. Dann weiter zu unserem passiv-aggressiven Racheplan. Was hältst du davon, dass wir allen außer ihr ein wahnsinnig bequemes Bett bauen? Angefangen mit mir? Nur als Beispiel.«

Die Schlafarrangements. Warum musste er sie daran erinnern?

»Ich will wirklich nicht die Nacht in ihrer Nähe verbringen müssen«, sagte Valentina und kuschelte sich tiefer in die Decke. »Geschweige denn die nächsten Wochen.«

»Du könntest mit auf die Jagd kommen«, sagte Jacob. »Wir sollten sowieso mindestens zu viert los, damit wir wenigstens einen Teil der Beute gleich beim ersten Mal zurücktragen können. Auf der Jagd mit meinem Vater hatten wir meistens Pferde oder Esel dabei, um die Beute abzutransportieren. Einmal auch Lamas.«

»Wir haben doch dich. Ist das nicht das Gleiche?«, sagte Valentina.

Jacob schnitt eine Grimasse. »Der war schwach.«

Das Eis krachte, als es sich zusammenzog.

»Was genau ist das Problem bei der Jagd?«

»Du meinst, abgesehen davon, dass wir es bisher nicht geschafft haben, einer Bisonherde zu folgen, und nur noch dreizehn Schuss übrig haben?«

»Der Schnee wird die Verfolgung leichter machen, solange es nicht neu schneit«, sagte Valentina.

»Exakt«, sagte Jacob. »Weil man im Schnee die Spuren eines Bisons genauso einfach verfolgen kann wie die Spuren eines Menschen.«

Valentina verstand, was er meinte. »Wir werden die Bisons also ungefähr so gut finden können wie Nick uns.«

Jacob nickte schwer. Jäger und Beute – hier draußen waren sie beides.

36

TONYA

Tonya hatte wieder nur Bruchstücke des Streits verstanden, aber die Tränen in Kristinas Augen waren selbsterklärend. Kaum war Valentina verschwunden, schluchzte Kristina los und stürzte in die andere Richtung davon. Es war dunkel und kalt, und es sah aus, als würde der Wald sie verschlucken.

Instinktiv machte Tonya ein paar Schritte ihr hinterher, bevor sie stehen blieb. Wie gut war ihr Verhältnis überhaupt? Wollte Kristina, dass Tonya ihr folgte, oder hoffte sie eigentlich auf Alexander und Ole?

Mitten in der Wildnis, Tausende Kilometer weit weg von Chicago, aber Tonyas Gedanken waren immer noch dieselben. *Bin ich hier gewollt? Dränge ich mich auf?* Ihre Gedanken waren die einzigen Dinge, die sie nie auf eine Packliste schreiben musste, weil sie sie immer im Gepäck hatte.

Und warum tat es jedes Mal gleich stark weh?

»Geh ruhig«, sagte Alexander. »Sie wird sich freuen, dich zu sehen.«

Er lächelte Tonya leicht zu, und sie war froh, dass man die Wärme auf ihren Wangen nicht sah. Alexander war so still, dass es leicht war zu vergessen, was für ein guter Beobachter er war. Wann war es ihm aufgefallen? Und hieß das, Kristina wusste auch davon?

Sie schluckte. »Okay.«

Tonya fand Kristina neben zwei Baumstümpfen, wo sie zuletzt

Holz gemacht hatten. Kristina hatte das Gesicht in den Händen vergraben. Als sie Tonyas Schritte hörte, blickte sie auf und wischte mit ihren Socken-Handschuhen die Tränen weg. »Ich kann weinen hier draußen wirklich nicht empfehlen«, sagte sie in einem künstlich fröhlichen Ton. »Arschkalt.«

»Danke für den Hinweis«, sagte Tonya.

Kristina schaute in ihre Richtung und dann wieder weg.

Tonya räusperte sich. »Dieser Weg braucht noch einen Namen«, sagte sie. »Was meinst du?«

Kristina schniefte. »Wir könnten ihn einfach ›Sägeweg‹ nennen.« Sie atmete tief ein. »Ist jemand bei Valentina?«

Tonya nickte. »Jacob.«

»Gut. Sie macht lange Spaziergänge, wenn sie wütend ist. Wenn sie noch mal stürzt, würden wir sie vielleicht nicht rechtzeitig finden.«

»Es hört nie auf, hm?«, sagte Tonya leise. »Die Sorgen?«

Kristina lächelte schief und mit neuen Tränen in den Augen. In dem wenigen Licht sahen sie dunkel aus. »Nie«, bekam sie noch heraus, bevor ein tiefes Schluchzen sie schüttelte.

Tonya legte ihr die Hand auf die Schulter – wie eine Einladung zu einer Umarmung –, und einen Moment später hatte sie Kristina im Arm, nass und zitternd.

Eine Nacht-Umarmung war etwas gänzlich anderes als eine Tag-Umarmung, wurde Tonya plötzlich klar. Im Tageslicht umarmte man Bekannte zur Begrüßung, in der Dunkelheit nur Menschen, denen man vertraute.

»Hältst du mich auch für furchtbar?«, fragte Kristina.

Tonya hätte in Kristinas Situation dieselbe Frage gestellt, aber so, wie es leicht war, schlecht über sich selbst zu denken, war es auch leicht, bei Kristina mitfühlend zu sein.

»Ich glaube, nicht mal, wenn ich wollte, könnte ich dich furchtbar finden«, sagte Tonya. Sie war froh, dass Kristina ihr dabei nicht ins Gesicht sehen konnte.

»Was Valentina gesagt hat, stimmt«, legte Kristina unter Schniefen nach. »Sie hat diese unangenehme Fähigkeit, solche Sachen schmerzvoll genau auf den Punkt zu bringen.«

»Du wolltest eine Veränderung, und du hattest Angst, sie zu verletzen«, sagte Tonya, ihr Mund an Kristinas Kapuze. »Das ist auch wahr. Und menschlich. Das ist das Wort, das ich auswählen würde: menschlich.«

»Das wird eine furchtbare Nacht.« Kristina löste sich von ihr und schlang die Arme um sich selbst. »Ich hab überhaupt keine Lust, zurückzugehen, aber ich will nicht, dass Valentina mir auch noch vorwirft, du hättest meinetwegen deinen kleinen Zeh verloren.«

»Ich bin schon groß und kann auf mich aufpassen«, sagte Tonya.

Kristina schniefte. »*Ich* will aber auch nicht, dass du deinen kleinen Zeh verlierst.« Sie nahm Tonyas Hand, und es war anders als bisher. Als zweifelte sie dieses Mal daran, dass Tonya ihre Hand festhalten würde.

Tonya war gerührt, verwirrt, sie wusste nicht, was dieses Handhalten bedeutete. Ein Teil von ihr sorgte sich: Empfand Kristina sie lediglich als ihre Verbündete? Wollte sie nur nicht alleine zu den anderen zurückkehren?

Aber am Ende war es egal, denn als sie gemeinsam mit Kristina aus der Finsternis im rot-goldenen Licht des Schlupfs auftauchte, spürte sie ein breites Lächeln auf ihrem Gesicht aufziehen, unaufhaltsam, und sie drückte Kristinas Hand einmal zurück.

Zu ihrer Erleichterung waren Jacob und Valentina noch nicht wieder da. Nur Bombe, Alexander und Ole saßen um den neu befeuerten Kamin, neben ihnen der bis zum Rand mit Wasser gefüllte Topf wie ein dunkler Spiegel.

»Warum schlaft ihr nicht schon längst wieder?«, fragte Kristina. Sie war in dieser Hinsicht genau wie Valentina und ging direkt in die Offensive über.

Besonders in Oles Stirn hatte sich eine tiefe Sorgenfalte gegraben.

»Wir gehen noch ein paar logistische Fragen für die Jagd morgen durch«, sagte er.

»Und warum seht ihr aus, als hättet ihr Nicks Taschenlampe entdeckt?«

Eine andere Kleinigkeit, die Tonya erst jetzt an Kristina bemerkte: Wenn sie verletzt war, wurde ihr Ton spitzer. Auch das teilte sie mit Valentina.

»Jacob hatte ja schon erklärt, dass wir das Fleisch vermutlich in mehreren Touren transportieren müssen«, sagte Bombe. »Aber was wir bisher nicht bedacht haben, ist die Frage, wie wir das zurückbleibende Fleisch in unserer Abwesenheit schützen sollen.«

Kristina suchte sich eine neue Stelle auf dem Boden, weit weg von Valentinas Schlafplatz. »Können wir es nicht aufhängen, so wie sonst auch?« Sie lächelte Tonya an und klopfte neben sich auf den Boden.

»Aber wir haben nur zwei Seile«, sagte Bombe. »Sogar ohne Eingeweide und Fell bleiben nach dem ersten Transport noch mehr als hundert Kilo Bison übrig, das heißt, wir brauchen schon beide Seile, um das Fleisch zu sichern. Und das wiederum heißt, dass wir unser restliches Trockenfleisch hier im Lager nicht aufhängen können, sondern in der Hütte lagern müssen.«

Tonya krabbelte zu der Stelle neben Kristina. Sie wünschte, ihr Herz würde nur wegen Kristina so schnell schlagen, aber sie hatte bereits verstanden, was Bombe sagen wollte. »Wir müssen das Fleisch in der Hütte lagern, in der wir schlafen? Das Fleisch, das jeder Bär angeblich schon aus tausend Kilometer Entfernung riecht?«

»Ganz genau«, sagte Ole.

37

JACOB

Und das heißt, wir lassen Bombe, Kristina und Tonya jetzt ohne Gewehr zurück, in einer Hütte, die nach Bärenparadies riecht?«, fragte Jacob, nachdem er und Valentina schlotternd wieder in den Schlupf gekrochen waren.

Weder Valentina noch Kristina sprach. Jacob war an gespannte Stimmungslagen von Jahren des Kleinkriegs am Esstisch und in Privatflugzeugen gewöhnt. Aber die Stimmung jetzt war eine andere, grau wie die Wolken nach einem langen Regenschauer.

»Mir gefällt es auch nicht«, sagte Ole. »Aber fällt dir eine bessere Lösung ein?«

Es war das erste Mal seit Valentinas Verletzung, dass Jacob ihn derart gereizt erlebte.

»Könnten wir selbst Seile herstellen?«, fragte Jacob.

»Sicherlich«, sagte Bombe. »Aber es kostet bestimmt mehrere Tage, Seile herzustellen, die tatsächlich so ein Gewicht tragen können.«

Frustrierenderweise fiel Jacob auch keine bessere Lösung ein. Sie mussten heute los. Es war Zeit für Schritt zwei des unmöglichen Plans: ein Bison erlegen und in die Kronen bringen.

Ole seufzte. »Es sieht aus, als hätten wir keine Wahl. Aber ihr müsst wirklich vorsichtig sein. Geht nur zu dritt raus. Nehmt immer das Bärenspray mit.«

»Ja, Papa«, sagte Kristina und tätschelte ihm die Schulter.

Als sie im Morgengrauen zu viert die Kronen verließen, waren ihre Rucksäcke – die zwei richtigen und die zwei aus Korb mit verbesserten Trägern – schon gut gefüllt. Sie hatten den randvollen Wäschebeutel dabei, Proviant für eine Woche, die verbliebene Decke und den Schlafsack, außerdem die Isomatte als Unterlage und als Windschutz. Des Weiteren die beiden Seile, dazu die Messer und den Stein, den sie zum Schleifen benutzten, und das Beil, um Feuerholz zu schlagen, damit sie nicht mühsam unter dem Schnee danach suchen mussten. Und natürlich das Gewehr mit den dreizehn Schuss Munition, die sie noch hatten.

Bombe ließ sie außerdem den Topf einpacken. »Ihr könnt nur für einen Tag gutes Wasser im Beutel mitnehmen«, sagte sie. »Danach müsst ihr selbst welches abkochen.«

»Und wie werdet ihr an sauberes Wasser kommen, wenn wir den einzigen Topf dabeihaben?«, fragte Jacob.

»Wir werden es in den Rindenschalen erhitzen.«

»Wie ich dir schon das letzte Mal erklärt habe, sind die brennbar«, sagte Jacob.

»Und wie *ich* dir das letzte Mal schon erklären *wollte,* werde ich sie nicht ins Feuer stellen, sondern bloß heiße Steine reinlegen, die ihre Hitze ans Wasser abgeben können, bis es kocht«, schoss Bombe zurück.

Jacob musste sich nicht zu Valentina umdrehen, um zu wissen, dass sie grinste. Schadenfrohes Stück. Sie war nur deshalb so hämisch, weil sie noch nie selbst im Visier des Bombinators gestanden hatte.

Sie hatten eine ihrer Decken geopfert und zerschnitten. Die Deckenstücke hatten sie mit Schnürsenkeln um ihre Schuhe geknotet. Aus den Resten der Decke hatte Bombe ihnen kleine Taschen für die Hände zurechtgeschnitten, die mit dem Rest Sockenwolle festgebunden wurden.

Die anderen begleiteten sie bis zum Rand des Waldes, wo die offene Ebene begann. Niemand sprach.

Ihr Misserfolg würde ihren Tod bedeuten. Nachdem sie den Proviant für die Reise eingepackt hatten, war von ihrem getrockneten Fleisch weniger übrig, als sie für zwei Wochen brauchten, und das Eis auf dem See war in den letzten Tagen nur noch dicker geworden.

»Seid vorsichtig«, sagte Tonya.

Kristina nickte nur, während sie einen schnellen Blick zu Valentina warf, die ihr den Rücken zugedreht hatte und sich mit Ole unterhielt.

»Hast du dein Feuerzeug?«, fragte Bombe ihn. Sie sah besorgt aus, und er nickte, aber kontrollierte für alle Fälle noch einmal, dass das Feuerzeug sicher in seiner linken Brusttasche verstaut und der Reißverschluss fest zugezogen war. Das Feuerzeug zu verlieren wäre ein Todesurteil.

»Und deines?«, fragte er.

Bombe klopfte sich auf die rechte Jackentasche.

Dann umarmte sie ihn zu seiner Überraschung. »Pass auch gut auf die anderen auf«, sagte sie leise.

Mit einem Kloß im Hals rückte er das Gewehr auf seiner Schulter zurecht und nickte erneut. Alles schön und gut – aber wer würde auf Bombe aufpassen? Sie ließen Kristina, Bombe und Tonya gezwungenermaßen nur mit einer Säge und dem Bärenspray bewaffnet zurück. Die weißen Birkenstämme erinnerten ihn plötzlich an Grabmale.

»Bereit?«, fragte Ole.

»Je schneller, desto besser«, sagte Jacob.

Jacob wollte die Kronen nicht verlassen. Die Kronen waren verwachsen, verwunschen, geschützt. Die Kronen waren sicher, auch wenn das vielleicht nur ein Gefühl war.

Etwas in ihm hatte hier Frieden gefunden.

Vom Rand ihres Waldstücks aus lag die Landschaft weiß und weit vor ihnen und wirkte dank des reflektierten Lichts noch riesiger als sonst. Tatsächlich war es so grell, dass er den Streifen zwischen seiner Kapuze und dem improvisierten Shirt-Schal ums Gesicht so schmal wie möglich machte und ansonsten nach unten schaute, um in die Spuren von Ole zu treten, der mit der Uhr in der Hand vorausging und navigierte.

Der Wind blies nur leicht, aber dennoch eisig, und trotz ihrer isolierten Schuhe mussten sie nach weniger als zwei Stunden eine kleine Baumansammlung aufsuchen und einen schmalen Stamm fällen, um sich an einem Feuer aufzuwärmen. Mit ihren behelfsmäßigen Handschuhen war es unmöglich, die Axt vernünftig zu halten, und so hatten sie eiskalte Finger, als sie endlich um das Feuer saßen.

Es war unwahrscheinlich, dass sie dieses Mal eine Herde finden würden. Noch unwahrscheinlicher, dass es ihnen gelingen würde, genug vom Fleisch zum Schlupf zu transportieren. Und wenn sie scheiterten, hatten Kristina, Tonya und Bombe ebenfalls keine Chance.

Die anderen starrten in die Flammen, jeweils zu zweit eingehüllt in eine Decke, die Hände tief in den Jackentaschen vergraben, die Gesichter versteckt unter den T-Shirts und Kapuzen, aber Valentinas grimmiger Blick blitzte zwischen dem Stoff zu ihm herüber.

Die Kälte oder die Landschaft schien etwas mit seinem Kopf zu machen. Auf einmal fragte er sich, wie sein Leben verlaufen wäre, wenn er Valentina als Schwester gehabt hätte. Aber natürlich wäre sie als seine Schwester nicht zu Valentina geworden. Kristina war in sie eingeprägt, genau wie sie in Kristina eingebrannt war. Geschwister waren wie unterschiedliche Pflanzen, die nebeneinander in den gleichen Boden gesetzt worden waren und umeinander herumranken mussten, um genügend Licht zu finden.

Trotzdem, er glaubte, dass er zu jemand Besserem geworden wäre mit Valentinas ständigen nervigen Kommentaren in seinem Ohr. Vermutlich wäre er mit jedem von ihnen an seiner Seite besser geworden, bestimmt auch mit Alexander oder Ole.

Er hatte das eindringliche Gefühl, dass er den Leuten rings ums Feuer vertrauen konnte. Sie waren schlau und stark und schnell, und er konnte sich auf jede und jeden von ihnen verlassen.

Sie würden die eiskalte Ebene überqueren, bis sie auf Spuren stießen. Nachts würden sie abwechselnd um das Feuer schlafen, immer einer von ihnen auf Feuerwache. Sie würden nicht aufgeben. Sie würden laufen und laufen und laufen, bis sie Nahrung fanden, auch wenn es hoffnungslos wirkte. Und sie würden frieren und frieren und frieren, bis sie die Nahrung in die Kronen zurückgebracht hatten, nach Hause.

»Genug aufgewärmt?«, fragte Ole.

Die Blicke der anderen waren entschlossen. Zum Fürchten. Sie waren nicht hilflos, und sie waren nicht alleine.

Sie standen alle gleichzeitig auf.

38

JACOB

Am Nachmittag des zweiten Tages entdeckten sie eine Spur. Eine Schneise, durch breite Körper in den Schnee getrieben, und dazu genug Hufabdrücke, um anzuzeigen, in welche Richtung sich die Bisons bewegten. Ab und an eine Stelle, wo die Bisons mit ihren großen Köpfen den Schnee zur Seite geschoben hatten, um an das Gras darunter zu gelangen. Wie alt die Spur sein mochte, war unklar. Aber wenn sie ihr weit genug folgten, bevor es wieder anfing zu schneien, dann würden sie die Bisons finden und mit den Bisons genug Nahrung, um den Winter zu überstehen.

Drei Tage folgten sie der Spur durch die weite Ebene. Sogar mit ihren eingehüllten Schuhen war es nie warm, allenfalls erträglich. Jacob hatte das Gefühl, dass die Temperatur jede Nacht weiter fiel. Als er sein Gesicht einmal nicht richtig einpackte, war seine Nasenspitze am Abend blau angelaufen. Als würde ihnen das Land wieder und wieder sagen: Ihr gehört nicht hierher.

Mit jedem Tag wurde die Stimmung schlechter: Je weiter sie vom Schlupf weg waren, desto weiter würden sie die Beute zurücktransportieren müssen.

Am Nachmittag des dritten Tages zogen sich die Wolken grau und bedrohlich zusammen, und als Jacob in dieser Nacht schlafen ging, befürchtete er, dass es schneien würde, bevor sie die Herde erreichten.

Am Morgen des vierten Tages fanden die Bisons sie. Valentina weckte Jacob mit einem Rütteln am Arm und deutete wortlos in die

Ferne. Die winzigen braunen Flecken waren ein Anblick, der Jacob beinahe zum Weinen brachte.

Das hier war eine Gnade. In aller Eile brachen sie das Lager ab und näherten sich der Herde über ein Waldstück, das sich wie ein Finger in die Ebene erstreckte.

Die Bisons waren so gut gegen die Kälte isoliert, dass der Schnee in ihren Fellen hängen blieb, ohne zu schmelzen. Es machte sie nur noch größer und furchteinflößender.

»Wir müssen näher ran«, flüsterte Jacob. Der Schnee knirschte unter ihren Füßen, als sie sich an die Herde anpirschten. Jacob kontrollierte noch einmal, dass sie vom Wind abgewandt standen.

Wenn eines der Bisons sie mit den Hörnern erwischte, waren sie so gut wie tot. Wenn eines der Bisons sie unter die Hufe bekam: tot.

»Am besten, ihr wartet hier«, sagte Jacob.

Sie waren nicht getarnt und im Schnee weithin zu sehen, deshalb zog er sich den Rucksack aus und robbte auf dem Bauch durch den Schnee. Seine eigenen Bewegungen kamen Jacob wahnsinnig laut vor. Machte man das so? Jacob hatte keine Ahnung, er hatte noch nie auf einer Ebene gejagt, aber er wollte das Risiko nicht eingehen, dass die Herde vor ihnen floh.

Zwischendurch wurden seine Arme schwer. Sein Atem kam nur noch stoßweise. Er begann, in seiner warmen Kleidung und der ausgestopften Regenhose zu schwitzen. Aber er kämpfte sich weiter voran und hob nur alle paar Meter den Blick. Als er sich das nächste Mal vorsichtig aufrichtete, erstarrte er.

Ein einzelnes Bison hatte den Kopf in seine Richtung gehoben. Die Köpfe der Bisons links und rechts folgten.

Sie waren riesig, mit langen, furchteinflößenden Hörnern – auch wenn Jacob genau wusste, dass ihre Hufe das Tödlichste an ihnen waren. Aus fünfzig Schritt Entfernung beobachteten sie ihn argwöhnisch. Natürlich konnte er von hier aus einen Schuss abgeben, aber er war sich nicht sicher, ob auf die Entfernung das Kaliber groß genug war, um ein Bison tödlich zu verwunden. Zumal ein Schuss die Herde vermutlich verschrecken würde. Und wer wusste, ob sie noch mal so viel Glück hatten.

Entschlossen robbte er weiter.

Ich bin nur ein harmloser Wurm, dachte er. Schaut ruhig in meine Richtung, weil ihr euch über mich wundert.

Die Bisons behielten ihn im Blick. Gelegentlich stießen sie ein tiefes Röhren aus, das fast wie ein Knurren klang. Als er auf etwa vierzig Schritt Entfernung heran war, löste sich eines aus der Gruppe und wandte sich in seine Richtung. Offensichtlich die Vorhut, um ihn zu vertreiben oder zu zertrampeln.

Jacob begriff seinen Fehler sofort. Es war dumm gewesen, die Bisons wie Fluchttiere zu behandeln. Bisons waren keine Karibus. Sie hatten nicht einmal Angst vor *Autos*. Noch dazu waren diese Exemplare noch nie von Menschen gejagt worden.

Er sprang auf; er wollte ganz sicher nicht auf dem Boden liegen, wenn diese Hufe in seine Nähe kamen. Sofort hatte er die Aufmerksamkeit der ganzen Herde.

Obwohl es sich nach einer sehr dummen Idee anfühlte, stehen zu bleiben, während ein ausgewachsener Bulle auf ihn zu trottete, dann plötzlich trabte, lud er das Gewehr durch.

Jacobs Hände zitterten vor Kälte, von der Anstrengung beim Robben und vor blanker Angst. Wenn er zu früh abdrückte und zwei Schuss aus dieser Entfernung nicht ausreichten, hatte er nicht genug Zeit, um für einen dritten nachzuladen. Außerdem musste er nah genug dran sein, um das Zittern auszugleichen.

Allein die Stirn des Bisons war so breit wie Jacobs Oberkörper und das ganze Tier mehr als zwei Meter groß. Er zweifelte mehr denn je, ob die Kalibergröße ausreichen würde.

Das Bison kam immer noch näher. Jacob sagte sich, dass er einen Schuss auf zwanzig Schritt abgeben würde. Er zielte durch das Visier.

Denk nicht dran, dass das Leben von sechs anderen Menschen von dir abhängt, Jacob.

Am liebsten hätte er einen Herzschuss versucht, aber mit dem gesenkten Kopf des Bisons konnte er von vorne nur auf den breiten Kopf zielen. Würde die Patrone die Schädelplatte überhaupt durchdringen?

Jacob drückte ab. Das Geräusch des Schusses wurde vom Schnee geschluckt. Hatte er getroffen? Vielleicht, aber vor allem hatte der laute Knall das Bison nur aufgebracht, denn es rannte jetzt, und seine Beine wirbelten den frisch gefallenen Schnee vor ihm auf.

Jacob schoss ein weiteres Mal. Er versuchte noch, eine neue Patrone aus der Jackentasche zu kramen und in den Lauf zu schieben, aber sie fiel ihm aus den Fingern. Keine Zeit, sich danach zu bücken. Keine Zeit, neu zu laden. Keine zweiten Chancen. Jacob drehte sich um und stürmte los. Seine Füße sanken im Schnee ein, und ihm war, als käme er kaum voran. Im Laufen drehte er sich um. Das Bison war aus der Nähe noch riesiger, die Hörner so lang wie Jacobs Unterarme, sein Atem ließ die Luft dampfen.

Auf keinen Fall war Jacob schneller als das Bison. Seine einzige Hoffnung war, dass das Bison seiner überdrüssig wurde und die Verfolgung aufgab, nachdem es ihn vertrieben hatte.

Dann spürte er, wie sein linker Fuß tief einsank und hängen blieb. Er versuchte noch, sich mit dem Gewehr abzufangen, aber da fiel er schon.

Hinter sich hörte er die Hufe des nahen Bisons. Der Boden schien unter ihnen zu erbeben.

Das war's. Instinktiv rollte er sich zusammen und schützte den Kopf mit den Armen, auch wenn das absolut nichts gegen zweitausend Pfund heranrasendes Lebendgewicht helfen würde.

Plötzlich Schreie, die ihn wieder aufsehen ließen. Valentina, Ole und Alexander stürzten mit Stöcken in der Hand laut brüllend von der Seite auf sie zu.

Stöcke? Was wollten sie damit gegen ein Bison ausrichten? Aber im nächsten Moment drehte das Bison von Jacob ab und rannte stattdessen in Richtung der drei. In vollem Galopp verkürzte es die Distanz zu den anderen rasant.

Jacob rollte sich auf die Knie. Seine tauben Finger schafften es kaum, die nächste Patrone in den Lauf zu schieben.

Das Bison bremste scharf vor den dreien ab, die sich zusammengedrängt hatten, um größer zu wirken, und warf jetzt den Kopf von einer Seite auf die andere, während sein Schwanz durch die Luft peitschte. Schnaubend stampfte es um die drei herum. Gleich würde es sie zertrampeln, Stöcke hin oder her.

Jacob hoffte, dass der Wind immer noch aus der gleichen Richtung kam. Auf keinen Fall durfte er die anderen treffen. Dieses Mal konnte er auf die Brust des Bisons zielen, direkt über dem Vorderbein. Er drückte ab.

Rot spritzte es auf den Schnee. Das Bison ging in die Knie. Valentina, Ole und Alexander stolperten ein paar Schritte zurück.

Jacob ließ den Blick nicht von dem Bison, während er hinlief und noch einmal anlegte.

Das Tier versuchte, wieder auf die Beine zu kommen, und scheiterte. Jacob sah, wie es zitterte, die Muskeln ballten sich wie in Wellen unter dem dicken Fell, aber es war still bis auf das angestrengte Schnauben. Sie standen in Wolken seiner Atemluft.

Jacob setzte ihm den Lauf hinten zwischen die Hörner – wenigstens kurz konnte er es machen –, dann drückte er ab.

39

VALENTINA

Der Rückweg kostete sie fünf Tage – zwei Tage länger, als sie für den Hinweg gebraucht hatten, was ausschließlich daran lag, dass jeder von ihnen geschätzte dreißig Kilo Fleisch und Fett auf dem Rücken trug oder sich an einem Bisonfell abschleppte, das teils auf dem Schnee schleifte und gefühlt so schwer wie zwei Rucksäcke war. Trotz aller Zwischenschichten rieb der selbst gemachte Rucksack Valentina die Schultern wund.

Nach der Jagd hatten sie einen ganzen Tag damit verbracht, das Bison zu zerlegen und genug starke Bäume mit einiger Entfernung zueinander zu finden, an denen sie das Fleisch und Fett sicher aufhängen konnten.

»Wie ein sehr großer Kühlraum«, hatte Jacob zufrieden gesagt, als sie fertig waren.

Es fühlte sich falsch an, das Fell mitzunehmen und all das Fleisch und Fett in den Bäumen zurückzulassen, zwar konserviert durch die Kälte, aber in Gefahr, von Tieren gefressen zu werden. Allerdings würden sie aus dem Fell hoffentlich Schuhe fertigen können, mit denen sie dann leichter den Rest holen konnten.

Für Valentina sah die Landschaft überall gleich aus, und sie konnte nur Ole hinterhertrotten, der sie mit der Uhr in hoffentlich die richtige Richtung leitete. War es tatsächlich denkbar, dass er in ihr mehr als Kristinas kleine Schwester sah? Nachdem das Bison sie fast erwischt hatte, hatte er sie rippenbrechend fest umarmt, aber das war vielleicht nur das Adrenalin gewesen. Die ganze Jagd über hatte sie keine Möglichkeit gefunden, sich alleine mit Ole zu unterhalten, und die Fragen glühten auf ihrer Zunge.

Aber Ole legte ein so strammes Tempo vor, dass Gespräche sich ineinanderfalteten, bis sie nur noch aus einzelnen Wörtern bestanden. Die Sonne war am Untergehen, als sie die letzten Windungen vor den Kronen erreichten. Sie spürte, wie ihre Schritte schneller wurden. Sie konnte es kaum erwarten, sich endlich wieder drinnen aufzuhalten. Auch die Schritte der anderen beschleunigten sich, und nun hasteten sie den Pfad entlang. Die Tage der anderen waren in den Schnee geschrieben. Ein fest ausgetrampelter Pfad führte von der Wasserstelle am See Richtung Schlupf. Immer wieder zweigten einzelne Trampelpfade in die unberührte Schneedecke ab. Valentina konnte sehen, wo die anderen Bäume gefällt und zersägt hatten.

Plötzlich blieb Ole stehen. Er deutete auf eine weitere Spur, die von dem unberührten Schnee auf den Pfad einbog. Handgroße Abdrücke. Von einem Tier mit Tatzen und Krallen. Blaue Schatten sammelten sich in den Abdrücken wie Pfützen aus dunklem Licht.

»Bär«, flüsterte Jacob.

In dem ausgetrampelten Pfad vermischten sich die Tatzen mit den Abdrücken der Schuhsohlen. Es sah aus, als hätte der Bär den Schlupf als Ziel gehabt.

Oder hatte es einen Kampf gegeben? War jemand vor dem Bären davongerannt?

Valentinas Herz stockte.

Sie hatten die anderen in einer Bärenfalle sitzen lassen ohne ein Gewehr.

Aber immerhin kein Blut im Schnee. *Kein Blut, kein Blut.*

Valentina wollte schon Richtung Schlupf sprinten, aber Jacob erwischte sie noch am Ärmel.

»Langsam«, wisperte Jacob. »Wir müssen Lärm machen und zusammenbleiben. Vielleicht ist der Bär noch in der Nähe.«

»Was, wenn Nick auch hier ist und der Bär erst später da war?«, flüsterte Ole.

Sie setzten die Rucksäcke ab. Jacob lud das Gewehr durch. Alexander griff nach der Axt. Ole hatte das lange Messer. Valentina hatte keine Waffe, aber ihre Hände zitterten sowieso viel zu stark.

Zu viert schlichen sie vorwärts, halb auf den Pfad, halb auf die Umgebung konzentriert. Waren die Schritte der Spuren hier weiter auseinander? War hier jemand gerannt? Auf dem ausgetretenen Pfad war die Antwort nicht zu erkennen. Valentina konnte ihr Blut in den Ohren rauschen hören.

Eine Schwester wie dich will ich nicht. Sie wollte nicht, dass das ihre letzten Worte zu Kristina gewesen waren. Warum hatte sie das gesagt? Hatte sie hier draußen nichts gelernt? Wie schnell es vorbei sein konnte? Was wichtig war und was nicht? Kristina hätte sie nie zurückgelassen, das hatte sie bewiesen, als Valentina umgeknickt war.

Ab jetzt würde sie von ihrer Schwester nehmen, was sie kriegen konnte. Und wenn das nur ein genervtes Augenverdrehen war – sei's drum.

Der Schlupf kam in Sicht. Seit sie aufgebrochen waren, hatte sich viel getan. Die Wände waren rundum isoliert, die Holzstämme nicht mehr zu sehen. Auf einer Seite des Hauses war brusthoch Brennholz gestapelt, und aus dem Schornstein quoll weißer Rauch.

Das war ein gutes Zeichen, oder? Das musste ein gutes Zeichen sein.

»Seid ihr da?«, flüsterte Valentina.

Da ging auch schon die Tür auf, und die drei schauten heraus. Ihre Gesichter waren rot und schwarz verschmiert. War das Blut?

»Wolltet ihr euch anschleichen, um uns zu erschrecken?«, fragte Bombe. »In dem Fall wart ihr ziemlich laut.«

»Hat es geklappt?«, fragte Kristina, während Tonya gleichzeitig fragte: »Wo sind eure Rucksäcke? Ihr müsst sofort reinkommen.«

Rasch holten sie die Rucksäcke und das gefrorene Fell.

»Wo ist der Bär jetzt?«, fragte Ole.

»Alles der Reihe nach«, sagte Kristina mit etwas zu neutraler Stimme. »Kommt erst mal rein und wärmt euch auf.«

Sie drängten sich in den Schlupf, in dem nur noch an wenigen Stellen Licht durch die Balken fiel. In den Rindenschalen neben dem Feuer köchelte etwas, und Essensdüfte waberten durch den kleinen Raum. In einer Ecke lehnten zwei neue Reusen.

»Was ist das eigentlich in euren Gesichtern?«, fragte Valentina.

Sie trugen aufwendige rote Muster im Gesicht, dazu schwarze Streifen und wilde Zöpfe. Sie sahen aus wie Kriegerinnen vor dem Kampf.

Bombe krabbelte als Erste heran, um sie alle der Reihe nach zu umarmen. Ole natürlich zuerst. »Lippenstift und Asche«, sagte sie.

»Gestern ist der Bär gekommen, seitdem haben wir den Schlupf sicherheitshalber nicht mehr verlassen.«

»Ihr habt alles richtig gemacht«, sagte Ole und drückte sie fest.

Zu Valentinas Überraschung warf sich Bombe ihr genauso enthusiastisch um den Hals, wie sie es bei Ole getan hatte.

»Kristina hat euch geschminkt, stimmt's?«, flüsterte Valentina.

Bombe nickte glücklich.

Ja, so war Kristina schon immer gewesen. Hervorragend darin, schreckliche Erlebnisse in etwas Besonderes zu verwandeln. Feinfühlig genug, um sie nicht normal zu schminken, was sie in ihrem schmutzigen Zustand mit fettigen Haaren nur daran erinnert hätte, wie weit weg von zu Hause sie waren.

Dann wurde sie von Tonya umarmt, und schließlich stand ihre Schwester vor ihr, die Arme unentschlossen halb gehoben.

Kristina kniff die Lippen zusammen. »Soll ich dir auch die Haare flechten?«, fragte sie schließlich.

»Du hast mich echt verletzt ...«, sagte Valentina.

Das hier war das Land von Blut und Eis. Von Hunger und Klauen. Alexander und Ole musterten sie angespannt.

»... aber das wäre schön.«

Im nächsten Moment zog Kristina sie an sich, und Valentina war wieder drei, acht, zwölf, zwanzig, geborgen im Arm ihrer Schwester, die immer ein kleines bisschen größer war als sie, die warme Kaminluft in den strähnigen Haaren, und wusste, dass sie nicht alleine war.

»Habt ihr eine Ahnung, wo der Bär jetzt ist?«, fragte Ole, als sich die Schwestern voneinander lösten. »Vielleicht können wir ihn vertreiben? Angeblich sind Schwarzbären ziemlich schreckhaft.«

»Leider war es kein Schwarzbär«, sagte Tonya. »Sondern ein Grizzly.«

40

JACOB

Grizzlys waren selten im Park, sonst hätte Nick sie besser darauf vorbereitet. Ein Grizzly in den Kronen? Pures Pech – und eine Katastrophe.

»Halten Bären nicht Winterschlaf?«, fragte Valentina.

»Dieser hier ja offensichtlich noch nicht«, sagte Jacob. Grizzlys waren größer, schwerer und aggressiver als Schwarzbären. Und das jetzt, wo sie sich bald wieder aufteilen mussten, um den Rest der Beute in die Kronen zu bringen, bevor es endgültig zu kalt wurde. Nach der Bisonjagd blieben ihnen nur noch acht Schuss.

»Tonya und ich waren gestern beim Wasserholen, als wir ihn gesehen haben«, sagte Kristina. »Wir haben es gerade noch in den Schlupf geschafft.«

»Bärenspray?«

»Noch unbenutzt.«

»Wenn er keinen Winterschlaf hält, dann vermutlich, weil er hungrig ist«, sagte Bombe leise.

»Ihr wisst, was das heißt«, sagte Ole. »Wenn er hungrig ist und uns als Futter betrachtet, reicht es nicht, sich totzustellen. Entweder müsst ihr das Bärenspray benutzen oder kämpfen.«

Die drei Mädels mussten einen furchtbaren Tag hinter sich haben, dachte Jacob. Nicht, dass die Jagd ein Zuckerschlecken gewesen war. Endlich wieder mit seinem Erste-Hilfe-Kasten vereint, behandelte Alexander die aufgeriebene Haut an Valentinas Schultern mit

Desinfektionsmittel. Es schien furchtbar zu brennen, aber er legte schnell Schnee darauf.

»Du bist ein Engel«, sagte Valentina.

»Engel!«, rief Bombe. »Das passt sogar zu den Haaren.« Und es passte auch sonst zu allem. Jacob konnte förmlich spüren, wie der Spitzname sich festsetzte.

»Kann ich bitte auch einen Zopf haben?«, fragte Engel. »Meine Haare rutschen mir immer wieder ins Gesicht.«

Bombe stürzte sich auf seine Haare.

»Irgendwelche Zwischenfälle bei der Jagd?«, fragte Tonya, die das Essen umrührte, ohne den Blick von Kristina zu nehmen, die jetzt Valentina die Haare flocht.

Ole zuckte die Achseln. »Es wurde mal kurz gefährlich, aber Jacob hat die Situation jedes Mal gerettet.«

Kein Wort davon, dass sie alle in Lebensgefahr gewesen waren. Valentina und Jacob tauschten einen Blick. Sie zuckte die Achseln und verdrehte die Augen, was Jacob deutete als: *typisch Ole*.

Jacob wurde ein bisschen schwindlig davon, dass er ihre Mimik so genau lesen konnte. Wann war das passiert?

»Was machen wir wegen dem Bären?«, fragte Jacob. »So, wie ich das sehe, haben wir drei Optionen. Nummer eins: Der Bär frisst uns das Essen weg. Nummer zwei: Der Bär erwischt uns, und wir sterben an Blutverlust oder einer Infektion. Nummer drei: Wir finden den Bären. Wir essen den Bären. Wir kommen hier lebendig raus.« Nach einer Kunstpause fügte er noch hinzu: »Übrigens schließen sich die ersten beiden Optionen nicht gegenseitig aus.«

»Das wird schon«, sagte Kristina. Einen Moment später schien ihr aufzugehen, wie leichtfertig das geklungen hatte, und sie warf einen besorgten Blick in Valentinas Richtung. »Wenn wir einen guten Plan machen.«

»Kristina hat recht«, sagte Valentina. »Wir kümmern uns um den Bären, und danach machen wir einen Plan, wie wir den Rest der

Beute holen, ohne zu erfrieren. Aber erst morgen. Heute sind wir endlich alle wieder zusammen, und wir haben genug Nahrung für den Winter aufgetrieben – sofern wir sie hierhertransportieren können. Deshalb sollten wir heute Abend feiern.«

Es wirkte, als hätte Kristina auf einmal Tränen in den Augen. Wenn die Schwestern lächelten, waren sie unverkennbar miteinander verwandt.

Tonya tischte ihnen allen großzügige Portionen auf.

»Das schmeckt hundertmal besser als Elch«, sagte Bombe zufrieden.

»Wie sieht dieses Feiern jetzt eigentlich aus, ich meine, außer dass wir uns die Bäuche vollschlagen?«, fragte Ole.

»Wir könnten zwei Wahrheiten und eine Lüge spielen«, sagte Kristina. »Der Name ist Programm. Man nennt drei Sachen, die anderen müssen raten, was davon die Lüge ist. Wer am meisten Leute falsch raten lässt, gewinnt.«

»Das ist doch nur die langweilige Variante von Wahrheit-oder-Pflicht«, sagte Valentina.

»Das ist die Keine-persönliche-Grenzen-überschreitende-Variante von Wahrheit-oder-Pflicht, die außerdem viel interessanter für die Zuhörerinnen und Zuhörer ist«, sagte Kristina.

»Und ich hatte mich so darauf gefreut, jemandem meine *Pflichten* für den nächsten Tag aufzudrücken«, sagte Jacob. »Euch ist doch bewusst, dass irgendjemand dieses Fell sauber schaben muss?«

»Spielt ihr jetzt mit oder nicht?«

»Ich bin dabei«, sagte Jacob. »Ich habe jahrelange Erfahrung im Lügen. Ich stecke euch alle in die Tasche.«

Valentina seufzte. »Ich mach auch mit. Aber nur, weil mein Volleyballtraining heute Abend ausfällt und im Fernsehen nichts Gescheites kommt. Und ihr erzählt besser ein paar saftige Details.«

»Wer fängt an?«

»Ich glaube, ich hab was«, sagte Ole. »Und nicht mal Alexander dürfte das wissen.« Alexander hob zweifelnd eine Augenbraue, aber Ole lächelte siegessicher. »Erstens: Seit ich meine Armbanduhr gekriegt habe, habe ich sie jeden Tag getragen. Zweitens habe ich mal einen dreißig Euro teuren Wein gestohlen. Drittens: Ich hatte noch nie Liebeskummer.« Er musterte Valentina. »War das saftig genug?«

»Und genau deshalb ist Flaschendrehen ein besseres Spiel«, sagte Valentina. »Das hier ist erstens zum Gähnen, und zweitens ist es völlig offensichtlich, was die Lüge ist.«

Ole wirkte ein bisschen bedröppelt.

»Ernsthaft«, sagte Jacob. »Der Weinpreis war eine nette Note, aber du bleibst der schlechteste Lügner aller Zeiten.«

Die anderen tippten reihum ebenfalls auf die zweite Aussage. Alexander war zuletzt dran.

»Engel, was denkst du?«

Er grinste über den Spitznamen und hob drei Finger.

Ein breites Grinsen brach sich auf Oles Gesicht Bahn. »Nicht schlecht, Alex.«

»Das mit dem Weinstehlen war *nicht* die Lüge?«, fragte Bombe.

»Es ist gar nicht mal so leicht, eine derart große Flasche zu verstecken«, sagte Ole zufrieden.

»Warum hast du das gemacht?«, fragte Bombe.

»Ich wollte wissen, ob ich fähig bin, was zu klauen, und ich wollte wissen, wie ein dreißig Euro teurer Wein schmeckt«, sagte Ole. »Zwei Fliegen mit einer Klappe.«

»Das ist nicht fair«, sagte Jacob. »Er hat uns mit seiner Braver-Junge-Masche ganz bewusst in die Irre geführt.«

Valentina winkte ab. »Pass auf, Bombe. Hier ist eine gute Gelegenheit, um dir ein deutsches Wort beizubringen«, sagte sie. »*Jammerlappen.*« Sie sprach es einmal langsam aus und erklärte die Bedeutung.

»Eignet sich das als Spitzname?«, fragte Bombe.

»Ganz sicher nicht«, sagte Jacob.
»Ole geht mit fünf Punkten in Führung«, sagte Kristina. »Wer will als Nächstes?«

Valentina erzählte drei längere Anekdoten, darunter eine wahre Geschichte, wie sie einem anderen Mädchen Pferdeäpfel in die Schuhe gepackt hatte, weil sie ihr auf dem Reiterhof das Lieblingspony unter der Nase weggeschnappt hatte.

»Du warst ein Pferdemädchen?«, sagte Jacob. Er wischte sich die Lachtränen aus den Augen. »Das ist herrlich. Ich liebe dieses Spiel.«

»Sehr gut«, sagte Valentina. »Denn du bist auch noch dran.«

Alexander machte weiter. Dann Tonya und Bombe.

Jacob gab seine Stimmen ab, während er über seine eigenen drei Sätze nachdachte. Theoretisch gab es genug schräge Geschichten zu erzählen, und bei einer anderen Gruppe hätte er es genossen, wenn sie über eine betrunkene Story von ihm lachten, aber nicht bei diesen sechs.

Schließlich war er an der Reihe.

»Jede Geschichte, die du über Drogen erzählst, ist wahrscheinlich wahr«, sagte Valentina.

Wenn er wollte, dass sie ihn endlich anders wahrnahmen, dann musste er ihnen auch eine andere Seite von sich zeigen. Warum wurden seine Hände bei dem Gedanken feucht?

Er räusperte sich. Ihm war zum ersten Mal seit mehr als einer Woche warm. Vielleicht fühlte er sich deshalb mutig. »Ich habe mal hundert Kilo Koks in einer Hütte im Wald gefunden, ich hasse teuren Champagner, und drittens habe ich mich noch nie so zu Hause gefühlt wie hier mit euch.« Er räusperte sich und wich den Blicken der anderen aus. »Keine Ahnung, warum.«

Verblüffte Stille.

»Ach, Jacob.« Kristina umarmte ihn von der Seite.

»Du bist so ein Snob«, sagte Valentina, aber sie stupste ihm auf der anderen Seite spielerisch mit dem Ellbogen in die Rippen.

Bombe schaute verwirrt in die Runde. »Ganz offensichtlich war die erste Aussage falsch. Woher will er wissen, dass es hundert Kilo waren? Er hatte keine Waage dabei.«

Engel legte auch ihr einen Arm um die Schultern. Jacob fühlte sich absurd glücklich. Wer hätte gedacht, dass es so wenig dazu brauchte?

Und hier hätte es enden können. Warm, satt, zu siebt.

41

VALENTINA

»Krass«, sagte Bombe, als Valentina am nächsten Morgen das gefrorene Fell im Schlupf ausbreitete. Um es draußen zu bearbeiten, war es zu kalt. »Das ist ja riesig.«
Valentina konnte ihre Begeisterung nicht teilen, sie war schlecht gelaunt. Wegen des Neuschnees hatten sie den Bären nicht gefunden, und ihr war erst an diesem Morgen klar geworden, was Oles Lüge bedeutete. Er hatte also Liebeskummer gehabt? Wann? Missmutig fing sie an, mit glatten Ästen Fleisch und Fett von der Haut zu reiben. An hartnäckigen Stellen benutzten sie zum Schaben Jacobs Kreditkarte.

Natürlich hatte sie mitbekommen, dass Mädchen auf Ole flogen, und er hatte irgendwann auch mal eine Freundin gehabt, aber *Ole* hatte sich von *ihr* getrennt, und Valentina konnte sich einfach kein Mädchen vorstellen, das bei einem Angebot von Ole nicht gesagt hätte: »Ja, bitte. Wo darf ich meine Seele verkaufen?« Er musste diese mysteriöse Person also während ihrer Sendepause kennengelernt haben. Es war schwer, nicht wütend auf Kristina zu sein, wenn sie ihretwegen etwas derart Wichtiges verpasst hatte.

Das Gefühl war auf einmal so stark, dass sie aufstand und in den Schnee hinausstapfte.

»Wenn du schon der Volltrottel sein musst, der alleine losgeht, dann nimm wenigstens das Bärenspray mit«, sagte Jacob, der mit Engel dabei war, das Bisonfleisch fürs Trocknen herzurichten, damit sie es langfristig im warmen Schlupf lagern konnten.

Etwas hatte sich für Valentina nach der Jagd verändert. Es kam ihr vor, als könnte sie die Umrisse der anderen durch das Unterholz hindurch fühlen. Kristina und Tonya, die auf dem See daran arbeiteten, die neuen Reusen unter das Eis zu bringen, und das Gewehr von Jacob mitbekommen hatten. Alexander, Jacob und Bombe beim Schlupf. Und natürlich Ole, der dabei war, Holz zu spalten.

»Jacob hat uns angewiesen, nur noch in Zweiergruppen unterwegs zu sein und immer das Spray oder das Gewehr dabeizuhaben.« Sie schwenkte die Flasche. »Warum bist du allein?«

»Es ist nicht so gefährlich für mich«, sagte Ole. »Und ich hab ja das Beil.«

»Dir ist doch klar, dass der Bär sogar größer ist als du?« Anstatt herumzustehen wie ein Idiot, begann sie auf einem der gefällten Baumstämme zu balancieren. Sicherlich könnte sie von hier oben auch den Bären besser kommen sehen.

»Wir brauchen mehr Holz. Ich hab heute Nacht mehr verbrannt, als geplant war, weil es sonst zu kalt geworden wäre.«

»Und kann dir nicht einer von uns helfen?«

Ole zuckte die Schultern, so beiläufig und erschöpft, als hätte er schon vor langer Zeit den Gedanken aufgegeben, dass er sich auf irgendjemand außer sich selbst verlassen konnte. »Was machen die anderen?«, fragte er.

»Du erinnerst mich an den Schäferhund meiner Tante«, sagte Valentina. »Der ist auch immer nervös geworden, wenn er uns nicht alle gleichzeitig im Blick haben konnte. Am Ende haben wir jedes Mal alle zusammen im winzigen Wohnzimmer gehockt, und er lag vor der Tür und hat uns daran gehindert, aufs Klo zu gehen.«

»Also sind sie nicht im Schlupf?«

Sogar aus der Entfernung waren die Augenringe unter Oles Augen klar zu erkennen.

Valentina seufzte. »Jacob, Engel und Bombe sind beim Schlupf. Tonya und Kristina auf dem Eis.«

Sie war wieder auf ihn zu balanciert und geriet plötzlich kurz aus dem Gleichgewicht. Er fasste sie an der Hüfte, um sie zu stabilisieren. Valentina fühlte sich, als hätten ihre Organe spontan die Plätze getauscht.

»Willst du dir gleich noch mal den Fuß umknicken?«

»Entspann dich, Ole. Ich balanciere bloß.«

Er ließ sie nicht los, sondern drehte sie, bis sie sich gegenüberstanden, sie auf dem Baumstamm einen halben Kopf größer als er. Sie spürte seine Hände durch alle Stoffschichten hindurch.

»Warum wolltest du nicht erzählen, wie knapp es mit dem Bison war?«, fragte sie.

»Wir müssen noch mal da raus. Willst du, dass sich die anderen Sorgen machen?«

»Tun sie doch sowieso«, sagte Valentina. »Aber vielleicht wäre es für dich einfacher, wenn du nicht alles mit dir alleine ausmachen würdest. Zum Beispiel diese Sache mit dem Liebeskummer. Anscheinend hast du nicht mal Alexander davon erzählt.«

»Er hat es sich ja trotzdem zusammengereimt.«

»Wer war sie? Die Person, wegen der du Liebeskummer hattest?«

Abrupt ließ Ole sie los. Er war schmaler geworden, wie sie alle, aber als er das Beil hob, schlug er immer noch mit genug Kraft auf den Holzklotz, um ihn mit einem Hieb zu spalten. Er atmete frustriert aus. »Quäl mich nicht so, Valentina.«

»Sie ist weit weg. Hier draußen kannst du es mir doch sagen.«

»Und warum willst du es unbedingt wissen?«

»Natürlich um ihr von einem Burner Account eine DM zu schicken, sobald ich wieder in Deutschland bin. Welchen Grund könnte sie haben, dich abzuweisen?«

»Vielleicht den Umstand, dass ich mir zu viele Sorgen um andere Leute mache?«

Valentina spürte ein Grollen in ihrem Hals und stoppte es gerade noch. »Wenn das wirklich der Grund ist, dann verdient sie es nicht, jetzt gerade mit einer koreanischen Gesichtsmaske in der Badewanne zu liegen und über den Pickel auf ihrer Nase zu weinen.«

»Ist das deine Wunderland-Fantasie?«

»Minus den Pickel. Deine?«

»Ich will einen Boskoop-Apfel essen«, sagte Ole.

Valentina verdrehte die Augen. »Du bist so speziell.«

Ole setzte das Beil ab. »Ich hatte Liebeskummer bis Ostern«, bemerkte er, als sollte ihr das etwas sagen. »Bis wir uns im Supermarkt gesehen haben.«

»Tja, ich sende Schwingungen der Harmonie aus, wohin ich auch gehe«, sagte Valentina.

Ole kniff die Augen zusammen. »Du hast kein bisschen genervt von mir gewirkt.«

Moment. Meinte er, dass er ihretwegen ...?

Oh.

Oh.

Ole sah müde aus. Valentina hingegen fühlte sich wie ein Fluss, wenn der Schnee schmilzt. Sie sprang vom Baumstamm.

Ole erkannte etwas in ihrem Gesicht. »Valentina ...«, begann er.

Es klang wie eine vorsichtige Warnung – schließlich war das Ole –, aber da küsste sie ihn bereits. Seine Nase war kalt, darunter glühte seine Haut. Ole, der sie näher zog, seine Arme, die sich hinter ihrem Rücken verschränkten, sein Atem auf ihrem Gesicht; sie fühlte alles gleichzeitig. Auch das war Ole – er diskutierte nicht mit einer Springflut. Und da war ein weiteres Gefühl, wie ein Herzschlag, wie der raue Hals kurz vor dem Weinen, dass das hier tief ging, dass das hier Wunden schlagen konnte. Also küsste sie ihn mehr, um das Gefühl wegzuschieben, und Ole hielt sich nicht zurück.

Plötzlich fiel Valentina etwas ein, und sie löste sich von ihm. »Wir dürfen uns vor den anderen nicht verdächtig verhalten«, flüsterte sie.

Er strich ihr mit den Daumen über die Augenbrauen und ließ seine Hände dann auf ihren Wangen ruhen. »Du meinst so?«

»Das und jede andere ... Bevorzugung.«
Jetzt fuhr er mit den Daumen die Form ihrer Lippen nach. »Alex wird es sofort kapieren.«
»Es ist nur wegen Kristina. Ich will ihr nicht das Gefühl geben, dass ich dich ihr wegnehme.«
»Kristina ist mit jemand anderem beschäftigt«, sagte Ole und tippte ihr auf die Nase. »Mach die Augen auf.«
Valentina runzelte die Stirn. Meinte er ... Tonya?
Tatsächlich hatte Valentina ihre Schwester nie mit einem Jungen gesehen. Oder überhaupt mit irgendjemandem. Eine weitere Sache, über die sie nie nachgedacht hatte.
Und Kristina hatte am Morgen so gut gelaunt gewirkt. Ihr Gesicht leuchtete, als wäre schon Frühling und die anderen wüssten es nur noch nicht.
Der Winter hatte gerade erst begonnen, in den nächsten Wochen würden sie tausend Dinge zu tun haben – die Wände erhöhen, Nadeln aus Knochen schnitzen, Fellschuhe nähen –, tausend Dinge, die schiefgehen konnten, aber als Oles Hand sich um ihre schloss, fühlte sie sich für den Hauch eines Moments zuversichtlich. Ihnen würde nichts Schlimmes passieren.

42

VALENTINA

Als Valentina aufwachte, war der Schlupf fast leer. Neben ihr lag noch Jacob, der wegen seiner Feuerwache auch länger schlafen durfte. Auf dem Boden neben ihm der Ast, in den er für jeden ihrer überlebten Tage eine Markierung geschnitzt hatte. Tonya war ebenfalls in der Hütte und kochte Wasser ab. Mit den höheren Wänden, die sie seit ein paar Tagen hatten, konnte sie dabei sogar stehen.

»Guten Morgen«, sagte sie. »Willst du was trinken?«

»Guten Morgen und nein, danke«, sagte Valentina. Ihre Blase drückte von dem Fichtennadeltee, den Alexander am Tag zuvor gebraut hatte.

»Die anderen sind schon draußen unterwegs, aber das Bärenspray ist noch da«, sagte Tonya, als Valentina sich einpackte und die Tür aufzog.

Als sie den Schlupf verließ, kamen ihr Ole und Alexander mit dem Gewehr entgegen, die Wangen gerötet von der morgendlichen Runde Holzhacken, und jetzt wieder auf dem Weg in den Schlupf, um sich aufzuwärmen. Ole zupfte das Shirt, das sie sich übers Gesicht geschlungen hatte, herunter und küsste sie auf den Mund. »Guten Morgen. Hast du gut geschlafen?«

Valentina konnte nur breit grinsen. Sie fühlte sich leicht wie der tanzende Dampf über ihrer Tasse.

Alexander hatte einen abwesenden Gesichtsausdruck, bevor er aus seinen Gedanken auftauchte und ihr zuzwinkerte, ganz so, als wollte er sagen: *Lasst euch von meiner Anwesenheit nicht stören.*

»Ich muss dringend aufs Klo. Sorry.«
»Willst du wirklich den ganzen Weg alleine gehen?«, fragte Ole.
»Mein bester Freund, die Sprayflasche, ist bei mir.« Sie winkte mit dem Bärenspray und hastete weiter. Der Weg zur Latrine war ausgetrampelt, und ihre Füße fanden ihn schon fast von alleine.

Sie hatten den Boden mit einem Feuer antauen müssen, um die Latrine auszuheben. Darum herum hatten sie noch einen Windschutz gebaut, damit es einem nicht buchstäblich den Arsch abfror, aber die Lösung bestand trotzdem hauptsächlich darin, sehr schnell zu sein. Sie pinkelte in Lichtgeschwindigkeit, dann zog sie sich wieder an.

Sie wusste, dass der Bär da war, bevor sie ihn sah. Lag es an dem Geruch nach nassem Hund? An einer Bewegung im Augenwinkel? An einem dunklen Fleck, wo an allen anderen Tagen nur Schnee gewesen war?

Dann entdeckte sie ihn: ein braunes, tellerflaches Gesicht, aus dem die Schnauze hervorstach. Er war riesengroß und nur wenige Schritte von ihr entfernt.

Langsam zog sie sich das Shirt vom Gesicht, damit man ihr Rufen besser hören konnte. Der Bär schnupperte, dann richtete er sich auf. Die kalte Luft stach ihr in die Lunge, als sie tief Luft holte. »Hier ist ein Bär! Wir brauchen das Gewehr!«

Mit einem Ruck ließ sich der Bär wieder auf alle viere fallen und kam näher. Sein Atem stieg in kleinen weißen Wolken aus seinen Nüstern auf. Langsam bewegte Valentina sich rückwärts und löste die Kappe vom Bärenspray.

Hatte man sie im Schlupf gehört? Wenn sie das Spray benutzen wollte, musste sie sich zur Seite manövrieren. Gerade blies der Wind genau in ihre Richtung.

Sie schrie noch einmal. »Ole! Jacob! Irgendjemand? Hilfe!«

Der Bär zuckte kurz zurück, dann kam er wieder näher. Sein braunes Fell schimmerte bei jedem Schritt seiner Tatzen.

Alles, was Valentina hörte, war das Blut, das in ihren Ohren rauschte, keine Schritte. Soweit sie wusste, war sie ganz allein mit dem Bären. War er hungrig? Sah er sie als Beute? Wahrscheinlich, oder? Warum sonst sollte er ihr so nahe kommen? Scheiße, sie wollte nicht sterben.

Er kam immer noch näher, schneller, als sie in einem Bogen zurückweichen konnte.

»Bleib, wo du bist«, rief sie und hielt das Bärenspray mit beiden Händen vor sich.

Vorsichtig tastete sie mit dem Fuß hinter sich, bevor sie den nächsten Schritt wagte. Wenn sie hinfiel, war der Bär bei ihr, ehe sie wieder aufstehen konnte.

Der Wind kam jetzt wenigstens schräg von der Seite. Sie kontrollierte, ob die Sprayflasche in die richtige Richtung zeigte.

Funktionierte das Spray überhaupt noch? Wie viel war da drin? Wirkte es überhaupt bei einem so enormen Grizzly?

Der Bär machte einen Satz auf sie zu.

»*Jacob!*«, schrie sie, dann drückte sie ab.

Ein rotbrauner Strahl schoss aus der Sprayflasche, und ein Gestank von scharfer Paprika schoss ihr in die Nase. Valentina hörte den Bären brüllen, aber da hatte sie sich schon umgedreht und sprintete Richtung Schlupf.

»Bringt euch in Sicherheit!«, schrie sie noch im Laufen. »Der Bär ist da!«

43

JACOB

Der Schrei war leise, aber über das Knacken des Kamins klar zu hören.
»War das ...?«, fragte Tonya, aber da drückte Jacob schon die Tür nach draußen.
Nur in Socken balancierte er auf der Schwelle und lauschte, das Gewehr in der Hand.
Valentinas Schrei war von Norden gekommen.
»Valentina!«, rief er. Wenn er damit die Aufmerksamkeit auf sich selbst zog, umso besser.
»Jacob!« Die Panik in ihrem Schrei ließ ihn in Socken losstürmen.
Er hörte Äste knacken und brechen, und dann sah er Valentina, die direkt zwischen den Stämmen auf ihn zustürzte. Dann brach der Bär hinter ihr durchs Unterholz, ein dunkler Schemen, der sich rasend schnell bewegte.
Nur fünfzig Schritte – weniger bei ihrem Tempo –, und sie war in Sicherheit. Gleich. Gleich. *Komm schon, Valentina. Endspurt!*
Jacob hatte das Gewehr im Anschlag und zielte auf die Brust des Bären, aber Valentina schob sich mit jedem Schritt einmal in seine Schusslinie.
»Duck dich!«, schrie er.
Valentinas Blick traf seinen – sie vertraute ihm, sie verließ sich auf ihn –, und sie warf sich aus dem vollen Lauf auf den Boden. Freie Schussbahn – und einen Moment später drückte er ab. Er registrierte

noch, wie der Bär sich im selben Moment zur Seite beugte, aber es war schon zu spät. Daneben. Wie konnte er aus dieser Entfernung danebenschießen? Hektisch zielte er erneut, aber da war der Bär bereits bei ihr. Er war so riesig, dass sein Prankenschlag fast spielerisch wirkte, aber als die Tatze Valentinas ungeschützte Seite traf, schrie sie laut, und plötzlich war da Blut auf dem Schnee.

Endlich hatte Jacob den Bären wieder im Visier. Der Schuss übertönte Valentinas Schreie. Der Bär war getroffen und wankte. Jacob lud nach, schoss erneut. Ein Schaudern durchlief das Tier, aber Jacob behielt es im Visier. Es war ihm egal, wenn er alle Munition verbrauchte, die sie noch hatten. Das Gewehr im Anschlag, näherte er sich dem Bären, der sich kaum noch auf den Beinen halten konnte und ins Unterholz wankte, wo er auf die Knie sackte. Ein Teil von Jacobs Kopf schrie ihn an, dass ein Bär nie so gefährlich war wie bei einer Verletzung, aber er schritt trotzdem auf ihn zu. Die Augen des Bären flackerten, und er bewegte müde die blutige Tatze, aber er konnte bereits nicht mehr aufstehen. Sogar im Liegen war er riesig. Jacob schoss noch einmal.

»Ist er tot?« Tonyas Stimme hinter ihm.

Jacob schlotterte am ganzen Körper. Er spürte seine Füße nicht mehr und seine Hände kaum. »Nimm einen Stock«, krächzte er.

Tonya fand einen Ast, und für alle Fälle stellte er sich schräg zwischen sie und den Bären, um sie zu schützen. Mit angehaltenem Atem berührte sie den Bären an der Schnauze. Nichts. Fester. Nichts.

Jacob ließ das Gewehr sinken.

Dann drehten sie sich zu Valentina um.

44

VALENTINA

Etwas trifft sie an der Seite – so viel Kraft –, und etwas reißt. Heißer Atem auf ihrem Gesicht. Da ist Feuer, da ist Schmerz. Da sind Schüsse, die die Luft zerfetzen. Für einen Moment sieht sie den Bären über sich, so nah, so lebendig, sein wilder Atem, sein tiefer Blick, dann zieht er den Kopf zurück.

Sie rollt auf den Rücken. Gleißend blendet sie das Licht. Wollte sie gerade einen Schnee-Engel machen? Ihre linke Seite ist nass von Schweiß. Ihre Hände sind rot und warm, und ihr Blickfeld ist verschwommen.

Jemand ruft ihren Namen, und sie erkennt ihn auch zwischen all den verschwommenen Farben über sich; es ist Jacob, auch wenn sie sein Gesicht nicht richtig wahrnehmen kann. Und da ist auch Tonyas Stimme und dann die von Ole.

Es ist alles in Ordnung.

Sie ist in Sicherheit.

45

JACOB

Sie stolperten zu Valentina, die wimmerte. Ihre Seite war aufgerissen. Es stank. Was war verletzt? Wie schlimm war die Wunde? Jacob konnte nichts erkennen, alles war von Rot überschwemmt. Er wollte die Flut stoppen, das Blut irgendwie in Valentina drinhalten, aber er hatte nichts außer seinen schmutzigen Händen.

»Shit.« Jacob sank neben ihr auf die Knie. Valentinas Hände flatterten zu ihrem Bauch, aber Jacob hielt sie vorsichtig fest.

»Schsch, nicht anfassen«, sagte er. Verzweifelt fing er an zu weinen. Seine Schuld, alles seine Schuld.

Auf einmal war Engel da, er kam gleichzeitig mit Ole an, in den Händen eines von Kristinas T-Shirts und den Erste-Hilfe-Koffer. Jacob holte rasselnd Luft.

Engel war noch kein Arzt, aber irgendwas lernte man doch in diesem Medizinstudium, oder? Genug, um eine Blutung zu stoppen, ganz bestimmt. Aber Engel begutachtete die Wunde nicht einmal richtig, er presste nur das Shirt auf die Wunde. Der grüne Stoff färbte sich sofort dunkel. War das Shirt überhaupt steril? Würde das ausreichen? War das Engels ganzer Plan?

»Du musst es nähen«, brachte Jacob heraus. »Komm schon. Wir machen einen Druckverband, wie du's uns gezeigt hast.«

Engel drückte immer noch das T-Shirt auf die Wunde. Schließlich blickte er auf: »Kannst du das riechen?«

Natürlich. Es roch furchtbar. Deshalb mussten sie ja etwas tun. Sogar Jacob verstand das, und *er* hatte nicht mehrere Jahre seines Lebens mit einem verdammten Medizinstudium verbracht.

»Tu doch endlich was!«, schrie Jacob. »Du hast die Wunde nicht mal richtig angeschaut!«

»Ihr Darm ist getroffen«, flüsterte Engel. »Die Wunde wird sich entzünden.« Er hatte einen flehenden Ausdruck im Gesicht, so als hoffte er, dass Jacob irgendwas von alleine verstand und er es nicht aussprechen musste.

Am liebsten hätte Jacob ihn geschüttelt. Wollte er, dass Valentina starb? »Wenn du nicht bald was machst, wird sie verbluten!«

Engel flüsterte: »Durch den Darminhalt wird sich die Wunde entzünden. Das bedeutet Fieber, Eiter, unglaubliche Schmerzen. Sie würde tagelang leiden.«

Jacob wusste nicht, was Engel ihm sagen wollte. Er wusste nur, dass Valentinas Blut noch immer auf ihre Jacke und das T-Shirt und den Schnee pumpte. *Natürlich* konnte Engel Valentina retten!

Engel blickte Ole an, der wie eingefroren neben ihnen stand und vollkommen hilflos aussah.

»Ole«, sagte Engel, und in dem einen Wort lag eine Frage.

Sein sanfter, drängender Tonfall bohrte sich durch Jacobs Trommelfell, und da war so viel Blut, und Jacob hatte Valentinas Hände immer noch in seinen, jetzt bewegungslos. Nur ihre Lider flatterten noch, und ihr Brustkorb hob und senkte sich – *nicht aufgeben, Herz* –, und da endlich verstand Jacob Engels Frage, gleichzeitig mit Ole.

Die Frage war nicht mehr, ob Valentina sterben würde, sondern wie.

Ein Zittern erfasste Oles ganzen Körper. »Und ich soll das entscheiden? *Ich* soll sagen, ob wir sie jetzt verbluten lassen oder in einer Woche unter Schmerzen im Dreck verrecken?«

»Nicht so laut«, sagte Jacob instinktiv. Er bettete Valentinas Kopf in seinen Schoß und strich ihr übers Haar.

Aber ihr Gesicht blieb weiterhin ausdruckslos, sie schien nichts gehört zu haben.

Engel fixierte weiterhin Ole. Das T-Shirt in seiner Hand war mittlerweile ein einziger blutiger Mopp. Ein Blick auf Oles schmerzverzerrtes Gesicht, und Jacob erkannte, dass von Ole keine Antwort kommen würde. Es war an ihm.

»Fang an zu nähen«, blaffte er.

Ole und Alexander starrten ihn an.

»*Näh sie!*«

Wenn sie jetzt aufgaben, dann war Valentina auf jeden Fall tot, so sicher, wie der Winter kam. Und Jacob würde jede Chance ergreifen, um noch ein einziges Mal zu hören, wie sie ihn anblaffte. Jede Chance, um ihr Blut nicht an seinen Händen zu haben. Jede. Daran klammerte er sich, und deshalb konnten sie jetzt nicht aufgeben. »Wollt ihr Kristina sagen, dass wir es nicht mal versucht haben?«

Das helle Leuchten der Sonne versprach großartiges Wetter, genau wie an dem Tag, als sie in den Flieger gestiegen waren.

Es war das surrealste Gefühl überhaupt. Blauer Himmel, glitzernde Wunderwelt. Und Valentinas dunkelrotes Blut an ihren Fingern. Viel zu viel, viel zu warm.

»Sollen wir sie reintragen?«, fragte Jacob.

»Du musst rein«, sagte Alexander mit Blick auf Jacobs Socken. »Wir bleiben draußen. Hier ist das Licht besser.«

»Ich bleib auch«, sagte Jacob. Er würde nirgendwohin gehen.

»Es nützt niemandem, wenn wir dir auch noch die Zehen amputieren müssen.«

Ihm war nicht einmal aufgefallen, dass er seine Zehen nicht mehr fühlte.

»Los«, sagte Engel. Und zu Ole gewandt: »Trenn einen Faden aus dem Saum von deinem Oberteil.«

»Ich hol mir schnell Schuhe und bringe euch die Isomatte und die Decke«, brachte Jacob heraus.

Ole rutschte auf Knien an Jacobs Platz und legte Valentinas Kopf behutsam und mit bebenden Fingern auf seinen Schoß. Er beugte sich vor, um ihr etwas ins Ohr zu flüstern.

Jacob stolperte mehr zum Schlupf, als dass er lief. Er rammte seine tauben Füße in die Schuhe, schnappte sich Isomatte und Decke und rannte wieder nach draußen.

Am Unglücksort hatte Alexander den ersten Stich schon gesetzt. Der Alkohol, mit dem er alles desinfiziert hatte, stach Jacob in die Nase.

Schneller, dachte Jacob. *Ihr müsst schneller sein!*

Valentina wimmerte, als Engel mit der groben Nadel den zweiten Stich machte. Soweit er es erkennen konnte, zitterte Engel kaum, während er so schnell wie möglich einen Stich nach dem anderen setzte, den Faden anzog und vor dem nächsten Stich verknotete. Vor lauter Blut konnte man die Wunde kaum sehen.

»Halte durch, Valentina«, flüsterte Jacob.

Aber sie reagierte nicht auf seine Worte. Sie wimmerte auch nicht mehr. War sie bewusstlos? Jacob bemerkte, wie ihr Atem leichter wurde, sodass man kaum noch sah, wie sich ihr Brustkorb hob.

»Komm schon«, flüsterte er.

Dann bewegte sich ihre Daunenjacke plötzlich überhaupt nicht mehr. Jacob kontrollierte, ob sie noch atmete. Nichts. Nichtsnichtsnichtsnichts.

»ENGEL!«, brüllte er.

Ole schubste Alexander zur Seite und begann mit der Herzdruckmassage.

»Bitte«, keuchte er. »Bitte!«

Danach arbeitete er stumm, während Jacob am liebsten geschrien hätte, aber genau wie Ole im Kopf den Takt abzählte. Dreißigmal pumpen, blutig und hart – Jacob meinte eine Rippe brechen zu hören –, dann beatmete Ole zweimal. Das Blut war jetzt auch in Valentinas Gesicht.

Mit dem Herz im Hals fühlte Jacob ihren Puls. Immer noch nichts.

Ole machte fünf Runden, dann wurde es unerträglich, ihm zuzusehen. Engel schlang von hinten einen Arm um ihn, aber Ole riss sich los und stieß einen unmenschlichen Schrei aus. Engel tropfte der Rotz von der Nasenspitze.

Valentina lag nun ganz still da. Wie der Elch. Wie das Bison. Wie Peter. Im einen Moment noch da, im nächsten nur noch ein Körper.

Jacob ging zu Boden. Erst da entdeckte er Kristina, die neben Tonya einen Schritt von ihnen entfernt stand, die Faust in den Mund gepresst. Wie lange stand sie dort schon?

Jetzt fiel sie neben ihrer Schwester auf die Knie. Ein Jaulen wie von einem Hund. »Valentina!«, schrie sie und rüttelte sie an den Schultern. »Valentina, bitte. Schau mich an. Lass mich nicht hier allein. Bitte, bitte, lass mich nicht allein.«

Tränen rannen ihr über das Gesicht.

Die anderen kauerten um sie herum, hilflos vor ihrem Schmerz, der ihren eigenen überdeckte.

Für einige Sekunden starrte Kristina auf das Loch an Valentinas Seite und auf das Blut an ihren Händen. Dann plötzlich sackte sie nach vorn. Sie brüllte den Boden an, als würde sie ihre Schreie erbrechen. Sie hallten durch den leeren Wald, lauter als jeder Schuss. Kriss schrie, minutenlang, bis ihre Stimme aufgab, und dann rollte sie sich neben ihrer Schwester auf dem Boden zusammen. Engel hüllte sie stumm in die Decke.

»Wir ... wir müssen eine Wache aufstellen«, murmelte Ole dumpf.

Dachte er an Nick, der sie vielleicht gehört haben mochte? Oder an weitere wilde Tiere, die das Blut riechen würden? Und wenn schon. Sie hatten noch ein bisschen Munition. Jacob würde auf alles schießen, was sich bewegte.

»Aber besser nicht du«, sagte Tonya leise.

Ole schaute sie an, als hätte sie ihn ertappt. Sein Blick war bodenlos. »Ich hätte sie begleiten sollen.« Es war ein Wispern, als wäre von seiner Stimme nicht mehr übrig.

Engel schüttelte den Kopf. »Ich ... ich hatte heute Morgen wieder so ein schlechtes Gefühl«, brachte er heraus. »Ich wollte euch nicht beunruhigen, aber wenn ich etwas gesagt hätte, wären wir vielleicht alle vorsichtiger gewesen.«

»Nein«, sagte Tonya fest. »Es ist nicht eure Schuld.«

Jacob konnte sehen, dass Ole nicht zuhörte. Dabei hatte Tonya recht. Wenn überhaupt, war es seine Schuld.

Valentina ist tot – der Gedanke klang ohne Echo in Jacobs Kopf, wie etwas, das man in einem schallgedämpften Raum sagte. Er löste nichts in ihm aus, weil er so unglaubwürdig war. Die pure Zähigkeit von Valentina – all diese Wut – ließ es unmöglich erscheinen, dass sie sich *nicht* im nächsten Moment aufsetzen würde, vielleicht ein bisschen müde, aber doch mit einem süffisanten Grinsen.

»Ich kann Wache halten«, sagte Engel schließlich.

Das Gewehr lag vergessen im Schnee, und Jacob reichte es ihm nur allzu willig. Vielleicht würde Engel besser zielen als er, und falls nicht: Sterben war ihm noch nie so willkommen gewesen.

Es war ein langer Tag, ein leiser Tag. Jacob nahm mit Bombes Hilfe den Bären aus, als könnte er ihn auf diese Weise noch einmal umbringen, und danach wusch er sich das Blut von den Händen, bis sie taub waren von der Kälte.

In der Zwischenzeit hatten die anderen den Laubboden von entzündlichem Material befreit und ein Feuer neben Kriss errichtet, die sich zu einer kleinen Kugel zusammengerollt hatte und sich nicht von der Stelle bewegte. Jacob und Bombe setzten sich dazu.

Bombe drängte sich an Jacob heran. Engel rutschte auf der anderen Seite zu ihm, und Ole und Tonya taten das Gleiche bei Kriss, so gut es eben ging. Dieses Mal rückten sie nicht wegen der Kälte zusammen. Sie rückten zusammen, um sich selbst zu verdeutlichen, dass sie noch am Leben waren.

Da saßen sie also. Fassungslos, sprachlos, gebrochen.

Sie mussten Valentina beerdigen – der Gedanke pochte in Jacobs Kopf, aber er konnte nicht derjenige sein, der es ansprach. Nicht, wenn er der Grund für ihren Tod war. Wieder ließen Tränen seine Sicht verschwimmen, und der Kloß in seinem Hals war so groß, dass er nicht wusste, wie er überhaupt noch atmen konnte.

»Wenigstens ging es schnell«, murmelte Bombe schließlich.

Es war der allerkleinste Trost. Als wäre man über einen Kiesel froh, wo vorher ein Berg gestanden hatte. *Count your blessings* – eins.

Aber zum ersten Mal verstand es Jacob: Es ging darum, überhaupt etwas zu sagen. Die Worte wieder zum Fließen zu bringen. Den Motor des Lebens wieder anzuschieben. Weil *ihr* Leben weitergehen würde und weil Sprechen der erste von all diesen tausend Schritten ohne Valentina war.

Jacob schlang den Arm um Bombe und drückte sie, aber er konnte noch nichts erwidern. Er wollte nicht, dass es weiterging. Er brauchte das Schweigen wie ein Pflaster, einen Verband, eine Rettungsdecke. Vielleicht hätte man im Wunderland schon wieder angefangen zu reden, aber sie hatten in den Kronen gelernt, gemeinsam zu schweigen. Den anderen schien es ähnlich zu gehen, denn in den folgenden Stunden blieben Worte einsam.

Irgendwann am Nachmittag sagte Ole: »Wir sollten was essen.«

Als es dunkel wurde, sagte Engel: »Wir müssen rein.«

Und darauf die ersten Worte von Kristina, stockend und rau: »Ich möchte lieber hier draußen sein.«

»Ich kann mit dir hierbleiben«, sagte Tonya.

»Ich auch«, sagte Ole.

»Und ich«, sagte Jacob.

»Macht euch nicht lächerlich«, sagte Bombe. »Wir bleiben natürlich alle.«

Am Ende des Abends schlief niemand im Schlupf. Sie schliefen neben den Schwestern, die Kälte wie eine willkommene Bestrafung dafür, dass sie noch am Leben waren. Das Feuer war eigentlich zu klein für sie alle, und sie schliefen eng beieinander, Kopf an Herz.

46

TONYA

Tonya wachte von der Kälte auf. Das erste Licht fiel in flachem Winkel durch die Bäume. Sie versuchte, nicht in Richtung der Schwestern zu schauen, aber dann tat sie es doch. Etwas war grundfalsch daran, wie Kriss den toten Körper im Arm hielt. Wie ein offensichtlicher Defekt in der Welt. Behutsam deckte sie Kriss mit ihrem eigenen Zipfel der Decke zu.

Das Feuer brannte noch immer hoch, doch Ole schlief noch, was bedeutete, dass jemand anderes wach war. Sie legte Holz nach und kontrollierte den Funkenflug, dann machte sie sich auf die Suche nach Jacob.

Sie folgte seinen Spuren zum See, wo er gerade den Topf mit Wasser füllte. Gemeinsam schauten sie auf das grau glitzernde Wasser.

»Wir müssen sie begraben«, murmelte Jacob durch die Stofflagen um sein Gesicht.

Tonya hatte dasselbe gedacht. Ein neuer Tag; ihre Schonfrist war vorbei. Das Grab musste tief genug sein, damit die Tiere des Waldes Valentina nicht wieder freilegten. Die Vorstellung, dass Wölfe an ihrem Fleisch rissen, war unerträglich. »Warst du schon mal auf einer Beerdigung?«

»Mein Opa. Aber das war anders.«

Sie nickte.

Er sammelte einen Stein vom Ufer auf und schleuderte ihn auf das

Eis. Dann noch einen. Schließlich nahm er den schwersten Brocken, den er noch heben konnte, und warf ihn mit einem Keuchen nach vorne. Der Stein sprengte ein paar Splitter aus dem Eis, sonst passierte nichts. Jacob riss sich den Windschutz vom Gesicht. »Ich hatte den Bären im Visier, nur ein paar Meter entfernt. Ich hab Valentina zugerufen ›Duck dich‹, und sie hat es sofort gemacht. Mit dem Bären hinter ihr. Verstehst du? Sie hat mir *vertraut*. Mir! Und deshalb ist sie jetzt nicht mehr da.«

Tonya nahm seine Hand und hielt sie fest, hielt ihn fest. »Es ist nicht deine Schuld.«

»Weißt du, was mein Vater mir mal gesagt hat? Es war vor ein paar Jahren, und er hat gesagt: ›Es ist okay, die Welt die meiste Zeit über nicht ernst zu nehmen, solange du weißt, wann du es tun solltest. Dann musst du liefern.‹ Aber als es am meisten darauf angekommen ist, hab ich nicht geliefert.«

Wütende Tränen rannen über sein Gesicht, und Tonya weinte mit. Weil Valentina nicht mehr da war. Weil ihr Herz brach und brach und brach. »Jacob, du bist, ohne zu zögern, in Socken einem ausgewachsenen, hungrigen Bären entgegengestürmt. Ich weiß nicht, wie man es besser machen sollte.«

Mit einer wütenden Bewegung wischte sich Jacob die Tränen aus den stoppeligen Barthaaren. »Oh, das ist leicht: Man trifft, wenn einem Valentina ihr Leben anvertraut.«

Tonya drückte ihn noch fester, als könnte sie so den Schmerz in ihm zermalmen. »Ich weiß einen Ort für die Beerdigung«, sagte sie dann. »Würdest du ihn dir anschauen, bevor ich ihn Kristina zeige?«

»Du versuchst nicht weiter, mich zu beschwichtigen?«

Sie lächelte traurig. »Würde es denn was nützen?«

Er schwieg. Die Muskeln an seinem Kiefer traten hervor. »Wo?«

Ein paar Hundert Meter vom Schlupf entfernt, abzweigend vom Stillen Weg, gab es eine Lichtung, die sie vor ein paar Tagen entdeckt hatte. Es war eine leere Fläche, dort, wo wohl lange Zeit ein großer

Baum gestanden hatte, der vom letzten Sturm gefällt worden war. Die jungen Bäume, die in seinem Schatten gewachsen waren, reckten sich nach oben, um das Lichtloch zu stopfen, und ihre feinen äußersten Äste berührten sich direkt über Tonya und Jacob. Es sah aus wie in einer Kathedrale.

Jacob begann noch heftiger zu weinen.

Die anderen waren mittlerweile wach, die Gesichter grau. Tonya kauerte sich neben Kriss auf den Boden und nahm ihre Hand. »Komm, ich kenne einen Ort.«

Jacob blieb beim Feuer und bei Valentina, während Tonya die anderen durch den kalten Wald zur Kathedrale führte. Es war kaum auszuhalten, wie willenlos ihr Kriss hinterhertappte. Als wäre ihr egal, wo sie sich befand.

»Wie findest du es?«, fragte Tonya leise.

Kriss schaute nur einmal kurz nach oben, dann nickte sie.

Bombe machte ein Feuer, um den Boden für das Grab anzutauen. Engel murmelte, dass er den Handspaten holen würde, und verschwand. Ole stand für einen Moment nur da, und sie konnte fast spüren, wie leer sich seine Hände anfühlen mussten.

»Ich hole mal mehr Holz«, sagte er leise.

Von hinten sah sie nur seinen gebeugten Rücken, er wirkte plötzlich klein und schwach. Dann verbargen ihn die Bäume gnädig vor Tonyas Blicken, und sie dachte »Jemand muss mit Ole reden«, bevor sie es im nächsten Moment wieder vergaß, weil ihr Blick auf Kriss' ausdrucksloses Gesicht fiel.

Kaum war Engel mit dem Spaten zurück und der Boden weich genug, begann Kriss zu graben.

Nach einer Weile, in der sie das Feuer gefüttert und auf dem kalten Boden hin und her geschoben hatte, legte Tonya ihr eine Hand auf die Schulter. »Lass mich dich für ein paar Minuten ablösen.«

Kriss schüttelte den Kopf.

Nacheinander machten alle eine Pause von ihren eigenen Aufgaben – das Bärenfleisch räuchern, Holz vorbereiten, Mittagessen kochen – und boten Kriss ihre Hilfe an, aber sie schaufelte den ganzen Tag verbissen weiter. Tonya schürte das Feuer und beobachtete aus nächster Nähe, wie die Innenseite von Kriss' Händen von der ungewohnten Beanspruchung aufplatzte und die Decke dunkel färbte, die um ihre Hände geschnürt war, aber auch das bremste sie nicht.

»Bitte lass mich ein bisschen graben«, sagte Tonya. »Nur solange Engel deine Hände verarztet.«

Anstelle einer Antwort legte Kriss die Schaufel zur Seite, kletterte in das Loch, das ihr mittlerweile bis zur Hüfte ging, und legte sich auf den Boden. Die Erde berührte ihren Kopf und ihre Fußsohlen. Für einen Moment reflektierten ihre Augen noch das klare Himmelsblau, dann schloss sie die Lider. Stellte sie sich vor, sie wäre tot? Tonya schnürte es den Hals zu. Wie sollte sie zu Kristina durchdringen, wenn sie nicht sprach?

Es kam ihr vor, als wäre Kristina weit draußen auf dem splittrigen Eis, wo die kalten Winde am heftigsten wehten, und man konnte nicht einmal auf dem Bauch zu ihr robben. Würden sie beide Schwestern verlieren? Das wäre das Ende. Für Tonya, für Ole, für Engel. Und damit auch für Jacob und Bombe.

»Komm bitte wieder raus«, flüsterte Tonya. Sie hatte das Gefühl, dass Kriss bei jedem lauteren Geräusch zersplittern würde. »Das ist doch viel zu kalt.«

Tonya war schon auf dem Weg, sie aus der Erde zu zerren, als Kriss sich aus dem Grab stemmte. Ohne ein Wort begann sie, schmale Stöcke zu sammeln und den Boden damit auszulegen. Tonya half ihr, noch mehr Stöcke zu finden, lang und schön gerade.

»Vielleicht kannst du gleich mal eine Pause machen«, sagte sie. »Ein bisschen was essen und dich aufwärmen, okay?« Sie wünschte, sie könnte etwas Besseres sagen, aber sie wusste nicht, was. Je wichtiger das Thema des Gespräches, desto weniger Wörter gab es. Als wäre Sprache eine Winterjacke, die ein bisschen zu kurz war.

Vielleicht hatte Kriss die Verzweiflung in Tonyas Stimme gehört, denn sie blieb stehen und schaute Tonya an. Sie atmete tief ein, als wäre alle Luft der Welt nicht genug. »Ich brauche Moos«, brachte sie mit kratziger Stimme heraus.

Tonya nickte dankbar und ging stumm daran, Moos herbeizuschaffen, während Kriss das Erdloch damit auspolsterte, bis es weicher war als ihre Betten.

Danach aß Kriss zum ersten Mal etwas, und die anderen beendeten wortlos ihre Aufgaben und klopften sich, so gut es ging, Dreck, Schnee und Asche von der Kleidung. Ole und Engel hatten bereits wieder eine Trage gebaut, und darauf betteten sie Valentina jetzt. Jemand hatte ihr ein Stück Stoff um Hals und Kinn gewickelt – Tonya tippte auf Engel –, weil die Totenstarre schon wieder vorbei war und ihr Kiefer sonst aufgeklappt wäre.

Sie sprachen nicht, während sie Valentina langsam zur Kathedrale trugen. Die richtigen Worte waren in ihren Mündern nie erblüht, und Valentina auf ihren Schultern war still. Tonyas Inneres fühlte sich wund an. Das letzte Mal, als sie Valentina getragen hatten, war nur ihr Fuß verletzt gewesen, und sie hatten gerade versprochen, sich nicht im Stich zu lassen. Tot oder zu Hause. Für Valentina war der Schwur bereits wahr geworden.

Erst als sie die Bahre neben dem Grab ablegten, fiel Tonya ein, dass sie Valentina die warme Jacke und die Regenhose ausziehen mussten. Natürlich war es Valentinas Jacke, aber sie konnte einem von ihnen das Leben retten. Mager, wie sie waren, würde die Jacke allen außer Engel und Ole passen. Aber wie konnte sie Kriss darum bitten?

Bevor Tonya Ole das Problem signalisieren konnte, zog Kriss ihrer Schwester die zerfetzte Daunenjacke aus und drückte sie Bombe in die Hand, ohne aufzublicken. Federn glitten durch die Luft wie Schnee. Sie wiederholte das Manöver mit den Schuhen und der Regenhose. Und Valentina war dabei so schlaff, so still, so leblos, die Wunde an ihrem Bauch immer noch blutverkrustet, dass Tonya am liebsten weggeschaut hätte – und sich im nächsten Moment dafür schämte.

Dann nahm Kriss ein Messer aus ihrer Hosentasche. Für einen Moment dachte Tonya, dass sie sich etwas antun wollte, und sie bemerkte, wie Engel, der offenbar dasselbe dachte, vorsichtig näher an Kriss heranrückte. Aber Kriss beugte sich nur nach vorne und schnitt Valentina eine Haarsträhne ab. Dann drehte sie sich zu ihnen um.

»Jetzt ihr.«

Bombe stand ihr am nächsten. Sie nahm das Messer von Kriss entgegen und schnitt sich mit einer einzigen Bewegung eine Haarsträhne von der Stirn. Das Messer ging reihum. Nacheinander schnitten sie sich die Haarsträhnen ab, direkt vom Kopf. Ole war zuletzt daran. Kurz schien es, als wollte er etwas sagen, aber er blieb still und machte den Schnitt mit einer schnellen Handbewegung direkt neben seinem Auge. Kriss nahm die Strähnen in die Hände, dunkel und hell, glatt und eng gelockt, und verstaute sie vorsichtig in ihrer Jacke.

»Jetzt ich«, flüsterte sie und hob das Messer. Dann säbelte sie sich mit dem Messer die Haare vom Kopf. Nicht nur eine Strähne, sondern alles, was sie zu fassen bekam. Es war ihr offensichtlich egal, ob sie sich dabei schnitt, und schon war Blut an der Klinge. Schließlich rang ihr Engel das Messer aus der Hand. Das Blut war plötzlich auch an seinen Händen. Kriss kauerte vor ihm auf dem Boden.

»Kurz?«, fragte er leise.

Kriss wimmerte nur.

Engel wischte das Messer an seinem Ärmel sauber, dann begann er, ihr die Haare abzuschneiden. Er tat es langsam und gründlich. Erst dachte Tonya, dass er ihr vor allem nicht wehtun wollte, aber dann bemerkte sie, dass er Kristinas Kopf bei jedem Schnitt streichelte; die einzige Berührung, die sie momentan zuließ. Kriss' Kopf sah unter seiner Hand winzig aus.

Tränen rannen Tonya über das Gesicht. Das Weinen war wie Atmen, kaum hörbar und ohne ihr Zutun.

Kaum war Engel fertig, schüttelte Kriss seine Berührung ab.

Jetzt stieg Ole in das Grab und hob Valentina vorsichtig und so zärtlich nach unten, dass die Tränen nur noch schneller über Tonyas Gesicht liefen. Von der Kälte hatte auch ihre Nase angefangen zu triefen, und alles rann in einem einzigen Strom ihrem Kinn entgegen.

Sie deckten Valentina mit Moos und Gras zu. Das Loch in der Erde war tief und zu dunkel, und Tonya fühlte den Impuls, Valentina die Stirnlampe mitzugeben. Dann bedeckte das Moos ihr Gesicht, und sie war fort.

Jacob begann mit dem Schaufeln und Ole mit dem Singen. Er hatte eine gute Stimme. Tragend, fest und herzschlagverlangsamend traurig.

Der Mond ist aufgegangen
Die goldnen Sternlein prangen
Am Himmel hell und klar:
Der Wald steht schwarz und schweiget,
Und aus den Wiesen steiget
Der weiße Nebel wunderbar.

Seht ihr den Mond dort stehen? –
Er ist nur halb zu sehen,
Und ist doch rund und schön!
So sind wohl manche Sachen,
Die wir getrost belachen,
Weil unsre Augen sie nicht sehn.

So legt euch denn, ihr Brüder,
In Gottes Namen nieder;
Kalt ist der Abendhauch.
Verschon' uns, Gott! mit Strafen,
Und lass uns ruhig schlafen!
Und unsern kranken Nachbar auch!

Tonya kannte das Lied. Ihre alte Nachbarin hatte es ihr manchmal zum Einschlafen vorgesungen. Tonya war es schon damals zu traurig gewesen. Wann immer sie das Lied gehört hatte, hatte ein bestimmtes, undefinierbares Gefühl sie überkommen, und jetzt wusste sie, was es war: Es war das Gefühl, in eine andere Zeit einzutauchen, in der alles schwerer war, aber deswegen auch tiefer. Sie fühlte sich mit all diesen Menschen verbunden, die vor Hunderten von Jahren ihr eigenes Leid durchlebt hatten. Menschen, die Kinder geboren hatten, nur um sie verhungern zu sehen. Menschen, die an der Pest starben. Menschen, die andere Menschen töteten, um zu überleben.

Schließlich stapften sie zurück zum Schlupf, die Erde hart und wellig unter ihren Füßen. Das Essen war bereits fertig. Vorher war es Tonya unmöglich erschienen, auch nur einen Bissen zu essen, aber auf einmal spürte sie den Hunger wie ein Fauchen.

Sie alle stopften das Essen in sich hinein. Es war fettig und heiß, und es füllte eine Lücke in ihnen. Das Essen war eine Erinnerung daran, dass sie noch am Leben waren, auch wenn die Kälte schon begonnen hatte, an ihnen zu knabbern.

Ole holte die Schnapsflasche aus Engels medizinischer Ecke.

»Wenn nicht jetzt, wann dann«, sagte er tonlos.

Die Flasche machte einmal die Runde. Tonya nahm einen tiefen Schluck, und der Alkohol verbrannte ihr Mund und Hals – noch mehr Beweise, dass sie am Leben war.

Der Alkohol war eine schlechte Idee – er erinnerte sie an diese erste sternenprangende Nacht, voller glitzernder Vorfreude über ihr

Abenteuer. Sie gab die Flasche an Bombe weiter, aber die schüttelte den Kopf und packte das Gewehr fester. »Eine von uns muss aufpassen.«

Die Flasche machte eine zweite Runde, dann wurde es still. Die Stimmung war fiebrig, ihre Knochen schienen von der ungewohnten Energie aus dem ganzen Essen zu vibrieren.

Kriss warf die erste Hand Strähnen ins Feuer. Kurz war noch ein orangefarbenes Glühen zu sehen, dann gingen sie in Funken auf.

Und vielleicht war hier endlich etwas, das Tonya tun konnte: Worte auswählen, die Kriss nicht hatte.

»Valentina war die Schnellste von uns«, sagte Tonya.

Kriss warf die zweite Hand Strähnen.

»Valentina war häufig wütend«, sagte Bombe. »Und viele Leute würden das für etwas Schlechtes halten, aber es ist ihre Wut, von der ich am meisten hoffe, dass ich sie in mir drin behalten kann.«

Die anderen klopften zustimmend auf den Boden. Eine dritte Hand.

»Erst habe ich sie gehasst, aber jetzt vermisse ich sie zehnmal so stark«, sagte Jacob.

Weitere Haare ins Feuer. Sie trommelten auf den Holzboden.

»Sie hat mir immer zugehört, auch wenn ich nichts gesagt habe«, sagte Engel leise.

Haare zu Funken.

Sie stampften. Trommelten gegen den Holzboden.

Ole schluckte. »Ich habe mich nicht Hals über Kopf in sie verliebt. Sondern jeden Tag ein bisschen. Und das hat nie aufgehört.«

Die vorletzte Hand Haare verbrannte. Jetzt war nur noch Kriss dran. Sie sprach direkt ins Feuer: »Ich habe dir Lesen beigebracht und du mir, wie man sich keine Sorgen macht. Ich hatte nicht mehr die Gelegenheit, es dir zu sagen, aber nach dem Unfall wollte ich mehr sein wie du. Ich kann mir mein Leben nicht ohne dich vorstellen. Nicht in der Vergangenheit und erst recht nicht in der Zukunft. Ich habe nie gedacht, dass ich es mal müsste.«

Kriss warf die letzten Haarsträhnen ins Feuer, wo sie von den Flammen erfasst wurden und noch im Flug zu Funken zerstoben.

»Ich hab dich lieb, kleine Schwester, für jetzt und für immer, und ich werde dich mit meinem ganzen Herzen vermissen bis zu dem Tag, an dem ich selbst nicht mehr da bin.«

Sie schrien und es klang wie ein Heulen.

Sechs Wölfe.

47

JACOB

Zwei Tage nach der Beerdigung brachen Kriss, Tonya, Engel und Ole auf, um möglichst viel vom Bison in die Kronen zu transportieren. Tonya und Engel trugen die neuen Schuhe aus Fell, die anderen beiden die Deckenfetzen um ihre Wanderschuhe gewickelt. Jacob blieb mit Bombe im Schlupf zurück, und Ole nahm ihnen das Versprechen ab, den Schlupf nur zu zweit zu verlassen. Sie gerbten das Bärenfell, verjagten Mäuse, besserten das Dach des Schlupfs aus und machten Holz, so lange am Stück, wie sie konnten. Die Temperaturen waren noch einmal gesunken. Ihre Finger waren ständig kalt und blieben nur warm, wenn sie Steine für ihre Jackentaschen erhitzten. Da sie keine Schneebrillen hatten, zogen sie ihre Kapuze so weit in die Stirn wie möglich und kniffen die Augen zu einem Spalt zusammen. Es war, als würde der Winter ihnen zum ersten Mal sein wahres Gesicht zeigen und ihre Köpfe am Kiefer packen, damit sie nicht wegschauen konnten.

Es war seltsam ohne die anderen. Leer und bedrohlich. Alles hing davon ab, dass die vier genug Nahrung mit in die Kronen brachten, damit sie die langen, kalten Monate überstehen konnten. Was, wenn der Rest des Bisons von wilden Tieren gefressen worden war? Oder sich jemand auf dem Weg verletzte? Er und Bombe hatten nicht einmal eine Waffe, nur die Säge. Das Warten war eine Folter.

Und dann war da noch Valentinas Schlafstelle. Ohne Absprache ignorierten Bombe und Jacob die dicht mit Nadelzweigen und Laub ausgepolsterte Kuhle. Manchmal konnte Jacob hinschauen und fühlte nichts, ein anderes Mal wieder packte ihn die Trauer wie aus dem Nichts: Eis, das sich fest anfühlte und dann plötzlich unter einem brach. Der Preis, den man bezahlte, wenn man andere Menschen an sein Feuer einlud.

»Bist du müde?«, fragte Bombe, als sie abends vor dem Kamin lagen, möglichst nah, um die fehlenden Decken auszugleichen. Sie mussten dringend das Bärenfell fertig bearbeiten.

»Nicht wirklich.« Er war nur traurig und erschöpft.

»Sehr gut«, sagte Bombe und setzte sich auf, als hätte sie nur auf diese Antwort gelauert. »Dann kann ich endlich jemandem Schach beibringen.«

Aus einer Ecke des Schlupfes schleppte sie eine runde Holzscheibe an, die sie augenscheinlich von einem Baumstamm abgeschnitten hatte. Vierundsechzig kleine Felder waren in das Holz geritzt, die Hälfte davon mit Ruß geschwärzt. »Ich habe seit Wochen während der Nachtwache daran gearbeitet.«

Jacob setzte sich ebenfalls auf. »Warum habe ich den Eindruck, dass du viel wacher bist als ich und mich absolut abziehen wirst?«

»Ich würde dich vermutlich auch nach zwei Tagen Schlafentzug noch abziehen«, sagte Bombe in sachlichem Ton, während sie eine Ansammlung von Kieseln, Holzstückchen und Rinde als Steine auf dem Spielfeld positionierte.

Jacob schnaubte. *Vermutlich?* Mit Sicherheit.

Bombe war eine gute Lehrerin. Sie brachte ihm ein paar Endspiele bei – Springer gegen Turm, Bauer gegen Bauer –, bevor sie doch müde wurden, das Feuer noch einmal hoch schürten und schlafen gingen.

Am nächsten Morgen arbeiteten sie für eine Stunde am Zersägen von weiterem Feuerholz, dann schleppten sie es Richtung Schlupf zurück. Jacob wollte schon in den Schlupf hinein, um sich aufzuwärmen, als er Bombes Zögern bemerkte.

»Jetzt, wo ich dir Schach beigebracht habe, habe ich doch etwas gut bei dir, oder?«, fragte sie. »Es ist auch nur, weil ich mein Versprechen halten will, nicht alleine unterwegs zu sein. Sonst müsste ich dir gar nichts davon erzählen.«

»Du meinst, ich schulde dir was, weil jetzt von mir erwartet wird, jeden Tag mindestens zwei Spiele zu verlieren und mir danach noch deine Kritik anzuhören?«

»Du bist ein undankbarer Schüler«, sagte Bombe grinsend. »Komm mit.«

Mit einem mulmigen Gefühl im Bauch folgte er ihr über den Sägeweg mehrere Hundert Schritte in den Wald hinein. Was hatte Bombe jetzt wieder ausgeheckt?

»Am besten, du bleibst hier stehen und bist ganz leise«, sagte sie. Das Laub in ihrer Regenhose raschelte, als sie sich wenige Meter entfernt auf den Boden kauerte und ein bisschen Gras aus ihrer Jackentasche holte.

Einen Moment später steckte ein weißer Hase den Kopf aus einem Loch im Laub, von dem Jacob hätte schwören können, dass es einen Moment vorher noch nicht da gewesen war. Die Nase zuckte in der Luft, und die Ohren bewegten sich, während Kopf und Augen reglos blieben. Das Fell über der Brust vibrierte mit dem hoppelnden Herzschlag.

Dann sprang der Hase aus dem Loch, als hätte er sich entschieden, und näherte sich mit kokettem Trippeln, aber immer so, dass Bombes Körper zwischen ihm und Jacob war.

Bombe begrüßte den Hasen mit einem Murmeln und streckte ihm langsam das Gras hin. Der Hase fraß zuerst die Spitzen, die ihm am nächsten waren, und futterte sich dadurch immer näher an Bombes Finger heran, bis er ihr fast aus der Hand fraß.

Bombe beobachtete ihn dabei. »Hopper ist der Einzige, der sich so nah rantraut, und auch das erst seit ein paar Tagen. Ich denke, das bedeutet, dass er der Verfressenste ist, aber ich will nicht, dass er mich vergisst. Nicht jetzt, wo wir schon Valentina verloren haben.«

Der Hase hatte das Grasbüschel vertilgt, doch er verschwand nicht sofort – entweder wartete er auf mehr, oder er genoss Bombes Anwesenheit. Wie sie in ihren hundert Kleidungsschichten auf dem Boden kauerte, wirkte sie genauso wild und scheu wie der Hase.

»Wie hast du es geschafft, dass er dir vertraut?«, fragte Jacob leise.

»Hasen sind neugierig, zumindest manche von ihnen. Ich habe eine Straße aus Gras gelegt und ihm die Wahl gelassen, wie nahe er mir kommen wollte.«

»Wenn er dich beißt …«, sagte Jacob. »Engel würde durchdrehen.«

Bombe musterte ihn, als wäre er ein Idiot. »Deswegen lasse ich mich ja nicht beißen.«

Das Lächeln hielt sich nur kurz auf Jacobs Gesicht. Er war nicht Tonya, er war nicht Ole. Aber als der Ältere sollte er trotzdem das Offensichtliche sagen: Ein Hase war Nahrung.

Hopper – Jacob korrigierte sich sofort –, *der Hase* schnupperte noch einmal an Bombes leeren Fingern, bevor er mit zwei Sätzen wieder in seinem Bau verschwand.

Bombe sah zu Jacob auf. »Du wirst es doch nicht den anderen erzählen?«

Er sollte. Damit sie sich überlegen konnten, wie sie doch noch Fallen bauen konnten.

Doch an dem Hasen war fast nichts dran, an Bombes Herz hingegen schon.

»Denkst du, mein Schweigen über deinen langohrigen Freund ließe sich gegen einen öffentlichen Schachsieg über dich eintauschen?«

»Womöglich schon«, sagte Bombe und lächelte unschuldig. »Aber du bist ja kein Erpresser.«

Abends klopfte es laut an der Tür. Bombe und Jacob zuckten beide zusammen.

»Wir sind's.« Tonyas Stimme. Sie klang erschöpft.

Jacob schob den Balken an der Tür zurück, und die vier stolperten herein. Ihre Wimpern waren von Schnee überzogen, und Kälte strahlte von ihnen ab.

»Wir mussten umdrehen«, sagte Kriss mit klappernden Zähnen. »Eine weitere Nacht hätten wir es draußen nicht ausgehalten. Wir haben es nicht geschafft, aus dem Schnee einen Unterschlupf zu bauen, und der Wind war unglaublich kalt. Dann hat das Feuerzeug erst nicht funktioniert, bis Engel es unter seiner Jacke aufgewärmt hat. Nie im Leben hätten wir die volle Strecke geschafft.«

In den nächsten Monaten würde es nur noch unmöglicher werden, dachte Jacob, und dann musste er sich schnell abwenden, weil es so schön war, Kriss wieder mehr als zwei Worte sagen zu hören. Das Laufen schien ihr geholfen zu haben.

Jacob schob die vier näher ans Feuer. »Das wird schon«, sagte er. »Wir haben ja den Bären.« Und – Jacob blinzelte wütend die Tränen weg – seit Valentinas Tod waren sie ein Kopf weniger. »Das ist doch vielleicht auch genug?«, fragte er Bombe.

Die kniff die Lippen zusammen. Wenn es genug gewesen wäre, hätten die vier gar nicht erst losgemusst. Sogar jetzt, mit all dem Essen, verloren sie immer noch an Gewicht. Wie würde das erst in ein paar Wochen werden?

»Vielleicht«, sagte sie schließlich. »Wenn wir Glück mit dem Fischen haben. Lass uns nicht heute darüber reden, okay?«

Schlagartig verstand Jacob zwei Sachen. Erstens, mit ihrem aktuellen Vorrat würden sie den Frühling nicht mehr erleben. Zweitens, sie hatten gerade alle einen unausgesprochenen Pakt geschlossen, kein Wort darüber zu verlieren.

»Wir können aus dem Bärenfell zwei Westen schneidern«, sagte Ole mit rauer Stimme. »Üben, wie man Iglus baut. Und dann noch mal zu zweit losziehen.«

Jacob nickte automatisch. Was für eine schöne Geschichte. Etwas an Oles Anblick gruselte Jacob. Als wäre ein Teil von Ole ausgeschaltet worden. Es ließ Jacob an Worte von Robert Frost denken:

The woods are lovely, dark and deep,
But I have promises to keep,
And miles to go before I sleep,
And miles to go before I sleep.

Jacob legte Feuerholz nach und setzte heißes Wasser auf. Kriss sackte auf dem Boden vor dem Kamin zusammen. Ihr Blick fiel auf Valentinas Bettstatt. Das war eine Sache, über die man sich nicht belügen konnte.

»Wir sollten es vermutlich wegräumen«, sagte sie, während ihr Tränen aus den Augen quollen. »Es ist tatsächlich ziemlich eng hier drin. Oder vielleicht kann ich darin schlafen. Seien wir ehrlich: Ihres war viel besser gebaut als meines.«

Tonya nahm ihre Hand. Engel legte ihr von der anderen Seite den Arm über die Schultern.

Kriss strich sich die Tränen energisch weg. »Tut mir leid, ich wollte die Stimmung nicht ruinieren.«

Jacob wollte Kriss trösten, aber sicherlich waren Engel und Tonya dafür besser geeignet als er? Er wollte Kriss und den anderen versprechen, dass sie Rache an Nick nehmen würden, aber Rache war nur ein Fiebertraum, weit über ihren Möglichkeiten. Und auch hier waren die richtigen Worte außerhalb seiner Reichweite. Man sah sie nur glitzern, weit unten auf dem Boden eines eiskalten Flusses. Und das löste eine tiefe Verzweiflung in Jacob aus. Sie hatten schon nicht genug Nahrung. Konnten sie nicht wenigstens Worte haben?

Von allen Fehlern, die er in seinem Leben gemacht hatte, war Valentinas Tod der eine, von dem er wusste, dass er ihn nicht vergessen würde, bis zu dem Moment, in dem er starb.

Sie konnten so tun, als wäre nichts passiert, und versuchen, den

Schmerz wegzuschieben. Aber der Schmerz war wie die Kälte dort draußen. Größer und stärker und älter als sie, mit einem Jahrtausende langen Atem.

»Es gibt nichts zu ruinieren«, sagte er schließlich. »Bombe und ich hatten jeden Tag mindestens eine gute Heuleinheit. Es ist Teil unseres Tagesprogramms.«

Bombe nickte.

Neue Tränen tropften von Kriss' Nase.

»Die Welt ist ungerecht und grausam«, sagte Engel leise, und er meinte mehr als Valentinas Tod. »Aber es ist eine Ehre, trauern zu dürfen. Es ist eine Ehre, so viel zu fühlen und so viel geliebt zu haben.«

Und da kam die Flut. Die einzige Chance, die sie sich geben würden, über ihr eigenes Schicksal zu weinen.

»Hat jemand Lust auf eine Partie Schach?«, sagte Jacob schließlich und strich sich die Tränen aus den Augen. »Vorzugsweise jemand, der noch nie gespielt hat oder sehr schlecht ist?«

So würde es sein: Niemand würde ansprechen, wie schmal ihre Überlebenschancen waren.

Sie würden überlegen, wie sie aus Schnee notdürftige Hütten bauen konnten, und Prototypen vor dem Schlupf anlegen. Sie würden Schneeschuhe bauen und Fellwesten schneidern. Sie würden einen weiteren Versuch starten, aber der würde fehlschlagen, weil sie keine Überlebensexperten waren, sondern nur sechs Stadtkinder.

Es war ein unauffälliger grauer Tag ein paar Wochen und ein paar Dutzend Kilo Fleisch später, als die Wildnis sie endgültig brach.

48

TONYA

Alles war kalt, alles war Schmerz, alles hier draußen war bereit, sie zu verschlingen, wenn sie nicht jeden Tag aufs Neue in die Kälte hinaustraten. Es war verlockend, drinnen zu bleiben, aber es ging nicht. Sie mussten Holz sammeln, sie mussten Wasser holen, sie mussten zur Latrine, sowenig sie auch aßen.

Sie verließen den Schlupf nur in Zweierteams, immer bewaffnet und in ihre beiden dicken Bärenfellwesten und Bisonschuhe gekleidet, während die anderen sich am Feuer aufwärmten.

Die Abende mochte Tonya am liebsten. Abende waren der Zeitpunkt, wenn sie auftauten. Dann spielten sie Schach und Karten, Jacob rezitierte ein Gedicht, und meistens erzählte jemand eine Geschichte. Die alten Geschichten – von Achilles, der durch den Tod seines Liebhabers Patroklos rasend wurde; von Odysseus und seiner Gerissenheit. Die neuen Geschichten – von Naruto und dem neunschwänzigen Fuchs, von Daenerys und den Drachen. Dann die Geschichten, die ihnen selbst passiert waren, obwohl sie sich nicht mehr so anfühlten. Sie hätten im Bauch eines U-Boots sein können, auf einer Raumstation oder in einer Zeitmaschine, so weit schien das alles weg. Natürlich erzählten sie die harmlosen Storys zuerst, doch irgendwann waren die witzigen Anekdoten aufgeknuspert, und die anderen Geschichten robbten sich zum Kaminfeuer.

Mehrmals kam auch Valentinas Tod auf, und jeder von ihnen fand eine Sache, die er falsch gemacht hatte. Bis Ole schließlich eines

Abends in die Runde schaute und sagte: »Ihr habt alle euer Bestes gegeben. Das reicht manchmal nicht aus, aber es ist trotzdem genug.«

Dank Jacobs Kalender wussten sie, dass in zwei Wochen Weihnachten war. Weihnachten hieß, dass sie fast die Hälfte des Winters geschafft hatten, und die Stimmung war gehoben. Nicht, dass es einen Grund dafür gegeben hätte: Jede Schätzung ihrer Vorräte deutete darauf hin, dass ihnen das Essen ungefähr zwei Monate zu früh ausgehen würde. Es war einfach eine Entscheidung, es jeden Tag so gut hinzukriegen, wie sie konnten. Optimistisch zu bleiben. Das Beste daraus zu machen, genau wie Ole gesagt hatte. Vielleicht lief ja doch noch einmal eine Herde bei ihnen vorbei. Vielleicht wurden sie gefunden, bevor ihnen die Zeit ausging. Sogar Kristina war schon mit Armen voll Tannenzweigen und -zapfen aus der Kälte zurückgekehrt und hatte angefangen, den Schlupf zu schmücken. Hitzige Diskussionen waren ausgefochten worden darüber, ob Weihnachten am 24. abends oder am 25. morgens gefeiert wurde.

An diesem Abend arbeitete Engel geheimnistuerisch an einem besonderen Rezept, die anderen spielten Karten, und Tonya erzählte, wie sie sich drei Jahre lang mit ihrem Schuhkarton von einem Zimmer herumgeschlagen hatte, um das Geld für Reise und Ausrüstung zusammenzubekommen.

Besonders Bombe war von der Geschichte empört. »Das ist so ungerecht«, sagte sie und kaute auf ihrer Unterlippe herum. »Warum hat dir niemand geholfen? Und warum wurdest du so schlecht bezahlt? Wäre es nicht effizienter gewesen, deinen Gewinn aus dem ersten Jahr zu nutzen, um dir die Ausbildung für eine bessere Position zu finanzieren?«

Kristina, die ihr Schlaflager direkt neben Tonyas aufgebaut hatte, schüttelte den Kopf. »Ich finde es auch unfair. Es macht mich so wütend, dass ich schreien will. Aber nachträgliche Lösungen sind nicht hilfreich, Bombe.«

»Aber dann hätte sie vielleicht schon nach zwei Jahren hier sein können und viel weniger dafür arbeiten müssen.«

Tonya verstand genau, wie es ihr ging. Es war manchmal unendlich schwer, sich Ungerechtigkeiten ohne eine Lösung anzuhören. Jemanden zu stützen, statt ihn zu tragen.

»Manchmal hat man nur noch gerade genug Kraft, um nicht aufzugeben«, sagte Tonya sanft.

Kriss nahm ihre Hand und küsste sie auf den Handrücken. Jacob legte noch einmal Holz nach, und der Scheit knackte. Sogar mit Feuer war es im Schlupf lediglich erträglich kalt. Die Temperaturen fielen immer weiter, es schien nie einen Sommer gegeben zu haben. Natürlich hätten sie das Feuer heißer schüren können – diese Versuchung war jeden Tag da –, aber sie mussten eine feine Balance finden zwischen Verausgabung durch Frieren und Verausgabung durch Holzhacken.

»Wie sieht es mit den Vorräten aus?«, sagte Ole. »Ihr habt doch heute noch mal geschätzt?«

Sie waren alle besessen davon, die Portionen zu zählen, aber Ole war der Einzige, der es am Abend ansprach. Tonya konnte förmlich spüren, wie die Stimmung einen Dämpfer bekam.

»Wir haben es zwar rationiert, aber es scheint noch schneller weniger zu werden, als ich befürchtet habe«, sagte Bombe. »Besonders, weil wir nur noch selten einen Fisch fangen.«

»Sobald es nicht mehr so stark schneit, können Engel und ich vielleicht doch noch mal los«, sagte Ole. »Eine Fuhre mehr Essen würde einen großen Unterschied machen.«

»Der Trip ist viel zu gefährlich«, sagte Tonya. »Ihr wärt mindestens zehn Tage draußen – und wir halten ja kaum einen einzelnen Tag draußen aus. Ihr müsstet nur einmal Pech haben und wärt beide tot. Ganz zu schweigen davon, dass dann ein Teil unserer Gruppe wieder ohne Waffen wäre und die Leute im Schlupf keine warme Ausrüstung mehr hätten, um den Schlupf zu verlassen und Holz zu schlagen.«

Ole sagte nichts mehr, aber Tonya konnte ihm ansehen, dass er den Gedanken noch nicht ganz losgelassen hatte.

»Hört ihr das auch?«, fragte Bombe plötzlich.

Im Schlupf war es nie leise – das Knacken der Holzscheite im Feuer, der Wind, der über den Schornstein hinwegpfiff –, doch nun drang das Jaulen der Wölfe nur allzu deutlich durch die Wände.

»Vielleicht haben sie was erwischt«, sagte Ole und sprang auf. Er begann, sich für draußen einzuhüllen. »Kommt, los. Das ist unsere Chance. Wir könnten ihnen die Beute abjagen.«

»Es ist mitten in der Nacht, Ole«, sagte Kriss.

»Und wir haben genau eine Stirnlampe, deren Akku jederzeit leer sein kann«, sagte Bombe.

»Wir nehmen Fackeln.«

»Wir haben keine Fackeln, und wir wissen auch nicht, wie man welche baut«, sagte Tonya vorsichtig. Das hier hatte nichts mit dem Optimismus zu tun, den sie alle pflegten. Das hier war tollkühn und lebensgefährlich.

Ole hielt ein. »Das ist die beste Chance seit Wochen, und ihr wollt nicht mal rausgehen?«

»Ole. Ich verstehe dich«, sagte Jacob. »Aber du schlägst vor, bei eisigen Temperaturen mit einem einzigen Gewehr und kaum Munition gegen ein Rudel der größten Wölfe der Welt loszuziehen. Du weißt nicht mal, ob sie was gefangen haben oder wie weit sie entfernt sind, und es ist mitten in der Nacht.«

Ole schob die Kleidungslagen über seiner Armbanduhr zurück. »Es ist gerade mal ...« Er warf einen Blick auf seine Uhr. Stutzte. Dann passierte alles ganz schnell. In einem Moment saß Ole noch still da, im nächsten hatte er sich die Uhr vom Arm gerissen und gegen die Wand geschmettert. Ein leises Knacken war zu hören.

Tonya saß der Uhr am nächsten und zog sie weg, bevor Ole darauf treten konnte. Ihr Herz hämmerte. Was zum Teufel war das?

»Ole?«

»Die Uhr geht nicht mehr«, sagte Ole, den Kopf in den Händen.
»Die Batterie ist leer. Und ohne Uhr können wir nicht richtig navigieren. Wie sollen wir jetzt noch zum Bisonfleisch kommen?«
»Es ist okay, wir werden schon eine Lösung finden«, sagte Bombe. »Ihr seid den Weg doch einmal hin- und einmal zurückgegangen. Bestimmt würdet ihr die Landschaft wiedererkennen.«
Aber der Schnee ließ alles anders aussehen, sogar innerhalb der Kronen.
»Ich kann das nicht mehr«, sagte Ole. Er klang so erschöpft. »So tun, als könnten wir es schaffen. Das Essen wird nicht reichen. Ich kann nichts daran ändern. Und ich kann nicht mehr.«

Ole gibt auf. Der Gedanke drang zu Tonya durch mit den Geräuschen einer heranrollenden Lawine. Entsetzt starrten ihn alle an. Es war, als wäre er Meilen von ihnen entfernt. Engel war ein Meister darin, das Essen zu strecken und noch einmal zu strecken, und sie alle waren Meister im Hoffen, im Warten, im Daswirdschon. Das war die Fähigkeit, die sie jeden Tag aufs Neue in die Kälte hinausgehen ließ. Und jetzt hatte Ole aufgegeben? Ole, der Fels in der Brandung? Ole, der immer einen Plan hatte?

»Was redest du da?«, sagte Kriss.

»Können wir endlich mit dem Lügen aufhören? Das Essen wird uns ausgehen, lange vor dem Frühling. Wir werden hier draußen verhungern.« Verhungern. Solche Wörter waren weit weg gewesen, Kontinente oder Jahrhunderte. Wörter, die sich anfühlten wie Museumsstücke, weil man sie nie mit ›Ich‹ benutzte.

Ungläubig musterte ihn Tonya.

Ole fing an, sich die warmen Stiefel und die Bärenfelljacke anzuziehen.

»Was machst du da?«

»Du kannst nicht alleine raus!«

»Wenn wir jetzt nicht gehen, gehen wir nie. Wir müssen versuchen, mehr Essen ranzuschaffen, bevor es zu spät ist«, sagte Ole. »Ich habe schon einmal das Falsche getan, weil mir zu kalt war. Das wird mir nicht noch mal passieren. Ich kann hier nicht rumsitzen. Ich kann nicht warten.«

Darum ging es also. Valentina. Vergebung kam nicht einfach, wenn man sie brauchte. Ole hätte jedem von ihnen innerhalb eines Herzschlags vergeben, er hatte Jacobs Schuldbeteuerungen heruntergespielt, sie am Feuer getröstet, aber er konnte es nicht für sich selbst tun. Sie hätte es schon heraushören müssen, als er sie alle beruhigt hatte. Ihr habt alle euer Bestes gegeben, waren seine Worte gewesen. *Ihr.*

Bombe warf sich auf die Bärenfellwesten, bevor Ole sich eine schnappen konnte. »Das ist Selbstmord. Du wirst nicht mal diese Nacht überleben.«

»Wenn wir jetzt nicht gehen, dann gehen wir nie!«

Engel stand auf, nahm Oles Kopf vorsichtig in seine großen Hände und lehnte seine Stirn gegen die seines Freundes. »Bleib hier.«

So blieben sie eine Weile stehen.

Ole atmete tief aus. »Okay.« Er schaute keinen von ihnen an. »Aber wir müssen wirklich bald los.«

Sie nickten unbestimmt, in der vagen Überzeugung, dass sie tatsächlich irgendwann losgehen würden. In der Überzeugung, dass sie Ole wieder eingefangen hatten und den Brand in ihm gelöscht. Sie machten sich zum Schlafen bereit, teilten die Feuerwachen ein, und niemand störte sich daran, dass Ole die letzte Wache bekam.

Auch nach Oles Ausbruch verstanden sie nicht, dass er Hilfe brauchte. Wie tief seine Schuldgefühle gingen. Warum hatte sich niemand von ihnen darüber gewundert, dass man Ole seine Trauer kaum anmerkte, obwohl er Valentina vermutlich genauso sehr geliebt hatte wie Kriss? Warum hatte niemand ihn gefragt, wie es ihm ging? Eine Frage, die man sogar flüchtigen Bekannten gleich am Anfang einer Begegnung stellte?

Das waren die Gedanken, die Tonya am nächsten Morgen überfielen, als sie aufwachte und vom Feuer nur noch die Glut übrig war.

Es tut mir leid, stand mit Asche an der Wand geschrieben.

Eine Bärenfellweste und ein Paar Schuhe fehlten.

Außerdem ein Feuerzeug, der Topf, Oles Taschenmesser, der Schlafsack und die Isomatte.

Und Ole.

49

TONYA

Den ganzen Morgen suchten sie die Gegend nach ihm ab, aber neu gefallener Schnee vertuschte Oles Flucht. Es schneite und schneite. Die Landschaft war Eis, und sie waren Eis, und der Winter hörte nie auf.

»Vielleicht kommt er heute Abend zurück«, sagten sie sich, als sie sich nach zwei Stunden erfolglosen Suchens im Schlupf aufwärmten.

»Vielleicht hat er eine Schneehütte gebaut«, sagten sie sich am nächsten Morgen.

»Vielleicht hat er genug Holz gesammelt, um die ganze Nacht durchschlafen zu können, auch wenn er das Feuer alleine hüten muss. Es ist gut, dass er die Isomatte mitgenommen hat, damit kann er sich schnell vor dem Wind schützen und ist weg vom Boden.«

Alle hielten sie pausenlos nach Ole Ausschau. Engel stand jeden Tag am Waldrand, bis seine Finger so erstarrt waren, dass er kaum die Tür des Schlupfs öffnen konnte. Wenn sie nicht nach Ole Ausschau hielten, versuchten sie, beschäftigt zu bleiben: Sie besserten den Schlupf aus. Sie schnitzten Löffel aus Holz, flochten sich alle die immer längeren Haare in wilde Zöpfe, die ihre Köpfe warm hielten.

Die Temperatur sank weiter.

Tonya konnte nicht glauben, dass er dort draußen gestorben war. Sie hätte es sehen müssen, um es zu glauben. Nein, er würde zurückkommen. Einfach irgendwann auftauchen, wenn sie es am wenigsten erwarteten. Und dazwischen immer wieder der übelkeiterregende Gedanke: Oles Tod bedeutete, dass sie alle mehr zu essen hatten.

Sie dachte: Er kommt wieder.

Sie dachte: Er muss.

Eine Woche verging, dann zwei. Zwei Wochen, in denen sie warteten.

Eines Tages ritzte Jacob etwas auf seinen Kalenderast, dann sagte er müde: »Heute ist Weihnachten.«

Weihnachten, und keine Plätzchen. Weihnachten, und keine Kerzen. Weihnachten, und kein billiger Punsch mit ihren Kollegen aus dem Hotel, während sie ihre Geschenke vom Schrottwichteln auspackten. Weihnachten, und damit Halbzeit auf dem Weg zum Verhungern.

Bombe schniefte. Welche Erinnerungen an Weihnachten hatte Bombe wohl? Es mussten fröhlichere sein als die von Tonya. Mit einem großen Weihnachtsbaum im eigenen Wohnzimmer. Mit so vielen Geschenken, dass man die Namen draufschreiben musste. Mit gemeinsamem Weihnachtsessen samt allen Lieblingsgerichten.

»Meint ihr, er hat extra bis heute gewartet?«, sagte Bombe plötzlich. »Er hat doch gewusst, wie sehr wir uns darauf gefreut haben.«

Der Gedanke folgte einer gewissen Logik: Wenn Ole zurückkam, dann heute. Er würde an der Tür klopfen und dann hereinplatzen wie das beste Weihnachtsgeschenk aller Zeiten. War das möglich? Ole hatte von ihnen allen am härtesten an den Iglus gearbeitet. Er war es, der sich die Konstruktion der Schneeschuhe ausgedacht hatte. Er kannte den Weg zum restlichen Bisonfleisch. Wenn er den Trip tatsächlich geschafft hatte, dann waren sieben Tage hin und zurück vielleicht realistisch, weil er alleine unterwegs war.

Auf einmal fühlte Tonya sich so wach und aufgeregt wie seit Wochen nicht mehr.

Die anderen fühlten das Gleiche. Wenn er noch kam, dann heute. Wenn nicht ... Daran wollte sie nicht denken.

Die Gespräche wurden lauter, das Feuer wurde ein bisschen höher geschürt, als sie es sich sonst genehmigten. Engel und Jacob ließen sich von Bombe zu einer Runde Karten überreden. Keine Weihnachtslieder – die würden sie erst mit Ole gemeinsam singen.

Normalerweise waren sie froh, der Erschöpfung durch Schlafen entkommen zu können, aber heute blieben sie länger auf.

»Ich habe jetzt für eine volle Stunde ihre Hände nicht aus dem Blick gelassen, aber ich kann immer noch nicht sagen, wie genau sie schummelt«, sagte Jacob ungläubig.

»Vielleicht solltest du stattdessen auf deine eigenen Karten schauen«, sagte Bombe und fächerte ihre Karten für den vierten Sieg in Folge auf.

Jacob warf seine Karten in die Mitte. »Mir reicht's«, sagte er und lehnte sich in seine Felle zurück. »Wie viel Uhr ist es?«

Tatsächlich hatte Oles Uhr nach seiner Flucht wieder angefangen zu ticken, und sie hatten sie nach dem Höchststand der Sonne neu auf zwölf Uhr gestellt.

Tonya starrte auf das zersplitterte Glas, als könnte sie den Zeiger so dazu bringen, langsamer fortzuschreiten. »Zehn vor zwölf«, sagte sie.

Die Wärme glitt aus dem Raum, als hätte jemand die Tür aufgerissen. Sie dachten alle dasselbe: heute oder nie.

Tonya legte die Uhr in die Mitte, weil sie nicht diejenige sein wollte, die laut verkündete, wann es so weit war. Engel kontrollierte die Uhrzeit, als gäbe es eine Chance, dass Tonya sie falsch abgelesen hatte. Danach versuchten sie alle, die Zeiger zu ignorieren, schafften es aber nicht.

»Er kommt nicht mehr«, sagte Bombe schließlich.

Tonya starrte auf den blanken Holzboden, um die anderen nicht anschauen zu müssen, aber Ole hatte die Stämme für diesen Boden geschleppt, so wie Ole den Kamin mitgebaut hatte und das Bison mitgetragen, dessen Fell um ihre Beine gewickelt war.

Auf der Suche nach einem Ort, wo ihr Ole nicht begegnete, schaute Tonya wieder auf, und da war Bombe und hielt mit zitternden Fingern das Messer.

Sie öffnete ihren Zopf und säbelte sich ein Büschel vom Hinterkopf, dann machte sie die Runde. Ihre Haarsträhnen waren länger als bei Valentinas Tod, aber nicht viel.

»Es hat sich so gut angefühlt, einen großen Bruder zu haben«, sagte Bombe und warf ihre Haare in die Flammen. »Und das war er für uns alle.«

Danach war Tonya an der Reihe. »Er war selbstlos und großzügig – und das vor allem in den Momenten, wo es am schwierigsten war.«

Das leise Zischen ihrer verbrennenden Haare.

»Großzügig mit allen Menschen außer sich selbst«, murmelte Bombe.

»Er ist gestorben, um uns zu retten«, sagte Jacob, während seine Strähne zu glühenden Fäden wurde. »Und auch wenn es dumm und sinnlos war und nicht geklappt hat und es mir tausendmal lieber wäre, er wäre hier, bin ich ihm dankbar dafür.«

»Ole war die erste Person, der ich erzählt habe, dass ich Mädchen mag«, sagte Kriss. Ihre Unterlippe bebte. »Ich hatte vorher solche Angst. Und hinterher so viel weniger, weil ich wusste, dass Ole auf meiner Seite ist. Oles Seite war immer die Gewinnerseite.«

»Er war mein bester Freund«, sagte Engel. »Buchstäblich: der beste Freund, den ich mir vorstellen kann.«

Der Wunsch nach einem anderen Ort überwältigte Tonya beinahe. Sie wollte wieder klein und behütet sein. Sie wollte einen echten Erwachsenen, der ihr erklärte, wie sie diesen Schmerz aushalten sollte und warum der Boden nicht bebte, obwohl diese Grausamkeit so erschütternd war.

Aber da war niemand, nur sie fünf, so menschlich und ungenügend, und sie kauerten im Kreis und starrten in die Flammen.

Sie kannten verschiedene Arten von Kälte. Ein wärmeres Kalt, lange vorbei, bei dem der Schnee von Wassertropfen glänzte; ein Kalt, bei dem es sich anfühlte, als würde einem das Gesicht abgeschliffen; ein Kalt, bei dem einem die Hände im Fell steif wurden, lange bevor man das Holzfällen erledigt hatte.

Jetzt fügten sie ihrer Liste eine weitere Art Kälte hinzu: so kalt, dass auch Ole es nicht schaffen konnte.

Kriss und Engel warfen ihre Strähnen gemeinsam in die Flammen. Die Haare verbrannten qualmend, und dann war Ole endgültig tot. Sie hatten Peter und Valentina an Nick und die Wildnis verloren, aber Ole hätten sie retten können.

50

JACOB

Es war Mitte Februar, und Bombe sprach die Tatsache aus, die sie seit wochenlangem Rationieren alle schon hatten kommen sehen.

»Heute Mittag essen wir unsere letzte Portion«, sagte Bombe und schniefte. Ihre Nase lief schon seit Tagen, und sie hatte sich aus dem Lumpen-Shirt zwei Taschentücher herausgeschnitten. Vermutlich hatte sie sich bei Kriss angesteckt, die regelmäßig tief aus der Brust hustete.

Auf die Jagd konnten sie nicht mehr zählen. Jacob vermutete, dass die Tiere im Winter weiter nach Süden zogen, wo sie mehr zu fressen fanden. Auch in den letzten Wochen hatten sie keine Spuren eines Großtiers in der Nähe der Kronen entdeckt. Nicht einmal ihre experimentellen Schlingfallen lohnten sich: Sogar die kleineren Tiere schienen sich tief in ihre Höhlen verkrochen zu haben, und die Krähen waren ebenfalls seit Langem verschwunden. Ansonsten gab es noch die Schneehasen, aber bisher war ihnen keiner in die Falle gegangen, und Jacob brachte es nicht übers Herz, Bombe um Hopper zu bitten. Ein einziger Hase würde sie auch nicht retten, und er wollte kein Fleisch essen, das mit Bombes Tränen gesalzen war.

Stumm sahen sie zu, wie Engel das Mittagessen ausschöpfte und mit peinlicher Genauigkeit gerecht auf ihre Schalen verteilte. Jacob musterte die kümmerliche Pfütze. Das war alles, was er in nächster Zeit essen würde. Vermutlich das Letzte, was er überhaupt noch essen würde. Es reichte vielleicht für vier Bissen, und obwohl Jacob so langsam kaute wie möglich, war er als Erster fertig. Danach betrachtete er seine Fingernägel, um das Kauen der anderen nicht beobachten zu müssen. Es war schlimm genug, dass er es hörte und es ihm den Speichel in den Mund schießen ließ. Noch schlimmer war nur der Duft.

Jacob kratzte den Dreck unter seinem linken Daumennagel hervor. *Schau nicht auf, denk nicht an das Essen, mach als Nächstes den Zeigefinger.*

Nur noch die Kälte lag jetzt vor ihnen, unerbittlich, unermüdlich, erzeugt von dem Umstand, dass ihre Hälfte des Planeten gerade im falschen Winkel zur Sonne stand. Ihre einzige Möglichkeit war es, sich am Leben festzuklammern, so wie die Zecken sich an ihnen festhielten: mit den Zähnen.

Als die mageren Bissen nach möglichst langem Kauen schließlich doch hinuntergeschluckt waren, ließen sie sich zurück in die Schlafnester sinken.

»Wir sollten Winterschlaf halten wie die Bären«, sagte Jacob.

»Die Schwarzbären machen keinen richtigen Winterschlaf«, sagte Tonya.

»Wir können es auch Sterben nennen«, sagte er.

»Das Sarkasmuslevel ist trotz allem hoch, hm?«

»Das nennt sich Galgenhumor«, sagte er. »Und ich werde ihn auskosten.«

»Viel Spaß dabei. Sieht ja ganz so aus, als würden wir sonst nicht viel zu kosten bekommen«, sagte sie.

»*That's the spirit*«, sagte Jacob.

Tonya kicherte. Ihr Kichern klang zunehmend erschöpfter, aber es fühlte sich gut an, sie zum Lachen zu bringen. Wenn man hungerte, musste man andere Dinge finden, die einen ernährten.

»Was können wir noch tun?«, fragte Engel.

Stille.

»Wir könnten es noch mal mit der Jagd versuchen«, sagte Jacob schließlich, auch wenn alles in ihm nur liegen bleiben wollte.

Aber es folgte eine Woche mit dichtem Schneetreiben, Sichtbarkeit null. Die Gefahr, sich zu verirren, war viel zu groß. Ein Selbstmordkommando.

Und während der ganzen Zeit gab es zum Frühstück nur Fichtennadeltee.

Der Frühling war nur noch wenige Wochen entfernt, aber es hätten genauso gut Jahre sein können.

Am ersten Tag ohne Neuschnee beschlossen Jacob und Tonya, es noch einmal mit der Jagd zu versuchen, weil es leichter war, etwas Verzweifeltes zu tun als gar nichts. Tonya bestand darauf, dass Jacob die Jacke und Schuhe aus Fell anzog.

»Damit deine Hände beim Schießen nicht zittern«, sagte sie und wickelte sich die Decke über die Jagdmontur. Die Plastikflasche und der Flachmann waren noch dicht, und sie füllten sie mit heißem Wasser. Unter ihre Kleidung gepackt, würden die Flaschen sie während des Gehens wärmen. Tonya trug den leeren guten Rucksack, Jacob schulterte das Gewehr, und so verließen sie den Schlupf. Schon diese ersten Schritte fand Jacob anstrengend. Die letzte Woche hatte ihm noch mehr Kraft ausgesaugt.

»Jacob, warte«, sagte Bombe und drückte ihm noch die Stirnlampe in die Hand.

Er testete sie kurz, damit er kein unnötiges Gewicht mit sich herumtrug, und sah dann Bombes Gesicht im Lichtkegel zum ersten Mal seit Wochen bewusst. Die Knochen traten klar aus ihrem Gesicht, wie Kieselsteine, die vom Wasser abgespült worden waren. Als hätte er noch eine Erinnerung gebraucht, dass diese Jagd ihre letzte Chance war.

Tonya und er stapften los, den Sägeweg und weiter, bis sie zum Rand des Waldstücks kamen. Die Ausrüstung kam ihm zentnerschwer vor. Noch schwerer als das Gepäck lastete die Verantwortung auf ihnen: Wenn sie heute nichts nach Hause mitbrachten, dann gab es wieder nichts zu essen. Und wer konnte sagen, wie lange sie noch durchhalten würden?

Sie stapften durch den weitgehend unberührten Schnee. Außer ihren Augen war jedes Stück Haut mit Stoff oder Fell bedeckt. Sie tranken das heiße Wasser, um sich warm zu halten, aber obwohl sie die Flaschen am Körper unter den Fellen trugen, kühlte es schnell ab.

Den ganzen Morgen schleppten sie sich verbissen vorwärts und fanden keine Spur.

Kurz wärmten sie sich an einem Feuer, erhitzten ihre Wärmequellen und kämpften sich weiter. Jacobs Beine zitterten bei jedem Schritt. Die Mittagssonne zog über sie hinweg – eigentlich das Signal zum Umdrehen.

Aber sie drehten nicht um.

Erst schmerzten seine Finger, dann wurden sie taub, dann auch sein Gesicht und seine Füße, während er weiter stur den Schnee absuchte.

Plötzlich hörte er etwas. Eine Windböe glitt ungehindert durch die leeren Äste und trug ihnen Geräusche zu. Das Knirschen von Schnee unter vielen kleinen Schritten. Seine Nase war voll von dem Geruch nach Tieren, ganz in der Nähe, das Land offenbarte ihre Ankunft.

»Es ist zu kalt. Wir müssen gehen«, sagte Tonya.

»Nur noch ein bisschen länger«, flüsterte er. »Da kommt was.«

Gleich kam etwas. Gleich kam bestimmt etwas. Sie mussten nicht verhungern.

»Nein«, sagte Tonya. »Wir müssen jetzt los.«

»Hörst du das Knirschen nicht?«, flüsterte Jacob.

»Nein«, flüsterte Tonya zurück.

Wie kam es, dass nur er das Knirschen hören konnte?, fragte er sich, aber er konnte den Gedanken nicht lange genug festhalten, um ihn zu Ende zu denken; der Wind entriss ihn ihm. Ihm fiel auf, dass seine Hände nicht mehr kalt waren.

»Nur noch kurz«, flüsterte er.

Tonya zog an seiner Schulter. Ihrem Gesicht war anzusehen, wie viel Kraft sie das kostete, eine Kraft, die sie eigentlich nicht hatte. »Jacob. Da draußen ist nichts, und es kommt auch nichts mehr. Wir müssen los. Wir waren schon zu lange draußen.«

»Aber es ist gar nicht mehr kalt«, sagte Jacob. »Merkst du das nicht?«

Tonyas Augen unter dem Stoff verengten sich. »Wir gehen, jetzt sofort«, sagte sie.

Auf einmal wurde Jacob klar, dass sie wieder mit leeren Händen zurückkommen würden. Das Knirschen wurde lauter, galoppierte über ihn hinweg.

»Wir können nicht ohne was zurückkommen«, sagte er. »Die anderen zählen auf uns.«

»Niemand von den anderen kann jagen. Wenn wir ihnen etwas Gutes tun wollen, dann müssen wir jetzt zurück und es übermorgen noch mal versuchen.«

Logik. Sein Hirn war noch warm genug, dass sich die Logik nach innen graben konnte. Mühsam rückte er den Kälteschutz vor seinem Gesicht zurecht, dann begann der lange Marsch nach Hause.

Hell strahlte der Mond auf den Schnee und tauchte die Abdrücke von Tonyas Schuhen vor ihm in dunkelblaue Pfützen. Als er das nächste Mal aufschaute, war Tonya ein gutes Stück vor ihm und wartete. Wie hatte sie so viel Vorsprung gewonnen?

»Komm schon«, sagte sie ungeduldig oder ... besorgt? Alle paar Schritte warf sie einen Blick zu ihm zurück.

Er setzte Fuß für Fuß in die Spuren, die magischerweise vor ihm im Schnee auftauchten. Warum er das tat, wusste er eigentlich nicht. Sollte er nicht stehen bleiben und darüber nachdenken? Oder – noch besser – sich hinsetzen? Sicher war Hinsetzen die beste Option. Das sparte Energie. Energiesparen war gut ...

»Was machst du da?«, fragte Tonya.

Ihr Gesicht schwebte über ihm wie ein zweiter dunkler Mond.

»Was passiert mit mir, wenn ich sterbe?«, fragte er.

Tonya runzelte die Stirn. »Tut mir leid, dass ich dir diese Botschaft überbringen muss, aber das wird nicht angenehm. Wenn du denkst, du stirbst, werden Engel oder ich dir so lange ins Gesicht klatschen, bis du es dir anders überlegst.«

»Das meine ich doch gar nicht«, sagte Jacob und seufzte laut. »Was, wenn ich irgendwann wirklich tot bin? Was passiert dann?«

Sie musterte ihn. Sogar durch all die Stofflagen konnte er sehen, wie sie schluckte. »Wenn es dunkel ist, dort, wo du hingehst, dann mach ein Feuer und warte auf uns.«

Ihre Stimme brach. Sie zog ihn auf die Füße. »Und jetzt nutz deinen verdammten Sturschädel und lauf weiter. Hier.« Sie drückte seine Hand um das ungeladene Gewehr. »Halt dich fest und lass nicht los.«

Wieder lief sie vor ihm, aber dieses Mal zog sie ihn an dem Gewehr hinter sich her. Sie stolperten durch den Schnee. Jacob konnte seine Füße erkennen, aber er spürte sie nicht. Die Nacht war ewig, und jede Kurve sah gleich aus. Schneeflocken fielen erst langsam, dann schneller. Der Wind wirbelte um sie herum und verdeckte die Sicht. Es schneite in dicken Flocken.

Schließlich öffnete sich der Weg, Tonya ließ das Gewehr los und klopfte gegen ein Stück Holz, ach nein, eine Tür. Hände zerrten sie in den Schlupf.

»Wir waren so lange draußen, wie wir konnten, aber es kam einfach nichts«, sagte Tonya oder versuchte es zumindest. Ihr Mund schien sich nicht richtig zu bewegen.

Hatte sie im kühlen Mondlicht kontrolliert und fern gewirkt, machte das Orange der Flammen sie wieder zu einem Menschen. Sie zitterte am ganzen Körper, ihre Lippen waren blau. Bombe schälte sie beide aus der kalten Kleidung, Engel schob sie nahe ans Feuer, wo Kriss schon schlief und ab und zu hustete.

Ein Teil von Jacob war froh, dass Tonya und er so kaputt aussahen und ihre Haut eiskalt war. Wenigstens konnten die anderen so erkennen, dass sie es versucht hatten. Im nächsten Moment traf ihn die Erschöpfung wie ein Hammer, und er glitt widerstandslos in den Schlaf.

Die Kälte saß ihm noch immer in den Knochen, als er aufwachte, aber Kriss neben ihm glühte. Gerade legte ihr Engel einen kühlen Wickel auf die Stirn.

»Guten Morgen«, flüsterte Jacob, aber Engel schaute nur auf und nickte stumm. Außer ihnen war niemand im Schlupf, und Jacob fragte sich, wie lange er geschlafen hatte.

Die Wangen von Kriss waren rot und trocken wie bei einem Bratapfel. Ein alter Teil von Jacob bekam Angst. Fieber hier draußen war ernst. Fieber hier draußen war tödlich.

»Was fehlt ihr?«, fragte er mit trockenem Mund.

»Essen«, sagte Engel.

»Dann brechen wir gleich jetzt noch mal auf«, sagte Jacob.

Er konnte nicht noch jemanden von ihnen verlieren, das spürte er in seinen Knochen.

Traurig schüttelte Engel den Kopf. Er deutete in Richtung Tür. Jacob zog sich Jacke und Regenhose an, die wieder warm war, und trat aus dem Schlupf. Die Tür ließ sich nur gegen einen Widerstand öffnen. Direkt davor bildete der festgetretene Schnee eine Stufe, so als wäre der Schlupf tiefer gelegen als der Boden. Bei den nächsten Schritten sank Jacob hüfttief ein. Er hatte nicht gewusst, dass es so viel schneien konnte. Es war mehr Schnee, als er in seinem ganzen Leben gesehen hatte, und er war zum Skifahren in der Schweiz gewesen. Die Feuerstelle war verschwunden, die Wege auch. Ein weißes Meer.

Der Winter beherrschte den Wald mit meisterhafter Hand: kristallbesetzte Bäume, die glitzernd das Sonnenlicht brachen. Wie sauber und heilig alles aussah. Es war herzzerreißend, von Millionen Jahre alter Schönheit umgebracht zu werden.

Bombe stand auf Tonyas Schultern und schob mühsam mit einem Ast Schnee vom Dach des Schlupfes. Jacob beeilte sich, ihnen zu helfen. Es war anstrengende Arbeit, die noch anstrengender durch das Wissen wurde, dass kein Essen die verlorene Energie ersetzen würde, und als alles getan war, blieb ihnen nichts anderes übrig, als im Schlupf zu sitzen, das Feuer zu schüren und ab und zu ängstliche Blicke in Richtung von Kriss zu werfen.

Sie fürchteten um Kriss, aber sie fürchteten auch um sich selbst. Sie waren zu schwach, um das Loch zu stopfen, das Kriss reißen würde.

Das Fieber sank den ganzen Tag nicht.

»Mir ist kalt«, flüsterte Kriss einmal, bevor ihr die Augen wieder zufielen.

Tonya öffnete ihre Jacke und rollte sich an Kriss, sodass sie sie mit ihrem ganzen Körper wärmte, und Kriss rutschte im Schlaf in ihre Richtung. Nachts schliefen sie in einem großen Haufen, so nah am Feuer, wie sie es sich trauten. Jacob spürte Engels Atem in den Haaren, Bombe an seinem Rücken.

Er hatte beobachtet, wie Engel im funzeligen Licht des Feuers die Tabletten aus dem Erste-Hilfe-Kasten in kleine Haufen ordnete. Wenn Kriss ging, wollte er anscheinend nicht noch länger abwarten.

»Wie viel Munition haben wir?«, fragte er Jacob.

Jacob schaute ihn nicht an, als er antwortete. Vier Patronen. »Mit den Tabletten genug.«

Er starrte an die Decke. Er war so schwach. Sein Atem pustete ihn auf und ließ ihn wieder zusammensinken. Aber er klammerte sich an dieses Leben.

Er empfand eine zähe Treue zu seinem Körper, der ihn all seine Jahre auf dieser Welt geschützt und getragen hatte, und er wollte ihn nicht allein zurücklassen.

Körper, halt aus, halt aus, halt aus.

Er dachte an seinen Vater. Vielleicht würde eines Tages jemand in der Nähe vorbeilaufen und einem der vielen Pfade ins Herz der Kronen folgen. Erst würden sie die Kronen finden und dann sie alle.

Und wenn sein Vater davon erfuhr, dann wollte Jacob, dass er wusste, dass Jacob gekämpft hatte und wie lange er im Wald bestanden hatte.

Der Kalenderast lehnte ihm gegenüber an der Wand, und im Schatten der Flammen konnte er die vielen Striche darin sehen. Es waren nicht genug.

51

TONYA

Am nächsten Tag war kein neuer Schnee gefallen, aber sie waren immer noch eingeschneit, die nächste Jagd immer noch unerreichbar. Es waren nur noch wenige Wochen, bis es wärmer werden würde, und der Frühling war trotzdem zu weit weg.

Doch egal, wie müde Tonya war, ihr Kopf hörte nicht auf, Beobachtungen anzustellen: dass das Holz nicht mehr lange reichte. Dass Jacob verzweifelte. Dass Engel in der Nacht nicht geschlafen hatte. Sein Gesicht war grau, aber er hatte die Energie eines eingesperrten Wolfs. Seine Hand klopfte einen wütenden Rhythmus auf den Boden. Mit Blicken fragten sie nach Kriss, aber er wollte nicht vor ihr darüber reden und scheuchte Bombe, Jacob und Tonya deshalb aus dem Schlupf. Sie waren ausgemergelt wie kahle Äste.

Was musste Engel ihnen über Kriss sagen, das sie selbst nicht hören durfte? In den letzten Tagen war ihr ständig kalt gewesen, obwohl sie die ganze Breite vor dem Feuer bekommen hatte. Sie hatte viel geschlafen, kaum geredet.

Es gab eigentlich nur eine Sache, die er ihnen sagen konnte. Schon beim Gedanken daran fühlte sie sich taub. Sie war nicht stark genug, um noch einmal Strähnen ins Feuer zu werfen.

Engel stieß ein wortloses Brüllen aus. Es echote in dem leeren Wald, bevor der Schnee das Geräusch schluckte, und danach hallte es noch in Tonyas Kopf wider. »Kriss hält nicht mehr lange durch«, sagte er schließlich leise. »Erst sie, dann wir.«

Tonya begann zu zittern. Es fühlte sich an wie ein langsam einsetzendes Erdbeben. Warum war die Welt so grausam? Warum gab sie ihr alles, was sie je gewollt hatte, nur um es ihr dann Stück für Stück aus den schwachen Armen zu reißen? Sie würden alle sterben, und bei ihrem Glück wäre sie die Letzte.

»Nein«, sagte Bombe. Sie wandte sich ab und stapfte in den Wald.

»Bleib hier«, rief Jacob und wollte ihr hinterher, ein Akt der puren Selbstlosigkeit, aber Tonya hielt ihn am Ärmel seiner schmutzigen Jacke zurück.

»Sie ist gleich wieder da.« Jedenfalls hoffte sie das. »Gib ihr Zeit.«

Sie warteten im Schlupf. Jacob vergaß seine Feuerpflichten, und sie legte an seiner Stelle einen Scheit nach. Endlich öffnete sich die Tür.

Der Schneehase war bereits tot, aber Bombe trug ihn auf dem Arm, als wäre er noch am Leben. Hinter dem rechten Ohr war ein roter Fleck im winterweißen Fell.

Bombe weinte, und Tonya wusste nicht, ob sie um den Hasen weinte, um Kriss oder um sich selbst. Und vielleicht war es an diesem Tag ohnehin dasselbe: eine Verbindung zu einem anderen lebendigen Wesen zu spüren und es nicht retten zu können. Jacob hob ihr den Hasen vorsichtig aus den Armen und streichelte ihm über das Fell. Tonya nahm Bombe in den Arm, während Jacob den Hasen häutete und zubereitete.

Niemand fragte, warum Bombe es erst jetzt getan hatte. Was diesen Moment von den vielen vorigen unterschied, in denen sie zugehört hatten, wie sich Kriss die Lunge aus der Brust hustete. Aber Bombe schien auf etwas gewartet zu haben, ihr Zögern wie eine Messsäule ihrer Verzweiflung. Das hier war also der tiefste Punkt.

Nach dem Kochen nahm Engel ein überdurchschnittlich großes Stück Fleisch, schnitt es in winzige Stücke und legte sie Kriss einzeln in den Mund. Es war nicht viel – nur ein paar Brocken für jeden und dazu die heiße Brühe –, aber es war mehr, als sie in den letzten Wochen gehabt hatten, und das wenige Fett aus den Knochen legte sich wie pures Glück auf die Zunge, schmierte ihre brüchigen Lippen, bis sie den letzten Tropfen davon abgeleckt hatten.

Noch mehr Leben ausgelöscht für so wenig. Tod, der den Tod nicht aufhalten würde. Bombes Herz, das sowieso bald aufhören würde zu schlagen, gebrochen. Einen Tag länger leiden. Und trotzdem aß Tonya jeden Bissen.

Bombe aß auch, aber Tränen liefen ihr dabei über die Wangen. Jacob öffnete die Arme, und Bombe kroch in ihren Schutz. Und dann musste auch Tonya weinen, weil Bombe das letzte Kind unter ihnen gewesen war.

Kriss bekam eine weitere Portion am Morgen. Ihr Fieber sank, und sie kehrte zu einem rasselnden Husten zurück.

Ich kann nicht mehr, das hatte Tonya schon häufig gedacht, aber nach jedem dieser Tage war ein weiterer Tag gekommen, und dann noch ein weiterer. Die Welt fragte, und man gab alles, und wenn man nichts mehr hatte, gab man noch mehr.

Nun wurde sie ruhiger, ihre Gedanken rasten nicht mehr, sondern fielen wie Kieselsteine gerade und still in tiefes Wasser. In dieser Ruhe spürte sie, dass das Ende nahe war.

Ihr Geist rastete, wartete auf den Tod.

Schließlich kam der Tag, als es zu anstrengend wurde, den Schlupf zu verlassen.

Sie rutschte näher an Jacob heran, legte ihr Ohr auf seine knochige Brust.

»Bald ist es so weit«, flüsterte sie. »Mach dich bereit.«

Er strich ihr über die Haare. »Warum muss ich das machen?«

»Weil du unser Arschloch bist.«

Er schnaubte, aber es war ein schwaches Schnauben, und sie konnte fast hören, dass er die Augen wieder schloss.

Dann hörte sie ein weiteres Geräusch: das Knirschen von Schnee vor dem Schlupf. Hatte sich ein Tier in die Kronen verirrt? Die Schritte wurden schneller, als sie sich näherten. Schwere Schritte. Keiner von ihnen hatte so schwere Schritte. Genau vor der Tür blieben die Schritte stehen.

Jacob packte das Gewehr so fest, wie es ihm noch möglich war, aber er würde sie nicht retten können. Engels Hand umfasste den Griff des Beils, aber es würde nichts nützen. Das war das Ende. Sie waren zu müde zum Kämpfen, zu müde zur Flucht.

Die Tür öffnete sich. Weißes Schneelicht fiel in den Raum, und Jacob legte matt auf die Silhouette an, aber bevor er etwas tun konnte, hatte sich Engel, der näher an der Tür lag, hochgerappelt und umarmte die Gestalt.

Kriss begann zu weinen.

Und dann erkannte auch Tonya ihn.

Er stellte den Rucksack auf dem Boden ab. An seinem Fell klebte überall Schnee. Er wirkte erschöpft, ausgemergelt wie sie vermutlich auch, doch darunter erkannte Tonya das alte Glitzern.

Sie kämpfte sich auf die Beine. Obwohl ihr dabei schwindlig wurde, tastete sie sich an der Wand entlang, und dann umarmte sie ihn mit Engel gleichzeitig. Er war eiskalt, aber einen Moment später war die Wärme von Bombe an ihrer Seite, dann kam Jacob dazu und zuletzt Kriss.

»Wir dachten, du wärst tot!«, schluchzte Bombe.

»Ich hab jeden Tag das Gleiche von euch befürchtet«, sagte Ole. »Ihr müsst alle sofort was essen.« Vorsichtig löste er sich aus dem Armknäuel und begann, seine Taschen zu leeren. Der Rucksack war vollgestopft mit Dosenessen, Reis, Öl, Nüssen, Schokolade.

Engel warf einen Blick nach draußen, bevor er die Tür schloss, und sein Grinsen wurde noch breiter. Wenn Tonya das richtig deutete, war draußen noch mehr.

Dann rissen sie die Schokoladenpackung auf. Der Geschmack

explodierte auf Tonyas Zunge. Sie musste die Augen schließen. Nichts hatte jemals so gut geschmeckt. Es fühlte sich an, als könnte sie mit der Zunge Farben sehen.

»Du bist spät dran«, sagte Engel. Und meinte damit: *Wir dachten, du bist tot. Wir dachten, wir sind bald tot. Wir sind dir unendlich dankbar.* Ole öffnete eine Dose mit seinem Taschenmesser. Speichel flutete Tonyas Mund.

»Wie?«, krächzte Bombe.

Ole setzte sich neben das Feuer. »Ich habe die Wölfe gesucht, aber nicht gefunden. Schon am Ende des ersten Tages wusste ich nicht mehr, wo ich war. Alles sah anders aus. Meine Spuren waren zugeschneit. Die erste Nacht alleine war unglaublich anstrengend und sehr kalt, sodass ich kaum geschlafen habe. Die zweite Nacht war noch schlimmer. Nach der vierten Nacht fast ohne Schlaf habe ich kaum noch geradeaus denken können. Ich dachte, ich würde sterben und hätte euch auch noch den Topf weggenommen. Dann habe ich eine von den alten Markierungen gefunden, die ich gemacht habe, als wir den Bisons in den Norden gefolgt sind. Der Jagdcontainer ist viel näher, als wir dachten. Und jemand ist inzwischen da gewesen. Das Fenster war repariert, und ich musste neu einbrechen. Und drinnen – Leute! –, drinnen gab es Holz und neue Lebensmittel, Unmengen von allem. Ich wollte sofort mit dem Proviant zu euch nach Hause, aber es hat so heftig geschneit, dass ich Angst hatte, mich endgültig zu verirren. Und danach war es viel zu kalt. Ich hab es zweimal probiert und musste jedes Mal nach weniger als einer Stunde umkehren. Dann wurde es so kalt, dass ich mich nicht vom Feuer weggetraut habe. Das heißt, einmal habe ich es probiert und musste zurück. Ich habe so wenig gegessen, wie ich konnte, und die ganze Zeit an euch gedacht. Ob das Essen schon ausgegangen ist. Sobald es wärmer wurde, bin ich sofort los. Draußen ist noch mehr. Ich hab die Liegefläche vom Campingbett als Schlitten benutzt. Sorry, ich wollte wirklich früher kommen.«

Er sagte es alles in einem einzigen atemlosen Schwall, und sie konnten ihn immer noch nur anstarren.

»Du bist der einzige Mensch der Welt, der sich nach einer übermenschlichen Rettungsaktion für eine Verspätung entschuldigt«, sagte Jacob schließlich.

Bombe und Engel grinsten über beide Ohren, aber Tonya fing an zu weinen. Weil Ole lebte und ihre Rettung so schrecklich knapp gewesen war. Kriss wäre fast gestorben, und danach wäre es für sie alle ganz schnell gegangen. Ole hätte mit Schwung die Tür des Schlupfs geöffnet und nur noch ihre Leichen gefunden. Und wie hätte er sich dann gefühlt? Tonya konnte sich nichts Schlimmeres vorstellen.

Bombe legte ihr und Kriss noch mehr Schokolade in die Hände. So viel Essen! Genug, um wieder zu Kräften zu kommen. Genug, um die letzten Wochen des Winters zu überstehen.

In einem stillen Teil ihres Kopfes dachte Tonya, dass es zu gut klang, um wahr zu sein. Wie ein Märchen. Schlaraffenland. Der Rest von ihr war damit beschäftigt, zu beobachten, wie Engel und Jacob halfen, die restlichen Vorräte vom Schlitten zu laden. Dabei fanden sie immer wieder Vorwände, Ole zu berühren. Kurze Kontakte, wie um sich zu vergewissern, dass er wirklich wieder da war. Sie hatte an Weihnachten doch recht gehabt: Ole war das beste Geschenk, das sie alle je bekommen hatten.

Sie aßen, bis sie voll waren, dann schliefen sie noch enger aneinandergeschmiegt als sonst, Ole in ihrer Mitte. Seit Wochen hatte Tonya nicht so tief geschlafen.

Das Essen gab ihr zum ersten Mal seit Wochen die Energie, wieder etwas zu fühlen, und sie fühlte alles: Erleichterung, Dankbarkeit und einen Splitter Traurigkeit: weil Ole nie wissen würde, dass er ohne Essen und Ausrüstung mit erfrorenen Fingern hätte zurückkehren können und den gleichen Empfang bekommen hätte.

52

TONYA

Mit Oles Essen wuchsen sie wieder in ihre Körper herein. Eine schmale Schicht Fett kehrte in ihre Wangen zurück. Sie hatten wieder genug Kraft, um neues Holz zu schlagen. Auch die Tiere wachten auf, und sie fingen ein paar Eichhörnchen in ihren Schlingfallen.

Anfang April gab es ein paar nur leidlich kalte Tage, und Jacob, Engel, Kriss und Ole nutzten die Chance, um mit dem Schlitten das restliche Bisonfleisch zu holen, bevor es verfaulte oder von Insekten zerfressen wurde. Danach folgten noch einmal zwei kalte Wochen, die sie größtenteils damit verbrachten, sich im Schlupf die Bäuche vollzuschlagen, aber der Frühling brach sich unaufhaltsam Bahn.

Das schorfige Eis schmolz und legte die aufgeweichte tiefbraune Erde frei wie eine Wunde. Der See füllte sich mit Schmelzwasser, die letzten Eisschollen knackten, wenn sie gegeneinandertrieben, dann waren sie fort.

»Wann gehen wir endlich los?«, fragte Kristina. Sie waren alle ungeduldig, krabbelig wie Käfer, die aus ihren Winterlöchern krochen, aber Kristina sehnte sich von ihnen allen am meisten nach dem Wunderland. Tonya vermutete, dass es kein Hin, sondern ein Weg war. Kleine weiße Blumen blühten auf der Lichtung von Valentinas Grab und verbreiteten einen sanften Geruch, und diese Blumen hatten etwas Schmerzhaftes: weil die Welt sich erdreistete, wieder zum Leben zu erwachen, wenn Valentina es nicht tat.

»Bald«, sagte Ole, die vernünftige Antwort, und sie beteten sich jeden Tag die gleichen guten Gründe vor: Es wäre dumm, auf dem Rückweg noch einmal von Frost überrascht zu werden. Sie waren immer noch schwach und ausgemergelt. Die Reise über offenes Terrain war wesentlich anstrengender und gefährlicher als ihr jetziges Leben in den Kronen.

Irgendwie warteten sie alle auf ein Zeichen.

Engel trieb jeden von ihnen einmal in den See, um sich zu waschen. Es war ein gutes Gefühl, wieder sauber zu sein – zumindest hinterher.

Und dann, eines glorreichen Morgens, war Tonya im Schlupf am Wasserabkochen, als sie von draußen die Schreie von Ole hörte.

»Kommt raus! Kommt raus!«, rief Ole.

Es waren gute Schreie. Seine Stimme vibrierte mit etwas, das Tonya nicht benennen konnte. Sie zog sich die Schuhe an und stolperte hinter Bombe aus dem Schlupf.

»Da!« Ole zeigte nach oben, und als sie seinem Zeigefinger folgte, verstand Tonya sofort, was es war: Dort oben, wo die Luft immer noch eisig war und der Flugwind die Federn fest an die Flügel pressen musste, sah sie gegen das grelle Licht der Sonne die Umrisse einer V-Formation von großen, stromlinienförmigen Körpern.

Die Kraniche auf dem Weg in ihre Brutstätten.

Ein Jubelruf brach aus ihrem Hals, und dann schluchzte sie und lag Kristina in den Armen, dann Bombe und Jacob und Ole und Engel, ein riesiger Haufen.

Die Vögel kamen zurück.

Die Wärme kam zurück.

Der Weg war offen, und sie konnten endlich nach Hause.

»Wir sollten so bald wie möglich los«, sagte Kriss.

Ole nickte. »Wir sollten noch einmal jagen gehen und die Rauchhütte wieder instand setzen, um das Fleisch zu konservieren, aber dann können wir aufbrechen. Was sagst du, Jacob? Du hast doch Hufabdrücke am See gefunden. Geht es morgen auf die Jagd?«

Jacob bohrte die Spitze seines Schuhs in den weichen Waldboden. Im Gegensatz zu allen anderen war sein Gesichtsausdruck nachdenklich. Wie ein letzter, fest gepackter Rest Schnee auf einer Frühlingswiese.

»Jacob?«, fragte Bombe.

Jacob sah auf. »Klar«, sagte er tonlos. »Morgen jagen. Und danach ab in den Süden.«

»Was ist denn?«, fragte Tonya und stupste ihn vorsichtig an.

Jacob rupfte ein paar Grashalme aus dem Boden. »Was wäre, wenn wir bleiben würden?«

»Für ein paar mehr Wochen?«, fragte Ole verwirrt.

Jacob zerrupfte die Halme und ließ sie wieder fallen. »Für immer. Zusammen.«

Die Idee war so abwegig, dass für einen Moment alle schwiegen und nur das Tschilpen eines kleinen Vogels zu hören war. Dann redeten sie alle gleichzeitig.

»Bald geht uns die Munition aus.«

»Wir wären fast verhungert.«

»Ich will nach Hause.«

Tonya wusste nicht, was sie sagen sollte. Die Idee war in ihrem Kopf noch nicht ganz angekommen, aber ihr Herz raste bereits, als hätte es vor ihr etwas verstanden.

»Willst du nicht nach Hause?«, fragte Bombe.

Jacob sah aus, als wollte er schreien: Zu Hause ist hier.

»Ihr habt recht«, sagte er stattdessen. »Es war eine blöde Idee. Vermutlich diese Frühlingsgefühle, von denen immer alle reden. Lasst uns unsere Sachen packen.«

53

JACOB

Nebel hing über dem See, als Jacob und Tonya früh am nächsten Morgen mit dem Gewehr aufbrachen. Die Vögel waren am Zwitschern, die ersten Blätter schälten sich aus ihren Knospen. Alles war friedlich, und Jacob war so aufgewühlt wie seit Monaten nicht mehr. Von Anfang an war das Ziel gewesen, es nach Hause zu schaffen. Das hier war nur der konsequente letzte Schritt.
Fang ein Tier. Bring die anderen nach Hause. *The End*.
Ohne die Blätter war die Welt immer noch weit und riesig, aber die Geräusche waren andere als im Winter. Der Boden schmatzte, anstatt zu knirschen, und die meiste Zeit küsste er ihre Sohlen ohne irgendein Geräusch. Die Insekten waren ebenfalls erwacht und taumelten über die Halme. Sie liefen den Stillen Weg am Seeufer entlang. Im Frühling war der See wieder zu einer vielversprechenden Jagdstätte geworden, und sie fingen an, in der weiche Erden nach Spuren zu suchen.

Jacob erwischte sich dabei, dass er hoffte, nichts zu finden. Was war falsch mit ihm? Sie wollten doch nach Hause. Er versuchte, es sich vorzustellen. Das Essen. Ein Krankenhaus. Seine Eltern. Und dann glättete sich das Bild in seiner Vorstellung plötzlich. Er sah sich auf dem Sofa sitzen, ein Handy in der Hand. Unterhaltung per Netflix. Liefperessen per App. Alle anderen Pakete hinter den Rosenbusch liefern lassen und das Haus nur von 11 bis 11.15 Uhr verlassen, für den Vitamin-D-Spiegel. Im Wunderland konnte man überleben, ohne jemals mit jemandem reden zu müssen. Er hatte die Vision klar vor sich, und ihm wurde übel davon.

Reiß dich zusammen, Jacob. Es musste nicht so werden. Er konnte sich um Freundschaften bemühen. Aber wenn das so einfach wäre, warum hatte er sich dann noch kein einziges Mal in seinem fast einundzwanzigjährigen Leben so gefühlt wie hier? Er hatte immer Kumpels gehabt, das Kontaktbuch seines Handys war voll, seine Benachrichtigungsliste auch.

»Worüber machst du dir Sorgen?«, flüsterte Tonya. »Glaubst du, wir finden heute nichts?«

»Ich denke über das Wunderland nach«, sagte Jacob.

»Du hast es ernst gemeint. Dass du bleiben willst.«

»Geht es dir anders?«

Tonya blickte in die Ferne, über das sich sanft kräuselnde Wasser und die Bäume dahinter, die sanften Hügel und Baumansammlungen, bis der Horizont verschwamm. »Alles vor den Kronen fühlt sich für mich an wie ein Traum. Unendliche Wärme, Medizin und Essen.«

»Warum ist es wichtiger, an einem sicheren Ort zu sein als am richtigen Ort?«

»Weil du es vielleicht aushältst, selbst nicht sicher zu sein, aber es wehtut, wenn andere nicht sicher sind«, sagte Tonya leise. »Weil Leute, die du liebst, hier draußen sterben.«

»Ja. Und ich wäre gestorben, um Valentina zu retten. Ole ist fast gestorben, um uns zu retten. Das ist genau der Punkt. Wer würde im Wunderland für dich sterben? Für wen würdest du sterben?«

Er merkte, dass er lauter geworden war. Das Schlimme war, er konnte Tonya ansehen, dass sie ihn verstand. Sie hatte nur keine Lösung.

Was nützte Sicherheit, wenn niemand einen brauchte? Er erinnerte sich nur zu gut daran, wie das Leben im Wunderland sich anfühlte. Alles im Überfluss, aber man hielt es für mittelmäßig. Unendlich viel Zeit, und man verschwendete sie mit Fernsehen.

»Wir werden einsam sein, und wir werden es Langeweile nennen«, sagte er.

»Ist das aus einem Gedicht?«

Er spuckte in den See, dann nahm er Tonyas Hand in seine, ohne sie anzuschauen. Solange sie noch da war. Solange das noch eine normale Sache war. »Nee. Das ist von mir.«

Die Stille sank in ihre Haut. Sie warteten mehrere Stunden, dann entdeckten sie die Karibus, die an den See kamen, um zu trinken. Jacob schoss ein altes Tier. Schnell zerlegten sie es und hängten das Fleisch auf.

Die Sonne stand schon an ihrem höchsten Punkt, als sie auf dem Stillen Weg zurückgingen, jeder ein Karibu-Bein über der Schulter. Es war eine friedliche, summende Stille. Bombe würde gerade Wasser für das Essen holen, während Ole die Reusen kontrollierte. Kriss und Engel würden Holz hacken, wobei Engel immer wieder kleine Pausen einlegen würde, um irgendein obskures Grünzeug zu pflücken und es in seiner Jackentasche verschwinden zu lassen. Zum Mittagessen würde es »Eintopf Holzfäller-Art« geben, wie Ole wirklich jeden Eintopf nannte. Danach würden sie alle gemeinsam die Tiere verarbeiten. Eine letzte Nacht im Schlupf, dann würden sie aufbrechen.

Sie waren fast in den Kronen, als sie Bombes Warnruf hörten. Unnatürlich laut hallte er zwischen den kahlen Stämmen nach. Jacob hatte Bombe Hunderte Geräusche ausstoßen hören, aber nie einen solchen Schrei. Im nächsten Moment ließen sie ihre Beute fallen und sprinteten los.

Schon waren sie um die Biegung des Sees. Sie waren noch zu weit weg, aber sie erfassten alles mit einem Blick.

Nick sah abgehalftert aus, abgerissen. Die Funktionsjacke schmuddelig, die Haare ungewaschen. Er kauerte am Rand der Lichtung, den See im Rücken, die Pistole gezogen.

Mit einem Ruck legte Jacob das Gewehr an. Es war ihre einzige Waffe, sie hatten nur zwei Patronen im Lauf und drei Patronen insgesamt, und Jacob wusste in jeder Faser seines Körpers, dass sie viel zu weit entfernt waren. Er verkniff sich einen wütenden Schrei, ließ das Gewehr sinken, und dann huschten sie weiter, ohne Nick aus den Augen zu lassen.

Der kahle Wald bot auch für sie nur wenig Verstecke. Wo waren die anderen? Einen Augenblick später entdeckte Jacob Bombes schmale Form hinter zwei Fichten. Sie konnte nur Sekunden gehabt haben, um sich zu verstecken. Bombe war von Anfang an schmal gewesen, und der Winter hatte sie noch schmaler gemacht, aber sie war nicht schmal genug, dass die Baumstämme sie ganz verdecken konnten.

Nick pirschte vorwärts. Er hatte Bombe noch nicht entdeckt, aber in zwei Schritten würde er sie aus den Augenwinkeln erspähen. Bombe hatte keine Chance, ihre Position anzupassen. Der Boden war voller kleiner Äste und Laub, und eine einzige Bewegung würde ihre Position verraten.

Es war wie beim letzten Mal: sie alle auf einer Lichtung, und Nick war hier, um sie zu töten.

Aber er würde Bombe nicht kriegen. Keinen Einzigen von ihnen. Nicht, wenn Jacob in der Nähe war.

»Hey!«, rief Jacob. »Hier hinten, Arschloch!«

Nick riss die Pistole herum. Er entdeckte ihn und Tonya sofort, aber er drückte nicht ab. Genau wie sie wusste er, dass die Entfernung zu groß war. Stattdessen schien ihm klar zu werden, dass sie ihre versteckte Position nur aufgegeben hatten, um von jemandem in seiner Umgebung abzulenken, und er begann, die Gegend gründlicher zu untersuchen, während er die Pistole immer noch auf ihre Position gerichtet hielt.

Jacob wusste nicht, was Nick erwartet hatte: dass die Pistole sie in Schach halten würde? Dass sie klug genug waren, um zu wissen, dass ihre mürben Knochen keine Chance gegen sein Metall hatten?

So war es nicht. Sie dachten nicht nach. Als Nick abdrückte und die erste Kugel einschlug, rannten sie schon in vollem Tempo auf ihn zu.

54

TONYA

Tonya lief erst vorne, dann wurde sie von Jacob überholt, aber das Unterholz bremste auch ihn.

Vögel flatterten auf der anderen Seite der Lichtung auf, und Nick war kurz abgelenkt, als Bombe aus der Deckung auf ihn zu sprintete, sodass er nicht noch einmal auf Jacob und Tonya zielen konnte. Jacob legte das Gewehr an, traute sich aber offensichtlich nicht zu schießen, solange Bombe so nahe war, und rannte weiter.

Bombe rammte Nick aus dem Sprint mit ihrem ganzen Gewicht, und er taumelte, dann erwischte sie ihn noch mit dem Knie, bevor er sie zu Boden warf.

Tonya rannte noch schneller, Jacob immer noch vor sich. Laub rutschte unter ihren Füßen. Vor ihr kam Jacob ins Straucheln und fing sich wieder. Der Stille Weg war nicht mehr still, er war erfüllt von Schreien. Wo waren die anderen? Wo waren Engel, Ole und Kriss?

Der Wald hatte sie verraten, er hatte Nick vor ihnen versteckt, ihn beherbergt wie einen von ihnen. Er hielt sie auf, Jacob und Tonya mit dem nutzlosen Gewehr, streckte ihnen Äste in den Weg und zerkratzte ihnen die Gesichter, während sie um Bombes Leben rannten.

Bombe rappelte sich auf und stürzte sich wieder auf Nick. Ein Schuss fiel, und für einen Moment wurde alles langsam, doch nein – sie bewegte sich noch, bevor Nick ausholte und sie mit der Pistole niederschlug.

Dann war Jacob bei Nick und warf ihn im Laufen zu Boden.

Erneut lösten sich Schüsse, noch lauter jetzt aus der Nähe. Tonya konnte nichts sehen, aber sie hörte Jacob schmerzerfüllt schreien, dann erreichte sie Nick ebenfalls und stürzte sich auf den Arm, der die Pistole hielt. Er war viel stärker als sie und gut genährt, aber sie setzte ihr ganzes Gewicht ein, um seinen Arm auf den Boden zu drücken, während er mit dem anderen Arm auf sie einschlug. Aus den Augenwinkeln sah sie Engel und Kriss auf sie zu rennen, ihre Gesichter tödliche Grimassen.

Kriss kam an und trat Nick mit vollem Schwung in den Schritt. Dann war Engel bei ihnen, in seiner Hand das Beil, und er holte aus und hieb es Nick auf den Kopf. Es knackte wie Eis auf dem See. Als Engel das Beil wieder hochriss, war es dunkel verfärbt, und Nick rührte sich nicht mehr.

Die Gewalt verebbte abrupt. Ein Zittern erfasste Tonyas ganzen Körper, sie fiel auf die Knie. Achtlos rollten sie Nicks leblosen Körper zur Seite. Sie drängten sich um Jacob, der immer noch schrie. Kriss und Ole mussten seine Arme festhalten, damit er sich nicht zu sehr bewegte, während Engel die Wunde an seinem Bein inspizierte. Ole wimmerte – wann war er angekommen? –, Bombe vergrub das Gesicht in den Händen, sie blutete aus einer Wunde in der Stirn, aber schien ansonsten wohlauf.

Überall war Blut. War das Nicks Blut, oder floss es aus Jacob heraus? Alles an Tonya zitterte, der Drang zu weinen war so stark wie ein Brechreiz.

Der Schmerz packte sie und schüttelte sie in seinen Fängen. Sie wollte zusammenbrechen, aber sie musste an die anderen denken. Jeden Moment konnten mehr Männer auftauchen. War Nick nur die unvorsichtige Vorhut gewesen? Waren Rupert und Konsorten schon unterwegs?

Dann erstarben alle Geräusche bis auf Jacobs Schreie, und Tonya konnte nur auf den roten Fleck an seiner Hose starren, der sich ausbreitete wie eine Mohnblüte am Morgen, während Kriss losrannte, um den Erste-Hilfe-Koffer zu holen. Der Wald wisperte seine Entschuldigungen in ihre Richtung, und der Westwind drückte die Baumkronen Richtung Boden, als würden die Bäume sich vor ihnen zusammenkauern.

Aber sie durften noch nicht trauern und wüten. Jacob war in Lebensgefahr, und der Rest von ihnen vermutlich auch.

»Späher«, sagte Tonya. »Wir müssen Jacob in Sicherheit bringen, und wir brauchen Späher.«

Es dauerte einen Moment, bis die Worte zu den anderen durchdrangen, dann nickten Bombe und Ole und liefen mit dem Gewehr und Nicks Pistole in unterschiedliche Richtungen los, stumme Tränen auf den Wangen.

Zu Kriss und Engel sagte Tonya: »Wir müssen ihn in den Schlupf bringen. Drinnen seid ihr am sichersten und könnt euch auf Jacob konzentrieren.«

Engel fasste Jacob vorsichtig unter den Achseln, Kriss und Tonya trugen an den Füßen.

Jacob jaulte auf.

Kaum waren sie im Schlupf, verrammelte Tonya die Tür von innen.

»Schluck das«, sagte Engel. »Schmerz- und Schlafmittel.« Er half Jacob beim Trinken. Danach schnallte er sich die Stirnlampe auf den Kopf, um Jacobs Wunde zu versorgen. Kriss reichte ihm die Utensilien an.

Tonyas Herz schlug viel zu schnell, und sie wusste nicht, was sie mit ihren leeren Händen tun sollte. »Und?«, fragte sie.

»Der Schuss ging gerade durch«, sagte Engel gepresst. »Das ist gut. Und ich denke, ich kann die Blutung stoppen. Mehr kann ich noch nicht sagen.«

Schließlich ertönte ein leises Klopfen. »Ich bin's«, sagte Ole gedämpft durch das Holz. »Ich hab zwei Runden gedreht und nichts gefunden.«

Tonya öffnete die Tür und schlüpfte nach draußen, um Engel und Kriss nicht zu stören.

Es knackte im Unterholz – Ole hob die Pistole –, aber es war nur Bombe. »Ich auch nicht.«

»Meint ihr, da sind noch mehr?«, fragte Tonya.

Ole schüttelte den Kopf. »Ich denke, Nick war der Kundschafter. Er wollte nur sicherstellen, dass wir wirklich überlebt haben. Bestimmt war sein Plan, danach Verstärkung zu rufen. Genauso hat er es ja letztes Mal auch gemacht. Warum sollte er es alleine riskieren, wenn er uns in der Gruppe niedermähen könnte? Er hatte nur Pech, dass Bombe ihn entdeckt hat.«

»Was meint ihr, wie er uns gefunden hat?«, fragte Tonya.

Ole ballte die Fäuste. »*Ich* hab ihn auf unsere Fährte gebracht mit dem Jagdcontainer. Dadurch wusste er, dass wir den Winter überlebt haben und vermutlich in der Nähe sind. Also hat Nick, als es wärmer wurde, offenbar begonnen, die Umgebung abzusuchen.«

»Es ist egal, wie er uns gefunden hat«, sagte Tonya. »Schmink dir ab, dass du ›daran schuld bist‹, wenn wir ohne dich und das Essen aus dem Container verhungert wären. Die Frage ist, ob bald noch mehr von denen hier aufschlagen.«

»Meint ihr, er hat ein Telefon dabei?«, fragte Bombe.

Schon rannten sie zu der Leiche. Mit einem Telefon wären sie vielleicht noch heute in Sicherheit. Jacob könnte mit einem Helikopter ins nächste Krankenhaus geflogen werden. Tonya riss Nick den Rucksack von den Schultern. Es war derselbe Rucksack, den er auf der Tour dabeigehabt hatte. Im Inneren fand sie eine Wasserflasche und Munition, einen Schlafsack und ein Einmannzelt. Kein Handy, keinen GPS-Beacon, kein Essen.

»Entweder hatte er wirklich nichts dabei, oder er hat alles vorher versteckt, damit wir es auch ja nicht bekommen«, sagte Ole, aber Tonya hörte ihn kaum über das Rauschen in ihren Ohren.

So knapp. Nicks letzte Grausamkeit.

Sie spürte eine unglaubliche Wut auf diesen Körper und sogar mehr noch darauf, dass er tot war. Sie wollte ihm Schmerzen zufügen. Sie wollte sein Gesicht sehen, wenn er schrie, und die Veränderung, wenn er nur noch wimmerte. Für Peter und Valentina und Jacob und für alle Ungerechtigkeiten, die sie in ihrem Leben still ertragen hatte.

Was war das für ein Mensch, der sich wochenlang durch den Wald quälte, nur um andere Menschen zu töten?

Sie trat dem Fleischhaufen mit voller Wucht in die Seite. Schlaff absorbierte er den Tritt. Es war unglaublich unbefriedigend. Also noch einmal.

»Wir sollten ihn essen«, sagte Bombe, nur halb im Scherz.

»Der schmeckt nach Scheiße«, knurrte Ole.

Der Gedanke an Essen erinnerte Tonya an das Karibu und alles andere, was zu tun war. Wieder durfte der Tod ihre Tage nicht anhalten. Zuerst schleiften sie die Leiche weit genug entfernt in die Büsche. Tonya vermutete, dass es die Vögel und die Maden sein würden, die ihn zersetzten, aber sie wünschte, es wären Wölfe, um ihm die gleiche klaffende Wunde zu reißen, wie sie sie wegen Valentina und Jacob empfand. Zu dritt holten sie die Beute und begannen, das Fleisch zum Räuchern in kleine Stücke zu schneiden. Die ganze Zeit über hatte Engel keine Aussage zu Jacobs Zustand machen können; er und Kriss stießen erst jetzt zu ihnen. Tränen zerfurchten ihre Gesichter.

»Wie geht es ihm?«, fragte Ole.

»Er schläft«, sagte Kriss langsam.

»Und weiter?«

Engel schaute zu Boden, als wäre alles seine Schuld. »Ich hab die Wunde genäht, aber sie wird sich über kurz oder lang entzünden.«

Mit anderen Worten: Auch Jacob würde es nicht schaffen.

55

TONYA

»Also war die Wunde nur klein?«, fragte Bombe.

Tonya bewunderte sie dafür, wie sie sich auf die einzige gute Nachricht stürzte. Sie selbst fühlte sich leer und kraftlos. Hatten sie dafür den Winter überstanden? Um auch noch Jacob zu verlieren?

»Die Patrone ging gerade durch, aber die Wunde ist trotzdem voller Waldboden«, sagte Engel.

»Was bräuchten wir, um ihn zu retten?«, fragte Ole.

Engel zuckte hilflos die Achseln. »Sterile Nadeln und Faden, Jod, Antibiotikum und mehr.«

Jacob war so gut wie tot. Schweigen, während sie alle dasselbe dachten und es sie alle gleichzeitig auffraß, schon der Gedanke an das Abwarten, die Hilflosigkeit, das Nachfragen mit Blicken, wie nah er dem Tod schon war, während Jacob und seine Schmerzen leiser wurden und dann still. Nick hatte es nicht geschafft, sie umzubringen, aber Jacobs Tod würde es tun.

»Dann lasst uns jetzt sofort los«, sagte Bombe. »Wir bringen ihn ins Krankenhaus.«

»Du willst ihn die ganze Strecke tragen?«, fragte Ole.

Allein Valentina zwei Tage zu tragen war schon hart gewesen.

»Es ist Jacobs einzige Chance«, sagte Kriss.

»Jacob wollte die Kronen nicht verlassen«, sagte Tonya. Sogar ihre Zunge fühlte sich lahm an. »Was ist, wenn er sich nicht tragen lässt?«

»Bei den Medikamenten war ein Schlafmittel dabei«, sagte Engel.

Sie packten leicht, ihre Ausrüstung ergänzt durch die von Nick. Bombe hatte sich noch besser mit Nicks Pistole vertraut gemacht, und die Waffe beulte ihre Jackentasche aus. An Oles Rucksack war das Beil geschnallt. Tonya nahm das Gewehr. Kriss verschwand für einige Minuten. Als sie in die Kronen zurückkam, trug sie eine weiße Blüte im Haar, und sie hatte auch für jeden von ihnen eine dabei. Eine Blüte war alles, was sie noch zusätzlich tragen konnten. Die Kronen waren der Ort, wo sie Valentina verloren hatten. Wo sie fast verhungert wären. Aber auch der Ort, wo sie den Winter überlebt hatten.

Vorsichtig hoben Engel, Ole und Kriss Jacob auf die neue Jacken-Trage.

»Wo gehen wir hin?«, flüsterte Jacob.

»Wir retten dich«, flüsterte Bombe zurück.

»Nein, Leute. Bitte nicht. Lasst uns hierbleiben.«

»Es wird alles gut«, sagte Engel und flößte ihm etwas von den Schlaftabletten ein.

Alle warfen sie einen Blick zurück, bevor die Dornen ihnen den Weg versperrten und die Kronen mit den anderen Bäumen verschmolzen. Neben der Hütte war Holz aufgeschichtet, das sie noch nicht verbrannt hatten. Im Inneren lehnte noch ihr Kalenderast mit den letzten, euphorisch dicken Strichen, die Jacob vor Nicks Ankunft gemacht hatte. Sie ließen ihre Wasserdosen zurück, ihre Holzschalen, ihre Schlafnester. All das würden sie nicht mehr brauchen. Egal, wie es ausging: Sie verließen den Schlupf für immer.

Jacob auf den Schultern zu tragen war Knochenarbeit, schon nach ein paar Schritten schwer, und dann kämpften sie sich für jeweils fünfhundert Schritte unter der Last weiter, bevor sie eine Pause machten, weil sie fürchteten, zu stürzen und Jacob fallen zu lassen. Das Holz rieb ihre Schultern wund, und ihre Nacken wurden steif von dem ständigen Umschauen nach Nicks Kumpanen. Pistole und Gewehr waren immer geladen. Es waren lange Tage, harte Tage, die ihnen alles an Kraft abverlangten, was sie seit dem Winter wiedergewonnen hatten. Die meiste Zeit hätte Tonya vor Erschöpfung weinen können.

Doch sie liefen weiter, so schnell sie konnten, in einem schrecklich langsamen Tempo, immer weiter Richtung Süden, Richtung Zivilisation, Richtung Krankenhaus. Jedes Zeitgefühl verschwamm, wurde reduziert auf die nächste Pause, wenn sie die Trage kurz absetzten. Ab und zu stöhnte Jacob, dann flüsterte ihm jemand etwas zu. Sein Puls raste. Schon nach zwei Tagen brauchten sie das Schlafmittel nicht mehr, weil er sowieso nicht zu Bewusstsein kam, und Engel gelang es nur mit Mühe, ihm ein bisschen Suppe einzuflößen.

Blutvergiftung war das Wort, das Engel mit den Lippen formte. *Halt durch, Jacob*: die Worte, die sie ihm immer wieder zuflüsterten. Und die Worte, die sie alle bei jedem Schritt hinunterschluckten: *Ich kann nicht mehr.*

Irgendwann geriet Tonya ins Straucheln, und obwohl sie sich noch fing, zitterten ihre Beine danach so stark, dass sie kaum noch weiterlaufen konnte. Aber sie musste. Sie musste! Jacobs Leben lag auf ihren Schultern. Im Kopf zählte sie die Sachen auf, für die es sich lohnte, weiterzugehen. Donuts, Schokolade, Essiggurken. Und Jacob. Jacob. Jacob.

Nur die Landschaft gab ihr Hoffnung. Sie veränderte sich um sie herum: Sie passierten mehr und mehr Wasserstellen. Vögel flogen aus dem dichten, jungen Gras auf. Birken ließen neue Blätter sprießen, hellgrün, weich, noch zerknittert.

Irgendwann bahnten sie sich einen Weg zwischen dichten Baumstämmen hindurch. Die Bäume drängten sich bis zum Flussufer, und dann schauten sie auf einmal zwischen den Stämmen hervor auf den Peace River, breit und glatt und kühl.

Sie setzten Jacob ab, und Tonya sank auf die Knie. Sie hatten es aus dem Park herausgeschafft. Irgendwo, dort auf der anderen Seite, gab es Siedlungen, Telefone und Krankenhäuser. Fast da. Kriss drückte ihr einen Kuss auf die Wange. Bombe steckte ihre Finger in das kühle

Wasser und spritzte Ole voll, der nur darüber grinste, aber Tonyas Herz ertrank. Alles in ihr sehnte sich danach, bereits auf der anderen Seite zu stehen. Wie weit war es? Zweihundert Meter? Dreihundert? Sie mussten irgendwie hinüberkommen. Schnell, jetzt. Sie wollte ein Vogel sein, ein Fisch.

»Wie bringen wir ihn rüber?«, fragte sie.

Abrupt verebbte die Hochstimmung.

»Engel oder ich könnten die Kleidung in den Wäschebeutel packen und nackt rüberschwimmen«, sagte Ole. »Dann Hilfe holen.«

»Da passen nicht mal deine Schuhe und deine Jacke rein«, sagte Kriss.

»Wir könnten ein Floß bauen und uns flussabwärts treiben lassen, bis wir an einer Siedlung vorbeikommen«, sagte Bombe.

Aber das dauerte zu lange.

Ein Brummen, tiefer als von den Insekten, dumpf und immer lauter werdend. Ungewohnt und bedrohlich in Tonyas Ohren.

Bombe riss die Augen auf. »Motorboot«, zischte sie, und sie warfen sich alle hinter den Bäumen auf den Boden. Die schmalen Finger des Grases versteckten Jacob auf der Trage.

Waren das die Dealer?

Das Boot raste in Sicht. Es wühlte weiße Wellen hinter sich auf. Eine Person an Bord. Benzinschnell rauschte es auf sie zu. Vielleicht zweihundert Schritte, bis das Boot auf ihrer Höhe war.

»Riskieren wir es?«, flüsterte Ole. »Wenn er zu den Dealern gehört, erkennt er uns als Gruppe sofort. Dann muss er nicht einmal anlegen, bevor er Unterstützung anfordert.«

Hundert Schritte. Sobald das Boot vorbei war, würde der Fahrer sie nicht mehr sehen, und es stand zu bezweifeln, dass er sie über das Dröhnen des Motors hören würde.

Riskieren wir unser Leben, jetzt, wo wir es fast gerettet haben?

Dieses Boot war vermutlich Jacobs einzige und letzte Chance. Sein Atem ging nur noch ganz flach, und seine Haut brannte.

Ein minimales Zögern, eine Entscheidung. »Natürlich.«
Fünfzig.
Im letzten Moment sagte Kriss noch: »Es sollte sich nur Bombe zeigen. Sie sieht aus wie ein Kind, sorry, Bombe.«
Bombe sprang aus der Deckung, riss sich Valentinas orange Jacke vom Körper und schwenkte sie über ihrem Kopf hin und her. »Hey! Hier drüben! Hilfe! *Hilfe!*«
Gebannt beobachteten sie und die anderen das Boot. Fünfundzwanzig Schritte, gleich war es an ihnen vorbei.
Der Fahrer bemerkte sie nicht – sollten sie doch alle winken? –, dann änderte das Boot plötzlich den Kurs in ihre Richtung.
Bombe schrie noch lauter: »Hier drüben! Hier!«
In einem Bogen rauschte das Boot auf sie zu. Das Dröhnen war ohrenbetäubend, das lauteste Geräusch seit Monaten. Adrenalin überflutete Tonya. Ihr war gleichzeitig heiß und kalt. Mit zitternden Händen lud sie das Gewehr durch. Nur drei Patronen noch. Und Bombe hatte die Pistole. Die anderen nur das Beil. *Mach dich bereit.*

»Wenn er ein Telefon hat, dann beobachtet genau, welche Nummer er wählt«, sagte Ole. »Wenn es nicht der Notruf ist, überwältigen wir ihn.«

Gleich. Fast da. Sah er sie in ihrem Versteck? Sah er ihr Gewehr und ihr Beil? Sah er, dass sie bereit waren, ihn umzubringen?

In diesem Moment wurde es Tonya bewusst: Ohne zu zögern würde sie auch jetzt noch, knapp vor dem Ziel, für jede und jeden von ihnen ihr Leben ins Laub legen.

»Ich kann euch gar nicht sagen, was ihr mir bedeutet«, flüsterte sie, auch wenn es über dem Dröhnen niemand hörte. Es war: alles. Es war: ihre Knochen, ihr Atem, ihr Herz. Tonya saugte das Gefühl ein, sie hielt es fest, und sie genoss diese letzten Meter, die sie am Leben war, denn das war sie, genauso wie alles um sie herum.

Dann konnten sie das Gesicht des Fahrers erkennen.

56

TONYA

Aus dieser Nähe entpuppte sich der Fahrer als Frau. Graue Strähnen linsten unter ihrer Mütze hervor. Die Sonne strahlte ihr Haar von hinten an wie eine Aureole. Sie drosselte den Motor, als sie in die Nähe des Ufers kam. Tonya packte das Gewehr fester. Sie wollte nicht schießen, aber sie würde es tun.

Sei auf unserer Seite. Lass es nicht zu spät sein.

»Hi there. Brauchst du Hilfe? Hast du dich verirrt?« Die Stimme der Frau war weich und klang ehrlich besorgt. Tonya sehnte sich mit aller Kraft danach, dass es wirklich so war; sie wollte sich in die Arme der Frau stürzen und alle Verantwortung abgeben. Aber so war es bei Rupert auch gewesen, und drei Pizzen später hatte er Peter erschossen. Sie schwenkte den Lauf so, dass sie auf die Brust der Frau zielte. Aus dieser Nähe konnte sie sie nicht verfehlen. Und dann hatten sie das Boot.

»Mein Freund muss dringend ins Krankenhaus«, sagte Bombe. Sie zeigte auf die Trage mit Jacob darauf, halb vom Gras verdeckt. Seine Jacke war immer noch voll mit verkrustetem Blut, und seine Wangen glänzten rot vom Fieber.

»Shit.« Die Frau ließ den Anker ihres Bootes ab, warf einen zweiten Anker in der Nähe aus, damit das Boot nicht abtrieb, und watete an Land, wo sie ihr Handy aus der Jackentasche holte.

Der entscheidende Moment.

Tonya drückte den Abzug halb durch.

Hilf uns. Sei eine von den Guten und hilf uns.
Tonya konnte die Wahltöne hören. Düüüt-dutt-dutt.
»9 – 1 – 1«, rief Bombe.
Tonya ließ das Gewehr sinken. Erleichterung, bodentiefe Erleichterung.

Die Frau blickte erschrocken auf, als sie aus ihrem Versteck zwischen den Stämmen hervortraten. Für einen Moment betrachtete Tonya sie alle durch die Augen der Frau: Sie waren eine wüste Truppe, einige von ihnen richtiggehend furchteinflößend. Engel mit seinem Wolfsbart und dem geflochtenen Haar, Kriss mit ihren kurzen Haaren, Ole und Tonya in den Fellwesten. Sie waren zu sechst, aber sie sahen nach mehr aus, nein, sie *waren* mehr, solange sie dicht nebeneinanderstanden. Sie waren wild geworden. Ein Rudel.

Eine Stimme schepperte aus dem Handy der Frau, aber sie hatte sich eine Hand vor den Mund geschlagen. »Oh mein Gott. Ihr seid die verlorene Wandergruppe!« Ihr Blick huschte über sie alle, und Tonya spürte förmlich, wie sie durchzählte. Mit Nick, Peter und Valentina waren sie zu neunt gewesen. »Sind das alle von euch?«

Mit zusammengebissenem Kiefer starrte Tonya die Antwort zurück.

»Wir müssen sofort ins Krankenhaus«, sagte Ole schließlich.

Danach ging es ganz schnell.

Sie alle in dem kleinen Boot, Jacobs Kopf auf Engels Schoß, seine Füße auf Oles Beinen. Dick gegen den Fahrtwind eingepackt.

Landschaft, die an ihnen vorbeiraste.

Häuser, eine kleine Ortschaft.

Ein Krankenwagen und ein Polizeiauto mit pulsierenden Warnlichtern.

Jacob, so klein und bewegungslos, als er in den Krankenwagen geschoben wurde, und Engel, der noch mit ihm hineinsprang, bevor die Türen hinter ihnen zuschlugen.

Wie sie auf einmal nur noch zu viert waren.

Knisternde Rettungsdecken.

Fragen von der Polizei, bis Kriss den Polizisten mit einer eigenen Frage unterbrach: »Wo ist Jacob jetzt?«

»Er wird nach Edmonton ausgeflogen.«

»Dann müssen wir jetzt sofort dorthin.«

»Davor müssten Sie noch …«

»Wir beantworten die Fragen nur unterwegs.«

Ein Polizeiauto, das nach in der Sonne gebackenem Staub roch.

Die Wärme von Ole an ihrer rechten Schulter, Bombe links, Kriss auf dem Beifahrersitz.

Kopf an der Fensterscheibe, während der Asphalt unter ihnen weggerissen wurde.

Tankstellenessen, finanziert von ihrem Polizisten:

Eine Dose Erdnüsse, die so salzig waren, dass sich ihr ganzer Mund zusammenzog.

Ginger Ale, von dem ihr die Zähne quietschten.

Ein Donut.

Ein zweiter Donut, nach dem ihr schlecht wurde.

Einschlafen mit hohen Fichten hinter der Scheibe, ihre Wipfel nicht zu sehen.

Aufwachen zwischen Ampeln und Kreiseln.

Die Stadt wie ein Wald, der ihr fremd war.

So viele Menschen. So viel Lärm.

So viele elektrische Lichter, obwohl es erst später Nachmittag war.

Das Auto bremste.

University of Alberta Hospital, ein riesengroßer Bau aus rotbraunem Backstein.

Zischend öffneten sich die automatischen Schiebetüren vor ihnen, und sie traten ein. Der Boden hart und unnachgiebig unter ihren Füßen, statt weich und federnd wie in den Kronen. Tonya fühlte sich ein bisschen schwindlig, als wäre ihr Geist noch in der Wildnis und als beträte lediglich ihr Körper die hohe Empfangshalle. Der Geruch nach Reiniger und Desinfektionsmittel stach ihr in die Nase.

Wo waren Jacob und Engel? Waren sie schnell genug gewesen? Alle Blicke in der großen Halle richteten sich auf sie. Es half nicht, dass sie von zwei Polizisten begleitet wurden. Sie spürte die Blicke. Hörte das Flüstern. Ein junger Mann mit eingegipstem Arm schoss möglichst unauffällig ein paar Fotos von ihnen. Die anderen Menschen glotzten unverhohlen, rümpften aber die Nasen, als sie an ihnen vorbeiliefen.

»Was haben die denn?«, murmelte Bombe. »Wir haben doch erst vor zwei Wochen gebadet.«

Der Abstand zwischen ihnen und den anderen Menschen war nicht groß, aber er fühlte sich tief an.

»Wir haben ein gesondertes Wartezimmer vorbereitet«, sagte Officer Cooper – er hatte sich am Anfang der Fahrt vorgestellt, aber Tonya musste immer noch auf sein Namensschild schauen. Die Polizisten führten sie durch die Eingangshalle, durch grell beleuchtete Gänge, durch Treppenhäuser und schwere Türen, einen Gang hinunter in ein Zimmer. Es war leer bis auf einen weiteren Polizisten, einen Fernseher und einen Stuhl, auf dem Engel saß.

Erleichtert umarmten sie sich.

»Wo ist er?«, fragte Ole.

»OP. Ich durfte nicht mit«, sagte Engel.

»Wir beschaffen noch mehr Stühle«, sagte Cooper, aber sie hatten sich bereits auf den Boden gesetzt.

Erst jetzt bemerkte Tonya, dass die Unterlippe von Kriss zitterte. Sie starrte auf ihre Hände. Ein einzelner, vernichtender Gedanke stand ihr ins Gesicht geschrieben. *Hätte ein Krankenhaus in der Nähe Valentina retten können?*

Tonya nahm sie in den Arm. Kriss presste ihre Lippen in ein Lächeln. »Wir haben es geschafft«, flüsterte sie, aber es klang erzwungen.

Hinter einer dieser Wände konnte Jacob gerade sterben. Hinter einer dieser Wände hätte Valentina behandelt werden können.

Trotz all seiner Beschwichtigungen, dass sie Jacob bald sehen würden, konnte Officer Cooper ihnen keine genauere Auskunft geben. Immer wieder schepperte eine Durchsage vom Gang ins Zimmer. Hier draußen waren Worte wie die leeren Hülsen von Sonnenblumenkernen, die ausgespuckt wurden und sich in immer größeren Haufen sammelten.

»Worauf freust du dich am meisten?«, fragte Kristina leise.

Tonya wusste nicht, was sie antworten sollte. Jetzt in diesem Moment wollte sie nur irgendwohin, wo es leise war und sie schlafen konnte. »Ich weiß nicht. Du?«

»Den Käsekuchen von meinem Papa«, sagte Kristina. »Er hat dieses Rezept von meiner Oma, das Valentina und ich uns jedes Jahr zum Geburtstag gewünscht haben. Deutscher Käsekuchen ist anders als Cheesecake in den USA. Mit Quark und längst nicht so süß.«

Deutschland. Natürlich. Sobald sie mehr von Jacob wussten, würde Kristina nach Hause fliegen.

Tonya spürte ihr Herz auf einmal in der Kehle. »Wie machen wir das eigentlich? Wenn wir alle wieder zu Hause sind?«

»Oh.« Als hätte sie noch nie daran gedacht. »Wir besuchen uns. Das wird kein Problem.«

Elf Stunden Flug. Sieben Stunden Zeitverschiebung. Sie wären einen Großteil des Tages nicht einmal gleichzeitig wach. *Kein Problem?*

Tonya wollte etwas sagen wie: Ich bin hier, direkt neben dir. Vergiss mich nicht. Aber sicherlich wusste Kristina das bereits. Was würde es bringen, es laut auszusprechen?

»Ich will zu Hause anrufen, bevor meine Eltern Fotos von uns im Internet sehen«, sagte Kriss. »Und wir brauchen mehr zu essen, alle eine Dusche und neue Kleidung, damit die Leute nicht so glotzen.«

In Gedanken war sie schon Stunden voraus. Wie konnte Tonya sie da an diesen Ort zurückholen, wo Valentinas Tod so nah war und Jacobs vielleicht auch?

Officer Cooper räusperte sich. »Wir haben bereits Hotelzimmer für euch alle gebucht. Kleidung können wir auch morgen besorgen. Jetzt könnt ihr erst mal Sachen vom Krankenhaus anziehen.«

Niemand von ihnen wollte einen dieser Kittel tragen, also ignorierten sie sein Angebot. Ole kramte die letzte Tüte ihres getrockneten Fleischs aus dem Rucksack, was nach den Donuts ein Segen für Tonyas Magen war. Hier drin war es viel zu warm. Der Fernseher summte, obwohl er ausgeschaltet war. Von irgendwo piepste es ständig. Auf dem Gang wurde etwas klappernd vorbeigezogen.

Schließlich öffnete sich die Tür, und Jacob wurde hereingeschoben, so klein und still auf seinem Bett, dass Tonya Tränen in die Augen schossen. Er war an mehrere Geräte und einen Tropf angeschlossen.

»Antibiotika«, murmelte Engel.

Auf Fohlenbeinen näherte sich Tonya Jacobs Bett. Sie traute sich noch nicht zu hoffen. Erst recht nicht, sich zu freuen. »Ist die OP gut verlaufen?«, fragte sie den Pfleger.

»Die Gefahr kam eher von der Entzündung«, sagte er. »Aber wir sind guter Dinge, dass die Antibiotika anschlagen. Seine Verfassung hat sich schon während des Herflugs deutlich verbessert.«

»Wann wacht er auf?«, fragte sie.

»Vermutlich morgen.«

Morgen! Sie standen um das Bett herum und grinsten sich gegenseitig zu, erst ungläubig, dann immer breiter.

»Wer von uns schläft heute Nacht hier?«, fragte Bombe.

»Ich kann hierbleiben«, sagte Ole.

»Die Krankenhausordnung sieht eine Übernachtung von Angehörigen und erst recht Nichtangehörigen leider nicht vor«, sagte der Pfleger.

»Wir können ihn doch nicht alleine lassen«, sagte Bombe.

»Es gibt hier nur einen einzigen Stuhl und keinerlei Schlafmöglichkeit«, sagte der Pfleger in versöhnlichem Ton. »Sicherlich ist es auch in eurem Interesse, erst am Morgen wiederzukommen.«

»Ich kann auf dem Boden schlafen«, sagte Ole. Zumal sie noch ihre Decke und die Schlafsäcke hatten. Das wäre bei Weitem weich genug.

»Er ist hier in guten Händen«, sagte Cooper. »Macht euch keine Sorgen.«

»Wir machen uns aber Sorgen«, sagte Ole. »Und wir lassen Jacob nicht alleine.«

»Ich verstehe natürlich eure Sorge«, sagte Cooper. »Und ich kann euch versichern, euer Freund ist bei uns in den besten Händen.«

Gute Hände? Beste Hände? Wie häufig wollte er den Satz noch sagen?

»Niemand außer Jacob ist in diesem Zimmer, und Ole würde niemanden stören«, sagte Kriss.

»Ja«, sagte Bombe. »Es wäre die schlimmste Sache überhaupt, wenn er alleine aufwachen würde.«

»Ich kann eure Situation wirklich verstehen. Aber …«

»Können Sie das wirklich?«, fragte Tonya.

Sie war Laubstaub und Schneeschmelze. Ihre Haare waren aus Gräten. Ihr Herz pumpte mit der stillen Kraft eines Bisons. »Wir sind fast verdurstet, verhungert und erfroren. Wir wurden verfolgt und angeschossen. Wir haben zwei von uns verabschieden müssen, und Jacob wäre fast der dritte geworden. Wenn Sie uns wirklich verstehen, dann erwarten Sie nicht von uns, dass wir ihn jetzt alleine lassen.«

Sie hielt seinen Blick. Schließlich trat er auf den Gang, und durch die angelehnte Tür hörten sie, wie er sich mit jemandem unterhielt. Mehrmals fiel das Wort »traumatisiert«.

Er kam wieder herein. »Nur diese eine Nacht.«

Officer Cooper und sein Kollege eskortierten Bombe, Engel, Tonya und Kriss aus dem Krankenhaus. Ole hatten sie mit der Decke und den Schlafsäcken zurückgelassen, und Tonya hatte ihn besonders lange umarmt, als könnte sie alle seine Teile dadurch wieder zusammenfügen.

Die Polizisten brachten sie zu einem Hotel in der Nähe des Krankenhauses. Drei Zimmer mit je einem Doppelbett waren für sie gebucht worden.

»Da wären wir. Eine Kollegin von mir hält am Ende des Gangs Wache. Das soll euch nicht beunruhigen und ist nur eine Vorsichtsmaßnahme, bis wir alle Mitglieder des Drongenrings ausfindig gemacht haben. Wenn ihr irgendetwas braucht, könnt ihr euch an sie wenden. Ansonsten werdet ihr morgen um zehn Uhr abgeholt, um euren Freund zu besuchen ...« – *Jacob*, dachte Tonya. *Er heißt Jacob* – »... und danach will sich der Lieutenant Governor von Alberta mit euch treffen.«

Officer Cooper schüttelte ihnen die Hände. »Alles Gute auch weiterhin.« Dann schien ihm das doch irgendwie nicht genug zu sein, und er klopfte ihnen noch auf die Schultern.

57

TONYA

Kaum war Officer Cooper verschwunden, sammelten sie sich im hintersten der drei Zimmer. Es enthielt nur das Doppelbett und einen Sessel und war trotzdem zweimal so groß wie der Schlupf. Mehr als genug für sie vier. Wie in allen anderen Räumen war es viel zu heiß.

Kristinas Blick blieb an dem Telefon auf dem Nachttisch hängen, aber nach einem Moment stapfte sie entschlossen einmal durch das Zimmer. »Wir müssen alle duschen, bevor wir in die Betten klettern«, sagte sie.

Sie gehorchten widerstandslos. Sie wuschen sich alle gleichzeitig in dem angeschlossenen Bad. Zwischen den sauberen Fliesen war das etwas, das Tonya wiedererkannte: ihre nackten Körper. Zerbrechlich und geschunden und wundersamerweise am Leben.

Kristina drehte das Wasser der Dusche so heiß auf, dass es ihnen fast die Haut verbrannte. Herrlich prasselte das Wasser Tonya auf den Kopf. Dampf hüllte das ganze Bad ein, während sie Unmengen Duschgel zwischen ihren Händen aufschäumte und sich am ganzen Körper damit abrieb. Schichten von alter Haut schälten sich in kleinen Röllchen ab, und sie rubbelte alles herunter, bis ihre Haut weich war.

Danach saß Tonya mit tropfenden Haaren auf dem Klodeckel, putzte sich die Zähne – dieser Pfefferminzgeschmack!, wie glatt die Zähne danach waren! – und schaute Engel zu, wie er sich das Gesicht rasierte. In all der Zeit hatte sie dieses männliche Ritual nie beobachtet.

Sie schaute genau hin, um so viele Erinnerungen an ihn wie möglich abzuspeichern. In langen Zügen schabte er sich die Haare vom Gesicht. Es brauchte drei Durchläufe, bis er zufrieden war.

Hatte er am Anfang der Wanderung so ausgesehen? Tonya hatte sein Kinn nicht so kantig in Erinnerung, und er wirkte auch plötzlich so jung. An seinem Hals hing noch ein bisschen Schaum, und sie tupfte ihn mit einem Handtuch weg. Er lächelte sie dankbar an. Das war eine weitere Sache, die sie vermissen würde: andere Menschen so vertraut zu berühren, ohne dass es etwas Sexuelles hatte.

In gewisser Weise war es ein Fehler gewesen zu duschen. Unmöglich konnten sie jetzt in ihre vor Dreck starrenden Hosen und Jacken zurück.

»Kuschelt ihr euch schon mal unter die Decke«, sagte Kristina zu Bombe und Engel. »Tonya und ich gehen shoppen. Hast du Lust?«

Da war wieder ihre ausgestreckte Hand, und Tonya, die das Hotelzimmer am liebsten nie wieder verlassen hätte, konnte nicht anders, als sie zu ergreifen. Sie nickte.

Sie wuschen ihre Unterwäsche und Socken im Waschbecken und trockneten sie mit dem Fön. Darüber zogen sie jeweils einen flauschigen weißen Bademantel.

Auf der anderen Seite der Badezimmertür hörte sie Bombe den Telefonhörer abheben und wählen.

»Mom?«, sagte sie mit bebender Stimme.

Tonya konnte Bombes Mutter durchs Telefon nach Bombes Vater schreien hören. Als sie sich mit einem Winken verabschiedeten, liefen Bombe gerade Tränen aus den Augenwinkeln und versickerten in ihrem glücklichen Lächeln.

58

TONYA

Sie schlichen sich über die Feuertreppe aus dem Hotel, Jacobs Kreditkarte in der Hand.

Auf der Straße ernteten sie ein paar verwirrte Blicke, aber die waren wesentlich amüsierter und netter als die, die sie in ihrer Waldkleidung abbekommen hatten.

Kristina winkte ihnen ein Taxi heran und schwenkte die Kreditkarte, um alle blöden Fragen abzublocken. »Zum nächsten Walmart, bitte«, sagte sie.

Es war so absurd – sie hier in ihren dicken Bademänteln auf der Rückbank eines Taxis, so weit weg von der Wildnis, in der sie den Tag begonnen hatten –, dass Tonya kichern musste. Durch das dunkle Taxi grinste Kristina in ihre Richtung zurück.

»Oh. Wir sollten eine Einkaufsliste machen, damit wir nichts vergessen«, sagte Kristina. »Was denkst du, was wir alles brauchen? Ich würde Essen und Kleidung kaufen. Außerdem vielleicht ein Tablet, um Flüge zu buchen. Ich will am liebsten morgen schon hier weg.«

Schon morgen? Tonya hörte auf zu kichern. »Wir müssen noch mal mit der Polizei reden«, sagte sie vorsichtig. »Unsere Aussagen machen, damit die Dealer auch wirklich ins Gefängnis kommen. Und willst du nicht wenigstens warten, bis Jacob aufgewacht ist?«

Kristina biss sich auf die Lippen. »Meinst du, eure Aussagen reichen? Um ehrlich zu sein, will ich nur weg. Je schneller ich zu Hause bin, desto schneller kann ich das hier alles vergessen.«

War bei »alles« auch Tonya dabei?

Tonya zuckte unbestimmt mit den Schultern und schaute zum Fenster hinaus, bevor Kristina ihre Tränen sehen konnte. Sie überquerten einen Fluss, danach durchfuhren sie einen Stadtteil mit vielen Einfamilienhäusern.

Bestimmt meinte Kristina es nicht so. Sie war genauso erschöpft wie sie alle, und Valentinas Tod hatte sie noch härter getroffen als den Rest von ihnen. Natürlich wollte sie jetzt erst einmal nach Hause.

Das Taxi hielt, Kristina bezahlte den Fahrer, und sie stiegen aus. Es war eine Stunde vor Ladenschluss, und der große Parkplatz war praktisch leer. Die automatischen Schiebetüren ließen sie in einen Raum von der Größe des Sees in den Kronen eintreten. Es war warm und stank nach Putzmittel; an der Kasse saß ein zwanzigjähriger Typ mit Kapuzenpulli und dicken Kopfhörern und bediente zwei einsame Kunden an seinem Band; aus den Lautsprechern düdelte Musik.

Kristina holte einen Einkaufswagen, mit dem man ein halbes Bison hätte transportieren können, und marschierte zielstrebig die engen Reihen entlang, die fast wahllos mit roten Schildern bestückt waren, auf denen abwechselnd »Low Prices« und »SAVE NOW!« stand.

Tonya tappte Kristina hinterher. Deo, Bodylotion und ein Kamm. Danach waren die Lebensmittel dran. Tonya schob den Einkaufswagen, während Kristina ihn füllte. Schokolade, Hände voller Süßigkeiten, Gebäck, Brot, Butter, Käse, Bananen, Orangen, Cola und eine Flasche Milch. Ein einziges dieser Regale hätte sie wochenlang ernähren können. Es war das Wunderland vom Wunderland.

Der Walmart hatte auch eine Textilabteilung, und Kristina packte für jeden von ihnen zwei Sätze neue Kleidung ein: Unterwäsche, Jeans, T-Shirts, Pullis, Socken, Schuhe, Hoodies, Jacken. Tonya hoffte darauf, dass sie irgendetwas vergaß, aber sie war gruselig präzise, als gäbe es keine Erinnerung an den Wald, die sie nicht schnell genug tilgen wollte. Für sich selbst wählte Kristina Strumpfhosen und ein bodenlanges Kleid aus, dazu weiße Sneaker. Sommer-Kristina, Kleider-Kristina.

»Hey, hey, hey«, tönte es auf einmal hinter ihnen. Zwei Typen kamen um die Ecke. Es gefiel Tonya nicht, wie sich ihre Blicke vom anderen Ende des Ganges auf sie beide hefteten. Langsam schlenderten sie näher. Die Art, wie sie liefen, blockierte den ganzen Gang.

»Wer hätte gedacht, dass man beim Bierholen zwei so hübsche Frauen trifft?«

Tonya wurde kalt. Sie versuchte, mit Kristina einen Blick zu wechseln, aber die lächelte nur, als wäre das hier ein weiteres lustiges Erlebnis, wie die Taxifahrt im Bademantel. Tonya verstand die Logik dahinter sofort: Kristina ging es darum, sich selber zu beweisen, dass es im Wunderland besser war als in den Kronen. Dazu gehörten nette Menschen, mit denen man in vollen Supermärkten nette Unterhaltungen führte.

Tonya vermisste Valentina immer, aber in diesem Moment so sehr, dass es wehtat. Valentina hätte den Kerlen einen Blick verpasst, der sie auf der Stelle hätte umdrehen lassen.

Kristinas Lächeln ließ die beiden noch schneller näher kommen. Beide waren mindestens zwei Köpfe größer als Tonya. Der Größere der beiden lief direkt auf Kristina zu, der andere trat näher zu Tonya und blockierte dabei ganz nebenbei den Platz zwischen ihr und Kristina. Er warf einen Blick in den Einkaufswagen. »Hey, schmeißt ihr eine Party? Seid ihr deshalb in Bademänteln unterwegs?«

Tonya schüttelte stumm den Kopf. Er war viel zu nah.

»Lass mich raten: Ihr habt eine Wette verloren?«

»Lange Geschichte«, brachte Tonya heraus und versuchte, einen Schritt zurück zu machen, aber dazu standen die Kleiderständer zu eng. Es war unvernünftig gewesen, nur in den Bademänteln rauszugehen.

Der Größere lächelte Kristina an. »Ich steh auf deinen Kurzhaarschnitt. Solltest du immer so tragen.«

Kristina lächelte durch den Schmerz hindurch. »Ehrlich gesagt mochte ich meine langen Haare lieber.«

»Und, hast du da noch was drunter?«, fragte der Kleinere Tonya.

Er strich ihr über die Schulter, den Arm hinunter, bis er sie schließlich am Handgelenk fasste. Auch er hatte ein Lächeln im Gesicht. Genießerisch und gönnerhaft, als sollte sie dankbar sein für seine Aufmerksamkeit.

Tonya schüttelte ihr Handgelenk, um ihm zu signalisieren, dass er sie loslassen sollte, aber er lachte, als wäre das alles ein Spiel, und griff nur noch fester zu.

»Lass mich los«, sagte Tonya. Sie versuchte, ihren Arm loszureißen, aber er war zwei Köpfe größer als sie und hatte den ganzen Winter über zu essen gehabt.

Er trat ganz dicht an sie heran. »Bin ich zu deiner Party eingeladen?«, raunte er.

Adrenalin rauschte durch ihren Körper, als ihr klar wurde, dass sie wirklich in Gefahr waren, mitten im Wunderland vom Wunderland.

Tonya schaute sich nach Hilfe um. Niemand. Und keine Chance, dass der Kassierer sie hörte, falls sie es überhaupt schaffte, einen Schrei auszustoßen.

»Lass sie los und entschuldige dich«, sagte Kriss plötzlich.

Tonyas Blick schoss zu ihr hinüber. Das Lächeln war von Kriss' Gesicht verschwunden.

»Beruhig dich, Süße. Mein Kumpel meint es nicht so. Er ist nur manchmal ein bisschen direkt.«

Sie beachtete ihn nicht. »Lass sie sofort los und entschuldige dich«, herrschte sie den kleineren Typen an.

Tonya konnte nicht glauben, was gerade passierte. Es war, als wäre Valentina auf einmal wieder da.

Der Typ ließ Tonyas Handgelenk los und lachte, als wäre es ein Scherz gewesen. »Jetzt werd mal nicht hysterisch.«

Tonya spürte, dass etwas Wildes jetzt auch in Kristina war. Eine Hitze, die durch sie hindurchraste wie ein schwelender Waldbrand, der jahrelang unter der Erde glimmen konnte, bevor er an einem einzigen Tag einen ganzen Landstrich in Flammen setzte.

Und auf einmal hatte sie das Gefühl, dass sie ebenfalls brannte. *Diese Wichser hatten genug zu essen, als wir fast verhungert sind. Diese Wichser haben in ihren warmen Betten gelegen, während Valentina verblutet ist. Sie kaufen Bier im Supermarkt, während wir nicht wissen, ob Jacob wieder aufwachen wird.*
Ihre Fäuste ballten sich.

Der Typ war so ahnungslos – jetzt wollte er tatsächlich die Gelegenheit nutzen, um auch Kriss anzufassen. »Ist doch nichts passiert.«

Bevor er sie auch nur berühren konnte, hatte Kriss die Milchflasche aus dem Wagen gerissen und sie mit voller Wucht neben seinem Kopf ans Regal geschlagen. Milch und Glas schwappten über seinen Pulli.

Kriss hielt den abgebrochenen Flaschenhals in der Hand neben seinem Hals und wartete ab.

Ihre Absicht stand ihr ins Gesicht geschrieben. Er war stärker als sie, aber sie hatte keine Angst davor, einen Schlag einzustecken, solange sie danach noch stand. Sie wollte den Wald vergessen, aber der Wald war in ihr drin.

Insgeheim feuerte Tonya ihn an, ihnen einen Grund zu geben. Sie wollte ihn bluten sehen. *Blute, blute!* Sie wollte Knochen. Splitter. Reue. Wiedergutmachung.

Aber die beiden wichen schon vor ihnen zurück, Hoodie und Jeans voller Milch und Splitter. »Ihr seid völlig verrückt«, rief er ihnen zu, während sein Kumpel und er zwischen den Kleiderständern den Gang hinunterhasteten. »Warum zieht ihr euch wie Nutten an, wenn ihr nicht angequatscht werden wollt?«

»So hübsch seid ihr nicht mal!«, legte der andere im Laufen nach. »Viel zu dünn! Keine Titten!«

Tonya hasste es, dass der Satz sie traf. Sie hasste ihren nächsten Gedanken: dass er noch nicht einmal die schlaffe Haut an ihrem Bauch gesehen hatte. Und sie hasste es, dass sie den Winter, den Hunger und Nick überlebt hatte, aber in dieser Welt jeder Mann die Macht hatte, dass sie sich kleiner fühlte.

»Verpisst euch!«, brüllte sie, und der Typ stolperte um die Ecke des Gangs.

Tonyas Hände zitterten immer noch. Kriss ließ den Rest der Milchflasche fallen und umarmte sie. »Geht es dir gut?«

Tonya schüttelte den Kopf.

Kriss küsste sie auf die Stirn, dann auf ihre Tränen, dann sanft auf den Mund. »Was für Arschlöcher. Lass uns zurück ins Hotel gehen.«

Tonya linste um jede Ecke, bevor sie den Wagen weiterschob. Kriss' Schritte waren entspannt, aber sie hatte den Flaschenhals wieder vom Boden aufgehoben. Tonya erinnerte sich an all das. Sie erinnerte sich an die ständige, unterschwellige Wachsamkeit, sie erinnerte sich, dass man Frauen, die sich wehrten, »verrückt« nannte. *Wunderland?* Was zum Teufel machte sie hier?

In der Technikabteilung packten sie noch ein Tablet ein, dann bezahlte Kriss mit Jacobs Kreditkarte und schmierte eine Unterschrift auf das Display des Kartenlesers.

Im Taxi war Kriss erst nachdenklich und still, dann nahm sie plötzlich Tonyas Hand: »Ich weiß, dass nicht alles an den Kronen schlecht war. Nicht wir. Nicht du.«

Den Rest der Rückfahrt hüllte die Stille sie ein wie ein altes Lieblingslied.

Im Hotelzimmer brannte noch Licht. Sie klopften ans Fenster, und Engel ließ sie rein. Bombe saß im Bett und redete in irrem Tempo auf den Telefonhörer ein. Sie lachte und weinte gleichzeitig, und Tonya konnte die gleichen, gespiegelten Geräusche am anderen Ende der Leitung hören.

»Habt ihr alles gekriegt?«, flüsterte Engel.

Kriss seufzte, schlüpfte aus dem Bademantel und kroch neben Bombe ins Bett. Dann streckte sie die Hand nach Tonya aus, und Tonya kuschelte sich noch dazu.

»Mehr, als wir wollten«, sagte Kriss und küsste Tonya in den Nacken.

59

TONYA

»Willst du als Nächstes?«, fragte Kriss, als Bombe ihr Gespräch nach mehreren Versicherungen, am nächsten Tag wieder anzurufen, beendet hatte.

Der eiskalte Guss des Erinnerns: Niemand wartete auf Tonyas Anruf. Wann hatte sie das vergessen? Sie fühlte sich, als wäre sie bereits wieder zurück in Chicago. Unsichtbar, ein kleiner Brocken Menschensuppe. Unzulänglich, unwichtig.

»Du kannst ruhig zuerst«, sagte Tonya lahm.

»Danke«, sagte Kriss. »Wenn du magst, kannst du so lange schon mal deinen Rückflug buchen. Die Kreditkarte liegt auf dem Tisch. Vielleicht ab übermorgen? Ist das realistisch?« Sie schickte ein kleines Lächeln in Tonyas Richtung. »Ich möchte so früh wie möglich nach Hause, aber erst, wenn Jacob wieder wach ist.«

»Vielleicht können wir alle gleichzeitig losfliegen«, sagte Bombe.

Tonya nickte mechanisch, dabei war sie sich sicher, dass die Polizei noch mit ihnen reden wollte. Ganz zu schweigen davon, dass die Eltern sowieso schon alle auf dem Weg hierher sein würden. Aber was würde sie tun, wenn die Ermittlungen abgeschlossen waren? Den Rückflug konnte sie mit Jacobs Kreditkarte bezahlen. Und dann? Die Miete war weiterhin abgebucht worden, bis ihr Konto leer war. Irgendwann in den letzten Monaten war ihre Wohnung geräumt worden, ihre wenigen Besitztümer entrümpelt. Soweit sie wusste, besaß sie keinen einzigen mickrigen

Dollar und keinen Ort, an dem sie wieder auf die Füße kommen konnte.

Sie wollte niemanden fragen. Jetzt, wo sie den Wald verlassen hatten, wollten die anderen natürlich zu ihren Familien, und sie würde sich nicht aufdrängen.

Das Gefühl aus dem Supermarkt, nur tausendfach verstärkt. In den Kronen hatte sie vom Kopf her verstanden, warum Jacob bleiben wollte, aber jetzt *spürte* sie es. Es fühlte sich nicht an wie die Narbe von einer Wunde, die verheilt war. Es fühlte sich an wie die Narbe von den Flügeln, die einem gewachsen und wieder abgeschlagen worden waren.

In dem Moment wollte sie alles zurückhaben. Die Schultern der anderen, wie sie gegen ihre drückten, während sie sich um das Feuer drängten, die Decken über den Kopf geschlagen und wie immer am Zittern. Das Herumreichen der Konservendose mit dem ersten warmen Wasser am Morgen. Bombe, die beim Schachspielen reinrief: »Doch nicht so – du hattest ihn fast bei Matt.«

Neben ihr versuchte Kriss, Engel das nächste Telefonat aufzudrängen, aber er schloss sanft ihre Hände um den Hörer. Natürlich – sie wollte ihren eigenen Anruf nicht tätigen. Deshalb war sie auch erst duschen und einkaufen gegangen. Sie musste ihren Eltern sagen, dass Valentina nicht nach Hause kommen würde.

Das Telefon war mit einem Kabel an der Wand angeschlossen, deshalb hörten sie alle, wie Kriss die Nummer eintippte. Sosehr sie auch weghören wollte – sie hörte alles. Und dann, halb erstickt: »Mama? Mama, ich bin allein.«

Die klarsten deutschen Worte, die Tonya je vernommen hatte. Sie presste die Augen fest zusammen, aber die Tränen schwammen unter ihren Lidern hindurch.

Das Tablet lag immer noch ungenutzt vor ihr auf dem Bett. Alle wichtigen Menschen in ihrem Leben waren schon in der Stadt. Aber vielleicht konnte sie ja jemand anderen anrufen.

Sie schaltete das Tablet an, klickte sich durch den Begrüßungsdialog und googelte Jacobs vollen Namen in Kombination mit »Boston«. Gleich der oberste Treffer war ein Bauunternehmer. Die Homepage wirkte professionell und teuer, und auf der About-Seite fand sie ein Foto von einem streng aussehenden Jacob senior, der Jacobs graue Augen hatte.

Als Kriss mit verquollenen Augen auflegte, war es 23:30 Uhr in Edmonton, also in Boston mitten in der Nacht, aber die schlimmste Option war, dass niemand ranging. Als Kontakt war sowieso nur die Nummer der Rezeption angegeben. Es klingelte nur einmal, bevor sich eine weibliche Stimme meldete.

»Ich muss mit Jacob Fisher reden«, sagte Tonya. »Ich habe Nachricht von seinem Sohn.«

Sie hatte erwartet, sich erklären zu müssen, aber sie hing nur kurz in der Schleife, bevor eine tiefe Stimme antwortete: »Hat sich an seinem Zustand etwas verändert? Wegen des Sturms hebt hier heute nichts mehr ab, wir kommen erst morgen früh los.«

Die Stimme war mürbe, und Tonya wusste instinktiv, dass er eine ganz bestimmte Nachricht erwartete.

»Mr Fisher, ich weiß nicht, was Sie bereits von der Polizei oder dem Krankenhaus erfahren haben, aber als wir Jacob zuletzt gesehen haben, war sein Zustand stabil. Einer von uns schläft heute Nacht auch dort.«

Es wurde so still, dass Tonya schon dachte, die Verbindung wäre abgerissen.

Dann hörte sie ein rasselndes Einatmen. »Mit wem spreche ich?«

»Tonya. Ich war auch Teil der Wandergruppe.«

»Tonya«, wiederholte er langsam. »Also haben Sie die letzten Monate zusammen mit meinem Sohn verbracht?«

»Quasi jeden Tag. Und es ging ihm gut. Vor dem Schuss. Es war hart und wir haben Menschen verloren, aber es ging ihm gut.«

Keine Worte vom anderen Ende der Leitung. Jacob senior wartete auf mehr.

»Er hat mir mehr als einmal das Leben gerettet«, sagte sie. »Uns allen. Ihm ist als Erstem aufgefallen, dass wir in Gefahr waren, und danach hatten wir nur deshalb genug Essen, weil er für uns gejagt hat. Einmal ist er mitten im Winter in Socken aus dem Haus gerannt, um eine von uns gegen einen Bären zu verteidigen.«

»Das klingt nach meinem Sohn«, flüsterte es am anderen Ende der Leitung heiser. »Als er klein war, wurde er in Florida mal von einer Schlange gebissen, weil er seinen kleinen Cousin vor ihr verteidigen wollte.«

»Ja, das klingt nach Jacob«, sagte Tonya mit einem Lächeln.

Sie versprach ihm, sich bei einer neuen Entwicklung sofort zu melden, er bedankte sich, und dann legten sie auf.

Tonya weinte, als hätte er sich über sie gefreut. Sie konnte es kaum erwarten, dass Jacob aufwachte, um genau den Vater zu treffen, den Tonya gerade erlebt hatte. *Wach auf, Jacob, wach auf.*

Danach rief auch Engel noch seine Eltern an. Es war ein kurzes Gespräch, viel gemeinschaftliches Schweigen. Die Tränen hatten ihrer aller Müdigkeit wieder freigelegt.

Zu viert kuschelten sie sich in das Bett. Tonya lag am nächsten beim Fenster. Durch die Glasscheiben sickerte ein orangegelbes Licht ins Zimmer. Zu grell und statisch, um an Flammen zu erinnern. Die Stadt hatte die Sterne aus dem Himmel geleuchtet, und Tonya wusste nicht, wo Norden war. Die Luft schmeckte nach Heizung.

Die Sehnsucht war immer noch so stark in Tonyas Brust, aber sie sagte sich, dass sie zurück im Wunderland waren. Nick war tot. Sie waren in Sicherheit. Sie hatten es tatsächlich geschafft.

Und in den Kronen war es furchtbar gewesen. Valentina war tot. Peter war tot. Der Rest von ihnen wäre Dutzende Male beinahe gestorben.

Also warum fühlte sich alles so leer an?

Warum wollte sie trotzdem zurück?

Du bist müde, sagte sie sich. *Es wird Zeit brauchen. Sei nicht so streng mit dir.*
Und weil sie tatsächlich müde war, schlief sie ein.

Es war das erste Mal seit langer Zeit, dass Tonya nach Morgengrauen erwachte.
Vorsichtig setzte sie sich auf und betrachtete die anderen. Engels blanke Wangenknochen waren ihr fremd, aber sie kannte ihre schlafenden Gesichter. Engel, ein Spuckebläschen im Mundwinkel, als wäre er sehr weit weg; Kriss, die mit gerunzelter Stirn mit den Zähnen mahlte; Bombe, die Zahlen murmelte. Sie wusste genau, wie Jacob im Krankenhaus gerade schlafen würde: so reglos, dass man erwartete, er verstelle sich bloß und würde jeden Moment die Augen öffnen; Ole, der leise durch den Mund atmete.
Sie würde die anderen nicht mehr schlafen sehen, nie mehr. Sogar wenn sie sich irgendwann – hoffentlich – noch einmal treffen würden, würden sie in verschiedenen Zimmern, in verschiedenen Betten schlafen. Und obwohl das eine solche Kleinigkeit war, schnürte sie ihr den Hals zu und drückte ihr Tränen in die Augen.
Sie fühlte, dass das Ende ihrer Reise sich näherte, es raste förmlich auf sie zu, und sie konnte es nicht aufhalten. Seit sie aus Nicks Lager geflohen waren, waren sie immer auf diesem Pfad gewesen, ohne Pause, ohne Abzweigungen.
Sie wollte den Moment einfrieren, genau jetzt, wo sie in Sicherheit waren, aber noch alle zusammen.
Man konnte sein Leben nicht für jemanden riskieren, wenn die Person nicht in Gefahr war. Man konnte kein Wolfsrudel sein, wenn man nicht jagen musste.
Tonya spürte, wie die anderen sich regten, und wieder konnte sie nicht verhindern, dass ein neuer Tag begann.
Bombe war als Erste wach. »Hey«, sagte sie und lächelte Tonya

verschlafen an. Sie setzte sich vorsichtig auf, um Engel und Kriss nicht zu stören. »Willst du einen Zaubertrick sehen?«, fragte sie.

Tonyas Mundwinkel zuckten. Es war so typisch Bombe, so was als ersten Satz zu sagen. »Klar.«

Bombe packte drei Schokoladenriegel aus und platzierte sie mit großer Geste auf ihrer flachen Hand. Sie wedelte mit der anderen Hand darüber, sagte »Abrakadabra«, dann steckte sie sich alle auf einmal in den Mund.

»Verschwunden«, nuschelte sie. »Tadaaa!«

Tonya lächelte sie an, aber der Moment war bittersüß: Er zeigte ihr genau, was sie verlieren würde.

Bombe kaute, schluckte zweimal, dann war ihr Mund wieder leer. »Oh. Wegen der Flüge – Engel und ich haben gestern nachgedacht. Nach allem, was du erzählt hast, hast du vermutlich keine Wohnung mehr, stimmt's? Deshalb würde ich dir erst mal ein Ticket mit zu mir nach Hause kaufen. Unser Haus ist riesig, und meine Eltern freuen sich schon, dich kennenzulernen. Wenn du nicht magst, können wir dir natürlich auch ein Ticket nach Chicago buchen«, sagte sie.

Sie sah ein bisschen besorgt aus, als Tonya sich Tränen aus den Augen strich und heftig nickte. Sie würde sich aus diesen kleinen Momenten ein Leben zusammenstehlen müssen. Aus Schokoriegeln und aufmerksamen Freundlichkeiten und dem zarten Rauschen, mit dem ein leicht verschnupfter, schlafender Mensch ausatmete.

»Sehr gut«, sagte Bombe. »Ich wollte das geklärt haben, bevor Jacob aufwacht und dich erste Klasse in die Staaten ausfliegt.« Sie grinste kurz, bevor sie ernster hinzufügte: »Meinst du, er wacht heute wirklich auf?«

Tonya brauchte einen Moment, bevor sie ihre Stimme wiederfand. »Das hat der Pfleger zumindest gestern gesagt.«

Bombe bestellte flüsternd beim Zimmerservice, aber Tonya wurde schon beim Gedanken an Spiegeleier und Waffeln mit Erdbeeren schlecht. Das Ende raste auf sie zu, noch schneller jetzt.

60

TONYA

Zwei Polizisten kutschierten sie den kurzen Weg zum Krankenhaus. Tonya fühlte sich fremd in dem Polizeiauto, fremd in der neuen Kleidung, die nach Plastik roch, fremd in sich selbst. Wie in einem Albtraum, in dem sie schreien wollte, aber nicht konnte, weil ihr Mund zugenäht war. Am liebsten hätte sie die Handbremse gezogen.

Vor dem Krankenhaus hatte sich eine Menschentraube angesammelt. Tonya konnte sich nicht vorstellen, so eng mit Menschen zusammenzustehen, die sie nicht einmal kannte. Worauf warteten die Leute?

Dann stiegen sie aus.

»Das sind sie!«

Einen Moment später waren sie mitten in der Traube.

»Wie fühlt es sich an, nach acht Monaten wieder zu Hause zu sein?«

»Was ist mit den anderen drei Vermissten geschehen?«

»Was war die schwerste Aufgabe, die ihr erledigen musstet?«

Von allen Seiten redeten Menschen auf sie ein. Mikros wurden ihnen an den Mund gepresst, da waren Kameras und sogar zwei Leute, die ihnen Blumensträuße aufdrängen wollten.

Die Polizisten begannen entschlossen, Reporter zurückzuschieben, sie anderen blieben in der kleinen freien Stelle, die ihre Körper schufen. Tonya folgte ihnen orientierungslos, vom einen Moment auf den nächsten in eine fremde Realität teleportiert.

Hinter den Polizisten kämpften sie sich zum Eingang durch. Im Krankenhaus wurde es leiser. Dann noch einmal stiller, als sie endlich in Jacobs Zimmer waren.

Ole umarmte sie nacheinander, während er ihnen ein Update über Jacob gab. Tonya war als Letzte an der Reihe. Als Einziger trug er noch seine Waldkleidung, und Tonya presste ihre Wange in den vertrauten Geruch des Bärenfells. Wenn sie die Augen schloss und die Geräusche ausblendete, konnte sie sich fast vormachen, sie wären noch in den Kronen.

»Alles okay?«, flüsterte Ole ihr in die gewaschenen Haare.

Nichts war okay. Es war ein Tag, an dem die Welt zu viel von ihr verlangte. Sie befahl ihr, loszulassen – Ole, die anderen –, aber sie konnte nicht. Sie hielt beides noch einen Moment länger fest.

Oles Arme umfingen sie weiterhin, und als sie sich doch von ihm löste, musste sie schnell den Blick abwenden, damit er ihren Gesichtsausdruck nicht sah. Sie wollte ihm keinen Anlass zur Sorge geben.

Tonya setzte sich vorsichtig zu Jacob auf die Matratze. Laut Ole hatte Jacob sich den ganzen Morgen schon geregt und einmal sogar fast die Augen geöffnet, aber gerade lag er nur ganz still da. Sie starrte auf seine Brust, die sich um eine Winzigkeit hob und senkte. Bald würde er aufwachen und dann – was? Was sollten sie ihm sagen? »Wir haben alle Flugtickets, aber keine Angst, dein Vater kommt dich abholen«? Es würde ihm genauso gehen wie ihr, vielleicht schlimmer.

Vorsichtig nahm sie seine Hand in ihre. Sie war weich und schlaff. Warum war es so viel einfacher, für jemand anderen mutig zu sein? Tonya atmete tief ein. »Wir brauchen einen Plan«, sagte sie. Die anderen wandten sich ihr zu. »Für Jacob. Er kann nicht einfach zu diesen innerlich toten Menschen zurück, die nur zuschauen. Irgendwo alleine in einer großen Stadt. Und wir überall verstreut. Wie soll er das aushalten, wenn er jetzt genau weiß, dass es eine Alternative zur Einsamkeit gibt? Wenn kein Mensch außer uns versteht, dass er den Wald *vermisst*. Wenn er sich innen drin fühlt wie Nägel und Rost?«

Wie sollte man weitermachen, wenn man an manchen Stellen seines Wesens größer geworden war, an manchen kleiner, eine verdrehte Figur, die unmöglich in die Form ihres früheren Lebens passte?

Tränen liefen ihr über die Wangen, und die anderen scharten sich auf einmal um sie, als hätten sie begriffen, dass sie nicht nur von Jacob sprach, sondern auch von sich selbst.

»Keine Angst«, wisperte Bombe. »Wir sind gut im Plänemachen. Du musst nicht allein sein.«

Engel nickte energisch.

Kriss strich ihr mit den Daumen die Tränen von den Wangen. »Wir vergessen dich doch nicht.«

Natürlich. Die anderen *kannten* sie, kannten sie bis auf die Knochen, und da war kein Teil von ihr, den sie nicht gesehen hatten. Keine Narbe, keine Schwäche, von der sie den Blick abgewandt hätten.

»Ich hab auch keine Ahnung, wie es jetzt weitergeht«, sagte Ole mit rauer Stimme. »Aber eines weiß ich: Von meiner Seite her steht der Schwur immer noch. Ihr werdet bei mir ein Zuhause haben, bis ich tot bin, egal, wo auf der Welt ich mich aufhalte. Und ich hoffe aus ganzem Herzen, dass ihr genauso denkt. Weil ich Angst habe, was sonst mit mir passiert.«

Ole sah sie der Reihe nach fest an, aber seine Hände zitterten. Tonya blickte von ihm in die anderen drei hoffnungsvollen Gesichter.

Die Wände waren weiß, die Morgensonne leuchtete sanft durch die Vorhänge, und Tonya fühlte sich wie in einem Ei vor dem Schlüpfen.

Bombe schniefte. »Wir brauchen Kontaktlisten in doppelter Ausfertigung und einen wöchentlichen Video-Chat-Termin, der mit allen Zeitzonen kompatibel ist, und jeder von uns braucht eine Kreditkarte mit Vielfliegermeilen, und …«

Kriss unterbrach sie sanft mit einer Berührung am Arm. »Ich glaube, es ist gleich so weit«, sagte sie mit Blick auf Jacob, der begonnen hatte, im Schlaf zu murmeln.

Tonya dachte an Harz, das Wunden schließt, und Haut, die knorrige Narben bildet wie Rinde.

Wach auf, Jacob. Wach auf.

Sie sammelten sich um sein Bett. Ole und Bombe und Kriss und Tonya und Engel.

So standen sie, als Jacob aufwachte.

Er sah zu ihnen hoch. Ein Leuchten brandete über sein Gesicht. Mit schwachen Fingern tastete er nach ihren Händen. »Leute! So gut, euch zu sehen. Ich hatte den schlimmsten Albtraum.«

Dann weitete sich seine Wahrnehmung, und er bemerkte die weiß gestrichene Decke, den Desinfektionsmittelgeruch, das sanfte Piepsen der Maschinen. Er begriff, wo er war, er war ganz allein mit dem Begreifen, und er begann zu weinen.

Anmerkung der Autorin

Um den Überlebensaspekt dieses Buches so realistisch wie möglich zu schildern, ging dem Schreiben eine lange Recherchephase voran, während der ich unter anderem eine Woche lang ohne Schlafsack, Zelt oder Isomatte und größtenteils ohne Essen im Wald gewohnt habe. Wer sich für weitere Details, Fotos und Videos zu den Überlebenstechniken interessiert, wird auf meiner Homepage fündig.

Dort habe ich auch die künstlerischen Freiheiten aufgelistet, die ich mir beim Schreiben genommen habe.

An dieser Stelle will ich nur die wichtigste Information nennen, die in der Geschichte nicht vorkommt: Das Peace-Athabasca-Delta ist das größte Frischwasser-Binnendelta Nordamerikas. Es ist ein wichtiges Habitat, insbesondere für Wasser- und Zugvögel, aber auch das Zuhause mehrerer First Nations. Und es ist gefährdet, unter anderem durch Klimawandel und Öl- und Gasförderung flussaufwärts.

Danke meinen Leserinnen und Lesern! Ich weiß, ich schreibe langsam, und umso mehr habe ich mich über eure Mails gefreut. In der Zwischenzeit habe ich einen brandneuen Newsletter eingerichtet, um die Wartezeit zu überbrücken! Ihr findet ihn unter: ullascheler.de/newsletter

Danke dem ganzen Heyne-Team! Da werden hinter den Kulissen Gedankenschmalz und Herzblut, Feiertage und Wochenenden und sicherlich Unmengen an Kaffee in jedes Buch gesteckt – und man spürt es!

Danke insbesondere an das Lektorat, für jedes immer wieder begeisterte und konzentrierte Lesen. Ohne euch hätte dieser wilde Ritt in einem Sturz geendet.

Julia – für den langen Atem von der klaren Vision am Anfang bis zum hundertsten Kommentar und für jedes »es ist eben ein kreativer Prozess«.

Ally – für drei Seiten »kurzen Eindruck« und die Survival-Begeisterung.

Silja – für den Lupenblick auf den Anfang.

Tamara – für die Telefonate, das Textgefühl und den Turbo!

Sophie, Martina und Gerd – Anlaufstelle für jede einzelne meiner tausend Fragen. Für die Engelsgeduld und die cleveren Lösungen!

Robert – fürs Lesen, auch wenn du Besseres zu tun hattest!

Sylvia – ohne deinen Standardrat (aufs Neue!) zu hören, hätte es mal wieder nicht geklappt!

Lina – jedes Telefonat toll!

Zimt und Zucker – Netz und doppelter Boden.

Hannes – merci beaucoup!

Béla – danke für die fein formulierten, klugen Gedanken!

Lisa – ganz und gut.

Lukas – du hast diese Geschichte zuerst gehört, und du bist sie fünf Jahre lang nicht müde geworden. Tausend Dank!

Meine Familie – ihr Ganoven, fangt endlich an, alle meine klugen Ratschläge umzusetzen. Ich hab euch lieb!

Der initiale Funke für diese Geschichte kam mir, nachdem ich das Buch »Tribe« von Sebastian Junger gelesen hatte, in dem er etwas über Gemeinschaft ausdrückt, das ich bisher nur gefühlt hatte, aber nicht in Worte fassen konnte.

Jacob zitiert folgende Gedichte:
A. E. Housman: Reveille
Emily Dickinson: Because I could not stop for Death
Robert Frost: Stopping by Woods on a Snowy Evening

Das Abendlied (»Der Mond ist aufgegangen«) ist von Matthias Claudius.

Die Gedanken zur Trauer sind geprägt durch die weisen Worte von Elizabeth Gilbert in ihrem TED-Interview über Trauer. Insbesondere sagt Engel folgenden Satz von ihr: »It's an honor to be in grief. It's an honor to feel that much, to have loved that much.«